中國新聞史研究輯刊

二 編

主編　方 漢 奇

副主編　王潤澤、程曼麗

第 **11** 冊

治學與治己：
方漢奇學術之路研究

劉 泱 育 著

花木蘭文化出版社

國家圖書館出版品預行編目資料

治學與治己：方漢奇學術之路研究／劉泱育 著 -- 初版 -- 新北市：花木蘭文化出版社，2014〔民103〕

序 8+ 目 4+322 面；19×26 公分

（中國新聞史研究輯刊 二編；第 11 冊）

ISBN 978-986-322-817-2（精裝）

1.方漢奇 2.學術思想 3.新聞學

890.9208　　　　　　　　　　　　　　　103013288

ISBN-978-986-322-817-2

9 789863 228172

中國新聞史研究輯刊

二 編　第十一冊　　　　　ISBN：978-986-322-817-2

治學與治己：
方漢奇學術之路研究

作　　者　劉泱育

主　　編　方漢奇

副 主 編　王潤澤、程曼麗

總 編 輯　杜潔祥

出　　版　花木蘭文化出版社

發 行 所　花木蘭文化出版社

發 行 人　高小娟

聯絡地址　235 新北市中和區中安街七二號十三樓

　　　　　電話：02-2923-1455／傳眞：02-2923-1452

網　　址　http://www.huamulan.tw 信箱 hml810518@gmail.com

印　　刷　普羅文化出版廣告事業

初　　版　2014 年 9 月

定　　價　二編 11 冊（精裝）新台幣 22,000 元

治學與治己：
方漢奇學術之路研究

劉泱育　著

作者簡介

　　劉泱育，男，黑龍江人。曾經考入兩所大學：河海大學商學院，南京師範大學新聞與傳播學院；先後獲得三個學位：經濟學學士，傳播學碩士，新聞學博士。篤信：如能將個人興趣與謀生職業合二為一，則，在工作時將因樂在其中而深感幸福。也正因此，在發現了自己的職業興趣後，斷然放棄從商，決然選擇從教。

　　2011 年 5 月，申請博士學位的論文《方漢奇 60 年新聞史學道路研究》——通過武漢大學新聞與傳播學院、復旦大學新聞學院、中國人民大學新聞學院三校專家的匿名盲審；6 月，獲南京師範大學博士學位；7 月，執教南京財經大學；12 月，獲校新進教師教學競賽一等獎。

　　目前從事一個職業（高校教師），進行兩類研究（新聞史研究、政務微博研究），主持三項課題〔校教學改革項目（JGY1331）、江蘇省高校哲學社會科學基金項目（2012SJB860001）、國家社科基金青年項目（13CXW047）〕，踐行四大理念（興趣為業、與時俱進、與人為善、角色均衡），經營五種心情（孝順心、責任心、寬容心、上進心、感恩心）。

提　　要

　　對於任何一位高校教師而言，如何做一個有貢獻的學術探索者？如何做一名有影響的研究組織者？又如何做一位有聲望的人才培養者？這，既是個體心裏的企望，也是全體直面的難題。

　　本書以中國人民大學榮譽一級教授方漢奇先生的學術之路為研究對象，發現，「興趣為業」、「與時俱進」、「與人為善」和「角色均衡」——這「四項基本原則」，既是共和國學者扮演好「學術的探索者」、「研究的組織者」和「人才的培養者」，因而「以學術為樂業」的必要條件，也是任何個體追求和踐行一種幸福生活方式的必要價值理念。其中，以「興趣為業」的前提是「認識自己」，而「與時俱進」、「與人為善」和「角色均衡」則皆需以「修身為本」。

　　作者認為，方漢奇學術之路的最重要的價值，並不是如何思想和行動才能做好學術研究，而是作為一種經驗事實，它讓我們有理由重新思考和高度重視中西方文明傳統中的「認識自己」和「修身為本」。

　　由於「認識自己」——進而選擇「性之所近」的職業，是個體最大限度地發揮自身社會功能、從而實現人生價值的前提條件，因而，「以學術為樂業」，其前提是所選擇的「學術」與自己「性之所近」。這等於說，並不是任何一個人都適合從事學術研究。

　　通過研究方漢奇的學術之路，本書發現，無論社會環境和個體年齡如何變遷，個體從來都不缺乏選擇的自由。因而，對於任何個體而言，在「認識自己」的基礎之上，重要的問題和核心的任務便是，如何在特定的社會環境之下和年齡階段之中，評估和利用自己此時所擁有的選擇的自由，通過「修身」去實現「個人自由而全面地發展」。

前　言

一

　　《治學與治己：方漢奇學術之路研究》是在我博士論文的基礎之上修改成書的心血之作。這本書簡體字版出版之時，我時年 37 歲，世界觀、人生觀和價值觀皆已近「不惑」，對於方漢奇先生通過他的學術之路教給我的，我用「興趣爲業」、「與時俱進」、「與人爲善」和「角色均衡」作了概括，在我看來，一個人如果能夠做到這四點，那麼，他就有可能使自己離幸福越來越近，而不是漸行漸遠。我之所以從方漢奇先生的學術之路中提煉出這四點，當然離不開我自己的人生際遇和生活體驗，自己對生活有了複雜而深刻的體驗之後，對於「興趣爲業」、「與時俱進」、「與人爲善」和「角色均衡」這四點與個體生活幸福之間的重要關聯我是眞心服膺的，在此種意義上，可以說，《治學與治己：方漢奇學術之路研究》這本書對於我而言，就並不只是一本書，而是一種生活信念和人生態度的重新雕塑和具體型塑。

二

　　誠心誠意地將自己對於方漢奇先生學術之路的感悟以「書」的形式呈現和表達出來，從踐行「與人爲善」的角度，當然樂於看到讀者從此書中獲得像我從方先生的學術之路中所獲得的同樣的抑或更多的收益，但這並非沒有條件，其前提乃是讀者有機會讀到這本書。然而，《治學與治己：方漢奇學術之路研究》於 2013 年 11 月由北京中國書籍出版社出版了簡體字版，其作爲學術著作，印數不多，大陸許多城市的新華書店都難得一覓此書，讀者只能通

過網購，而香港、澳門、臺灣及海外難覓此書更是可想而知。在此種背景之下，臺灣花木蘭文化出版社有意出版本書的繁體字版，我向花木蘭文化出版社致謝，特別感謝該社駐北京聯絡處主任楊嘉樂女士——感謝她爲本書繁體字版的出版所付出的辛勞。在此，一併感謝中國書籍出版社王平社長和本書簡體字版責任編輯許豔輝老師在版權事宜上所給予的幫助。

劉泱育

2014 年春于南京

題　辭

這是一部精心之作。

劉華秋

二〇一一年十月三〇日

序 言

　　劉泱育博士的《治學與治己：方漢奇學術之路研究》就要列入中國書籍出版社「2013 年度博士文庫」出版了。在學術著作出版普遍較爲困難的當今，作爲新聞史學的同行和曾經的導師，實難掩飾發自內心的喜悅，致以眞誠的祝賀。

（一）

　　據筆者所知，在中國新聞學界較早開展新聞史人物研究的是黃天鵬。1931年，黃天鵬所著的《新聞記者的故事》（署名黃粱夢）由上海聯合書店出版，該書 32 開，共 124 頁。包括梁啓超、章炳麟、鄒容、蔣智由、于右任、戴天仇、邵力子、葉楚傖、黃遠生、邵飄萍、林白水、張一葦等人的故事共 26 篇——這似乎是目前所見對中國新聞人物的第一組群像性研究介紹著作。黃天鵬同年還出版了《新聞記者外史》（署名黃粱夢）一書，收錄《新聞記者社會地位的今昔》、《倫敦泰晤士報的佚事》、《美國新聞記者的預言》等 23 篇有關中外報紙和新聞記者的軼事、趣話——這是前一種著作的姐妹篇，可以看作是對外國新聞記者的群像性介紹。至於說到爲單一新聞史人物撰寫出版研究專著的研究，據目前所知是英國人梅益盛，他撰寫的《馬禮遜傳》（周雲路譯述）一書，於 1932 年由上海的文化書局出版。（上述信息來源於周偉明主編的《中國新聞傳播學圖書精介》（復旦大學出版社 2008 年版））。大概由於戰爭氣氛日濃——1932 年時，日本全面侵略中國的前奏東北「九‧一八事變」已經發生——及後來的連續戰爭和政權更迭，在建國前再也沒有看到有出版新聞史人物研究專著的記載。

　　由於眾所周知的原因，新中國建立以來的 60 多年間，新聞史人物研究在中國新聞史學界走過了一個曲折的歷程。河北大學喬雲霞教授在《60 年來中國新聞界人物研究現狀及對策》一文中認爲，在 1978 年以前的那一段時期，受列寧的「報紙是集體的宣傳者、組織者、鼓動者」這一觀點的影響，受「階級鬥爭爲綱」的影響，新聞史人物研究開展得很不夠。直到方漢奇先生 1981 年出版的《中國近代報刊史》才「打開了局面」。該書在正文中列舉出姓名的近代報人就不下 1500 多人，對其中知名度較高、貢獻較大的還設置了專節或專目，作進一步的詳細介紹。中國社會科學院新聞研究所主辦的《中國新聞年鑒》從 1982 年起開設「中國新聞界名人簡介」專欄，每年介紹 100 多位新聞界名人，幾十年來介紹的新聞界名人已經有 3000 多人。2002 年，時任中國社會科學院新聞與傳播研究所所長的尹韻公從《中國新聞年鑒》（1982～2001）「中國新聞界名人簡介」中介紹的人物中選出 2500 個新聞界人物，集結成冊，以《中國新聞界人物》爲名，由中國人事出版社出版。而後又先後出版了諸如王艾生主編的《中國當代名記者小傳》（1989）、鄭貞銘《百年報人》（1990）、顏景政主編的《中外名記者叢書》（共 10 本，1996～1998）、曾憲明《中國百年報人》（2003）以及李彬、涂鳴華主編的《百年中國新聞人》（2007）等群像式研究新聞人物的專著。在新聞界人物群像式研究迅速發展的同時，對新聞界人物的個案研究也蓬勃開展並取得引人矚目的成績。出版了一大批新聞人物個案研究專著，如《黎烈文評傳》（康永秋，1985）、《報人張季鸞先生傳》（徐鑄成，1986）、《浪迹天涯：蕭乾傳》（李輝，1987）、《陳布雷外史》（王泰東，1987）、《范長江傳》（方蒙，1989）、《一個畢生追求眞理和光明的人：鄧拓傳》（顧行、成美，1991）、《報業豪門胡文虎、胡仙傳》（寄丹，1995）、《愛國報人維新志士：彭翼仲》（姜緯堂，1996）、《林白水》（王植倫，1996）、《邵飄萍傳》（華德韓，1998）、《現代報業巨子：史量才》（龐榮棣，1999）、《趙超構傳》（張林楓，1999）、《曹聚仁傳》（李偉，2004）、《穆青傳》（張嚴平，2005）、《王韜評傳》（張海林，2007）、《張季鸞與大公報》（王潤澤，2008）、《陳德銘、鄧季惺與新民報》（楊雪梅，2008），等等，等等，眞是蔚爲大觀，碩果累累。既是新聞史學界人物研究豐盈實力的生動體現，更是弘揚新聞學界優良傳統的實際需要。

　　儘管還不是一覽無餘地列舉自上世紀 30 年代以來產生的新聞界人物研究的所有成果（有些成果或是因爲文字篇幅沒有列舉，也有些成果本人還

沒有得知）。但總覽這些研究成果卻發現以下幾個共同的特點。首先是這些
著作所記載、介紹及研究的新聞界人物都是「昨天」的活人，而非「今天」
的活人，即上述人物傳記著作中的傳主都是已經故去的新聞史人物。如上
所述著作所研究的傳主如黎烈文、張季鸞、蕭乾、陳布雷、范長江、鄧拓、
胡文虎、胡仙、彭翼仲、林白水、邵飄萍、史量才、趙超構、曹聚仁、穆
青、王韜、張季鸞、陳德銘、鄧季惺等等，都是已經不在世的新聞界人物，
沒有一個是尚健在的新聞界人物。第二是研究者所利用的研究素材都是以
往文獻記載的歷史信息。儘管不乏傳主在世時撰寫的專著、論文或新聞作
品，以及接受採訪、交流等當時來說是鮮活的第一手材料，但在研究者利
用的時候毫無疑問已經屬於歷史的材料而非鮮活的素材。例如杜素娟的《沈
從文與大公報》一書中選用了 130 多幅照片、書影，但全部是歷史的照片。
又如胡玫、王瑾編的《回憶胡政之》的目的是「打開追憶之門」；龐榮棣著
的《申報魂：中國報業泰斗史量才圖文珍集》，在她收集到的 2000 多幅照
片中選擇了 200 餘幅，使得此書很有歷史價值——但是傳主鮮活的素材卻
少之又少，不免使人有點遺憾。第三是研究者對傳主進行研究的過程中沒
有與傳主的直接交流和溝通，屬於研究者單向的文獻解讀和個人分析。由
於是個人單向的文獻研究，所以對同一事件、同一人物、同一細節在不同
的研究者成果中就會出現不同的解讀——因當事人已無法以親身經歷證是
或證非，只好由不同的研究者「公說公有理，婆說婆有理」，因而成為學術
研究的「懸案」。

（二）

　　對於這個現象，學術界有識之士早就大聲疾呼，力求使這種情況有所改
觀。還在 1981 年，年方 56 歲的方漢奇先生就在《加快新聞史研究的步伐》（載
《新聞戰線》1981 年第 11 期）一文中呼籲加強新聞史人物研究第一手材料的
「搜集和搶救工作」。因為「一些早期參加革命報刊工作的老同志和長期從事
新聞工作的老報人，年事已高，要趁他們還健在的時候，把那些蘊藏在他們
記憶中的寶貴資料挖掘搶救出來」。次年他又在全國新聞研究工作座談會上再
次呼籲「加強新聞史人物的研究」，「去世的新聞人物要研究，目前還健在的
傑出的新聞工作者的有關材料也可以先著手搜集起來，以便掌握更多的第一
手材料」（《方漢奇文集》第 31 頁）。2009 年，喬雲霞教授在「中國新聞史學

會 2009 年年會暨新聞傳播專題史研究學術研討會」上把新聞界人物研究中的「研究死人多活人少」的現象視為「60 年來新聞界人物研究」中「存在的問題」之一。並「究其原因：其一是只緣身在此山中，難識廬山真面目。由於多方面原因，太近了的事情反而難以看準。其二是評說人物太敏感，容易引發人際關係緊張，甚至政局不穩。」正是在這種社會學術氛圍中，對於健在中國新聞界人物研究就明顯顯得不夠。到目前為止，只有原鵬在《穆青新聞論》（河南大學漢語言文學專業 1999 年度碩士學位論文）中從「新聞作品」和「新聞理論」兩方面研究過穆青；劉聰賢在碩士學位論文《艾豐經濟報導研究》研究了艾豐的「經濟報導寫作技巧」及借鑒意義；李九偉在《范敬宜新聞思想和總編思想初探》（河南大學新聞學專業 2005 年度碩士學位論文）研究了范敬宜的新聞思想和總編思想。在博士學位論文方面，據筆者所知，第一個研究新聞界人物的是龐亮，他的博士學位論文是《聲屏世界裏的思想者：梅益廣播電視宣傳思想研究》（中國傳媒大學 2007 年度博士學位論文）；緊跟其後的是王詠梅的博士學位論文《新聞巨子胡政之》（中國人民大學新聞學專業 2008 年度博士學位論文）；陳志強的《胡政之新聞職業觀及其實踐研究》（華中科技大學新聞學專業 2010 年度博士學位論文）也是研究的胡政之。至少到目前為止，本人還沒有得知有研究尚健在的新聞學界人物的博士學位論文。

劉泱育 2008 年入學攻讀博士學位後，經過反覆思考，決定選擇具有很大挑戰性的「方漢奇 60 年新聞史學道路研究」作為博士學位論文選題。為什麼他要冒或是「阿諛奉承」，或是「失之恭敬」的風險做這個選題呢？主要是因為作為研究對象的方漢奇先生及其學術道路具有典型社會意義。首先是作為「自然人」的方漢奇在其已經走過的 80 多年歷程中，從踏上社會的第一步起就選擇了新聞史研究的道路，而且一走就是 60 多年，每一個歷史階段都有新聞史研究的成果貢獻社會，每一個階段的新聞史研究成果又都烙上了鮮明的社會和時代烙印，成為認識中國社會 60 年發展歷程的見證人，折射了中國社會在 60 年間經歷的巨大時代變遷歷程。其次是作為「社會人」的方漢奇代表了一個特殊的知識分子群體在 60 年間的政治學術和心靈歷程。這一群體的共同特徵是從舊社會過來、真心在中國共產黨領導下接受思想改造、但受到過不公正對待，改革開放後獲得政治學術新生，為中國新聞史學研究和學科建設做出了重要貢獻。再則是作為「學術人」的方漢奇及其 60 年尤其是改革開

放後三十多年間的新聞史學道路，再現了中國新聞史學研究和學科建設的發展軌迹。中共十一屆三中全會後，中國大陸實行改革開放的基本國策，新聞史學研究進入迅速發展時期。作爲「學術人」的方漢奇先是出版第一本專著《中國近代報刊史》（這也是新中國建立以來第一部公開出版的新聞史專著），成爲國務院學位委員會新聞傳播學學科評議組成員並擔任召集人，主持成立國家級學術團體「中國新聞史學會」並任創會會長，牽頭編纂出版了諸如《中國新聞事業通史》、《中國新聞事業編年史》等在中國新聞史研究史上具有開創性意義的專著，組織了多次新聞史研究學術研討會等學術活動，創辦中國新聞史學會會刊《新聞春秋》，指導新聞史博士研究生等等。儘管這都是他個人的活動，但這又是在改革開放的特定時代背境下才有可能產生的個人活動（在改革開放前是絕無可能的）。因此這些活動以及活動者本人也就具有了恩格斯所說的「典型環境下的典型人物」的社會屬性，折射出中國新聞史學科在改革開放 30 年來的發展歷程，成爲一個時代的縮影。

（三）

劉泱育的博士論文共有七章（引論加六章正文），本書是以論文的主體第三、四、五章爲基礎修改充實而成的。讀畢全書文稿，覺得有以下幾點印象：一是選題有代表性。研究方漢奇先生 60 年學術道路，就是通過研究方漢奇先生的學術道路，探索知識分子在不同社會環境下知識生產的獨特規律，思考知識、知識分子、知識分子的知識生產與社會、社會環境、社會環境間的互動關係，其研究的社會和學術價值應當說遠遠溢出了方漢奇「這一個」人的範疇。二是論述重點突出。本書選擇了方漢奇先生在改革開放 30 年來的主要學術活動，分「學術探索之路」、「組織研究之路」和「人才培養之路」三編予以展開。其間既順帶介紹了有關背景和相關人物和活動，但著重於方先生在學術探索、組織研究和人才培養這三個方面——這既是高校教師和新聞史學者方漢奇的主要社會活動，也是社會環境與社會知識分子關係變化的主要領域。抓住了這三個方面，就抓住了方漢奇在這三十年間的活動主線，抓住了「典型環境中的典型人物」的「典型性格」，收到研究「一個人」的學術道路折射「全社會」發展進步的綱舉目張效果。三是研究方法獨特。主要是指在研究過程中大膽應用「口述史」的研究方法。據介紹，在構思撰寫和修改論文過程中，他和方先生的電子郵件交流達 200 多次，其中方

先生發給他的電子郵件就達 130 多封。無論是在博士學位論文還是本書中，作者都引用了和方先生交流過程中形成的大量電子郵件、交談錄音等原始素材（論文素材的眞實性得到方先生本人的認可）。從寫作的意義上講，這些第一手素材具有唯一性論據的價值，而從保存珍貴史料角度言，採用「口述史」方法獲得的史料對後人的研究或許也有特殊的價值。四是努力直面歷史。面對被新聞史學界稱之爲「泰斗」的方漢奇先生，作爲「小字輩」的劉泱育當然應該是崇敬有加。但作爲研究者劉泱育和研究對象方漢奇之間，則不應該只有「崇敬」，否則就失去了研究的本義和價值。讀完全稿，儘管還不能感到十分滿意，但已可感覺到他的十分努力。這種努力的主要方式是：首先是以「後方漢奇」否定「前方漢奇」。如對《中國近代報刊史》的評價。採用方漢奇自己認爲《中國近代報刊史》「基本上還是採用了按政治運動分期的那種體例，」「它受舊的影響多一些，新聞業史的特點還不那樣突出」，「每一章都是什麼什麼報爲了什麼什麼而鬥爭，和黨在當時的政治鬥爭、路線鬥爭緊密聯繫」（《關於新聞史研究的幾點體會與建議》），從而指出該書在寫作指導思想上的時代局限性。其次是對方先生的某一結論提出不同意見。該書與《大公報》相關的部分：檢視方漢奇對《大公報》的評價軌迹，隱喻著學人思想不斷解放的過程。這種思想不斷解放的結果是，一方面完成了過去學界對《大公報》「評價過低」的反動，而另一方面則易造成對《大公報》的「評價過高」。1994 年時，方漢奇在吳廷俊《新記大公報史稿》序言中認爲《大公報》「不僅在中國新聞史上佔有十分重要的地位，在世界新聞史上，也有一定的影響」，2003 年，認爲《大公報》「是中國新聞史上壽命最長、影響最大、聲譽最隆的一家報紙」（方漢奇序：《任桐〈徘徊於民本與民主之間〉》）。「壽命最長」是發生學上的客觀事實（但似乎目前尚無法給以最後的定論，因爲時間在延伸，所以就無法確定其他報紙存在時間一定就比《大公報》短），而「影響最大、聲譽最隆」顯然只適用於評價 1949 年以前的《大公報》，對於 1949 年以後的《大公報》，能否用「影響最大、聲譽最隆」來評價是可以商量的。起碼在目前中國的許多省份是看不到《大公報》紙質版的，因此，其影響與聲譽也就難以評估。」這一分析和結論與方先生的學術觀點有明顯的差異，但我認爲卻是有一定道理的。五是分析上有創意。針對學術界尤其是新聞史學界近數十年對「階級分析史觀」一直持總體否定的狀況。劉泱育在書中公開表示：在我看來「階級分析史觀」絕非一無是處。首

先，「階級分析」作爲一種理論工具，我們如果將「階級分析」視爲與其他社會學理論工具處於並列競爭之中的一種理論，那麼，採用「階級分析」史觀治新聞史並沒有什麼氣短的。檢討更是沒有必要。其次，如果承認「新聞事業」與「政治」的關係十分密切的話，如方漢奇所言：「新聞事業歷來與政治的關係十分密切」，那麼，採用階級分析史觀觀照新聞事業與政治的關係，尤其是中國近代以來將新聞媒體視爲「政黨喉舌」，工具理性的意味明顯，則採用「階級分析」史觀不失爲一種合理的研究取徑（王潤澤《北洋政府時期的新聞業及其現代化》前言）。再次，階級分析史觀，誠然是建國後很長一段時期學術界的一種意識形態。但我們所反對的，其實並不應該是階級分析方法本身，而毋寧說是反對只允許採用階級分析方法進行學術研究，也就是說，我們反對的是（只准使用階級分析方法而同時）禁止和扼殺學術研究「百花齊放」和「百家爭鳴」的「左」的思想。

　　金無足赤，人無完人。何況它是出自於博士畢業剛走上新聞史學研究舞臺不久年輕學人之手的第一部學術性著作，又是新聞學界研究健在新聞學界人物的第一部探索性著作，不足之處在所難免。我認爲主要有以下幾點：一是雖然在史料收集方面值得讚賞，但在解析方先生的思想脈絡及其演進軌迹尙欠火候。儘管在方先生報考蘇州社會教育學院新聞專業的思想脈絡分析等節點上的努力使人信服，但整體上正如郭鎭之教授和程曼麗教授所指出「似未能完全走入方先生的內心世界」，「對於方先生學術精神和學術思想提煉的部分稍微弱了點，或者說顯得不夠豐富。」這也是我的明顯感覺。二是對方先生個人學術活動演進與社會變革大潮之間的互動關係挖掘得不夠細深。應該可以讓方先生「這一個」「典型人物」的「典型道路」在更廣闊的社會大舞臺上得以更全面的展現，體現更豐富的社會內涵。三是論文語言表述方面「講」的情調較濃而「述」的色彩較淡。使人讀來雖有親切順暢的感覺，但更像在課堂上聽課而非在閱讀學術專著；在敘述時學術語言色彩還需進一步加強。現在的文稿口語化色彩比較明顯，詞組多，短句多，節奏快，讀來使人感到語氣急促，缺少學術著作的穩重感。儘管有上述明顯的不足，但我仍然持充分肯定的態度，仍然希望新聞史學界有更多的人參加到研究健在新聞學界人物的隊伍中來，仍然希望具有「留住歷史、搶救史料」功能的研究尙健在新聞學界和業界代表性人物的工作取得更大更多的成績——因爲這是我們每個後來的新聞史人應該履行的社會責任和歷史使命。

　　本書是劉泱育在其博士學位論文《方漢奇60年新聞史學道路研究》有關部分的基礎上修改充實形成的一部新作。按照他的計劃，此後還會在「方漢奇研究」方面繼續努力，我期待也相信他會有新的成果問世。

倪延年

二〇一三年八月十五日

於南京龍鳳花園寒舍海壁齋

　　倪延年，南京師範大學新聞與傳播學院教授、新聞學（中國新聞史方向）博士研究生導師、民國新聞史研究所所長、國家社科基金重大項目「中華民國新聞史」首席專家。曾任南京師範大學黨委常委、紀委書記。先後出版有《中國古代報刊發展史》、《中國現代報刊發展史》和《中國報刊法制發展史》（5卷）等專著，發表數十篇論文。主持完成國家哲學社會科學基金2007年度重點項目「中國新聞法制通史研究」（項目編號：07AXW001）。正在主持國家社科基金2013年度重點項目「中華民國新聞史研究」（項目編號：13AXW003）和國家社科基金2013年度重大項目「中華民國新聞史」（項目編號：13&ZD154）。

目次

引論：
爲何及如何研究方漢奇的學術之路

研究方漢奇先生的學術之路，難度——是顯見的。

因這不但面臨著褒貶尺寸的「拿捏之難」：偏於褒獎，則有「阿諛」之嫌；偏於貶損，則有「中傷」之虞，而且與人們觀念中所習慣的「蓋棺論定」——完全背道而馳。

人類的本性是「趨利避害」。作爲正常人，選擇「迎難而上」，總需若干理由。開展本研究，其理由何在？

問題：爲何研究方漢奇的學術之路？

在中國新聞傳播學界，一個極爲奇怪的現象是：對於逝去的新聞界人物的個案研究，成果即使不言汗牛充棟，至少已是琳琅滿目。但對於健在人物的個案研究，迄今尚未見到一篇博士論文，儘管有學者不滿於這種「研究死人多活人少」的現象。〔註1〕但這種現象的客觀存在，到底是因爲中國新聞界健在的人物「不值得」做深入的個案研究呢？還是因爲其他別的原因？同時，如果對中國新聞界健在的人物不做「深入」的個案研究，又據何判斷此種研究「不值得」呢？並且，如果不對中國新聞界健在的人物進行深入的個案研究，又如何去破解一些學者對於開展健在人物個案研究所存有的「尚未到『蓋棺論定』之時」或「距離過近」「不好評價」等顧慮呢？

〔註 1〕喬雲霞：《60 年來中國新聞界人物研究現狀及對策》，見方曉紅主編：《新聞春秋》（第十二輯），南京：南京師範大學出版社，2010，第 36 頁。

　　伴隨此種疑竇，幾經躊佇，我最終將申請博士學位論文的選題，定爲——《方漢奇 60 年新聞史學道路研究》。但個人的諸多「疑竇」顯然並不能等同於充足的研究理由，我仍需直面學界的疑問：你爲何要研究方漢奇的學術之路？

　　這，其實也就是要我回答：方漢奇的學術之路「值不值得」研究？

　　一種可能的思維誤區是：將此問題等同於回答「方漢奇所取得的學術成就是否值得研究」？研究思路便滑向了評價「方漢奇的學術成就是大是小」。

　　實際上，我完全可以接此思路追問一句：即便通過研究得出了「方漢奇的學術成就很大」這一結論，那又如何？這跟作爲「他者」的「我」又有什麼關係？

　　毫無關係！

　　畢竟，成就是方漢奇的，無論是大或小，都與「我」無關。

　　既如此，本研究在思路上就需懍然警惕並瞻然規避上述誤區。研究的進路應是：通過研究「方漢奇的學術之路」所提出和回答的「問題」是否「古人之所未及就」，而「後世之所不可無」〔註 2〕？而這種「問題」，充其量只是與方漢奇的學術之路有關而已，絕非等同於評價方漢奇的學術成就是大或小之問題。

　　在本書中，我擬通過研究方漢奇的學術之路：

一、探察共和國學者以「學術爲樂業」如何可能？

　　「共和國學者」中的「共和國」，自然是指「中華人民共和國」，作出此種界定，意在承認，本研究最後所得出的結論並不奢望「放諸四海而皆準」，而是研究在一種特定的學術制度、教育制度、媒介制度和社會文化之下，個體學者如何思想和行動才可能「以學術爲樂業」？這也隱隱表明，本研究的理論視角是知識社會學的取徑。

　　「共和國學者」中的「學者」，主要是指中青年學者。因爲就老年學者而言，對於「功成身退」者，已沒有必要再「以史爲鑒」；而對於「所成無幾」者，又沒有足裕的歲月來「借鑒方漢奇的經驗教訓」，重啓一種「以學術爲樂業」的生活。這也就是說，本研究是站在共和國人文社科中青年個體學者的立場之上，在聚焦方漢奇學術之路上的任何一個點時，都在思忖：他這一點對「我」（目前即使所成無一，但春秋尚富，來日方長者）而言有何啓示？

〔註 2〕〔清〕顧炎武：《日知錄校注》，陳垣校注，合肥：安徽大學出版社，2008，
　　　　第 1046 頁。

　　儘管許多博士（包括碩士）論文的作者，「在思想方法上存在著驚人的相似，即研究哪個人物，就崇拜那個人物」，研究哪個問題，就把哪個問題誇大爲該領域中最重要的問題〔註3〕——但本研究，既非爲「崇拜」方漢奇而作，也絕不敢自認爲對「方漢奇的學術之路」的研究乃是中國新聞史學領域中最重要的一項研究——因爲，那在某種意義上等同於將本書視爲中國新聞史學領域迄今最重要的研究成果，即使我心存此種奢望，但也自知只能是心向往之，而實不能至。

　　事實上，我首先（在重要性上排在第一位的）所關心的倒並不是向方漢奇學習哪些治學經驗，而是先退後一步，思考一個前提性問題：以「高校教師」爲職業，以「教學科研」爲生活方式，是不是年輕的學人所宜所應選擇的生活？而選不選擇這樣一種生活方式，又依據什麼來作判斷？

　　韋伯（Max Weber）曾言：「我們唯一重要的問題：我們應當怎樣做？我們應當怎樣活？」〔註4〕在我看來，「應當」的本身預設了一套價值觀念，與此相合便是「應當」。爲了做「應當」做的，爲了活「應當」活的，則必須先解決「應當」所指向的價值觀念到底是什麼？在此種意義之上，是否願意像方漢奇一樣選擇「以學術爲樂業」的生活方式，便轉化成爲一個是否認可方漢奇的生活方式背後的價值觀念問題。而方漢奇的價值觀念，又不能憑空去覓，而只能從歷史上所發生的「經驗事實」——即方漢奇的學術之路中去找尋。

　　其次，在選擇了高校教師職業，以從事教學科研工作爲生活方式之後，如何思想和行動才能扮演好這一職業所要求的關鍵社會角色——「學術的探索者」、「研究的組織者」和「人才的培養者」？亦即，在共和國的學術制度、教育制度、媒介制度、文化傳統、群體規則和社會慣習等規約之下，個體學者需要以一些什麼樣的「價值觀念」作爲日常行動的指南才能少走彎路，少浪費有限生命的時間資源，從而最大程度地實現個體學者的人生價值？畢竟，「人的活動及其成果，說到底，不過是人的價值觀的外在表現」。〔註5〕

　　米蘭・昆德拉曾在《不朽》中塑造了一位精明的歌德，這位精明的歌德

〔註3〕俞吾金：《俞吾金講演錄》，長春：長春出版社，2010，第30頁。

〔註4〕〔德〕韋伯（Weber, M.）：《倫理之業：馬克斯・韋伯的兩篇哲學演講》，王容芬譯，北京：中央編譯出版社，2012，第15頁。

〔註5〕袁貴仁：《價值觀的理論與實踐：價值觀若干問題的思考》，北京：北京師範大學出版社，2006，代序第3頁。

有一段指導年輕人如何對待前人經驗教訓的經典箴言：

> 我們這些老年人的話誰肯聽呢？每個人都自信有自知之明，因此，有許多人徹底失敗了，還有許多人長期在迷途中亂竄。可是現在卻沒有時間去亂竄了。在這一點上我們老年人是過來人，如果你們青年人願意重蹈我們老年人的覆轍，我們的嘗試和錯誤還有什麼用處呢？這樣，大家就無法前進了。我們老一輩子走錯路是可以原諒的，因為我們原來沒有已鋪平的路可走。但是對入世較晚的一輩人要求就要更嚴格些，他們不應該老是摸索和走錯路，應該聽老年人的忠告，馬上踏上征途，向前邁進。向著某一天終於要達到的那個終極目標邁步還不夠，還要把每一步驟都看成目標，使它作為步驟而起作用。〔註6〕

具體到年輕學者如何從事學術研究而言，中國社會學的奠基人費孝通、美學家蔣孔陽「英雄所見略同」：

蔣孔陽說：

> 一個人做學問，最好是先對某一門學科的歷史，有一個全面的大概的瞭解；然後，再選擇其中的某一個代表人物或某一個專題，進行深入的專門性的研究，等到有了一定的成果，再擴大範圍，旁涉各家。最後，聯繫現實的實際問題，擺脫對他人的依傍，自立門戶。〔註7〕

費孝通言：

> 一個想踏進社會學這門學科，希望在這門科學中能作出一點學術上貢獻的人，最結實的學習方法一是在對社會學有了概括的初步認識後，挑定一個在這門學科中有一定成績的學者，把他一生所發生的著作，有系統地閱讀一遍，追蹤他思想發展的經過，然後把他各個階段的思想放入各時期社會學發展的總過程中看這個學者的地位和特點，再把這些變化和特點放進他所處的歷史背景中去研究他這種思想所發生的社會歷史原因和其發生的歷史效果。〔註8〕

〔註6〕〔德〕愛克曼輯錄：《歌德談話錄》，朱光潛譯，北京：人民文學出版社，2008，第5頁。

〔註7〕蔣孔陽：《黑格爾美學論稿·序》，見朱立元：《黑格爾美學論稿》，上海：復旦大學出版社，1986。

〔註8〕丁元竹：《費孝通社會思想與認識方法研究》，北京：中國社會出版社，2007，第327頁。

如果在思想上遵從歌德的告誡，那麼，在行動上就應踐履費、蔣的指點——選擇一位對某門學科有所貢獻的學者，將「以史爲鑒」轉化成可操作的研究者與研究對象之間的價值關係。在此意義上，方漢奇在他的學術之路上，做出了多大的成就，對於本研究而言，就並非是一個「最重要的問題」〔註9〕，而最重要的問題在於，他在學術之路上，所扮演的「學術的探索者」、「研究的組織者」和「人才的培養者」這三種社會角色——在每一種社會角色中，所含蘊的對於每個學者而言都必需考慮的重要價值觀念是什麼？而這種「價值觀念」才是研究者和讀者以研究對象爲鑒的史因。

作爲學術的探索者，有無成就的前提，首先是不是選擇了自己「性之所近」的領域？選定了領域之後，作爲學者，是不是提出了重要的學術問題並貢獻了自己的識見？所提出的識見是不是在堅持事實第一性的前提之下得出的？所提出的識見能不能「生有聞於當時，死有傳於後世」？〔註10〕

作爲研究的組織者，如何獲得作爲研究的組織者的學術資本？怎樣進行組織，研究成果的水平才能達到一定的高度？怎樣利用學會一類的組織來團結同道？怎樣選題研究成果才具有長久的影響力？

作爲人才的培養者，從「事在師爲」的角度，自己怎樣做才能使學生愛聽課？秉持何種思想觀念才利於培養出高水平的人才？又怎樣做才能最大限度地發揮自己的人才培養能量？

無論是作爲學術的探索者、研究的組織者還是人才的培養者，都需以健康長壽爲前提，「身體是革命的本錢」與「爲祖國健康工作五十年」——雖然帶有濃郁的時代印記，但卻道出了一個「皮之不存，毛將焉附」的至理，那麼，爲健康長壽計，又需一些什麼樣的價值觀作爲日常生活的向導？組成價值觀的各種價值命題之間的邏輯聯繫又是什麼？

我當然期望通過研究方漢奇的學術之路，能夠對上述問題（這些問題，在我看來，乃是「以學術爲樂業」的必要條件）作出回答。不僅如此，我還想——

〔註9〕 實際上，選擇方漢奇的學術之路作爲個案研究對象，在某種意義上，已經等於承認作者認爲其重要。即使想否認，也否認不了。而本研究，最大的一個障礙與危險也正在於因對研究對象的「崇敬」，而自覺或不自覺地採取「仰視」之姿。或者說，本研究最大的危險在於如何避免將「學術研究」異化爲「人物宣傳」。

〔註10〕 〔宋〕王安石：《祭歐陽文忠公文》，見徐寒主編：《唐宋八大家》，北京：中國書店，2010，第 1166 頁。

二、追問社會變遷與年齡變遷中個體的選擇空間

「選擇」問題，是一個與「自由」密不可分的問題。盧梭曾對人的生存狀況發過感慨：「人是生而自由的，但卻無往不在枷鎖之中」。〔註11〕那麼，「枷鎖」具體是指哪些因素？身處「枷鎖」之中，個人到底還有沒有（或者有多少）選擇空間？

方漢奇這一代人，由於其所身處的時代環境，認爲他們自己沒有多大的自主選擇空間，事實是否眞的如此？研究結論對此問題的回答，不但能夠加深我們對於一個時代所賦予個體的自由程度的理解，而且，也能夠使我們有可能從一個新的視角（個人選擇空間有無）來重新認識和評價身處那個時代的人的所作所爲，進而有可能獲得對中國新聞學術史的一種新的識見。

1926 年出生的方漢奇，在政權更迭上，經歷了國民黨統治的民國時期和共產黨統治的共和國時期；在時代上經歷了南京國民政府的建立，抗日戰爭、國共內戰，中華人民共和國建國後又經歷了知識分子思想改造、反右派鬥爭、四清運動、「文革」、「改革開放」等時期；就媒介技術變革而言，經歷了報刊與廣播共存的時代，報刊與廣播、電視共存的時代，報刊與廣播、電視、互聯網、手機媒體共存的時代；在社會角色上，方漢奇「扮演」過學生、學者、教師、被改造的知識分子、研究生導師、新聞史學者、中國新聞史學會會長、國務院學位委員會新聞傳播學科評議組召集人、新聞史人才培養者、中國人民大學榮譽一級教授等多種角色；在超過 60 年的劇烈的社會變遷之中，方漢奇作爲一個個體，他自己到底有沒有自主的選擇空間？而這種選擇空間如果有的話，又體現在哪些方面或者哪些關節點之中？

子曰：「吾十有五而志於學，三十而立，四十而不惑，五十而知天命，六十而耳順，七十而從心所欲，不逾矩」。〔註12〕歷代多人對此進行過解讀。我雖無意對之再添一種新解，但這並不等於說我對此毫無感想無動於衷，就研究方漢奇的學術之路而言，孔子的話，讓我存心思考的是：個體學者年齡變遷與其治學階段性特點之間的關聯。

〔註11〕 〔法〕盧梭（J.J.Rousseau）：《社會契約論》，何兆武譯，北京：商務印書館，1980，第 8 頁。
〔註12〕 〔宋〕朱熹：《四書章句集注》，長沙：嶽麓書社，2008，第 78～79 頁。

　　方漢奇從十幾歲、二十幾歲，到三四十歲，再到五六十歲，七八十歲……他在自己生命不同的年齡段，是否有過「選擇」的行動？如果有的話，他是如何進行「選擇」的？而這種「選擇」的空間又來自何處？同時，這種「選擇」本身是自發的還是自覺的？尤其重要的是，其「選擇」行爲背後的個人價值觀念又是什麼？

　　按我對方漢奇學術之路的觀察與理解：對於人文社科學者而言，在不同的年齡段，是存在著自己在這一年齡段發揮最大效益的可能的。而這種可能，如果把主動權交給個體，那麼，個體需要根據什麼樣的價值觀念作出何種選擇，才能把這種「可能」轉化爲「現實」？

　　「過去並非供人憩息的住處，而是爲了採取行動而從中提取結論的源泉」。〔註13〕如果能夠通過研究方漢奇的學術之路，來追問個體在社會變遷與年齡變遷中的選擇空間，從而提取出一些結論來，那麼，對於我們聯繫自己所處的特定環境和現實問題，自覺地以某些價值觀念作爲「選擇」的「向導」，依念而行，行有所自，是否可以較（無史可鑒，摸著石頭過河）更加明智？進而達成一種可能的幸福生活？

方法：如何研究方漢奇的學術之路？

　　「學術研究不論從規範上還是在實質上都不能是無背景的自說自話，其與已有研究成果間總是存在著或隱或顯的對話關係」。〔註14〕開展任何一項研究，都需先勘學術進展。

一、學術界相關研究進展的勘測：尋找前沿

（一）關於高校教師社會角色的研究進展

　　方漢奇是高校教師。本研究既是第一篇從「學術的探索者」、「研究的組織者」和「人才的培養者」維度來研究高校教師社會角色的學位論文，也是第一篇研究高校教師社會角色的人物個案研究學位論文。

　　高校教師作爲一個特殊的社會群體，既要承擔教學工作，又要從事科研和社會服務，既屬於教師，又屬於學者和知識分子，一身兼任多種社會角色。

〔註13〕〔英〕約翰・伯格（Berger, J.）：《觀看之道》，戴行鉞譯，桂林：廣西師範大學出版社，2007，第 5 頁。
〔註14〕周建漳：《歷史及其理解和解釋》，北京：社會科學文獻出版社，2005，第 1 頁。

學界迄今對於高校教師社會角色的研究，主要有：

　　碩士論文層次的研究：有人研究新時期高校知識分子的社會角色轉變的「宏觀趨勢」和「微觀原因」，並論述其社會角色轉變的路徑〔註15〕；有人採用心理學、教育學和管理學相結合的理論視角，研究高校教師對自己所從事職業的社會角色和功能的認同情況〔註16〕；有研究者基於社會互動與交換理論，結合深度訪談法，研究高校教師的「合作行為」與其「角色習得」的自我觀念之間的關係〔註17〕；有人回顧了近百年來不同社會背景下大學教師所扮演的社會角色及其顯著特徵的變遷〔註18〕；也有人運用知識社會學、角色理論、場域觀等，從「知識人」和「政治人」兩個維度研究大學教師的角色特徵及角色矛盾〔註19〕。

　　博士論文層次的研究：有研究者運用社會角色理論、社會變遷理論和社會衝突理論，研究社會轉型中地方院校高校教師在扮演教育者、研究者和服務者等角色行為時產生的角色內衝突、角色間衝突和角色外衝突問題，分析高校教師角色衝突的原因，並提出相應的調適策略〔註20〕；有論者研究大學教師的「知識分子」角色，著力探討「知識分子與大學教師之間呈何種關係」？「大學教師的『知識分子』批判精神式微的成因與機理何在？」「大學教師的『知識分子』精神如何復歸？」〔註21〕有研究者從「學術人」與「政治人」兩個向度對大學教師的社會角色進行了歷史分析，認為在中國社會之中，兩種角色的自由扮演是艱難的，並闡述其因〔註22〕；有研究者結合社會學的角

〔註15〕 羅旭：《新時期高校知識分子的社會角色轉變》，鄭州：鄭州大學碩士學位論文，2006。

〔註16〕 張偉鋒：《高校教師職業認同、組織承諾及其關係研究》，天津：天津師範大學碩士學位論文，2010。

〔註17〕 譚詩如：《高校教師合作行為研究——基於社會互動與交換理論》，長沙：湖南大學碩士學位論文，2009。

〔註18〕 畢世響：《大學教師社會角色百年回顧——以福建師範大學為例》，福州：福建師範大學碩士學位論文，2007。

〔註19〕 陸海棠：《知識人和政治人：大學教師角色研究》，桂林：廣西師範大學碩士學位論文，2008。

〔註20〕 熊德明：《社會轉型中地方院校教師角色衝突研究》，武漢：華中師範大學博士學位論文，2009。

〔註21〕 王全林：《「知識分子」視角下的大學教師研究——大學教師「知識分子」精神式微的多維分析》，南京：南京師範大學博士學位論文，2005。

〔註22〕 胡金平：《學術與政治之間——大學教師社會角色的歷史分析》，南京：南京師範大學博士學位論文，2005。

色理論和「理想類型」方法，將大學教師的職業角色分爲「教育者」和「學者」（兩種基本職業角色）以及「知識分子」（超越性角色），提出了構建我國當代大學教師理想形象的策略〔註23〕。

綜觀上述研究，就高校教師社會角色這一維度的已有研究而言，不但從「學術的探索者」、「研究的組織者」和「人才的培養者」這一維度研究高校教師社會角色的成果尚未見到，而且以某一位高校教師爲個案來研究其社會角色的成果仍付闕如。

（二）關於中國新聞界人物的研究現狀

方漢奇屬於中國新聞界人物。中國新聞界既包括新聞業界也包括新聞學界，對於方漢奇學術之路的研究——在學術史定位上——屬於中國新聞界人物研究中，第一篇以學界人物爲個案研究對象的博士論文，和中國新聞界健在人物研究中的第一篇博士論文。

這其實隱含著，1. 對於中國新聞學界人物，無論健在與否，以前根本就沒人做過博士論义層次的個案研究。2. 對於中國新聞業界逝去人物的個案研究，此前有人做過博士論文，如龐亮曾研究過「梅益」〔註24〕，而王詠梅、陳志強都曾論過「胡政之」。〔註25〕3. 對於中國新聞業界健在人物，以前則有人關注過。迄今（2012 年 12 月）所選是三人：穆青（1921～2003）、艾豐（1938～）和范敬宜（1931～2010）。其焦點是業務方面，原鵬曾從「新聞作品」和「新聞理論」兩個方面研究過穆青的貢獻〔註26〕。劉聰賢則關注艾豐的「經濟報導寫作技巧」，希望能夠爲業界提供借鑒。〔註27〕李九偉研究了范敬宜的新聞思想和總編思想〔註28〕。在研究層次上，上述研究都是「碩士學位論文」。

〔註23〕 王坤慶：《現實與超越——大學教師理想角色形象研究》，武漢：華中師範大學博士學位論文，2008。

〔註24〕 龐亮：《聲屏世界裏的思想者——梅益廣播電視宣傳思想研究》，中國傳媒大學 2007 年博士學位論文，已於 2008 年由中國傳媒大學出版社出版。

〔註25〕 王詠梅：《新聞巨子胡政之》，北京：中國人民大學博士學位論文，2008。《治學與治己：方漢奇學術之路研究》作爲書稿修訂之際，又見到陳志強的《胡政之新聞職業觀及其實踐研究》，武漢：華中科技大學博士學位論文，2010。

〔註26〕 原鵬：《穆青新聞論》，開封：河南大學碩士學位論文，1999。

〔註27〕 劉聰賢：《艾豐經濟報導研究》，保定：河北大學碩士學位論文，2009。

〔註28〕 李九偉：《范敬宜新聞思想與總編思想初探》，開封：河南大學碩士學位論文，2005。

　　本研究既然屬於中國新聞界人物研究中，第一篇以學界人物為個案研究對象的博士論文，和中國新聞界健在人物研究中的第一篇博士論文，就意味著在中國新聞學界的已有成果中，既找不著「接著說」的基點，也尋不到「照著說」的參照。

　　但「他山之石，可以攻玉」，在人文社科其他學科中，以學者為個案，進行博士論文層次的研究，卻早已有之，如對美學家蔣孔陽（1923～1999）的研究——《蔣孔陽美學思想新釋》〔註29〕；並且還有被研究的對象作為指導老師來指導研究者進行研究——如費孝通（1910～2005）生前就曾指導過博士生丁元竹作過《費孝通社會思想與認識方法研究》〔註30〕。這說明「學術無禁區」，以健在學者為個案進行博士論文層次的深入研究，是「可以做」的。至於「值不值得做」，那則要看研究者的學術識見，而並不是一句「不好做」就可以簡單打發了事的。

（三）關於中國新聞學術史的已有研究

　　學術史無論怎樣書寫，從「知人論世」這一立場出發，最終都離不開對於學者的研究。書寫學術史，首先需要研究學者史。本研究屬於中國新聞學術史中，第一篇博士論文層次的學者個案研究〔註31〕。

　　李秀雲的《中國新聞學術史》既是第一部研究中國近代百餘年新聞學術史的有開創意義的專著，也是第一篇博士論文級別的研究中國新聞學術史的專著，但限於所論時段，並未涉及到方漢奇。

　　以博士論文的方式書寫1949年以後中國新聞學術史的，迄今所見有謝鼎新和張振亭。

　　謝鼎新的《中國當代新聞學研究的演變——學術環境與思路的考察》〔註32〕，旨在重點梳理中華人民共和國建國後約半個世紀的新聞學研究的學

〔註29〕羅曼：《蔣孔陽美學思想新釋》，濟南：山東師範大學博士學位論文，2009。
〔註30〕丁元竹：《費孝通社會思想與認識方法研究》，北京：北京大學博士學位論文，1991。
〔註31〕楊立川教授曾指導研究生郭星敏作過《共和國兩次新聞改革與王中新聞思想》，西安：西北大學碩士學位論文，2009；李秀雲教授曾指導研究生鄭雲作過《王中對新聞學術研究的貢獻》，天津：天津師範大學碩士學位論文，2010；袁文麗教授曾指導研究生喬秀峰作過《王中新聞思想研究》，太原：山西大學碩士學位論文，2010。
〔註32〕謝鼎新：《中國當代新聞學研究的演變——學術環境與思路的考察》，北京：中國傳媒大學出版社，2007。

術環境和研究思路的演變史，出於論述策略，作者一般不涉及具體學者，自然也不必格外關照方漢奇。張振亭的《中國新時期新聞傳播學術史研究》〔註33〕，以「5W」理論作爲分析框架，聚焦 1978～2008 年中國新聞傳播學術史，由於其側重點並非是個案學者，書中自然很少深描方漢奇。

在新聞學術史著中論述方漢奇的，繞不過去徐培汀教授。他的《中國新聞傳播學說史（1949～2005）》〔註34〕，是其與裘正義所著《中國新聞傳播學說史》〔註35〕的姊妹篇，該書涉及到學者的章節，採用以學者的小傳和成果內容評述相結合的方式，在某種意義上提要了中國新聞傳播學說的譜系。而他所著的《20 世紀中國新聞學與傳播學·新聞史學史卷》〔註36〕，則主要以個體學者的代表作來結構每一節內容。徐老所寫的上述新聞學術史的特點是：對於所評述的學者以褒爲主，其不足也正是由這「以褒爲主」而帶來的——使人感覺只見到了學者及其著作光鮮的一面，即使從「一分爲二」的角度來看，也知道這樣寫學術史並不過癮。但他單槍匹馬，「不顧年老體弱，多方奔走，收集與積累有關材料」，〔註37〕爲後之學者貢獻出方便的參考資料，已然功不可沒。方漢奇在徐著中屬於人物群像中的一員。

戴元光的《中國傳播思想史》（2005）、〔註38〕丁淦林、商娜紅主編的《聚焦與掃描：20 世紀中國新聞學與傳播學研究》（2005）〔註39〕、吳廷俊主編的《中國新聞傳播史（1978～2008）》（2011）〔註40〕分別對方漢奇的新聞史學研究思想或學術成就作過介紹與歸納。但無論戴著、還是丁、商、吳主編之書，都是將方漢奇作爲群體中的一員來進行介紹的，而並非專門以方漢奇的個人學術史作爲個案研究對象來展開研究。

在期刊文章方面，已有的關注方漢奇的文獻中，與「研究」相涉的主要爲「評介」類。

〔註33〕 張振亭：《中國新時期新聞傳播學術史研究》，南昌：江西人民出版社，2009。
〔註34〕 徐培汀：《中國新聞傳播學說史：1949～2005》，重慶：重慶出版社，2006。
〔註35〕 此書只寫到 1949 年 9 月。徐培汀、裘正義：《中國新聞傳播學說史》，重慶：重慶出版社，1994。
〔註36〕 徐培汀：《20 世紀中國新聞學與傳播學·新聞史學史卷》，上海：復旦大學出版社，2001。
〔註37〕 徐培汀：《中國新聞傳播學說史》，重慶：重慶出版社，2006，第 525 頁。
〔註38〕 戴元光：《中國傳播思想史》（現當代卷），上海：上海交通大學出版社，2005。
〔註39〕 丁淦林、商娜紅主編：《聚焦與掃描：20 世紀中國新聞學與傳播學研究》，北京：新華出版社，2005。
〔註40〕 吳廷俊主編：《中國新聞傳播史（1978～2008）》，上海：復旦大學出版社，2011。

從 1982 年 3 月 15 日《光明日報》所載甘惜分的《評〈中國近代報刊史〉》
到 2007 年 9 月 13 日《中國新聞出版報》刊出李建新的《方漢奇：執著爲師》，
這類評介類的文章超過 20 篇。綜觀這些評介類文獻所聚焦的熱點主要有：

1. 關於方漢奇作為「學術探索者」的評介

這方面的文獻始於《中國近代報刊史》出版後，據我所見，自 1982 至 1984
年，專門評介《中國近代報刊史》的論文有三篇，分別爲甘惜分的《評〈中
國近代報刊史〉》（1982）、王鳳超的《新聞業史研究的新收穫》（1983）〔註41〕
與何炳然的《簡評〈中國近代報刊史〉》（1984）〔註42〕。三篇評介論文涉及
《中國近代報刊史》的地位、與《中國報學史》的關係、編寫體例特點、優
點及不足之處等。

邵飄萍是方漢奇花過較多精力所作的個案研究。他早在 1963 年就發表過
論文《邵飄萍其人其事》，〔註43〕但眞正持續圍繞邵氏展開研究則始自 20 世
紀 80 年代，自 1982 至 1988 年，方漢奇持續不斷地研究邵飄萍。20 世紀 90
年代，有學者撰文薦評方漢奇主編的《邵飄萍選集》；〔註44〕進入 21 世紀後，
有研究者發表文章——較全面地梳理了方漢奇的邵飄萍研究歷程，並總結了
方漢奇在研究邵飄萍的過程中所體現出的特點。〔註45〕

自 1991 年至 2009 年，方漢奇先後出版了 5 部〔註46〕個人文集，其所寫
新聞史學論文的精華皆集於斯。有學者撰文《驊騮開道路，鷹隼出風塵——
方漢奇先生新作〈新聞史的奇情壯彩〉讀後感》，〔註47〕評析《新聞史的奇情
壯彩》的內容，並據此概括方漢奇的治學特點；亦有學者撰文概括《方漢奇
文集》的特點；〔註48〕還有學者撰文對《方漢奇文集》分別與《新聞史的奇

〔註41〕 王鳳超：《新聞業史研究的新收穫》，《讀書》1983 年第 12 期。
〔註42〕 何炳然：《簡評〈中國近代報刊史〉》，《近代史研究》1984 年第 4 期。
〔註43〕 方漢奇：《邵飄萍其人其事》，《新聞業務》1963 年第 1 期。
〔註44〕 曹鵬：《薦評〈邵飄萍選集〉》，《新聞記者》1992 年第 1 期。
〔註45〕 樓小毅：《發現新聞界巨子——方漢奇與邵飄萍研究》，《傳媒觀察》2005 年第
　　　　12 期。
〔註46〕 方漢奇已出版的 5 部個人文集分別爲，《報史與報人》，北京：新華出版社，
　　　　1991；《新聞史的奇情壯彩》，北京：華文出版社，2000；《方漢奇文集》，汕
　　　　頭：汕頭大學出版社，2003；《方漢奇自選集》，北京：中國人民大學出版社，
　　　　2007；《發現與探索：方漢奇自選集》，北京：首都師範大學出版社，2009。
〔註47〕 周亭：《驊騮開道路，鷹隼出風塵——方漢奇先生新作〈新聞史的奇情壯彩〉
　　　　讀後感》，《中華新聞報》，2000 年 11 月 20 日。
〔註48〕 劉小燕：《〈方漢奇文集〉近日出版》，《國際新聞界》2003 年第 6 期。

情壯彩》和《寧樹藩文集》作縱向、橫向的比較評介，歸納學者的治學特點。
〔註49〕

2. 關於方漢奇作爲「研究組織者」的評介

方漢奇作爲研究的組織者，影響最大的成果是其所主編的《中國新聞事業通史》。三卷本的《中國新聞事業通史》於 1999 年全部出齊，專門評介《中國新聞事業通史》的論文於 2001 年開始出現。

先有《新聞史研究的不朽盛事——讀〈中國新聞事業通史〉有感》，〔註50〕繼有《新聞史研究之盛事——讀〈中國新聞事業通史〉有感》，〔註51〕又有《氣勢恢宏的新聞史長卷——薦介〈中國新聞事業通史〉》；〔註52〕近年又有將《中國新聞事業通史》與其他新聞史著作進行比較的論文出現，如《淺析加強中國新聞史研究中的主體意識——讀〈中國新聞事業通史〉和〈美國新聞史〉》〔註53〕和《殊聲奏合響　異翩而同飛——〈中國新聞事業通史〉與〈中國出版通史〉的編纂特徵及其價值》。〔註54〕這幾篇論文對《中國新聞事業通史》的學術價值、邏輯結構、内容特徵、敍事方式、社會功用等，從不同的角度作了評介。

三卷本的《中國新聞事業編年史》出版後，至少有三篇專文對之進行評介：《還原千年中國新聞史——評〈中國新聞事業編年史〉》〔註55〕、《記錄新聞業史　跨越千年滄桑——評〈中國新聞事業編年史〉》〔註56〕和《夯實學科

〔註49〕白潤生：《仰見巨擘聳高峰——初讀〈方漢奇文集〉、〈寧樹藩文集〉》，《新聞三昧》，2004 年第 2 期。

〔註50〕尹韻公、馬海濤：《新聞史研究的不朽盛事——讀〈中國新聞事業通史〉有感》，《中華讀書報》，2001 年 5 月 23 日。

〔註51〕尹韻公：《新聞史研究之盛事——讀〈中國新聞事業通史〉有感》，《中國圖書評論》2001 年第 5 期。

〔註52〕樓小毅：《氣勢恢宏的新聞史長卷——薦介〈中國新聞事業通史〉》，《軍事記者》2005 年第 10 期。

〔註53〕徐劍鋒：《淺析加強中國新聞史研究中的主體意識——讀〈中國新聞事業通史〉和〈美國新聞史〉》，《西安航空技術高等專科學校學報》2007 年第 2 期。

〔註54〕江凌：《殊聲奏合響　異翩而同飛——〈中國新聞事業通史〉和〈中國出版通史〉的編纂特徵及其價值》，見鄭保衛主編：《新聞學論集》（第 22 輯），中國人民大學出版社，2009。

〔註55〕趙永華：《還原千年中國新聞史——評〈中國新聞事業編年史〉》，《中華讀書報》，2000 年 11 月 22 日。

〔註56〕宋素紅：《記錄新聞業史　跨越千年滄桑——評〈中國新聞事業編年史〉》，《中華新聞報》，2001 年 2 月 5 日。

基礎的力作》〔註57〕。三篇文章對《中國新聞事業編年史》的編纂歷程，特點及功用作了評介。

　　3. 關於方漢奇作為「人才培養者」的評介

　　作為一名門人眾多的新聞史學教師，不只一名學生寫過評介老師的文章，如，陳昌鳳的《學術人生　莊諧有致——我的導師方漢奇先生》（2007），〔註58〕李建新的《方漢奇：執著為師》（2007）等，從方漢奇教學與指導學生等方面呈現學生眼中的老師形象。

　　就已有的評介類文章而言，多限於對方漢奇學術成就的某一特定方面進行評介，並在某種意義上呈現出「刺激——反應」規律——當方漢奇的某一學術成果問世後，學界短期內即有評介類文章出現，有時針對同一成果，評介類文章還不只一篇，如對《中國近代報刊史》的評介。但過一段時間後，評介者的注意力，就會因評介新出現的成果而轉移，這其實仍然符合「刺激——反應」規律。當方漢奇沒有新的學術成果出現時，與他有關的專題性的評介類文章隨之消失。就筆者目力所及，已有的對於方漢奇學術成果的評介類文章，絕大多數評介者都只評介方漢奇的一種學術成果，這使得，方漢奇的多種學術成果，與其評介者之間，呈現出「多」對「多」的對應關係——這意味著每個評介者對方漢奇的新聞史學研究的關注都只是局部層面的。系統性要求各局部之間存在著有機的聯繫，已有的與方漢奇的學術之路有關的評介類文章，顯然是「不系統」的。

　　「系統性」與「全面性」之間存在著部分交集。在此需要指出的是，已有的評介類文章中，雖然不乏全面地涉及方漢奇學術研究某個方面的專題論文，但此類文章實在是少之又少，在本研究之前，此類文章在數量上少到只有一篇——樓小毅的《發現新聞界巨子——方漢奇與邵飄萍研究》。而並未出現系統研究方漢奇學術之路的個案研究。

二、知識社會學與理性選擇理論：致思取徑

（一）健在人物個案研究：難在哪裏？

　　喬雲霞教授曾不滿於中國新聞界人物研究中「研究死人多、研究活人少」

〔註57〕丁淦林：《夯實學科基礎的力作》，《光明日報》，2001 年 4 月 5 日。
〔註58〕陳昌鳳：《學術人生　莊諧有致——我的導師方漢奇先生》，《新聞與寫作》2007
　　　　年第 9 期。

的現象，認爲「究其原因：其一是只緣身在此山中，難識廬山眞面目。由於多方面原因，太近了的事情反而難以看準。其二是評說人物太敏感，容易引發人際關係緊張，甚至政局不穩。」〔註59〕而在我看來，認爲「健在人物」「不好研究」的原因則至少可以歸納爲兩個方面：

1.「蓋棺論定」的迷思

在人物研究中秉持「蓋棺論定」，雖然有其合理性，但是，亦存如下之迷思：

「蓋棺論定」的迷思之一：「求全的心理」。「全面地」看問題，是認識論的基本要求。對於人物的個案研究——亦應既微觀到研究對象的局部，也宏觀到研究對象的整體。

當研究對象健在時，由於其整個生命長度並沒有完全地呈現給研究者，此時開展研究，事實上只能觀照到研究對象生命歷程的局部，無法觀照到其生命歷程的全部，因而，似乎不是最佳時機。待到研究對象「蓋棺」之後，那時將可以對其生命歷程進行完整的考量，屆時可以實現「全面地」審視研究對象的目標預期。

所以秉持「蓋棺論定」者認爲，既然只有當研究對象「蓋棺」後，才能實現「全面地」審視其生命歷程的目標，因此，當研究對象健在時，自然就不宜對之進行研究。

「蓋棺論定」的迷思之二：「定論的追求」。「蓋棺論定」的核心是「論定」，「蓋棺」，則是實現「論定」的條件。事實上，這一廣泛流傳的成語容易使人心生誤解——似乎只有「蓋棺」才能「論定」，或者至少是「蓋棺」後才具「論定」之可能。對於研究對象秉持「蓋棺論定」的學者而言，「健在者」由於沒有「蓋棺」，因此也就難以「論定」，既然目前難以「論定」，那就意味著研究之時機尚不成熟，因而就只有「逝者」才能夠作爲研究對象。在這樣一種「追求定論」的價值取向和思維慣習中，自然也就不會將健在者納入到研究者的視閾中來。

2.「距離過近」的顧慮

中國新聞學界「研究死人多、研究活人少」的另一重要原因，是：研究者存有與研究對象之間「距離過近」的顧慮。此種「距離過近」之顧慮，

〔註59〕 喬雲霞：《60年來中國新聞界人物研究現狀及對策》，見方曉紅主編：《新聞春秋》（第十二輯），南京：南京師範大學出版社，2010，第36頁。

實際上，並非自然層面的「時空距離過近」，而是社會層面的「情感距離過近」。

「距離過近」的顧慮之一：自己能不能「認清」。歷史研究的基本目標是「求真」。當代人研究健在的當代人常常有「不識廬山真面目，只緣身在此山中」之困惑，往往有能否實現歷史研究「求真」目標之殷憂。

細思「不識廬山真面目，只緣身在此山中」蘊含的哲理，主要在於強調因為觀者「身在山中」而沒有能夠從「整體上認識廬山」。這與前面「蓋棺論定」中的「求全心理」相通。在我看來，用「不識廬山真面目，只緣身在此山中」來形容當代人研究健在的當代人——所存在的「距離過近」之顧慮還有另外的隱喻，那就是研究者與健在的研究對象之間存在的情感關係或利害關係，可能影響研究者對研究對象的客觀認知。譬如，當代人研究所熟悉、敬仰的或曾有恩於己或將有助於己的健在學者，在史料的選擇上就可能出現自覺或不自覺地挑選那些有利於凸顯研究對象業績的事實，而對其他於研究對象不利的事實則要麼視而不見，要麼避而不談，要麼輕描淡寫，倘是這樣，顯然有悖治史「求真」之目標。

對於此種因情感因素「距離過近」對當代學者的研究所可能帶來的負面影響，不但「旁觀者清」，而且，研究者本人對此也不難有清醒的想見。一旦認識到由於「距離過近」可能帶來的負面效應，那麼，在開展健在人物的個案研究時，很難不顧慮重重：對於研究對象，自己能不能「認清」？

「距離過近」的顧慮之二：學界能不能「認同」。「距離過近」所顧慮的另一層面——是研究者對研究對象所做出的評價能否得到學界的「認同」？其關鍵在於能否做到「不隱惡，不虛美」。

對於「不虛美」而言，由於研究者與研究對象之間存在的情感關係或利害關係，研究者在研究中可能會有意「虛美」；即使研究者並無「虛美」之意，但這並不能排除其他人認為研究者有虛美「阿諛」之嫌。

對於「不隱惡」而言，研究者在研究中有可能礙於情面或出於其他原因，有意隱惡；即使研究者師法董狐，秉筆直書，實際上並沒有「隱惡」，但這又可能冒被研究對象及其他人認為有意「中傷」之風險。

如此一來，似乎無論怎樣研究，研究者都將處於或「隱惡」或「虛美」的兩難境地。

以對中國新聞傳播學界健在人物的個案研究為例，即使研究者出於純學

術研究的考慮選擇了被學界冠以「某某學派」的某一位健在的人物進行個案研究，而沒有選擇被冠以其他學派的健在人物進行個案研究，雖然研究工作啓動在時間上有先後，這，本是學術研究的正常現象（譬如一個人在同一時間點不可能同時向兩個方向行走），但卻有可能被某一學派的學者認爲是有意投靠另一學派而報以誤解，進而無端猜測，甚至變友爲敵，傷了原來的友誼感情。

同時不難看到，雖然研究者在研究過程中努力追求「不隱惡、不虛美」，但「知易行難」，要眞正做到卻有很多困難。一方面由於研究者的學術功力局限；另一方面由於是否「不隱惡、不虛美」——需要留待學界「公論」。而無論學界「公論」的意見「統一」或「不統一」，都將給研究者造成心理壓力：如果學界「公論」的意見統一，一致認爲研究者的研究成果沒有做到客觀公正的「不虛美，不隱惡」，那麼這一研究幾乎就毫無價值；如果學界對這一研究成果「不隱惡、不虛美」的問題有褒有貶，對於該項研究抱持負面意見的學界觀點，仍將給研究者造成巨大的心理壓力。

在找看來，「蓋棺論定」的迷思與「距離過近」的顧慮，對於中國新聞學界「研究死人多、研究活人少」難題的長期存在，即使不是其全部原因，也至少是該問題的主要癥結所在。正是由於這兩大癥結的存在，使得新聞學界對於健在的人物，雖然不乏有識之士早就意識到「值得」做全面、系統、深入的個案研究，但由於「不好」研究而只得「懸置」不論。將問題「懸置」起來雖然不失爲一種處理辦法，但「懸置」起來的問題終究仍是問題。從知識增量的意義上來考量，知識增長的一個重要方面來自於對學術難題的破解。對於「懸置」的學術難題如果不思解決之道，那麼，難題將永無解決之日；相反，如果學界不斷嘗試破解難題的方法，在學術實踐中不斷地「試錯」，〔註60〕那麼，難題或將有解決之可能。

由於存在「蓋棺論定」的迷思與「距離過近」的顧慮等難點，我輩開展健在人物的個案研究，在踏上研究征途「山重水複疑無路」之際，需要轉換思維，以期「柳暗花明又一村」。

〔註60〕〔美〕戴維・米勒（D.W.Miller）：《開放的思想和社會——波普爾思想精粹・否證的方法及批判的理論》，張之滄譯，南京：江蘇人民出版社，2000，第 8 頁。

（二）從「追求定論」到「六經注我」：思維轉換〔註61〕

就人文社會科學研究而言，深層次的問題並不在「認識論」層面，而是受「價值關切」的影響。儘管對研究對象的認識，是對之進行評價的前提和基礎，「正確、科學的歷史評價必須依賴科學的認知成果才能做出」。〔註62〕而價值問題，對於理性人而言，歸根結底是要經過「評價」和「選擇」環節的。如此看來，研究方漢奇的學術之路，對之進行「評價」似乎在所難免。然而，「評價」本身包括多種方式，絕非「自古華山一條路」。問題的關鍵在於：選擇何種評價方式？而這，又要看對之進行「評價」的目的是什麼？

既然「定論」永難實現，因此，我放棄以「追求定論」爲目標的「壟斷式評價」，轉向「六經注我」的「關係式評價」——亦即，在方漢奇超過 60 年的學術之路中，選擇哪些關節點作爲研究的聚焦點，選擇與否的標準並不完全在於方漢奇在這一方面的成就大小，而在於，我以他這一方面爲憑依，有哪些自己可能和想欲發揮的觀點？〔註63〕換句話說，即是借研究方漢奇的學術之路，而表達我通過研究他而通過發生的經驗事實所體認到的：一位高校教師怎樣思想和行動才能扮演好「學術的探索者」、「研究的組織者」和「人才的培養者」，從而有可能「以學術爲樂業」？

如此一來，則既可以避開「追求定論」的研究陷阱，也有望省去對方漢奇「偏於褒獎」或「偏於貶損」的評價之虞，而且還能夠爲後來者研究方漢奇預留下廣闊的空間，因爲，按此路數，除我之外，任何人都可以通過研究方漢奇而表達自己不同於前人的識見——方漢奇的學術之路——作爲發生學意義上的歷史只有一個版本，但是，由於不同主體間的異質性，事實上即使看見同一個方漢奇的學術之路，也是會有不同的思想的。也正因此，本書，也就不可能是《方漢奇學術評傳》，確切地說，應該是研究者「所思」的一孔之見和一家之言。這就提醒研究者「借題發揮」不但必要，而且必須——否則「所思」就名不副實。

〔註61〕筆者的博士論文初稿完成時，曾徵求南京師範大學校內專家意見，季宗紹教授曾指出「述有餘而論不足」；同時，經筆者導師倪延年教授指點，修改時我將增加「論」的比重作爲方向。

〔註62〕鄧京力：《歷史評價的理論與實踐》，北京：人民出版社，2009，第29～30頁。

〔註63〕「在個案研究中，讓研究者對這些個案本身感興趣只是問題的一個方面，更重要的是把這些個案作爲研究工具，把它當成探討某種議題、提煉概括性結論的工具」。見彭擁軍、姜婷婷：《個案研究中的學術抱負——兼論個案的拓展與推廣》，《西南交通大學學報》（社會科學版）2010年第3期，第85頁。

（三）理論工具與史料選擇：分析框架

在研究方漢奇的學術之路時，蒙方先生傾力相助，可用的史料實在太多，絕非一部二三十萬字的書稿所能容納，選擇哪些史料作爲結構博士論文的元素實爲一個無法迴避的問題。

爲了解決海量史料與書稿字數有限之間的矛盾，就需要借助理論工具作爲「取」「捨」史料的分析框架。這樣在選擇史料時既不會「拔劍四顧心茫然」，也不會「揀到籃裏都是菜」，既能夠避免史料取捨的隨意性，也便於與學界同仁對話。

本書的理論取向是知識社會學的——在具體分析論述「人的價值觀念成因」與「個體選擇的可能」時，預設如下三個判斷爲眞（T.）：

1. 社會制度影響著個體的社會角色的扮演

本書在論述時，將社會制度具體細分爲「教育制度」（教育制度對教師的規約）、「學術制度」（學術制度對學者的影響）和「媒介制度」（新聞史研究是建立在新聞媒介事業發展的基礎之上的），選擇討論這三種制度與方漢奇的社會角色之間的關係。

2. 社會結構影響著方漢奇的社會角色的自我體認與功能發揮

社會結構包括時間結構（方漢奇所處的具體時代、中國新聞史學科所處的發展階段）、空間結構（方漢奇所在的高校及其與其他學術部落之間的關係）、年齡結構（方漢奇的年齡在中國新聞史學研究者中的位置）、學術共同體結構（中國新聞史學研究者的不同價值取向的群體結構）、學科間關係的結構（新聞史在新聞學科中的位置、新聞史在歷史學科中的位置）等。

3. 社會文化型塑著方漢奇的社會角色的具體樣態

本書所論及的「社會文化」具體包括：文化傳統、群體規訓、風俗習慣、個人信念等與方漢奇在扮演每一種社會角色之間所具有的價值觀念之間的關聯。其中，文化傳統包括儒家的「中庸之道」思想、道家的「健康長壽」思想、佛家的「與人爲善」思想；群體規則包括「尊重前人」、「感恩之心」、「人情與面子」；風俗習慣包括大陸學界對於學術著作慣於褒獎，鮮于批評；個人信念包括「讀萬卷書、行萬里路，知天下事，做有心人」、「學歷史可以使人更聰明」等。

本書將方漢奇的學術之路具化爲「動態的學術活動」和「靜態的學術成果」兩個方面，以社會角色「學術的探索者」、「研究的組織者」和「人才的

培養者」來類分其學術活動和學術成果，通過其學術活動和學術成果來分析其背後的價值觀念和社會環境因素的交互影響。由此來討論，個人自覺的價值觀念指導其行動與社會環境因素制約或推動之間的函數關係，以之作爲審視個體學者在社會變遷和年齡變遷之中的選擇空間的介質。

本研究承認，方漢奇有些學術活動事實上其本人並沒有自覺的價值觀念作爲指導，而只是基於興趣出於自發。但本書不會滿足於此，而是要基於「理性選擇理論」由此向前再推進一步：從方漢奇學術之路的經驗事實出發，由果索因，探討個體學者應自覺地秉持何種價值觀念，才能扮演好「理性人」意義上的「學術的探索者」、「研究的組織者」和「人才的培養者」？

任何研究方法都需據研究對象的特殊性和研究目標的有效達成而選擇。開展本研究，我主要採用以下幾種研究方法：

1. 口述史方法

本書的研究對象是中國新聞界的健在人物，研究的目標之一是圍繞特定的研究對象發掘中國新聞傳播界群體記憶中的一手史料，因而，研究中需要運用「口述史」方法。

口述史「讓歷史的參與者和見證人直接講述歷史，將個體生命體驗融入歷史學之中，既彌補了文獻史料之不足，又可以校正可能出現的認識誤差」。〔註 64〕本研究在採用口述史方法時，既包括對與研究對象有關的人士（包括研究對象本人）面對面（face to face）的訪談，也包括通過電郵等方式所作的書面採訪。訪談的對象，除研究對象本人外，涉及研究對象的學生、同事、同道、朋友等。

2. 歷史考證法

作爲一部新聞史學專著，對「史料」的考證乃爲不可避免之事——考證的目標自是希對史料「去僞存眞」，使本書的論據可靠。

本書中所指的「史料」既指塵封於蒼茫歲月中的與方漢奇的學術之路相關的資料，亦指今人的著述中涉及到方漢奇學術之路的論據，還指方漢奇本人及他人以口述史（包括採訪錄音、電子郵件、電話記錄等）的方式所呈現出的史料。

〔註64〕 王俊義、丁東主編：《口述歷史》（第三輯），北京：中國社會科學出版社，2005，第 2～3 頁。

3. 內容分析法

對於任何一名學者而言，其學術之路的延展都需以不斷出產的學術成果作爲表徵。研究方漢奇的學術之路，自需對其學術成果及與其學術道路有關的文獻資料進行內容分析。

方漢奇的學術成果既包括論文、專著、也包括主編的教材、工具書等。對其成果進行內容分析，是了然其學術之路及思想演變軌迹的必要條件；與方漢奇學術之路有關的文獻資料，在本書中既指對方漢奇學術之路的評介性文章，也包括對方漢奇的各類訪談。

起點：方漢奇怎樣走上了學術之路？

在中國新聞史學界，方漢奇被認爲是「從事中國新聞史教學與研究時間最久」的著名新聞史學家。〔註 65〕此種判斷，既隱含著與其他新聞史學者入行時間的比較，也隱含著對方漢奇從事新聞史教學與研究時間的裁斷。

然而，方漢奇是何時開始從事新聞史研究的？他又是何時開始從事新聞史教學的？這兩個問題，是研究作爲「教師學者」的方漢奇的學術之路所繞不過去的——不回答這兩個問題，也就無從判斷從哪個時間點開始研究方漢奇的學術之路，亦即無從下手開始研究。畢竟，「只要科學研究的對象有時間的演化性，那麼就免不了要上溯追蹤起源問題」。〔註 66〕

一、方漢奇「何時開始」及「爲何從事」新聞史研究？〔註67〕

對此問題，方漢奇似給過答案——他曾自言：「我走上新聞史研究之路是從集報開始的。」〔註 68〕「我開始對新聞史感興趣，是從收集歷史性報刊開始的，時間是 1944 年。」〔註 69〕

〔註65〕 徐培汀：《20 世紀中國新聞學與傳播學・新聞史學史卷》，上海：復旦大學出版社，2001，第 6 頁。
〔註66〕 朱曉農：《我看流派——語言學中的三大潮流》，《語言科學》2006 年第 1 期，第 37 頁。
〔註67〕 本目部分內容曾發表過，見拙文：《論方漢奇的學術研究起點》，《東南傳播》2009 年第 10 期。
〔註68〕 方漢奇：《方漢奇文集》，汕頭：汕頭大學出版社，2003，第 702 頁。
〔註69〕 傅寧、王永亮：《方漢奇：要重視新聞史的研究》，見王永亮等：《傳媒思想——高層權威解讀傳媒》，北京：北京廣播學院出版社，2004，第 361〜362 頁。

但是，「集報」與「開始對新聞史感興趣」並不能等同於已經開始從事新聞史研究。這也正如對於一名「集郵愛好者」來說，我們並不能因其對郵票感興趣，開始集郵，就據此斷言其在集郵的同時一定已開始從事郵票研究。因此，方漢奇憶及的「集報」與「開始對新聞史感興趣」的「1944年」，並不宜視為其學術研究起點。

為了解決「學者何時開始從事學術研究」這一問題，本書認為：我們可以將學者發表第一篇學術論文的時間，視為其可明確判定的從事學術研究的起點。由於學者發表第一篇學術論文的時間是確定的，這樣就能夠避免無謂的爭論。

那麼，方漢奇是「何時」發表第一篇學術論文的呢？

徐培汀在《20世紀中國新聞學與傳播學・新聞史學史卷》中論到方漢奇時寫道：

> 1947年大學二年級時，他撰寫並在上海《前線日報》專刊《新聞戰線》上發表了《中國早期的小報》一文，這是方漢奇第一篇中國新聞史論文，引起新聞界一些人士的重視。〔註70〕

而方漢奇本人在《方漢奇文集》的後記中則憶道：「開始學寫新聞史方面的文章，是在念大學新聞系三年級的時候，時間是1948年」。〔註71〕

顯然，徐培汀所寫與方漢奇所憶存在矛盾。

經過察考，方漢奇第一篇公開發表的新聞史論文《中國早期的小報》——確實如方漢奇所憶，發表於「1948年」——上海《前線日報》的「新聞戰線」周刊自1948年6月14日起，曾分9期刊載《中國早期的小報》至同年的8月23日。

但卻又不是方漢奇所憶的「大學三年級的時候」，而正如徐培汀所言——「大學二年級的時候」。

因方漢奇是1946年秋考入國立社會教育學院新聞系的。確切地說，方漢奇是在1946年8月報名並參加國立社會教育學院的招生考試。在1946年7月21日《中央日報》第1版上，刊有「國立社教院招生廣告」：

> （系科）社會教育行政學系社會事業行政學系圖書博物館學系新聞學系社會藝術教育專修科電化教育專修科國語專修科新生各一班

〔註70〕徐培汀：《20世紀中國新聞學與傳播學・新聞史學史卷》，上海：復旦大學出版社，2001，第7～8頁。

〔註71〕方漢奇：《方漢奇文集》，汕頭：汕頭大學出版社，2003，第702頁。

（報名日期）八月一日至三日止

（考期）八月七八兩日

（報名地點）南京新街口社會服務處上海廖州路實驗民眾學校

蘇州拙政園

（附注）欲索簡章備款二百元寄蘇州東北路拙政園本院。

同年 10 月 3 日在《申報》上刊登了國立社會教育學院的新生錄取名單，方漢奇被新聞系錄取。〔註72〕同年 11 月，方漢奇在南京棲霞山入國立社會教育學院「新生部」就讀大一，一年後轉到設在蘇州拙政園的國立社會教育學院繼續讀至 1950 年大學畢業。

因爲方漢奇是 1946 年 11 月進入「國立社會教育學院新聞系」學習，而他所寫的《中國早期的小報》則發表在 1948 年 6 月～8 月，顯然，方漢奇發表這篇文章的時候是在讀大學二年級。

至此確知，方漢奇的第一篇新聞史學論文《中國早期的小報》，是在他讀大二下學期時開始發表於上海《前線日報》的「新聞戰線」周刊。

表 1：《中國早期的小報》在《前線日報》連載一覽

時　　間	《前線日報》「新聞戰線」周刊期次	論文名稱
1948.06.14	第二〇八期	中國早期的小報（一）
1948.06.21	第二〇九期	（本期停載）
1948.06.28	第二一〇期	中國早期小報（二）
1948.07.05	第二一一期	中國早期小報（二）
1948.07.12	第二一二期	中國早期小報（三）
1948.07.19	第二一三期	中國早期小報（四）
1948.07.26	第二一四期	（本期停載）
1948.08.02	第二一五期	中國早期小報（五）
1948.08.09	第二一六期	中國早期小報（六）
1948.08.16	第二一七期	中國早期小報（七）
1948.08.23	第二一八期	中國早期小報（八）（完）

如果將方漢奇發表第一篇新聞史學論文的時間，作爲其可明確判定的從

〔註72〕國立社會教育學院錄取新生的名單，於 1946 年 10 月 3 日、4 日、5 日在《申報》上重複刊登；於 1946 年 10 月 4 日、5 日在《中央日報》上重複刊登。

事學術研究的起點，那麼，方漢奇從事新聞史研究的起點是 1948 年 6 月。這是本書研究方漢奇學術之路所得的第一個結論。

《中國早期的小報》全文 13600 餘字，之所以能夠寫成，與其說是出於自覺的「爲了認識眞理」，不如說是出於方漢奇自發的興趣愛好。換言之，方漢奇開始從事新聞史研究，是出於集報興趣的「副產品」。通俗地講：是「玩」出來的。而這，恰與金岳霖研究「邏輯」的起因不謀而合。〔註73〕

《中國早期的小報》引用了《遊戲報》、《笑報》和《奇聞報》等多種小報上的內容，作者在文中所作出的論述是建立在對各種小報內容極爲熟諳的基礎之上的。方漢奇對各種小報內容的熟諳，又是建基在他的「集報愛好」之上的。

方漢奇的「集報愛好」始自高中期間——1944 年在梅州中學讀書時，他曾到一位梅州籍的長輩家作客，據其回憶：

> 她是我姑姑在燕京大學念書時的同學，和我的父親也相熟。她的先生是北伐將領，已在抗日前線陣亡，她本人是地下黨員，1947 年前後在廣東始興被捕遇害。去她家作客時從她們家的藏書中發現了十來份名稱不同的舊報，多是上個世紀三十年代在京滬一帶出版的報紙，如《申報》、《新聞報》等。蒙她相贈，從此開始了集報活動。高中時的集報，在高三下學期時達到 200 多種。曾在汕頭聿懷中學舉行過一次報展。〔註74〕

方漢奇讀大學時繼續集報，他曾憶道：

> 我之所以逛舊書店，有兩個目的，一是藉此機會翻翻書，長點目錄學的知識，二是在力所能及的情況下，搜集一點舊報資料。當時一般的舊書店，只看重舊書，不看重舊報。這一點讓我鑽了空子。連續在蘇州逛了三年舊書店的結果，使我藏報大爲豐富，品種由三五百種，增加到一千多種，其中還有不少可稱爲「海內孤本」的珍品。〔註75〕

方漢奇的學長穆家珩（1945 年入學），則在日記中述道：

〔註73〕汪曾祺：《金岳霖先生》，《讀書》1987 年第 5 期，第 45 頁。
〔註74〕2010 年 3 月 5 日方漢奇先生致筆者電郵。
〔註75〕方漢奇：《讀書與訪書》，見國立社會教育學院校友回憶錄：《崢嶸歲月》（第一集），第 157～158 頁。

「與漢奇同逛護龍街舊書店，發現一堆二十多年前的《時事新報》和《新申報》。我們買了幾份。其中還有《常熟日報》和《時事新報畫刊》一共二萬多元，眞是高興的事」（1947 年 8 月 9 日）。

「今天漢奇以其收藏報紙示我，果蔚然大觀，計一千四百種左右」（1947 年 10 月 27 日）。〔註 76〕

正是在集了多種舊報後，方漢奇在《中國早期的小報》一文中才可能寫道：「我們翻閱全年所出版的五種小報近一千份的結果，發現……」，「我們根據一九○○年（光緒二十六年）五至八月間七百三十六份小型報所作之『廣告分類統計』，知道……」

換言之，方漢奇的「集報愛好」爲他寫作《中國早期的小報》一文打下了史料基礎。由此也知：方漢奇的第一篇論文是在「愛好」亦即「興趣」的基礎上寫成的，這其實也就等於說：「興趣愛好」是促使方漢奇寫作和促成他發表第一篇新聞史論文的關鍵因素。

但「關鍵因素」並不等於「全部因素」。促成方漢奇寫作《中國早期的小報》的因素除了集報外，還與他在大學期間學過新聞史有關〔註 77〕。方漢奇曾修過葛思恩教授的中國新聞史課程：

教新聞史課的是葛思恩教授。他是俞頌華老師的女婿，畢業於政治大學新聞系本科和美國哥倫比亞大學與政治大學合辦的重慶新聞學院（研究生級別的院校）。是馬星野的學生。沒有教材，全憑聽講和記筆記。估計他的新聞史課程的師承來自馬星野。〔註 78〕

雖然方漢奇所修的中國新聞史課程沒有教材，但他讀過戈公振的《中國報學

〔註76〕 方漢奇、穆家珩：《捧著一顆心來的播愛者——馬蔭良先生》，見國立社會教育學院校友回憶錄：《崢嶸歲月》（第二集），第 93 頁。

〔註77〕 方漢奇發表第一篇學術論文時，他在學術界的「社會角色」是「本科生」。因爲學習某一門課程而對學術研究感興趣，這在本科生當中雖不多見，但也並非沒有。北京大學新聞與傳播學院本科生廖基添曾因修過鄧紹根教的新聞史課程，受鄧的影響，寫過《「朝報」一詞的源流與演變》，《國際新聞界》2009年第 7 期；又因曾讀過陳昌鳳的《中國新聞傳播史——媒介社會學的視角》（北京：北京大學出版社，2007，第 16 頁），而受「宋代的邸報發出後，允許傳抄複製，並允許這些複製件以朝報或邸報的名義在社會上公開發售。這說明古代報紙已經具備了一定的大眾傳播的性質」這一觀點的啓發，而寫了論文《邸報是古代報紙嗎？——中國古代報紙發展線索再梳理》，《新聞與傳播研究》2010 年第 1 期。

〔註78〕 2010 年 3 月 6 日方漢奇先生致劉泱育電郵。

史》等書，方漢奇自言：「我從作大學生的時候起，就熟讀他這本書」。〔註79〕
——《中國早期的小報》一文，就曾徵引過《中國報學史》：

> 戈公振在中國報學史上說：「當此社會設備不完美之時，凡有文
> 字知識者，捨讀日報副張以調節其腦筋外，幾別無娛樂之可言」。

《中國早期的小報》能夠發表，也離不開其發表園地——上海《前線日報》「新聞戰線」周刊的存在。

據目前史料，《前線日報》於 1938 年 10 月 1 日在安徽屯溪創刊，是抗日戰爭時期國民政府第三戰區司令長官司令部的機關報。由於主張「報紙雜誌化」，因而採用四開型，內容豐富，版面活潑，曾盛銷東南地區。〔註80〕抗戰勝利後，《前線日報》於 1945 年 8 月 24 日在上海出臨時版。〔註81〕9 月 1 日出正式版，而著名作家、記者曹聚仁（1900～1972）於「1945 年回滬，任《前線日報》主筆」。〔註82〕曹聚仁在擔任《前線日報》主筆的同時，曾在蘇州國立社會教育學院等校任教，教授新聞學方面的課程，直至 1950 年離滬移居香港。〔註83〕曹聚仁在蘇州國立社會教育學院任教時，對方漢奇的影響較大，這是不是方漢奇將自己的第一篇新聞史研究論文投往曹任主筆的上海《前線日報》（而沒有投別的報刊）去發表的原因呢？

對此，方漢奇答道：「當時的專業刊物很少，《前線日報》的『新聞戰線』是為數不多的專業刊物之一，所以送去發表，與曹聚仁無關，主編也不是曹。」
〔註84〕

〔註79〕 成思行、燕華：《與傳媒界名流談心》，北京：新世界出版社，2002，第 11 頁。
〔註80〕 羅時平：《官鄉與前線日報》，《文史雜誌》1992 年第 5 期，第 4 頁；袁義勤：《四十年代後期上海報紙一瞥》，《新聞研究資料》1987 年第 2 期，第 179 頁。
〔註81〕 《申報》於 1945 年 8 月 24～26 日連續三天刊登了《第三戰區前線日報臨時版出版啟事》：「本報於二十七年秋創刊於安徽屯溪至翌年遷至江西上饒以迄今日七年以來始終站在前線為宣導抗戰建國而奮鬥茲以河山規復重見光明而滬市向為吾國文化中心特先自今日起出版臨時版尚祈社會賢達不吝指教是幸」，落款是「第三戰區前線日報社駐滬辦事處謹啟」，「地址：河南路三○八號電話一五一四三」。
〔註82〕 熊月之主編：《上海名人名事名物大觀》，上海：上海人民出版社，2005，第 256 頁。
〔註83〕 曹聚仁：《上海春秋》，北京：生活·讀書·新知三聯書店，2007，第 175 頁。
〔註84〕 2008 年 11 月 4 日，方漢奇先生致筆者電郵。在方漢奇寫作《中國早期的小報》一文時，當時的「新聞學刊物僅有：上海《前線日報》的《新聞戰線》周刊，杜紹文主編；北平《華北日報》的《現代報學》周刊，1947 年 8 月 3 日創刊，1948 年 11 月 25 日出至第 68 期停刊，黃卓明主編；蘇州《大江南報》的《新

關於《中國早期的小報》發表在《前線日報》的「新聞戰線」專刊上，
這需從當時「報紙雜誌化」的時代背景方面去解讀。

由於市場競爭的需要，早在 20 世紀 30 年代，上海的報刊就出現了「報
紙雜誌化」的熱潮。「據粗略統計從 1932 年至 1937 年，上海各類報刊創辦的
副刊，共約 680 多種」。〔註85〕而《前線日報》當時雖然不在上海出版，但辦
報人員對於《前線日報》的版面和內容，總「力求充實和豐富」，出版四開兩
張共八版，其中，「第八版是社會服務和輪流刊載各種專刊特刊」。〔註 86〕抗
戰勝利後，遷至上海出版的《前線日報》仍以「報紙雜誌化，雜誌化報紙」
爲出版旨趣，七個周刊輪流刊載。〔註 87〕

二、從高考到執教：方漢奇是否具有個人選擇的空間？〔註 88〕

雖然《中國早期的小報》是方漢奇所發表的第一篇新聞史論文，但卻不
是他正式發表的第一篇文章。

1946 年 11 月 19 日，《中央日報》第 5 版刊登了一篇 800 多字的文章：《父
親大人敬稟者　清湯掛面紅燒魚》〔註 89〕，這是我發現的方漢奇所正式發表

聞知識》周刊等。」參見方漢奇主編，寧樹藩分卷主編：《中國新聞事業通史》
　　　（第 2 卷），北京：中國人民大學出版社，1996，第 737 頁。
〔註85〕馬光仁主編：《上海新聞史（一八五〇～一九四九）》，上海：復旦大學出版社，
　　　1996，第 798～802 頁。
〔註86〕「中華民國」新聞編輯人協會編印：《中國新聞史》，臺北：學生書局，1979，
　　　第 435 頁。
〔註87〕「中華民國」新聞編輯人協會編印：《中國新聞史》，臺北：學生書局，1979，
　　　第 443 頁。
〔註88〕本目部分內容曾發表過，見拙文：《方漢奇與聖約翰大學新聞系》，《新聞與寫
　　　作》2009 年第 8 期。
〔註89〕社教永久院址擬在棲霞山建立，現已於棲霞鎮附近購進地皮六百畝，聞俟部
　　　款頒到後即將開工。
　　　一年級社教、社事、圖博、電化、新聞等五系新生，經於十六日開始新生訓
　　　練，定十八日正式上課。
　　　新生中份子至爲複雜，有甫卸征衣之青年軍，有教部分發之臨大學生，有任
　　　教五年以上，重來就學老氣橫秋之中小學教員。其平均年齡在二十五歲以上，
　　　已婚者尤多。學生所收信件中常有「父親大人膝下敬稟者」等字樣。
　　　同學中籍貫至爲複雜，且均各打鄉談；宿舍中不啻開一方言大會，而交談間
　　　頗多誤解。某江西老表，以「社教系」誤爲「睡覺系」，以「圖博系」誤爲「賭
　　　博系」，一時傳爲笑談。
　　　新生訓練期中執行嚴格之軍事訓練，每日一操八講，外加整理內務，勞動服務
　　　等工作，部分吊兒郎當同學初不料入大學後尚須受如是折磨，莫不叫苦不迭。

的第一篇「文章」。〔註90〕據學界對「新聞作品」內涵的限定：「第一要真實；第二有時效性；第三，所報導的事實必須具有新聞價值」，〔註91〕方漢奇所發表的這篇文章屬於「新聞作品」中的「通訊」——不但文章中所寫的內容，無論是國立社會教育學院的新生的組成成分，還是新生在校的學習情況等，描寫得都十分生動、形象、具有一定的新聞價值，而且時效性也較強。關於這篇文章的「時效性」，結合文中內容與發表時間可以推定：約寫於 1946 年11 月 17 日。在《中央日報》上發表時，稿件被安排在「學府風光」欄目中。因此，方漢奇最早在報紙上發表的這篇新聞作品也可稱之為「風貌通訊」。

　　這篇新聞作品的發表，表明方漢奇在大一時，還在為自己所選擇的「記者之夢」而努力。事實上，整個大學時間，他都在「做著一個大大的『記者夢』」。〔註92〕確切地講，方漢奇的「記者之夢」始自高一上學期（1943 年下半年），由辦校內的時事性的壁報開始（范長江等名記者的報導也有影響），當時日軍攻打衡陽，戰況激烈，韶關受到威脅，壁報主要報導戰況，除文字外還有插圖，這個壁報是以班級的名義辦的，方漢奇是班級的學術委員，負

棲霞山上漸有初冬氣象。衣單者深感威脅。布告板上頭髮現發起善後救濟總署申請發給棉衣啟事，並號召青年軍分發同學，暨流亡同學，踴躍響應，啟事中有「為吾人千萬細胞請命」等語。聞簽名響應者已有六十餘人，擬短期內公推代表赴京進行。

棲霞寺在校之右側，和尚們對此「新鄰居」似乎頗感興趣，每於晨昏功課之餘，漫步下山，來教室窗外旁聽教授授課，而於正修葺中之校具尤覺新鮮，眼觀手摸，不忍竟釋。

校中女同學在復員某女青年軍任區隊長之領導下，共有娘子軍十五人，均梳清一色之清湯掛面頭，藍布大褂，不愧為能刻苦耐勞之未來社會教育工作者。社教學院所辦棲霞山實驗小學在大學部對面，與之有一街之隔，校長為大學部畢業校友；同學等戲呼之為「孫子學校」，而「孫子學校」之小學生對此輩老大哥們，亦頗能必恭必敬克盡弟禮，兄弟間一團和氣。

校方伙食，除按棲霞山市價供兩食米二斗三升外，另發副食費每月一萬三千元。由學生自辦，每餐兩湯兩菜，兩湯三菜不等；菜量甚豐，葷素各半，因鄉間物資較低之故，紅燒魚常為桌上之肴，似城內各大學多多。

十二月五日為本校校慶，蘇州現校址將舉行盛大慶祝，屆時棲校全體員生亦將全部去蘇參與盛會。某教授喻之謂「新娘子見公婆」，蓋棲校皆新生也。（漢奇）

〔註90〕 在 2009 年 12 月 26 日覆筆者的電郵中，方漢奇先生寫道：「泱育：信和附件收到。我不記得還寫過這篇小東西。但從署名看，還確實是我寫的。」
〔註91〕 劉明華、徐泓、張徵：《新聞寫作教程》，北京：中國人民大學出版社，2002，第 316 頁。
〔註92〕 傅寧、王永亮：《方漢奇：要重視新聞史的研究》，見王永亮等：《傳媒思想——高層權威解讀傳媒》，北京：北京廣播學院出版社，2004，第 361 頁。

責主編，很受歡迎。〔註93〕

　　爲了實現自己的「記者之夢」，當年高考時，方漢奇「選擇」只報新聞系。〔註94〕關於「新聞系」的選擇，是以方漢奇的夢想與興趣爲標準的。這表明，在抗戰勝利後至中華人民共和國建國前的那一時段，青年人是有個人選擇空間的。需要注意的是：這種「選擇」空間存在的前提是：個人對於自己的興趣與愛好是清楚的，並且父母師長允其「跟著興趣走」。

　　「新聞系」雖然是方漢奇的理想選擇，但具體報考什麼學校，方漢奇的「選擇空間」卻是受限的，用他自己的話來講：

　　　　就是收費高的學校不考慮，這就排除了燕京大學和聖約翰大學，因爲根本付不起學費。我們家七個兄弟姐妹，我是老大，我父親曾經當過國民政府的參政員和立法委員。但他家累很重，沒錢，沒錢到什麼程度，就拿我讀大學來說，我讀的是師範類學校，不收學費，還給伙食費、服裝費，但就是這樣，在大學學習的四年期間我沒有回過一次家，年年春節都是一個人在學校裏過的。不是不想家，我的祖父以下三代都在廣東，怎麼會不想回去看看呢。主要是家裏提供不起路費。我父親其實是一個沒有官俸以外的收入和家累很重的公務員。〔註95〕

在有「新聞系」且「收費不高」這兩個標準之下，方漢奇當時選擇報考三所學校：「上海的復旦大學、南京的中央政治大學，和蘇州的國立社會教育學院，三所院校都是國立的，花費比較低，也都有新聞系」〔註96〕。

　　關於報考三所學校的過程，方漢奇憶道：

　　　　復旦大學和政治大學名氣比較大。政治大學新聞系是馬星野於1935 年創辦的，由國民黨控制，各方面條件很好。但如果 1946 年那一年考上了，說不定現在就在臺灣了，就和李瞻、陸鏗、羅文輝

〔註93〕 2010 年 3 月 5 日方漢奇先生致劉泱育電郵。

〔註94〕 不僅方漢奇如此，丁淦林也因爲「對報刊興趣濃厚，高考時，自然就想到了報考復旦新聞系」。《丁淦林：與歷史同行》，見丁淦林：《丁淦林文集》，上海：復旦大學出版社，2005，第 246 頁。

〔註95〕 林溪聲：《薪繼火傳 再創輝煌——與方漢奇教授談復旦新聞教育 80 年》，《新聞大學》2009 年第 3 期。

〔註96〕 當時全國有新聞系的，比較知名一些的有上海的復旦大學，北平的燕京大學，南京的中央政治大學，也就是後來遷到臺灣去的那個政治大學，上海當時設有新聞系的還有暨南大學、中國新專、聖約翰大學等。

等諸位先生成爲校友了。復旦大學比政治大學歷史更悠久、名氣更大。但遺憾的是，這兩所學校我都沒考上。沒考上的原因是我的數理化學得不好，當時的高考是全科考試，高中時期學的文理生化等全部課程統統要考，我因爲轉學次數太多，數理化沒學好，也就不可能考出高的總分。最後只勉強的考上了一個國立社會教育學院，讀了四年全部公費不花一文錢的書〔註97〕。

關於方漢奇的這段回憶，需要注意的是：「最後只勉強的考上了一個國立社會教育學院」這句話。事實上，方漢奇的「最後」考上國立社會教育學院新聞系，是「結果意義上的最後」，而不是「時間意義上的最後」，在時間上，反而是「最先」考上國立社會教育學院新聞系的——方漢奇最先報考了國立社會教育學院，其次報考的是復旦大學，最後報考的是政治大學。作出此種判斷，依據是當時報紙上的招生廣告。因爲「當時的高考不是統考，由各個高校自主招生，在全國性的報紙上『發榜』，考沒考上看報紙上的廣告」。〔註98〕

在1946年7月21日《中央日報》第1版上，刊有「國立社教院招生廣告」，考試日期爲8月7日與8日。

復旦大學則在1946年9月7日《申報》上刊登招生廣告，考試日期爲9月14日與15日兩天。

而政治大學，直到1946年9月6日，「是否招生尚未確定」。〔註99〕方漢奇看到政治大學的招生廣告當在9月7日之後。

國立社會教育學院的新生錄取名單，其實早在1946年9月11日就已經確定了〔註100〕，只是還沒有通過報紙放榜。

方漢奇顯然是在已被國立社會教育學院錄取的情況下，參加復旦大學新聞系的入學考試的，只是自己當時不知道已考取而已。

國立社會教育學院錄取新生的名單，於1946年10月3日在《申報》刊登；兩天後（10月5日），復旦大學錄取的新生名單，也在《申報》上發佈；

〔註97〕 林溪聲：《薪繼火傳 再創輝煌——與方漢奇教授談復旦新聞教育80年》，《新聞大學》2009年第3期。

〔註98〕 林溪聲：《薪繼火傳 再創輝煌——與方漢奇教授談復旦新聞教育80年》，《新聞大學》2009年第3期。

〔註99〕 《政治大學教育長段西朋 是否招生尚未確定》，《中央日報》，1946年9月6日。

〔註100〕 本年度共錄取新生160人，錄取的考生成績，各省相差很大。見《陳禮江說新生錄取情況》，《中央日報》，1946年9月11日。

而政治大學錄取新生的名單，則遲至 1946 年 12 月 14 日才公佈。此時，方漢奇已在國立社會教育學院設在南京棲霞山的新生部〔註101〕入學一個多月了。

方漢奇在青年時代所作出的第二個重要選擇：是大學畢業之際，「選擇」去上海新聞圖書館從事舊報整理工作。

「選擇」最終所指向的結果顯然表明他放棄了「記者之夢」，但這裡用「選擇」一詞也自然意味著我判斷他當時可以不去上海新聞圖書館工作。

方漢奇放棄「記者之夢」自有其因。他所就讀的大學是國立「社會教育」學院。「社會教育」一詞在中國出現於 20 世紀初，〔註102〕是指在學制系統以外，在政府主導下，利用和添設各種文化教育機構和設施，爲提高包括失學民眾在內的全體民眾的素質而進行的一種有目的、有計劃、有組織的教育活動。「社會教育」實際上就是「民眾教育」，〔註103〕前者是對教育場所而言，後者是對教育對象而言。〔註104〕

民國時期的南京國民政府，不但重視學校教育，而且重視社會教育。

爲了解決社會教育師資供需之間的矛盾，1939 年 9 月，國民政府行政院準備籌設「國立社會教育學院」，教育部依批，經過籌備，於 1941 年 8 月在四川璧山〔註105〕設立，任命陳禮江〔註106〕爲院長。陳禮江爲國立社會教育學院制定了「人生以服務爲目的，社會因教育而光明」的校訓，並爲學院廣延名師。

〔註101〕即今天南京棲霞中學所在地。

〔註102〕王雷：《中國近代社會教育史》，北京：人民教育出版社，2003，第 8 頁。

〔註103〕民國時期，倡導民眾教育最出名者爲俞慶棠（1897～1949），曾創立民眾教育學校，後更名爲江蘇省立教育學院，俞慶棠所倡導的民眾教育、與陶行知（1891～1946）的生活教育、晏陽初（1890～1990）的平民教育和梁漱溟（1893～1990）的鄉村教育，並稱爲中國近代教育四大思潮。參見徐紅彩、潘中淑：《中國最早的電化教育創建始末》，《電化教育研究》2007 年第 11 期，第 90 頁。

〔註104〕后開亮：《抗戰時期四川的社會教育》，四川大學碩士學位論文，2007，第 1 頁；第 5 頁。

〔註105〕今屬重慶市，璧山縣在重慶市以東約 30 公里。

〔註106〕陳禮江（1893～1984），男，字逸民，江西九江人。我國著名心理學家，社會教育家。1931 年，任江蘇省立教育學院教務長；1936 年，國民政府教育部任命陳禮江爲教育部社會教育司長；1941 年 8 月，陳禮江任國立社會教育學院院長。1948 年秋，陳禮江應聯合國教科文組織之邀赴美國考察；1949 年到香港大學任教；1950 年 9 月返回上海，任復旦大學教授。參見陳福田：《陳禮江與國立社教學院》，《世紀》2003 年第 3 期，第 54～55 頁；徐友春：《民國人物大辭典》，石家莊：河北人民出版社，1991，第 1073 頁。

　　1944 年，國民政府行政院和教育部頒佈了《全國師範學校學生公費待遇實施辦法》，規定對師範生免收學費、宿費、及圖書、體育、醫療等雜費，學校並供給膳食、制服以及參觀　實習經費，新生到校及畢業生報到的旅費也由學校補助。〔註107〕國立社會教育學院作爲培養社會教育師資力量的師範院校，學生待遇一律公費，學費與伙食費均免，並按月發給零用錢，每學期還發給一定數額的制服補助金，此外學院還設有各種獎學金，以鼓勵學生勤奮學習與研究。

　　學生有享受政府和學校提供的公費待遇的權利，政府和學校則要求學生承擔相應的義務，即畢業後從事社會教育事業一定年限，才准改行從事其他職業。民國政府教育部在 1939 年公佈了《師範學校畢業生服務規程》，規定師範畢業生服務年限一律定爲三年。〔註108〕方漢奇所就讀的國立社會教育學院新聞系創設於 1945 年，俞頌華〔註109〕任系主任。抗戰勝利後，學校東遷江蘇，臨時院址設在蘇州拙政園，擬於南京棲霞山設永久院址，因校舍僅建辦公樓，就借尚未復校的棲霞鄉村師範學校〔註110〕爲一年級新生院址。方漢奇大學的第一學年，在南京棲霞山學習，其餘時間，在蘇州拙政園學習。由於國立社會教育學院的「師範院校」的性質，因此其新聞系，並非培養記者的搖籃，而主要是培養教師的場所。這其實等於說，如果沒有發生政權更替，方漢奇從社會教育學院新聞系畢業，也許並不可能馬上就做新聞記者，而是要做三年的老師，「服務期限」滿後才可能「做記者」。〔註111〕

〔註107〕王建軍：《中國教育史新編》，廣州：廣東高等教育出版社，2003，第 390 頁。
〔註108〕王建軍：《中國教育史新編》，廣州：廣東高等教育出版社，2003，第 390 頁。
〔註109〕俞頌華（1893～1947），男，原名俞垚，江蘇太倉人。1893 年 3 月 9 日生。早年曾在上海復旦公學（復旦大學前身）學習，1915 年赴日本留學，畢業於東京法政大學。回國後長期從事新聞工作，1945 年 8 月任國立社會教育學院新聞系主任。1947 年 10 月 11 日病逝於蘇州。一生既做過新聞記者、報刊主編，也是新聞教育家。參見尚丁：《一代報人》，《新聞研究資料》1983 年第 6 期：方漢奇：《中國大百科全書·新聞出版.「俞頌華」詞條》，北京：中國大百科全書出版社，1990，第 457 頁；方漢奇：《俞頌華先生二三事》，見方漢奇：《方漢奇文集》，汕頭：汕頭大學出版社，2003，第 447～453 頁。
〔註110〕目前南京市棲霞中學所在地。
〔註111〕方漢奇先生在 2011 年 2 月 10 日致劉泱育的電郵中寫道:「這一段話說得太絕對了。我的印象，社教學院新聞系學生當記者的可能性還是存在的。關鍵是自己能找到和新聞事業有關的工作。校方似乎並沒有要求畢業生先當三年教師的硬性規定。因此不宜把話說得太死」。

　　然而，方漢奇讀大學期間的 1946～1950 年，正是中國時局變化的激蕩之年。時局天翻地覆的變化，使方漢奇的記者之夢變得渺茫：

　　　　那時候〔註112〕的大學畢業生，想當記者，必須先進黨的各種軍政大學或培訓班。北京八大處就有一個北京新聞學校。你必須經過一段培訓以後才能當記者。除非呢是地下黨，地下黨嘛就直接由組織安排了。所以當時大學畢業直接去當記者的幾乎沒有。〔註113〕

據方漢奇的上述回憶不難判斷，在那段時局變化的激蕩之年，能否成爲一名記者，決定性的因素主要是「政治上」是否合格，而非「新聞業務能力方面」是否過硬。

　　方漢奇的家庭出身「不好」〔註114〕，同時，他既非地下黨，也沒有報考當時中國共產黨的軍政大學或培訓班，因此，在政權更替之後，他的「記者之夢」在大陸事實上並無實現的可能。如果留在大陸，那麼，放棄「記者之夢」並不奇怪。

　　方漢奇大學畢業之際，他「選擇」了去上海新聞圖書館工作。這種「選擇」來自於時任上海新聞圖書館館長馬蔭良提供的機會。

　　方漢奇承認「馬蔭良教授對我的影響很大」，他說「我是 1950 年大學畢業的，那時候不包分配，馬蔭良教授那時候是我們的系主任，他是個民主人士，跟地下黨關係比較密切」，「上海解放後被任命擔任新成立的上海新聞圖書館的館長，他知道我即將畢業，又知道我學習成績不錯，就邀請我到該館擔任研究館員」，上海新聞圖書館雖然是爲安置老新聞工作者而設，但「辦新聞圖書館，光有老先生不行，還要有年輕人做具體的事情」，所以就把方漢奇叫去了。〔註115〕

　　而馬蔭良之所以叫方漢奇來上海新聞圖書館工作，其原因至少有二：

1. 方漢奇在新聞史研究方面的表現使馬蔭良印象較深

　　馬蔭良選中方漢奇到上海新聞圖書館工作，在方漢奇看來，因爲他在社教學院新聞系學習的那幾年，在同學當中算是書念得比較好的，對新聞史也

〔註112〕「指解放初期」，據 2011 年 2 月 10 日方漢奇先生致筆者電郵。

〔註113〕成思行、燕華：《與傳媒界名流談心》，北京：新世界出版社，2002，第 7 頁。

〔註114〕方漢奇的父親方少雲（1901～1965），曾經擔任過國民政府參政會的參政員、立法院的立法委員等。1946 年 11 月，曾作爲廣東省 44 名代表之一，來南京參加「中華民國第一屆國民大會」。1949 年去香港，後去臺灣，任考試院秘書長，1965 年病逝於臺北。

〔註115〕成思行、燕華：《與傳媒界名流談心》，北京：新世界出版社，2002，第 7 頁。

有一定興趣，在當時的學術刊物上發表過新聞史方面的文章，另外還集過報，舉辦過集報展覽，馬蔭良知道方漢奇「對新聞史研究、圖書館工作會感興趣」，所以才選中他。〔註116〕

實際上，大學期間方漢奇在新聞史研究上的表現主要可以分爲兩個方面，其一是寫作並發表了新聞史研究論文，如《中國早期的小報》，雖然馬蔭良是否看過方漢奇所發表過的新聞史論文，難以確知，但馬蔭良知道方漢奇對新聞史感興趣。〔註117〕其二，1948 年 12 月 5 日，「爲慶祝建院 7 週年」〔註118〕，國立社會教育學院新聞系「曾在蘇州舉辦『全國報紙展覽會』」。〔註119〕方漢奇回憶說：「我是班的學術委員，因此是這次展覽的主要籌備者和展出報紙的提供者。事前曾以系資料室名義向全國各報徵求報樣。但歷史上的報紙主要是我提供的。包括 1884 年在廣州出版的《述報》，1898 年在北京出版的《強學報》。有很多珍品，是我在蘇州學習期間在當地舊書店和舊書攤上買到的。這次展覽展出報紙 3000 多種，其中三分之二是我提供的」。〔註120〕這次小有影響的報紙展覽，就是以方漢奇的集報收藏爲主。〔註121〕馬蔭良「支持這次報展，出了點經費」，對方漢奇的收藏之豐，「表示驚訝」。〔註122〕方漢奇在這次報紙展覽中的作用，使馬蔭良對之印象深刻。

2. 當時高等教育的小規模辦學使得老師不難認識和瞭解學生

馬蔭良認識方漢奇是在他接替俞頌華擔任新聞系主任之後，當時新聞教育規模不大，復旦大學新聞系 1946 級招生 20 多人，方漢奇所在的國立社會教育學院在 1948 年，全院學生一共才 700 餘人，〔註123〕而新聞系在 1946 年

〔註116〕成思行、燕華：《與傳媒界名流談心》，北京：新世界出版社，2002，第 7 頁。
〔註117〕方漢奇先生在 2008 年 11 月 4 日致劉泱育的電郵中寫道：「馬先生未必看過此文（指《中國早期的小報》），他只知道我對新聞史感興趣。」
〔註118〕方漢奇主編：《中國新聞事業編年史》，福州：福建人民出版社，2000，第 1579 頁。
〔註119〕方漢奇主編，寧樹藩分卷主編：《中國新聞事業通史》（第 2 卷），北京：中國人民大學出版社，1996，第 510 頁。
〔註120〕2010 年 3 月 8 日方漢奇先生致劉泱育電郵。關於展出的報紙種數，另一說爲「共展出報紙 1650 種」，方漢奇主編：《中國新聞事業編年史》，福州：福建人民出版社，2000，第 1579 頁。
〔註121〕徐培汀：《20 世紀中國新聞學與傳播學·新聞史學史卷》，上海：復旦大學出版社，2001，第 7〜8 頁。
〔註122〕2010 年 3 月 8 日方漢奇先生致劉泱育電郵。
〔註123〕1948 年，國立社會教育學院在校生數爲 720 人，在江蘇省國立高校中名列第三位，前兩位分別是國立中央大學 4068 人，國立政治大學 1181 人；當時，

秋只招收 20 餘人。〔註 124〕由於學生人數不多，因此，老師認識和瞭解學生較易。這與今天中國高等教育大眾化的情況不同，今天的大學，由於學生人數太多，以致教師在教完一門課後，對於自己班上許多學生的名字都叫不出來，更不要指望對學生的瞭解了。如果說小規模的學生人數使教師認識學生相對較易的話，那麼，教師深入瞭解學生則還需要通過其他渠道，馬蔭良對方漢奇的瞭解，教方漢奇新聞史課程的葛思恩教授是一個重要中介。〔註 125〕

馬蔭良寫信邀方漢奇到上海新聞圖書館工作的時間「大約是 1 月份。那時上海新聞圖書館正在籌辦中」，方漢奇收到馬蔭良的信後，於 1950 年「2 月初到的上海。然後請假一個月，向馬借了路費，去香港探家」。〔註 126〕

方漢奇當時到香港探親，也可以不回上海新聞圖書館工作。但馬蔭良「不怕我（方漢奇）一去不返，我也堅決信守諾言。師生情誼，君子風義，有非今人所能理解的」。〔註 127〕這表明，到上海新聞圖書館工作，是方漢奇自己「選擇」的結果。

在上海新聞圖書館工作 3 年後，方漢奇辭職，去北京大學中文系新聞專業擔任講授「新聞史」課程的老師。這是方漢奇青年時代繼高考擇校、大學畢業擇業之後的又一重要選擇，這一「選擇」使「高校教師」成爲方漢奇的終生職業，也預設了他後來的「學術探索者」、「研究組織者」和「人才培養者」的社會角色叢。

　　私立大學排在前三位的分別是私立東吳大學，1626 人，私立金陵大學 1084 人，私立南通學院 878 人。見陳乃林、周新國主編：《江蘇教育史》，南京：江蘇人民出版社，2007，第 425～426 頁。

〔註 124〕1946 年 10 月 3 日國立社會教育學院新聞系在《申報》上刊出的新生錄取名單爲：李家符，董德沛，闕燮陽，施明高，趙天增，周宏九，周克士，朱寶儒，方漢奇，萬冰芝，張繡耀，許保瑾，葉德新，汪健生，史維祺，儲培君，謝承浩，楊濟川，孔慶光，彭兆行，彭朝品，楊燕孫。

〔註 125〕2010 年 3 月 8 日方漢奇先生在致劉決育電郵中寫道，「他（指馬蔭良先生）也從葛思恩先生處瞭解了我的情況。蘇州解放後，我與家庭斷絕了聯繫，除了吃公費伙食外，身邊一點零花錢也沒有。葛先生知道這一情況，不時塞一點小錢給我，以資應付。那時物價飛漲，公教人員待遇菲薄，他自己家累很重，也很不容易。馬先生則在我畢業後無所適從的時侯，爲我提供了一個工作崗位。他們都是我的恩師」。

〔註 126〕2010 年 3 月 7 日方漢奇先生致劉決育電郵。

〔註 127〕方漢奇、穆家珩：《捧著一顆心來的播愛者——馬蔭良先生》，蘇州大學社會教育學院四川校友會編印：《崢嶸歲月》（第二集），1989，第 93 頁。

　　方漢奇「選擇」到北大新聞專業做老師，與羅列（1921～2012）有關。羅列是繼曹聚仁（1900～1972）、馬蔭良（1905～1995）等人之後的方漢奇生命中的「重要他人」。曹聚仁作爲國立社會教育學院的外聘教師，教會了方漢奇以「作卡片」的方式積累資料，這讓方漢奇受益終生〔註128〕；馬蔭良邀方漢奇到上海新聞圖書館工作，方漢奇在上海新聞圖書館工作期間被老報人黃寄萍（1905～1955）招爲女婿，這也是人生大事〔註129〕；而羅列則是使方漢奇「選擇」到北大新聞專業做老師的關鍵人物。〔註130〕

　　羅列1940年畢業於上海民治新聞專科學校，做過記者、編輯，1948～1953年先後任華中新聞專科學校教育長、上海《解放日報》編委等職。〔註131〕在上海《解放日報》工作期間，羅列與方漢奇一樣，都是住在上海新聞圖書館，兩人熟識。「1953年3月」，羅列奉調「北京大學任中文系新聞教研室主任、副系主任，主持新聞專業工作」〔註132〕，邀請方漢奇到北大任教。〔註133〕這除了與方漢奇從事過新聞史研究有關之外，還與方漢奇的「教學經驗」有關，因爲羅列「要找一個既對新聞史研究有興趣，有積累，又有一定教學經

〔註128〕方漢奇後來回憶說：「從那時到現在，半個世紀過去了，我做的卡片，累計已達10萬張。直到現在還在做。不但自己做，而且教我的學生做。追根溯源，應該萬分感謝曹先生的教誨。」傅寧、王永亮：《方漢奇：要重視新聞史的研究》，見王永亮等編著：《傳媒思想——高層權威解讀傳媒》，北京：北京廣播學院出版社，2004，第362～363頁；「曹聚仁先生在課堂上傳授的如何作卡片的方法，就使我受用無窮。這位兼有教授、記者、作家三重身份著作等身的老師，一上來就極力向我們介紹作卡片的好處，鼓勵我們通過作卡片，來積累觀點和材料。我的第一張卡片，就是在他的指導下完成的。從那時到現在，我作了四十多年卡片，累計近八萬張，很多科研項目就是利用這些卡片順利完成的。飲水思源，不能不感謝他的教導」。方漢奇：《母校奠定了我的專業基礎》，見國立社會教育學院校友回憶錄：《崢嶸歲月》（第三集），第228～230頁。

〔註129〕2010年3月12日方漢奇先生覆劉泱育電郵：「我和內人相識和定婚，是館內的一位女同事介紹成功的。當然，原於事先被老丈人看中，然後找人出來當媒人。當時館內家中有待嫁女兒的老先生不少，看中我的也不少，但被後來的老丈人著了先鞭。這是後來才知道的」。

〔註130〕方漢奇晚年回憶說：「對我影響大的人還有一個就是羅列。」《方漢奇：七十年來家國》，見成思行、燕華：《與傳媒界名流談心》，北京：新世界出版社，2002，第8頁。

〔註131〕見《中國大百科全書·新聞出版》，北京：中國大百科全書出版社，1990，第202頁。

〔註132〕豐捷：《新聞教育家羅列同志病逝》，《光明日報》，2012年9月23日，第7版。

〔註133〕《方漢奇：七十年來家國》，見成思行、燕華主編：《與傳媒界名流談心》，北京：新世界出版社，2002，第8～26頁。

驗的人」。〔註134〕

　　方漢奇的「教學經驗」來自於 1951 年在上海聖約翰大學新聞系講授新聞史專題課。〔註135〕

　　聖約翰大學的新聞系是中國歷史上的第一個大學新聞系，成立時間是 1921 年 9 月。〔註136〕自 1924 年起，一直由武道（Maurice E.Votaw）擔任新聞系主任到 1948 年（1942 年新聞系停辦，1947 年恢復）。1949～1951 年，由黃嘉德（1908～1992）〔註137〕任新聞系主任。

　　1950 年 6 月，朝鮮戰爭爆發，在「抗美援朝」的時代背景下，同年 12 月，聖約翰大學與美國聖公會完全脫離關係。聖約翰大學教員「四大來源」之一的一些美籍教師被辭退，〔註138〕新聞系與其他系一樣，需要補充一些師資。其中包括補充講授新聞史的教師──聖約翰大學新聞系開設過的專業課程主要有：新聞學、校對與時評、廣告之撰作與徵求、新聞學之歷史與原理等。〔註139〕

　　黃嘉德最初想聘請到聖約翰新聞系兼職講授新聞史的教師是時任上海新聞圖書館館長、華東新聞學院教授的馬蔭良，因馬曾用英文寫過一本《中國新聞事業簡史》。但是「馬當時兼職多，沒時間」，知道方漢奇對新聞史感興趣，有深厚的積累，就向黃嘉德作了推薦。〔註140〕對此，方漢奇的學長穆家珩曾憶道：「結果一上講臺，四座靜聽，黃先生當即約請漢奇經常講課」。〔註141〕

〔註134〕2009 年 6 月 19 日方漢奇先生覆劉泱育電郵。
〔註135〕劉泱育：《方漢奇與聖約翰大學新聞系》，《新聞與寫作》2009 年第 8 期。
〔註136〕鄧紹根：《中國第一個新聞專業創辦時間考論》，《新聞記者》2010 年第 6 期。
〔註137〕黃嘉德，福建晉江人，1931 年畢業於聖約翰大學並留校任教。是我國著名翻譯家和外國文學研究家。在 20 世紀 30 年代曾翻譯過《蕭伯納傳》，晚年出版了我國第一部研究蕭伯納的專著《蕭伯納研究》。他還曾翻譯過林語堂的《吾國與吾民》等。1947 年 8 月，黃嘉德赴美國哥倫比亞大學留學。1948 年 9 月獲得文學碩士學位並於年底回國，繼續在聖約翰大學任教。1949 年 5 月上海解放後，黃嘉德任聖約翰大學校務委員、文學院院長兼新聞系主任。見鄭豫廣：《黃嘉德與〈蕭伯納傳〉》，《福建圖書館理論與實踐》2006 年第 3 期。
〔註138〕徐以驊、韓信昌：《海上梵王渡──聖約翰大學》，石家莊：河北教育出版社，2003，第 41～42 頁。
〔註139〕熊月之、周武主編：《聖約翰大學史》，上海：上海人民出版社，2007，第 146 頁。
〔註140〕2009 年 6 月 19 日方漢奇先生覆劉泱育電郵。
〔註141〕方漢奇、穆家珩：《捧著一顆心來的播愛者──馬蔭良先生》，蘇州大學社會教育學院四川校友會編印：《崢嶸歲月》（第二集），第 94 頁。

當年在聖約翰大學聽方漢奇講新聞史專題課的學生約有三五十人。學生們分爲兩類，一類是新聞系學生，大約二三十人；另一類是外系旁聽的學生。在旁聽生中，就有聖約翰大學中文系 1951 屆畢業生范敬宜（1931～2010）〔註 142〕。

范敬宜當年「選修或旁聽過黃嘉德的《新聞學概論》、方漢奇的《中國新聞史》等課程」。〔註 143〕據范敬宜在聖約翰期間聽過方漢奇的課，可以斷定：方漢奇當年在聖約翰新聞系兼課的確切時間爲 1951 年 3～8 月間（范敬宜畢業前）。〔註 144〕因此，方漢奇開始從事新聞史教學的時間是 1951 年 3 月。至此，我們對於——方漢奇被認爲是「從事中國新聞史教學與研究時間最久」的著名新聞史學家〔註 145〕——這一判斷終於清楚地知道了其是「從何說起」。

方漢奇去聖約翰大學講授新聞史專題只是「兼職」，其本職工作仍是在上海新聞圖書館從事《申報》等舊報的整理工作。當年方漢奇去聖約翰大學新聞系兼職，「不差錢」。因爲「不記得拿過什麼報酬，當時認爲是一項『革命工作』。那時候是只講奉獻不講報酬的，年輕人被邀請去大學講課，得到的是一種榮譽感」。〔註 146〕當年方漢奇每周去聖約翰大學講課一次，約兩個小時。當時主要講一些新聞史專題，比如《申報》專題。從古到今進行系列的講授。但「不含黨報史，不涉及時政」。〔註 147〕

方漢奇當年總共只去聖約翰新聞系講過十幾次課。之所以沒有繼續在聖約翰兼課的重要原因：一是，邀請方漢奇在聖約翰兼課的新聞系主任黃嘉德於 1951 年 9 月，在建國初的知識分子思想改造浪潮中，被安排到華東人民革命大學政治研究院進行學習，並於 1952 年 1 月調任山東大學外文系教授。〔註 148〕二是，1952 年，在當時高等學校制度學習蘇聯的時代背景下，進行了

〔註 142〕 范敬宜（1931～2010），江蘇蘇州人，早年就讀於無錫國專、上海聖約翰大學中文系。曾任《遼寧日報》記者，《經濟日報》總編輯，《人民日報》總編輯，全國人大常委會教科文衛副主任委員，清華大學新聞與傳播學院首任院長。

〔註 143〕 范敬宜：《心懷全局，筆寫蒼生》，參見王永亮等編著：《傳媒思想——高層權威解讀傳媒》，北京：北京廣播學院出版社，2004，第 261 頁。

〔註 144〕 熊月之、周武主編：《聖約翰大學史》，上海：上海人民出版社，2007，第 566 頁。

〔註 145〕 徐培汀：《20 世紀中國新聞學與傳播學·新聞史學史卷》，上海：復旦大學出版社，2001，第 6 頁。

〔註 146〕 2009 年 6 月 19 日方漢奇先生覆劉泱育電郵。

〔註 147〕 2009 年 6 月 19 日方漢奇先生覆劉泱育電郵。

〔註 148〕 熊月之、周武主編：《聖約翰大學史》，上海：上海人民出版社，2007，第 333～334 頁。

全國高校院系的大調整，聖約翰大學新聞系被併入了復旦大學。同年，燕京大學的新聞系被併入北京大學中文系，改設編輯專業（後改稱新聞專業）。

1953 年 8 月 23 日，方漢奇到北京大學中文系新聞專業報到〔註149〕，講授中國新聞史課程。1958 年 6 月 21 日，北京大學新聞專業的師生整個建制併入到中國人民大學新聞系，方漢奇因之到中國人民大學新聞系任教。「1969 年底，經過了文革初期的幾番風雨之後，人大被迫停辦。全體教工一部份調至外校和外單位，一部份自謀出路，剩下的除一部份老弱病殘留守北京外，大部分下放到學校設在江西的五七幹校」。〔註150〕方漢奇在「五七幹校」勞動三年後，於 1972 年 8 月，回到北京，第二次執教北大，擔任工農兵學員的老師。〔註151〕

據方漢奇回憶：

> 當時，中文系恢復了新聞專業，一大批工農兵學員分配到這個專業學習，急需專業課師資，而人大新聞系的教師因人大停辦，全部滯留於江西「五七」幹校，於是就整個建制地調來北大。我也隨著再次來到了北大。〔註152〕

1978 年，中國人民大學復校，方漢奇再次到中國人民大學新聞系任教，一直到退休。〔註153〕

1953 年至 1978 年間，方漢奇在北大與人大之間往複調動，對此，他本人是沒有「選擇」空間的，那麼，在此期間，方漢奇在學術研究上是不是也完全沒有個人的「選擇空間」呢？

對此，我將在本書的一些章節中──以追溯的方式作出回答。

〔註149〕方漢奇能夠到北大任教，除羅列相邀之外，還需時任上海新聞圖書館館長馬蔭良放行，對此方漢奇曾憶道：「一九五三年，北大中文系新聞專業成立，主持人羅列邀我北上任教，他毅然放行，也是出於對學生前途的愛護」，見方漢奇、穆家珩：《捧著一顆心來的播愛者──馬蔭良先生》，見蘇州大學社會教育學院四川校友會編印：《崢嶸歲月》（第二集），1989，第 94 頁。

〔註150〕方漢奇先生 2009 年 11 月 8 日致劉決育電郵附件《幹校雜憶》。

〔註151〕關於方漢奇執教北大期間的學術研究情況，可參拙文：《方漢奇執教北大期間的學術研究》，《新聞與寫作》2010 年第 1 期。

〔註152〕方漢奇先生 2010 年 4 月 5 日致劉決育的電郵附件《十年風雨未名湖》。

〔註153〕方漢奇於 2004 年退休，隨即被返聘，繼續擔任中國人民大學新聞學院教授、博士生導師。

上篇　學術探索之路

引言：作爲學術探索者的方漢奇

　　「學術的探索者」，按照茲納涅茨基對於「知識人的社會角色」的分類，屬於「探索的研究者」和「學術的貢獻者」〔註1〕。本篇重點討論「個體學者意義上」的方漢奇與新聞史研究的關係。以方漢奇的學術成果爲切入點，以回答個體學者如何思想和行動才可能做一名有貢獻的學術探索者爲落腳點。

　　在中國新聞傳播學界，同時橫跨新聞傳播理論、新聞史、新聞實務、媒介經濟等兩個乃至更多個研究方向的學者並不少見。但方漢奇在超過 60 年的學術之路中，將精力一直聚焦在自己最感興趣和最熟悉擅長的新聞史學領域，沒有開闢別的研究方向。其實，方漢奇並非完全沒有能力在新聞傳播理論或新聞實務等方面發表研究成果〔註2〕，但他「選擇」只做新聞史，這一行爲與他的價值觀念密不可分。在學術研究上，與梁啓超相類，方漢奇是一個「興趣主義者」，在研究領域選擇上，他的信條是「不要選不是自己優勢的東

〔註 1〕　〔波蘭〕茲納涅茨基（Znaniecki,F.）：《知識人的社會角色》，郟斌祥譯，南京：譯林出版社，2000。

〔註 2〕　方漢奇：《新聞學學科建設的回顧與前瞻——在 2008 年首屆全國新聞學學術年會上的發言》（未刊稿）；方漢奇：《賦到滄桑句便工——簡論中央電視臺里程碑式的汶川震災報導》，《電視研究》2008 年第 8 期。

西」。〔註3〕

在新聞史研究領域，方漢奇的學術成果載體是一部著作《中國近代報刊史》和 200 多篇文章。梳理方漢奇的學術成果，不難發現：在研究方向上，他雖然只有一個——只研究新聞史，但在新聞史這一領域，他卻沒有給自己再細分特定的切入時段，而是從古代新聞史，到近代新聞史，從現代新聞史，到當代新聞史，從新聞教育史到新聞史學史，都有所涉獵，進行「貫通式」的研究——

對中國古代報紙的探求。對於中國古代報紙的研究，繞不過去的一個重要問題是：中國古代報紙起源於何時？對此問題，方漢奇傾向於「中國古代報紙起源於唐代」（亦即主張「唐朝說」），就此問題，與方漢奇進行商榷的學者不只一位。

對中國近代報刊史的開拓。方漢奇對中國近代報刊與報人的研究始於 20 世紀 50 年代執教北大期間，《中國近代報刊史》是方漢奇的第一部學術專著，這本書的出版，使方漢奇的博士生尹韻公認為，方漢奇的學術貢獻主要在近代報刊史研究方面。〔註4〕

對中國現代新聞事業的聚焦。雖然早在 1957 年，方漢奇就發表了自己研究中國現代新聞事業史的第一篇文章《李大釗與〈晨鐘報〉》，〔註5〕但由於種種原因，他對中國現代新聞事業史的研究（除對魯迅報刊活動的研究外）卻幾乎全都寫於 1978 年後，其中，對於邵飄萍的研究，用力頗多。而對於《大公報》及其相關的研究，則歷時頗長。

對中國當代新聞事業的考察。方漢奇認為，新聞事業在發展，新聞史的研究也要相應地發展。〔註6〕20 世紀 80 年代方漢奇對中國當代新聞事業史的研究，比較集中地體現在主編《中國當代新聞事業史（1949～1988）》。1994 年，中國正式全面接入互聯網，對網絡媒體發展史及其社會影響的研究，成為方漢奇對中國當代新聞事業史進行考察的又一重要向度。2001 年後，方漢奇開始指導自己的博士生研究中國網絡媒體發展史。〔註7〕

〔註 3〕劉泱育：《方漢奇先生治學思想述要》，《新聞愛好者》2011 年第 12 期（下）。
〔註 4〕2008 年 11 月 1 日訪問尹韻公先生錄音資料。
〔註 5〕方漢奇：《李大釗與〈晨鐘報〉》，《新聞與出版》，1957 年 2 月 25 日。準確地說，《晨鐘報》的報名為《晨鐘》，南京圖書館四樓民國文獻閱覽室藏有此報。
〔註 6〕方漢奇：《方漢奇自選集》，北京：中國人民大學出版社，2007，前言第 5 頁。
〔註 7〕方漢奇指導博士生彭蘭撰寫《花環與荊棘——中國網絡媒體的第一個十年》（北京：清華大學出版社，2005）獲 2006 年全國優秀博士學位論文獎。

對中國新聞史研究與新聞教育發展的評述。方漢奇既是新聞史學者，也是新聞史教師，「教師」與「學者」的雙重身份與角色，使他既關注新聞史研究的進展，也關注新聞教育的發展。1978 年以後，方漢奇發表了《中國新聞史研究的歷史與現狀》、《七十年來中國的新聞教育》、《中國新聞傳播事業一百年》等多篇文章。

在上篇中，出於解答自己所關心的問題的考慮，我將以方漢奇唯一的專著《中國近代報刊史》和他的三大研究重點──「對於中國古代報紙的研究」、「對於邵飄萍的研究」和「對於與《大公報》相關的研究」爲中介，來探討作爲「學術探索者」的個體學者應該具備何種價值觀念？並在我認爲適當的地方切入討論個體學者的選擇空間。

子、興趣爲根：《中國近代報刊史》成書的啓示

不只一位學者將「1978 年」視爲大陸新聞學界「新時期」的肇始之年〔註 8〕。然而，如從新聞史學的學術成果來看，將 1978 年視爲「新時期」的起點就將極爲可疑──此年大陸學界一篇公開發表的新聞史學論文和一本公開出版的新聞史學著作都沒有。1979 年，才有《新聞研究資料》、《新華日報的回憶》和《報刊史話》出版，雖然這三本書，任何一本都稱不上嚴格意義的學術著作，但《新聞研究資料》所刊發的文章，畢竟可視爲新聞學界已有成果產出。

如果將新聞史專著的出現視爲大陸新聞史學界「新時期」的起點，那麼，這一起點的時間則並非是 1978 年，而是「1981 年 6 月」──方漢奇的《中國近代報刊史》的出版。換言之，方漢奇的《中國近代報刊史》的出版，標誌著大陸新聞史學界「新時期」的開啓。那麼──

一、中國近代報刊何以成史？

在《中國近代報刊史》一書中，方漢奇自言：「解放以來，新聞學的著作出版得很少，報刊史方面的著作則更少。廣大新聞工作者和想瞭解一點我

〔註 8〕如張振亭博士的《中國新時期新聞傳播學術發展史》（華中科技大學博士學位論文，2008）、趙智敏博士的《改革開放 30 年中國新聞學之演進（1978～2008）》（復旦大學博士學位論文，2009）、吳廷俊教授主編的《中國新聞傳播史（1978～2008）》（上海：復旦大學出版社，2011）均將「1978」視爲新時期的「起點」。

國報刊歷史的人，都苦於無書可讀」，《中國近代報刊史》的寫作目的是，「爲關心和希望瞭解中國近代報刊歷史的讀者，貢獻一部可供翻檢的參考用書」。〔註9〕

誠如方漢奇所言，中華人民共和國建國後至 1978 年——方漢奇開始寫作《中國近代報刊史》時——新聞學的著作出版得很少，報刊史方面的著作則更少，僅有的新聞史教材一是中國人民大學新聞系編印的《中國新民主主義革命時期新聞事業史》，另一是復旦大學新聞系編印的《中國現代報刊史》，兩本教材名稱雖異，但論述的都是 1919～1949 年之間的這段新聞史，而學界對 1919 年以前新聞史的研究，則較解放前並未有大的突破與進展。

但是，細考歷史，方漢奇寫《中國近代報刊史》的直接動因卻並非是「爲關心和希望瞭解中國近代報刊歷史的讀者，貢獻一部可供翻檢的參考用書」，而是爲了給 1980 年 10 月 3 日中國人民大學建校 30 週年「獻禮」。他憶道：

> 1978 年時校慶或者系慶，有個小慶，〔註10〕當時就考慮是不是寫點東西作爲獻禮？當時跟羅列一說，羅列是那時新聞系的系主任，他挺贊成，於是開始寫。
>
> 在寫《中國近代報刊史》的時候，一開始也沒有很大的期待，就寫個小冊子吧，8 萬字，所以開始寫的，你看，就比較緊，其實不是沒有材料，早期的，外國人在華辦報是近代新聞事業的開端嘛，但是寫得很簡單，當時沒有準備寫成後來的那樣一個大部頭的著作的思想準備，開始寫得就很緊，後來這個事兒也沒人追，也沒有簽合同，沒有壓力，不像現在，現在當教師的壓力很大，什麼量化指標啊，什麼評職稱啊，不評職稱還得拿獎金，所以現在的壓力很大，那時候就沒壓力，憑自己的興趣愛好，就慢慢寫吧，寫著寫著，就覺得可以發揮發揮，可以發展發展，於是越寫越多，那個體例也前

〔註 9〕方漢奇：《中國近代報刊史》，太原：山西人民出版社，1981，第 760 頁。

〔註10〕方漢奇所說的「校慶或者系慶」，其實是指 1980 年 10 月 3 日中國人民大學建校 30 週年。當時，不只一名教師選擇通過「寫點東西」的方式獻禮，除方漢奇外，如，1980 年，爲向建校 30 週年獻禮，甘惜分於 9 月寫成建國後公開出版的第一部論述社會主義新聞事業性質、作用等問題的專著《新聞理論基礎》，該書後經多次討論修改於 1982 年出版。據《中國人民大學新聞學院院史》（內刊），第 59 頁。

後不一致了，後來乾脆就放開寫了，到了辛亥革命以後就放開寫了，就寫成現在這樣子，半大的「解放腳」，前緊後鬆，就寫出了後來的五十多萬字。〔註11〕

方漢奇的回憶表明，他在開始寫《中國近代報刊史》的時候，對於書的「最後模樣」，並沒有一個明晰的構思，而是邊寫邊調整思路，最後寫出來的超過55萬字的《中國近代報刊史》與當初所設想的8萬字的「獻禮」小冊子已然面目全非。這事實上等於說，《中國近代報刊史》是方漢奇「無心插柳」而「柳卻成蔭」的一個學術成果。然而，問題的關鍵在於，方漢奇的這種「無心插柳柳成蔭」是有「條件」的。研究者需要追問的是，其「條件」是什麼？

對此，前人曾有過揭示——

《中國近代報刊史》出版後，甘惜分、王鳳超、何炳然等先生於1982年、1983年、1984年，連續三年分別撰寫了三篇書評。〔註12〕三篇文章雖然對《中國近代報刊史》的評述各不相同，但有一點，三篇書評的作者「英雄所見略同」，都認為《中國近代報刊史》「史料豐富」。多年以後，丁淦林先生在評述20世紀中國新聞史研究時，也認為《中國近代報刊史》「史料豐富，論述全面」。〔註13〕

這使研究者有理由判斷，方漢奇之所以能夠寫出《中國近代報刊史》，其前提條件就在於「長時間的對近代報刊史料的積累」。如果用方漢奇自己的話來講，那就是「厚積薄發」。他曾回憶說，如果「沒有前一個階段的厚積，就不可能有後一個階段的薄發。」〔註14〕「薄發」出一部《中國近代報刊史》是「果」，「厚積」近代報刊史料才是「因」。而對於方漢奇「厚積」近代報刊史料，則需要從以下幾個方面來觀照：

第一，「厚積」首先是出於對收集舊報刊的「集報」興趣。如果用方漢奇自己的話來講，那就是：「對新聞史的興趣是『打不走，轟不走』」〔註15〕。

〔註11〕 2010年4月24日劉泱育訪方漢奇先生錄音資料。
〔註12〕 甘惜分：《評〈中國近代報刊史〉》，《光明日報》，1982年3月15日；王鳳超：《新聞業史研究的新收穫》，《讀書》1983年第12期；何炳然：《簡評〈中國近代報刊史〉》，《近代史研究》1984年第4期。
〔註13〕 丁淦林：《20世紀中國新聞史研究》，見丁淦林：《丁淦林文集》，上海：復旦大學出版社，2005，第6頁。
〔註14〕 《方漢奇自述》，見國務院學位委員會辦公室編：《中國社會科學家自述》，上海：上海教育出版社，1997，第692頁。
〔註15〕 宋素紅：《方漢奇：給中國新聞史一個座標》，《新聞天地》2001年Z2期。

正是出於對「集報」的興趣，方漢奇即使在「文革」時期，仍有做報刊史「資料」卡片的動力。或者說，能夠長期堅持下來，其內在動力來自於對報刊史的興趣。而絕非是當時有「先見之明」，爲了有朝一日寫一部《中國近代報刊史》，因爲，身處當時的歷史之中，方漢奇自己並不清楚「文革」歲月何時能夠結束，他當年被下放到江西「五七」幹校時，是做了不回北京的打算的。〔註16〕

第二，方漢奇厚積「近代報刊史」的史料，與他當時被安排教的課程有關。因爲方漢奇那時還不是黨員，所以關於「黨報」的歷史不歸他講。他主要負責講古近代報刊史。對此，方漢奇曾解釋說：「撥亂反正以後，我的第一本新聞史的著作是《中國近代報刊史》。這是因爲我長時期的教學分工就是搞中國古代和近代新聞史。」〔註17〕

第三，「厚積」與所歷時間有關係。方漢奇憶道：

> （1953年到1976年）這二十三年，由於政治運動多、各種各樣的集體活動和下放勞動多，眞正從事教學研究的時間很少。偶而寫過幾篇新聞史的小文章，談不上深入。唯一能夠堅持的，是盡可能的利用一切空餘的時間，考慮新聞史研究中的一些問題，注意積累有關新聞史的觀點和材料。這一點，即使在「文革」十年我被打進牛棚和下放幹校勞動期間，也沒有中斷。〔註18〕

方漢奇積累近代報刊史料，歷時超過20年，雖然如所周知，這在當時的學術環境下是「被動」的，但從另一方面來講，這倒反而促成了學者對於所聚焦領域資料的「厚積」。

第四，「厚積」與所處空間也有關係。

《中國近代報刊史》的「史料豐富」，與當年方漢奇在上海和北京兩地利用「地利」之便對中國近代報刊史料的搜集努力是分不開的。回望中國近代報刊發展的歷史，上海和北京兩地的報刊佔有特殊的地位。北京作爲中國的政治文化中心，在辛亥革命勝利後其報刊的數量獨佔全國的五分之一。〔註19〕而「據上海圖書館徐家匯藏書樓統計，所藏解放前中國出版的

〔註16〕 方漢奇：《幹校雜憶》（未刊稿）。

〔註17〕 《我的學術之路——方漢奇八十自述》，《汕頭大學學報》（人文社會科學版）2011年第1期。

〔註18〕 吳曉晶：《方漢奇：冷門做出熱學問》，《光明日報》，2006年2月26日。

〔註19〕 戈公振：《中國報學史》，上海：上海古籍出版社，2003，第211頁。

報紙共 4000 多種，其中上海出版的有 1800 多種。」〔註20〕早在 1950 年大學畢業時，方漢奇即進入上海新聞圖書館從事《申報》史料的整理工作，並在各圖書館翻閱了大量的近代以來的上海報刊原件。1953 年調入北京大學中文系新聞專業任教後，方漢奇又抓住了當時政治運動頻繁、文物圖書資料大量流入社會、流入市場的機會，人棄我取，把大量具有珍貴史料價值的報刊資料購買到手。

　　第五，方漢奇在集報愛好的基礎上，進行近代報刊史資料「厚積」的方法是作「卡片」。〔註21〕甘惜分在《評〈中國近代報刊史〉》一文中寫道：「他勤學勤記，雖破書片紙，涓滴之微，亦廣爲收羅，並錄之於卡片」；〔註22〕徐培汀則言：方漢奇「下苦功夫積累、收集、研究第一手材料。他爲了研究中國近代報刊史，做了 2.5 萬張卡片，並細讀過 30 多年的《申報》」。〔註23〕

　　正是在長期「厚積」資料的基礎上，方漢奇寫出來的《中國近代報刊史》，就史料的開掘程度而言，被認爲「是目前所有新聞史著作中難以逾越的，是研究該時期新聞史最權威的著作」。〔註24〕

　　至此，關於《中國近代報刊史》成書過程的認識，可以歸納爲：爲中國人民大學 1980 年 10 月 3 日建校 30 週年校慶「獻禮」是方漢奇要寫《中國近

〔註20〕馬光仁主編：《上海新聞史》，上海：復旦大學出版社，1996，前言第 1 頁。
〔註21〕方漢奇所採用的積累資料的主要方法「做卡片」，其師承來自於大學期間的老師曹聚仁先生。做資料卡片的要點爲：第一，卡片上摘引的材料要有標題；第二，必須對摘引的材料注明詳細出處；第三，卡片一定要保持獨立性，不要一個卡片沒完接另一個卡片，材料的字數太多，卡片容納不下時，可先用紙貼在卡片的下端，再折疊成卡片的大小，以便收存；第四，要保持單面。之所以反面不寫，主要是爲了以後可以把相關的卡片擺在桌上進行綜合分析；第五，一元化。除一般的資料摘引卡片外，還可以把信件、剪報也做成卡片。」換言之，「一元化的意思是什麼都可以做成卡片。例如收到的信件就可以貼在卡片上，加一個標題，注明出處，然後歸類存放備用。報紙上的文章也可以剪下來照此辦理。」傅寧、王永亮：《方漢奇：要重視新聞史的研究》，見王永亮等：《傳媒思想——高層權威解讀傳媒》，北京：北京廣播學院出版社，2004，第 363 頁。以及方漢奇先生 2012 年 11 月 5 日覆劉泱育電郵。
〔註22〕甘惜分：《評〈中國近代報刊史〉》，《光明日報》，1982 年 3 月 15 日。
〔註23〕徐培汀：《20 世紀中國新聞學與傳播學·新聞史學史卷》，上海：復旦大學出版社，2001，第 61 頁。
〔註24〕王潤澤：《專業化：新聞史研究的方法和路徑的思考》，《國際新聞界》2008 年第 4 期。

代報刊史》的主觀動因〔註25〕；對近代報刊史料進行的長期「厚積」是《中國近代報刊史》能夠寫出來的客觀條件；而在超過20年的時間裏，之所以能夠一直堅持作報刊史資料卡片，其內在動力是對報刊史的興趣——「將集報興趣與爲教報刊史課程搜集史料合二爲一」。〔註26〕

二、如何評判《中國近代報刊史》的學術價值？

評判《中國近代報刊史》的學術價值是一件棘手之事。

因爲這本書不僅對於新聞史學科和新聞學科有價值，對於歷史學科和其他學科也有影響；其影響不僅在大陸地區，也遠越海外；不僅聞於當代，也將惠於後世。但是，如果在評價上不給出我的「一家之言」那也不行，因爲下面還要討論《中國近代報刊史》與方漢奇學術地位的關係，而方漢奇的學術地位如果與《中國近代報刊史》有關係，那就繞不開討論《中國近代報刊史》的學術價值。在此，我擬據列寧的指點對之進行討論：「判斷歷史的功績，不是根據歷史活動家有沒有提供現代要求的東西，而是根據他們比他們的前輩提供了新的東西。」〔註27〕

（一）史料豐贍：《中國近代報刊史》與中國新聞史前修相關內容篇幅的比較

1.《中國近代報刊史》與《中國報學史》之比較

戈公振的《中國報學史》自1927年11月出版後，學界譽之甚高，被視爲「中國新聞史」的「開山之作」。《中國報學史》中關於「中國近代報刊」的論述主要集中在「第三章　外報創始時期」、「第四章　民報勃興時期」和「第五章　民國成立以後」。涉及到「外報之種類」、「當時報界之情形」、「當時國人對外報之態度」和「外報對於中國文化之影響」、「日報之先導」、一些著名的報紙：《中外紀聞》與《強學報》、《國聞報》、《時務日報》與《時報》、《蘇報》、《國民日日報》、《警鐘日報》、《復報》、《民呼報》、「留學界之出版物」、「君憲與民主之論戰」、「清末報紙之厄運」、民國初年的報業等，篇幅不

〔註25〕方漢奇在八十自述中說：「本來開始就是作爲一個普通的獻禮的書，準備寫七八萬字就可以了」。《我的學術之路——方漢奇八十自述》，《汕頭大學學報》（人文社會科學版）2011年第1期。

〔註26〕戈公振、胡道靜也是出於對集報的興趣而後從事新聞史研究的。

〔註27〕列寧：《評經濟浪漫主義》，《列寧全集》（第2卷），北京：人民出版社，1963。轉引自張世林編：《爲學術的一生》，桂林：廣西師範大學出版社，2005，第178頁。

過 100 多頁，「約 6 萬字」，〔註28〕而《中國近代報刊史》的篇幅則是 700 多頁超過 55 萬字，在內容的豐贍層面，兩者相較，一目了然。

2.《中國近代報刊史》與《中國新聞發達史》之比較

蔣國珍的《中國新聞發達史》與《中國報學史》是同年出版的，並且比《中國報學史》還早出版 2 個月（1927 年 9 月出版）。但《中國新聞發達史》的內容極為單薄，全書一共 74 頁，其中涉及「中國近代報刊」的主要為「第二章 中國近代報紙的先驅」和「第三章 中文報紙的發達」，蔣國珍將「中國近代報紙的先驅」類分為「教會報」和「外國商人的機關報」兩種。他從「概說」、「中國報紙的創刊」、「『戊戌政變』與報紙」、「共和以後的中國報紙」等方面介紹「中文報紙的發達」。整個篇幅只有 48 頁，充其量屬於「中國近代報刊」簡介。在內容和深度上都無法與《中國報學史》相提並論，在篇幅上更無法望《中國近代報刊史》之項背。如果用數字來計量，其中涉及到「中國近代報刊」的內容不到《中國近代報刊史》的十分之一。也正因此，儘管蔣著出版時間早於戈書，但學界仍視《中國報學史》為開山之作。

3.《中國近代報刊史》與《中國新聞事業》之比較

1930 年，方漢奇的同鄉黃天鵬〔註29〕，出版了《中國新聞事業》，這本書是黃天鵬在其早年留學日本時所寫的「支那的新聞事業」論文的基礎上——改寫充實而成的。〔註30〕全書共七章計 326 頁，其中涉及到「中國近代報刊」的主要為「第四章 新聞事業之勃興」，黃天鵬從「晚近官報之盛況」、「外人在華之報業」、「國人辦報之繼起」和「鼎革前後之報界」等幾個方面進行論述。篇幅總計為 17 頁，遠遠不及《中國近代報刊史》翔實。

（二）內容純粹，以人為本：《中國近代報刊史》與中國新聞史前修寫法的差異

《中國近代報刊史》是第一本內容純粹的「近代報刊史」。此種判斷，也

〔註28〕喬建華：《艱苦的探索　執著的追求——訪中國人民大學新聞系教授方漢奇》，《新聞與寫作》1988 年第 6 期，第 2 頁。

〔註29〕黃天鵬與方漢奇同為「廣東普寧」人。

〔註30〕黃天鵬：《中國新聞事業・自序》：「昔歲東渡，治學新聞研究所，從永代靜雄先生遊：新聞大學廿四講座修畢，所列須為論文，因作『支那的之新聞紙業』應命，今復略事增訂，成為『中國新聞事業』一書。腹稿懷諸三年，執筆時未逾月，倉卒付梓，愧無可觀，特私願為斯業著述之前導，並以就正有道君子耳」。

是與前述三書的內容進行比較而得出的結論，無論是《中國報學史》、還是《中國新聞發達史》或《中國新聞事業》，都不是聚焦中國「近代報刊」的專著，而《中國近代報刊史》除了數頁關於中國古代報紙的評述外，重中之重是中國「近代報刊」。我們如果列表四本書的章目錄，進行比較，則一目了然。

表2：《中國近代報刊史》與《中國報學史》、《中國新聞發達史》和《中國新聞事業》章目錄對比表

書名 目次	中國報學史	中國新聞發達史	中國新聞事業	中國近代報刊史
第一章	緒論	中國報紙的濫觴	新聞事業諸論	中國早期的報紙
第二章	官報獨佔時期	中國近代報紙的先驅	新聞事業之起源	外國人在中國的辦報活動
第三章	外報創始時期	中文報紙的發達	新聞事業之變遷	中國資產階級報刊的萌芽和資產階級改良派的辦報活動
第四章	民報勃興時期	論中國報紙的諸特徵	新聞事業之勃興	民主革命準備時期的資產階級報刊
第五章	民國成立以後	現在中國各種報紙概況	新聞事業之現狀	民主革命高漲時期的資產階級報刊
第六章	報界之現狀		新聞事業之將來	辛亥革命前後的資產階級報刊
第七章			新聞事業附錄	民國初年和北洋軍閥統治初期的報刊

《中國近代報刊史》也是第一部以報人為主的「近代報刊史」。裏面涉及到的人物上千名，既有詳細介紹的，也有一帶而過的。除介紹了1981年胡耀邦——在紀念辛亥革命70年週年大會講話中所提到的17個辦過報的風雲人物，如章太炎、鄒容、秋瑾、陳天華、于右任等人外，對於「陳布雷、居正、戴季陶、汪精衛、劉師培，以及早期的陳獨秀等，這些人的報刊活動這本書也都實事求是作了介紹。」〔註31〕後來中國新聞史教材中的許多人物，都是方漢奇所議程設置的，如黃遠生、邵飄萍、林白水、張季鸞、胡政之等。

但在《中國近代報刊史》的報刊人物評述中，此書對於「辛亥革命時期

〔註31〕方漢奇：《關於新聞史研究的幾點體會與建議》，見《方漢奇文集》，汕頭：汕頭大學出版社，2003，第24頁。

的報刊人物介紹得多一些」，對於戊戌變法「改良」時期及以前的人物，不但「介紹得少一些」，而且「評價也偏嚴了一些」。方漢奇後來自己也承認：

> 這本書對改良派人物的評價，一般地説，還是偏嚴的，例如對梁啓超在早期《新民叢報》所起的積極作用就估計得偏低了一些。此外，對在中國辦報的那些外國人的評價也有點簡單化，一刀切，給讀者的印象是，所有參加辦報活動的外國人，一律都是帝國主義的文化特務和鷹犬。〔註32〕

這折射出方漢奇在寫《中國近代報刊史》時仍然受「左」的思想的影響。

（三）階級分析法：《中國近代報刊史》與中國新聞史前修史觀的對比

階級分析史觀自 20 世紀 30～40 年代在新聞史中開始出現〔註33〕。但《中國新聞事業》等書受階級分析史觀的影響並不明顯，而《中國近代報刊史》則總體上是按照「階級分析」的「革命鬥爭」史觀寫出來的專著。

該書重點闡發的一種思想是，無論在哪個歷史時期，報刊都是「階級鬥爭」和「革命鬥爭」的輿論工具。〔註34〕這亦可由此書中所使用的具有當時「時代氣息」的話語修辭而得到佐證。

《中國近代報刊史》第一章節標題中的「近代勞動人民的革命宣傳活動」；第二章節標題中的「為殖民主義搖旗吶喊的外文報紙」；第三章節標題中的「一場輿論陣地的爭奪戰」；第四章節標題中的「資產階級革命派早期的宣傳活動」；「資產階級改良派在海外的辦報活動」；「保皇派在國內的輿論陣地」；第五章節標題中的「革命派和改良派報刊之間的一場大論戰」；「上海地區的革命宣傳活動」；「省港地區的革命宣傳活動」；「遍佈京津地區和國內各省的革命宣傳陣地」；第六章節標題中的「資產階級報刊關於立憲運動的宣傳」；「報刊出版法律的制訂和封建統治者對報刊出版事業的限禁與迫害」；第七章節標題中的「五花八門的政黨報紙」；「二次革命前後的反袁宣傳和袁世凱對報刊出版事業的迫害」，等等，這些節標題的話語修辭，在某種意義上表

〔註32〕方漢奇：《關於新聞史研究的幾點體會與建議》，見《方漢奇文集》，汕頭：汕頭大學出版社，2003，第 25 頁。

〔註33〕張振亭：《中國新時期新聞傳播學術史研究》，南昌：江西人民出版社，2009，第 125～126 頁。

〔註34〕方漢奇：《關於新聞史研究的幾點體會與建議》，見《方漢奇文集》，汕頭：汕頭大學出版社，2003，第 22 頁。

明，作者當時在總體上仍然受「階級分析」的「革命鬥爭」史觀所支配。

《中國近代報刊史》共分七章，其中，第一章爲「中國早期的報紙」；第二章爲「外國人在中國的辦報活動」；第三章爲「中國資產階級報刊的萌芽和資產階級改良派的辦報活動」；第四章爲「民主革命準備時期的資產階級報刊」；第五章爲「民主革命高漲時期的資產階級報刊」；第六章爲「辛亥革命前後的資產階級報刊」；第七章爲「民國初年和北洋軍閥統治初期的報刊」。

如果用比較的眼光，將寫於 1978～1980 年間的《中國近代報刊史》的上述七章，與 1972～1973 年方漢奇所寫出的《中國近代報刊簡史講義》作一比較，不難發現，《中國近代報刊史》的體例脫胎於《中國近代報刊簡史講義》。

其中，《報刊史》的第一章「中國早期的報紙」與《報刊簡史講義》的第一章「中國早期的報刊」只有一個字不同；《報刊史》的第二章「外國人在中國的辦報活動」對應著《報刊簡史講義》的第二章「十九世紀帝國主義在中國的辦報活動」；《報刊史》的第三章對應著《報刊簡史講義》的第四章「十九世紀七十至九十年代資產階級改良派的辦報活動」；《報刊史》的第四、第五、第六章對應著《報刊簡史講義》的第五章「辛亥革命時期資產階級革命派的辦報活動」；《報刊史》第七章的標題則與《報刊簡史講義》的第七章標題「民初和北洋軍閥統治初期的報刊」幾乎完全一樣。

《中國近代報刊史》的體例，在方漢奇看來，「基本上還是採用了按政治運動分期的那種體例，」也就是說，「它受舊的影響多一些，新聞業史的特點還不那麼突出」。〔註 35〕這種體例是受蘇共報刊史的影響建立起來的，自 50 年代初期翻譯出版了蘇共報刊史和蘇共高級黨校新聞班的講義後，大陸的報刊史教材基本上就是按照那個模式編寫的，「每一章都是什麼什麼報爲了什麼什麼而鬥爭，和黨在當時的政治鬥爭、路線鬥爭緊密聯繫」。〔註 36〕

當然，《中國近代報刊史》也不完全是按照政治鬥爭分期，已經開始適當地照顧了一些新聞的特點，比如關於外國人在中國的辦報活動，就單獨列了一章。〔註 37〕

〔註 35〕 方漢奇：《關於新聞史研究的幾點體會與建議》，見《方漢奇文集》，汕頭：汕頭大學出版社，2003，第 22 頁。

〔註 36〕 方漢奇：《關於新聞史研究的幾點體會與建議》，見《方漢奇文集》，汕頭：汕頭大學出版社，2003，第 22 頁。

〔註 37〕 方漢奇：《關於新聞史研究的幾點體會與建議》，見《方漢奇文集》，汕頭：汕頭大學出版社，2003，第 22 頁。

在方漢奇看來，《中國近代報刊史》「受舊的影響多一些，新聞業史的特點還不那麼突出」〔註38〕，這話明顯有「檢討」階級分析史觀的意味。

而之所以進行「檢討」，言外之意是當時還可能有「其他選擇」，否則，也就沒有「檢討」之必要。

然而，階級分析史觀，卻並不宜作爲後人批評《中國近代報刊史》的切入點，恰恰相反，在我看來，這倒是《中國近代報刊史》的一個學術貢獻。

首先，「階級分析」作爲一種理論工具，我們如果將「階級分析」視爲與其他社會科學理論工具處於並列競爭之中的一種理論，那麼，採用「階級分析」史觀治新聞史並沒有什麼氣短的。檢討更是沒有必要。

其次，如果承認「新聞事業」與「政治」的關係十分密切的話，如方漢奇所言：「新聞事業歷來與政治的關係十分密切」，那麼，採用階級分析史觀觀照新聞事業與政治的關係，尤其是中國近代以來將新聞媒體視爲「政黨喉舌」，工具理性的意味明顯，則採用「階級分析」史觀不失爲一種合理的研究取徑〔註39〕。

再次，階級分析史觀，誠然是建國後很長一段時期學術界的一種意識形態，但我們所反對的，其實並不應該是階級分析方法本身，而毋寧說是反對只允許採用階級分析方法進行學術研究，也就是說，我們反對的是禁止和扼殺學術研究「百花齊放」和「百家爭鳴」的「左」的思想。〔註40〕

準此，則採用階級分析史觀，對於《中國近代報刊史》而言，就並非是缺點，因爲任何一種理論視角，在關照到了某些方面之外，也必然會漏掉其他部分，孫隆基對此曾作過精彩的比喻：

〔註38〕 方漢奇：《關於新聞史研究的幾點體會與建議》，見《方漢奇文集》，汕頭：汕頭大學出版社，2003，第 22 頁。

〔註39〕 如王潤澤在《北洋政府時期的新聞業及其現代化》（北京：中國人民大學出版社，2010）的前言中所論。

〔註40〕 「在 1957 年的『反右』運動中，一些在此前發表過自己見解的新聞學者被劃爲『右派』，剝奪了政治權利，於是新聞學研究基本上處於停滯狀態；同時，『左』傾思想在新聞界滋生起來，以至於在『大躍進』時期，大刮浮誇風，踐踏眞實性原則，傳統新聞學偏離了原來的軌道，開始了其蛻變的過程。此種情形在『十年動亂』中，益發達到了無以復加的程度，新聞理論完全爲階級鬥爭理論所取代，而新聞事業則僅僅被看成是階級鬥爭的工具，除了反覆論證新聞的階級性以外，新聞學研究幾乎完全中止了（胡績偉：《評語錄新聞學》，《新聞學刊》1986 年第 1 期）。而在所謂階級鬥爭理論指導下的新聞事業，則遠離群衆利益，不顧事實眞相，一切唯權力意志是從，以至於出現了『小報抄大報，大報抄梁效』，輿論一律，萬馬齊喑的局面。」張昆：《中外新聞傳播思想史導論》，上海：復旦大學出版社，2006，第 427 頁。

「一套由某一種認知意向衍生的分析架構，能夠使我們『看到了』其他的分析架構所不能看到的『現象』。認知意向對客觀世界的這種『照明』作用，就好比在暗室中將一盞燈移到某一個角落，去照亮這個暗室中滿堆著的雜物，並且將這堆雜物的由光暗對比形成的輪廓，從這個特殊的角度去勾畫出來一般。然而，正因為這樣，任何照明的作用都不能夠、也不可能同時『看到』從所有的角度展呈出來的輪廓」，換言之，「任何一種認知的意向，在照明了客觀世界的一組現象的同時，皆不可避免地會把客觀世界的其他面相作『稀薄化』的處理」。〔註41〕

三、《中國近代報刊史》與學者地位建構的「軟規律」

在我看來，《中國近代報刊史》的出版，與方漢奇在中國新聞史學界的學術地位的建構有著重要的關聯。

按我的理解，方漢奇在中國新聞史學界學術地位的奠定，其中重要的「關節點」是學界將其與戈公振進行比附。而比附的基礎是專著。就此而言，如果方漢奇沒有寫《中國近代報刊史》，那麼，將方漢奇與戈公振進行比附就將無據可依。

將「什麼」與「什麼」進行比附，無論結果如何，其前提預設是兩者之間存在可比性。如果存在可比性，那就一定存有「共同點」。如果按照這一思路，戈公振的《中國報學史》地位如果在中國新聞史學界確立了，那麼，將任何一部著作與《中國報學史》進行比較，其最終結果必然蘊含著將該書的作者之學術地位與戈公振的學術地位進行比較。我將此稱之為「學術地位比附律」。〔註42〕

在新聞學界和歷史學界，最早以《中國近代報刊史》為中介，將方漢奇與戈公振進行比附的是三篇「書評」。

1982 年、1983 年和 1984 年，甘惜分、王鳳超和何炳然三位先生分別發表了書評。這 3 篇書評值得注意的是：都將《中國近代報刊史》置於《中國報學史》以來新聞史專著進展的學術譜系之下。甘惜分說：「這部新著是在前人戈公振先生的著作的基礎上起步的。但是方漢奇同志不是在前人的成就上

〔註41〕 〔美〕孫隆基：《中國文化的深層結構》，桂林：廣西師範大學出版社，2004，第 2～3 頁。

〔註42〕 吳廷俊主編的《中國新聞傳播史（1978～2008）》於 2011 年出版，方漢奇作序，在序中將該書與《中國新聞事業通史》相提並論，這就評價了《中國新聞傳播史（1978～2008）》的學術地位。

踏步,而是重新開始,開拓領域,其所掌握和運用的史料之豐富,已遠遠超越前人,加上作者力求運用馬克思主義的立場、觀點和方法以研究史料,因而得出了前人所不可能達到的思想結論」。王鳳超認為:《中國近代報刊史》「不失為繼戈公振先生那部影響深遠的《中國報學史》之後的又一力作」。何炳然認為「《中國近代報刊史》是繼戈公振《中國報學史》後的又一部學術力作」。

表3:《中國近代報刊史》三篇書評對比表

作　者	書　評　出　處	評　價　要　點
甘惜分	《評〈中國近代報刊史〉》,載1982年3月15日《光明日報》第3版。	這是我國公開出版的第一部用馬克思主義觀點研究報刊史的著作。也是解放三十多年來迄今唯一的報刊史著作。 　這部新著是在前人戈公振先生的著作的基礎上起步的。但是方漢奇同志不是在前人的成就上踏步,而是重新開始,開拓領域,其所掌握和運用的史料之豐富,已遠遠超越前人,加上作者力求運用馬克思主義的立場、觀點和方法以研究史料,因而得出了前人所不可能達到的思想結論。 　這本書有一些明顯的優點,首先是史料豐富,無論是全國性的大報,或地方性的小報,無論是革命的進步的報刊,或反動、保守的報刊,都有主有從地加以論列,沒有偏狹之弊。其次,考訂事實比較精審,文字也流暢簡潔。 　如果說這本書還有不足之處,我以為主要是對於近代報刊鬥爭的歷史背景闡述不足。
王鳳超	《新聞業史研究的新收穫》,載1983年12月《讀書》。	《中國近代報刊史》是我國解放以來正式出版的第一部大型報刊史專著。 　就編寫體例而言,《報刊史》是按照中國近代報刊本身的發展邏輯來描述它的歷史。《報刊史》的另一特色是史料豐富,寫了眾多的報人活動,改變了報刊史抽象議論多,不講史的現狀。作者在人物評價上堅持實事求是態度,不以一時榮辱定毀譽。 　不足之處:內容上前輕後重,人物評價方面有些地方略有重複。但它畢竟不失為繼戈公振先生那部影響深遠的《中國報學史》之後的又一力作。

何炳然	《簡評〈中國近代報刊史〉》，載 1984 年第 4 期《近代史研究》。	《中國近代報刊史》是五十多年以來第一部比較系統地闡述中國早期和近代報刊的發生、發展的專史。該書點評了大小各種報刊五百多種，報人近千名。是繼戈公振《中國報學史》後的又一部學術力作。 特點和優點有四：首先是史料豐富，考訂綦詳。第二，由於資料工作比較紮實，全書實事寫得多，空論發得少。第三，對報刊史上人物的評價，不但數量上超過了前此出版的一些報刊史，而且有分析有研究，態度比較客觀，立論比較公允。第四，在編寫體例上，較過去的報刊史有所改進。 不足之處：對外籍報人和資產階級改良派辦報活動的評價，有簡單化、「一刀切」的傾向。可能由於成書匆促，書的上下兩冊，還有一事二述的現象。有些報刊的出版年月和地點，與原材料還有出入。

這裡尤其需要重視的是甘惜分對於《中國近代報刊史》的積極評價還有深意。那就是對於「新聞無學」的回應。

甘惜分承認：「由於新聞學是一門新興學科，比起歷史學、經濟學、文學、法律等等來，新聞學才不過幾十百把年來的歷史，因此，有人不承認新聞學的存在，有些人認為新聞無非是一門寫作技術。甚至在我們黨內和革命隊伍內部也有人否認新聞學是一門科學」，但是，「吳玉章獎金設立新聞學學科，這再一次向社會宣告，新聞學是一門科學。無論你承認也好，不承認也好，都無法改變這個現實」。順此語境，甘惜分認為「方漢奇教授的《中國近代報刊史》是我國新聞史研究的一部力作」，他說，「50 年前，我國著名報學家戈公振先生曾著《中國報學史》，被譽為我國新聞史研究之經典。方漢奇的專著在前人作品基礎上獨闢蹊徑，以馬克思主義觀點研究新聞史，得出許多新的見解，並訂正前人錯誤 200 餘處。體制恢宏，材料豐富，可謂繼承前人，超越前人。此書一出，各高等新聞院校均採作教材，欲瞭解中國新聞史者不可不讀此書。」〔註43〕

至於甘惜分所言「各高等新聞院校均採作教材」，到底有多少所高校採辦過多少本《中國近代報刊史》，這是難以作出精確統計的，但從《中國近代報刊史》先由山西人民出版社於 1981 年 6 月首版〔註44〕，再由該社於 1983 年

〔註43〕甘惜分：《新聞學術著作獲獎後贅言》，《新聞戰線》1988 年第 1 期，第 33 頁。
〔註44〕此書之所以在山西人民出版社出版，是因為當年方漢奇在北京大學中文系新

再版，增加了薩空了作序〔註45〕，1991 年由山西教育出版社修訂出版〔註46〕，1997 年第五次加印，2012 年重新修訂出版〔註47〕，從該書的一版再版不難判

聞專業任教時，他的一名學生潘俊桐，畢業後分配至山西人民出版社文教編輯室工作，時任編輯室主任，在北京出差時向自己的老師方漢奇約稿，儘管方漢奇的書稿「一般都在本校出版社出版，但是這一本他給了山西人民出版社」（潘俊桐之女潘峰 2010 年 6 月 2 日覆劉泱育電郵）。據方漢奇回憶：「原來倒是打算是給人大出版社的，但書還沒寫完，也沒有跟他們說。山西人民出版社的負責人潘俊桐是北大新聞專業畢業的學生，和我有師生之誼，聽到了我正在寫這本書，還沒等寫完，不由分說，就被他拿走了」，「當時剛剛撥亂反正，寫書的人還不多，而出版社又等米下鍋」，所以才會出現「此書的上卷已經發排，而下卷仍在寫作之中的情況」（方漢奇先生 2010 年 4 月 11 日致劉泱育電郵）。

〔註45〕　在方漢奇所有的著述之中，這是唯一的一次請別人作序。至於為何請薩空了作序，方漢奇在覆筆者電郵中答道：「他是上個世紀 80 年代新聞學術界地位最高（建國初期就擔任過國務院新聞出版署的副署長，署長是胡喬木）資歷最深的老報人。找他寫序，還有一個原因，就是他是我的長輩，曾經是我姑母的朋友，我 1938 年就在香港姑姑家見過他。上個世紀 80 年代又因參與百科全書新聞出版卷編寫工作的關係和他共過事」（方漢奇先生 2010 年 4 月 11 日致劉泱育電郵）。

〔註46〕　1991 年，《中國近代報刊史》修訂後，之所以由山西教育出版社出版，而不再由山西人民出版社出版，乃是因為「山西教育出版社」就是山西人民出版社原來的文教編輯室，後來分出來——「1989 年 6 月，山西教育出版社在原山西人民出版社文教編輯室的基礎上建立。」於是《中國近代報刊史》的出版者就轉成山西教育出版社了。後來多次由山西教育出版社重印，也是因此（杜厚勤：《「編輯叢書」出版舊事》，《出版史料》2012 年第 3 期）。

〔註47〕　2009 年初，北京一家出版社曾希望再版《中國近代報刊史》，「但此書山西教育出版社已有意再版，並指定了責編」，所以方漢奇還是把再版的機會留給了山西——「因為畢竟是它首發的」（方漢奇先生 2009 年 6 月 23 日致劉泱育電郵）。歷時 3 年修訂，2012 年再版的《中國近代報刊史》進行了重新編輯和裝幀設計，「除刪改掉那個時代還殘留的個別的『文革』語言外，內容、框架均無大變動。其目的也是為了盡可能多的保存一點它的可供參考的那一部分的功能」（方漢奇：《中國近代報刊史》，太原：山西教育出版社，2012，第 756 頁）。就方漢奇所選擇的修訂《中國近代報刊史》的方法而言，在我看來，這是最好的一種「修訂」方法。任何名副其實的「修訂」都不可避免地面臨著對原作進行「改動」，問題的關鍵是選擇「怎樣改」的問題。方漢奇「除刪改掉那個時代還殘留的個別的『文革』語言外」，對於「內容、框架均無大變動」，這樣做的好處至少有二，第一，認識到「改寫一部與原來大不一樣」的《中國近代報刊史》是沒有必要的，因為作者無論怎樣改，都改變不了原版的《中國近代報刊史》在社會上廣為流通這一事實，既如此，則無論作者怎樣改，讀者都有條件看到「改之前」的已經出版了的《中國近代報刊史》；第二，對於《中國近代報刊史》的內容、框架無大變動，這使得《中國近代報刊史》

斷：《中國近代報刊史》可視爲學術著作中的「暢銷書」。

　　基於《中國近代報刊史》與此前新聞史著作相較而言的特殊性，《中國近代報刊史》除了被各高校採用作教材外，在學術界也被廣爲徵引。截至 2012 年 11 月 4 日，《中國近代報刊史》「仍是被引證最高的新聞學專著」。〔註48〕

　　《中國近代報刊史》出版後，不但被認爲是改革開放以來，中國內地新聞史研究的突破性進展，〔註49〕而且被認爲是「在戈公振的《中國報學史》開拓的整體、系統研究新聞史的基礎上，在研究的科學性、精準性上更上了一個臺階，是中國新聞史研究的具有界碑意義的學術突破，爲後來的研究奠定了堅實的基礎」。〔註50〕該書出版後獲得了多種獎項〔註51〕，其中份量最重的一個獎是，1987 年獲首屆吳玉章新聞學獎一等獎。 這本書獲獎是建立在它的獨特用處和學界同行對它的積極評價之上的。而最根本的還在於《中國近代報刊史》的用處。

　　《中國近代報刊史》的「用處」提示我們：任何一部學術著作的價值，首先在於對別人有用。只有著作有益於別人，別人才會承認作者的學術地位。如果把此過程換一種說法，那麼，在我看來，其大致坐實了這樣一個「軟規律」（「軟的必然性」──「即在大多數情況下如此，但並不是必定如此」）〔註52〕：

一書作爲一個整體，又能夠充當後人認識方漢奇寫作此書及在此之前學者生存環境的一種史料。換言之，《中國近代報刊史》本身作爲一個整體，還是人們認識那個時代的一面鏡子。

〔註48〕 陳力丹：《解析中國新聞傳播學.2013》，北京：人民日報出版社，2013，第 369 頁：「1981 年 6 月出版的方漢奇《中國近代報刊史》，至今仍是引證最高的新聞學專著（截至 2012 年 11 月 4 日 462 次）」。

〔註49〕 有學者認爲，「改革開放以來，我國內地新聞史研究，出現過三次突破性的進展。第一次是 1981 年山西人民出版社出版的方漢奇先生著的《中國近代報刊史》；第二次是 1992～1999 年間中國人民大學出版社陸續出版的方漢奇、寧樹藩、陳業劭合編的 3 卷本《中國新聞事業通史》；第三次是 2000 年北京廣播學院出版社出版的趙玉明先生主編的《中國廣播電視通史》。」岳淼：《中國電視新聞發展史研究：1958～2008》，廈門：廈門大學出版社，2009，第 13 頁。

〔註50〕 童兵主編：《中國高校哲學社會科學發展報告：1987～2008.新聞學與傳播學》，桂林：廣西師範大學出版社，2008，第 112 頁。

〔註51〕 此書出版當年即獲「中國人民大學優秀科研成果獎」，1986 年獲「晉版優秀圖書一等獎」及「北京市優秀科研成果獎」，1987 年獲「首屆吳玉章新聞學獎金一等獎」。

〔註52〕 俞吾金：《如何面對偶然性》，見《俞吾金講演錄》，長春：長春出版社，2011，第 141 頁。

「我爲人人，人人爲我」。

　　另外，方漢奇一生中也只寫過這樣一部專著。這也提示我們：「著作等身」並不是學者奠定學術地位的必要條件。如果想做一名有貢獻的學術探索者，一部書也許就已足夠——只要此書質量足夠好。誠如周國平所言：「一個作家的價值不在作品的數量，而在他所提供的那一點新東西」。〔註53〕在此意義上，如果我們「自知這輩子成不了多產者，但自慰尙勉強稱得上是一個認眞者」，〔註54〕倒不失爲一種明智的選擇。

　　站在知識社會學的立場上，我們即使著墨不多，但也需要指出，《中國近代報刊史》在1981年作爲中華人民共和國建國後「第一本」新聞史專著出版，與在多年以後，在已有了新聞史著之後再出現，其影響力是不同的。這表明，即使同樣一部學術著作，在不同的時空節點出現，其對學界產生的影響進而對作者學術地位的建構作用是不等的。

　　最終我想強調的一種觀點是：學者的學術地位是通過有益於別人（時人、後人）而得到的。正如《道德經》所開示的「既以爲人，己愈有；既以與人，己愈多」〔註55〕，換言之，只有「先利人」，才能「終利己」。

　　就《中國近代報刊史》的成書而言，很難說方漢奇當年有明確的「角色自致」意識。他之所以能夠做到，如前所論是無心插柳的結果。基於此種認識，我們就有必要追問爲什麼他能夠「無心插柳」而柳卻成蔭？在我看來，這便是以興趣爲職業，以興趣爲研究的動力，並掌握積累資料的方法，厚積，薄發，一如蘇軾的忠言：「博觀而約取，厚積而薄發，吾告子止於此矣」〔註56〕。

　　同時，方漢奇的學術地位，亦即學術資本的獲得，與中國新聞史學科先前和此後的發展是存有關聯的。有了這樣一種前後貫通的整體眼光，我們再看《中國近代報刊史》時，就不能只看這本書對於中國新聞史學科的貢獻，而必須注意這本書對於方漢奇的學術資本獲得的重要性。而方漢奇一生中只有這樣一部專著，這其實表明，學者如想通過「立言」以名傳後世，那麼，一本書足夠了。儘管有不只一人認爲方漢奇「著作等身」，但如果我們將「著

〔註53〕周國平：《另一種存在》，桂林：廣西師範大學出版社，2001，第159頁。

〔註54〕黃旦：《新聞傳播學》（修訂版），杭州：杭州大學出版社，1997，第298頁。

〔註55〕姚淦銘：《老子百姓讀本》，北京：中國民主法制出版社，2009，第548頁。

〔註56〕〔宋〕蘇軾：《稼説送張琥》，見郭預衡主編：《文白對照唐宋八大家文鈔》，廣州：廣東教育出版社，2002，第2639頁。

作」嚴格限定爲「專著」的話（主編的成果不算在內），那麼，方漢奇並未「著作等身」。

此外，方漢奇能夠寫出《中國近代報刊史》，這表明，即使在那個特殊的年代（1950～1978），個體也是存有選擇空間的。方漢奇積累史料，讀馬克思、恩格斯、列寧、斯大林和毛澤東的著作，雖然有時是被動的，不得不這樣做，但他這樣做了，與什麼也不做相比較而言則表明了個體的選擇空間。同時，就階級分析史觀而言，在那個年代，陳寅恪曾公開說他從事學術研究不以馬列主義爲指導〔註57〕，儘管陳晚景淒涼，但他也並非什麼都沒做成——《柳如是別傳》即是著例。不僅陳寅恪，馬寅初亦有選擇空間，儘管受批，但就是堅持自己關於人口的觀點〔註58〕。在此種意義上，方漢奇回顧那個時代時，曾說過他是隨著時代「跳舞」，這只是表明了他自己在當時的一種「主動契合努力適應」環境的選擇，而並不等於說，個體學者在那個時代沒有選擇空間。當然，「努力適應環境」也是一種「與時俱進」，這是方漢奇性格中的一個構成元素。他努力適應環境，喜歡嘗試新事物，這並不是後來突然才有的習慣與性格特點，實則早已有之。

丑、事實爲本：「事實是第一性的」何以重要及如何踐履？

在方漢奇看來：「新聞史是一門科學，是一門考察和研究新聞事業發生發展歷史及其衍變規律的科學」。〔註59〕「正因爲新聞史是一門科學，從事新聞史的研究，必須有一個科學的態度。對於無產階級的新聞史研究工作者來說，事實是第一性的」。〔註60〕

方漢奇的這段話，要緊的是將「事實」與「科學態度」和「新聞史成爲一門科學的條件」建立了關聯。他的意思可歸納爲，治學時，只有堅持「事

〔註57〕 李錦全：《也談「獨立之精神，自由之思想」》，《學術研究》2000 年第 12 期，第 115 頁。

〔註58〕 游建軍：《當代知識分子的人格典範——讀馬寅初〈新人口論〉有感》，《四川理工學院學報》（社會科學版）2007 年第 6 期，第 25 頁。

〔註59〕 方漢奇：《新聞史是歷史的科學》，見《方漢奇文集》，汕頭：汕頭大學出版社，2003，第 2 頁。

〔註60〕 方漢奇：《新聞史是歷史的科學》，見《方漢奇文集》，汕頭：汕頭大學出版社，2003，第 4 頁。

實是第一性的」態度，「新聞史」才可能成為「一門科學」。

有效地堅持「事實是第一性的」治學態度，其前提是深入理解「事實是第一性的」含義。而這，需要從已經發生了的「歷史」中去尋找。回訪方漢奇的學術之路，在我看來，他所謂的「事實是第一性的」，其含義至少有如下幾個方面。

一、史料質量與「一手材料」

在一次接受訪談時，方漢奇說：「我並不是什麼大學者，幾十年來只是在很小的一個學術領域裏，做了很有限的一點工作，所謂的治學思想，也是在吸取眾家之長的基礎上，逐步的形成。如果硬要說有什麼特點的話，那就是比較的注意佔有第一手材料，比較的注意利用這些材料進行實事求是地分析，然後再仕前人的基礎上有所開拓，有所前進。」〔註61〕

我們之所以要特別重視上述文字中的「比較的注意佔有第一手材料」這句話，不僅因為方漢奇不只一次強調這一點，而且因為他在治學時對此身體力行。

2005 年中國人民大學新聞學院建院 55 週年時，方漢奇在回答「從事新聞史教學和研究 50 多年最深的體會是什麼」這一問題時說：「實事求是。從事新聞史的教學與研究，對新聞史中的人物也好，報刊也好，事件也好，在敘述和評價時，都應該力爭做到實事求是。做到一切都有根據，做到『言必有徵，無徵不信』。新聞史研究和其他的歷史研究一樣，必須盡可能多的掌握第一手材料，必須從原報和歷史文獻資料的整理查閱開始，逐步深入下去，因此要能坐得住『冷板凳』，耐得住寂寞。」〔註62〕

（一）重視報刊原件

在方漢奇的幾部文集中，雖然都收錄了《于右任主持時期的〈神州日報〉》這篇論文，但若從「引用率」而言，該文長期以來並未受到學界重視。而在我看來，這篇論文實際上卻是方漢奇運用第一手材料治新聞史的典範之作。

〔註61〕王永亮、張霽虹：《中國新聞史研究的黃金時代——方漢奇訪談錄》，《報刊之友》2003 年第 3 期，第 29 頁。
〔註62〕孟鵬、田傑：《對話新聞教學老「園丁」方漢奇》，《教育》2007 年 11 月（中），第 20 頁。

《于右任主持時期的〈神州日報〉》的重要價值在於表明：「有些事光靠二手材料不行，只有通過過細的個案研究，掌握充分的第一手材料，才能夠弄清楚」。〔註63〕

方漢奇在採用第一手材料寫完這篇文章後，感觸頗深：「《神州日報》這是辛亥革命時期很有名的報紙，于右任的辦報活動是從這個報紙開始的，他和這個報紙的關係十分密切，他在這個報紙呆的時間也很長，這些都是以往根據二手材料得出的印象。最近，爲了系統地介紹這個報紙，我仔細地翻閱了原報，才發現于右任主持《神州日報》的時間原來只有 80 天，一場火災把《神州日報》燒光之後，他就不堅持了，頂上去接著幹的是楊篤生。⋯⋯你不親自去掌握第一手材料，就很難進行分析，作出判斷。因此，很有必要加強對個別報紙的個案研究和這方面的第一手材料的收集工作。」〔註64〕

《于右任主持時期的〈神州日報〉》這篇論文共有 25 個注釋，採用的都是一手史料，其中 24 個注釋來自《神州日報》原報。不僅如此，正文中引用《神州日報》原報的史料更是多達數十處。

方漢奇有一篇文章《在大英圖書館看報》，其中寫道：「辦完各種手續以後，我首先調閱的是《察世俗每月統記傳》、《特選撮要每月統記傳》、《東西洋考每月統記傳》、《中外新報》、《舊金山唐人新聞紙》等報刊。」

爲什麼到了國外還要調閱這些報刊？

方漢奇自言：「調閱它們，並不是爲了研究。因爲這些報刊，國內外已有不少學者作過深入的研究，它們的縮微膠捲，近年來也已被引進到國內，借閱並不困難。這次來，主要是想看看它們的原件，找一點從一般複製件上得不到的眞實感覺」。〔註65〕

方漢奇調閱報刊原件，直接面對一手材料，還眞的找到了「從一般複製件上得不到的感覺」。

〔註63〕 方漢奇：《關於新聞史研究的幾點體會和建議——1982 年在全國新聞研究工作座談會上的一次發言》，見《方漢奇文集》，汕頭：汕頭大學出版社，2003，第 25 頁。

〔註64〕 方漢奇：《關於新聞史研究的幾點體會與建議——1982 年在全國新聞研究工作座談會上的一次發言》，《方漢奇文集》，汕頭：汕頭大學出版社，2003，第 25～26 頁。

〔註65〕 《方漢奇文集》，汕頭：汕頭大學出版社，2003，第 629 頁。

　　——「例如那個《察世俗每月統記傳》，看過原件以後，就有三點十分深刻的新印象。一是版面的尺寸比想像中的要小，這樣的設計，估計和方便發行有關；二是前後各期的字體不完全一致，起碼有五種以上的不同的筆迹，說明寫工和刻工絕不止已知的梁發一人；三是發現了一幅以民間有關痘娘的傳說爲題材的插圖。這幅中國新聞史上的第一幅報刊上的插圖，似乎還未曾引起新聞文學者的關注。此外，還有一個值得注意的發現，即這份報紙的封面是用黃色的毛邊紙印刷的，外觀很像國內報房出版的黃皮京報。這一點，已出版的新聞史專著和有關的論文，都沒有提到。在縮微膠捲和已發表的黑白對比的照片上，也很難看出來。但是其中所提供的信息，還是值得重視的。我認爲，這和在它的封面上印有孔子說的「多聞擇其善者而從之」那句話一樣，都是一種包裝。用孔子的話，目的是一種思想上的包裝；用黃紙作封面，則是一種發行上的包裝，目的都在迎合中國讀者的習慣，一個是思想上的習慣，一個是閱讀上的習慣。」〔註66〕

　　戈公振的《中國報學史》雖然被視爲中國新聞史的「開山之作」，但書中亦有多處史實不確。楊堔琤、寧樹藩、方漢奇、王鳳超等學者曾發表過《〈中國報學史〉史實訂誤》。〔註67〕方漢奇在 1988 年 11～12 月訪問日本期間，在日本國會圖書館探閱藏報，又發現了《中國報學史》的多處史實不確，舉例而言：

　　對於《中外新報》的刊期，《中國報學史》作「半月刊，……（後）改月刊」，「實際上名爲月刊，實爲不定期刊；每期的篇幅，戈書作『四頁』，實爲 8 頁；停刊的日期，戈書作 1860 年，寧樹藩曾訂正爲 1861 年」，日本國會圖書館所藏《中外新報》證明，寧樹藩的說法是對的。〔註68〕

　　《六合叢談》創刊後，「戈公振的《中國報學史》說它『次年，遷至日本（第 3 章第 5 頁）』」，從日本國會圖書館所藏《六合叢談》來看，「實際情況是上海和日本兩個版，在相當長的一段時間，是並存的，上海的停了以後，日本的也跟著停了，並不存在上海版停刊後遷日本出版的事」。〔註69〕

　　並且，通過翻閱 1880 年下半年的《循環日報》，方漢奇還「動搖了對該報的兩種傳統的說法。其一是『新聞常占篇幅 1/3』（戈公振《中國報學史》

〔註66〕　《方漢奇文集》，汕頭：汕頭大學出版社，2003，第 629 頁。
〔註67〕　《新聞研究資料》1985 年第 4 期。
〔註68〕　《方漢奇文集》，汕頭：汕頭大學出版社，2003，第 525 頁。
〔註69〕　《方漢奇文集》，汕頭：汕頭大學出版社，2003，第 523～524 頁。

第4章第7頁）。實際上，新聞的篇幅經常小於 1/4，從來沒有達到過 1/3。其二是『以政論為主』（《中國近代報刊史》66頁）。實際上是以廣告、商情、船期之類的經濟信息為主，其次是新聞，然後才是政論。可見管窺蠡測的研究方法和想當然的分析判斷，是多麼地靠不住。」〔註70〕

（二）以「口述史」方式搜集一手史料

1981 年方漢奇發表論文，認為需要加強新聞史的回憶的「搜集和搶救工作」，「一些早期參加革命報刊工作的老同志和長期從事新聞工作的老報人，年事已高，要趁他們還健在的時候，把那些蘊藏在他們記憶中的寶貴資料挖掘搶救出來」。〔註71〕

1982 年在全國新聞研究工作座談會上發言時，方漢奇強調「加強新聞史人物的研究」，他說：「去世的新聞人物要研究，目前還健在的傑出的新聞工作者的有關材料也可以先著手搜集起來，以便掌握更多的第一手材料。對一些精力充沛的老同志、老先生，也可以組織和鼓勵他們自己動手寫，像徐鑄成的《報海舊聞》，他就準備一口氣寫它個五本，這樣可以保存下來很多寶貴的史料，對今後新聞史的研究工作是很有價值的。」〔註72〕

方漢奇不僅倡導別人搜集新聞界健人物的史料，而且自己也在實際研究過程中，以行動來參與。

邵飄萍是他花費較多精力所做的個案研究，在研究邵飄萍時，方漢奇曾「先後四次走訪羅章龍」，為的是核實邵飄萍的黨籍問題。〔註73〕

1982 年，在邵飄萍的烈士身份重新得到肯定後，方漢奇在《文匯報》上發表了《訪邵飄萍夫人》。〔註74〕他去北京魏染胡同「京報館」舊址訪問邵飄萍的夫人湯修慧，方漢奇「就最近發表的有關邵飄萍的文章中，所述史實有分歧的一些問題，向老人家請教，她一一作了回答。」〔註75〕

〔註70〕《方漢奇文集》，汕頭：汕頭大學出版社，2003，第 530 頁。

〔註71〕方漢奇：《加快新聞史研究的步伐》，《新聞戰線》1981 年第 11 期，第 14 頁。

〔註72〕方漢奇：《關於新聞史研究的幾點體會與建議——1982 年在全國新聞研究工作座談會上的一次發言》，見《方漢奇文集》，汕頭：汕頭大學出版社，2003，第 31 頁。

〔註73〕方漢奇：《邵飄萍是共產黨員》，見《方漢奇文集》，汕頭：汕頭大學出版社，2003，第 372 頁。

〔註74〕1982 年 4 月 19 日，第 2 版。

〔註75〕方漢奇：《訪邵飄萍夫人》，《文匯報》，1982 年 4 月 19 日，第 2 版。

方漢奇的《訪邵飄萍夫人》在《文匯報》發表不久，該報給方漢奇來信，告知他：邵飄萍還有一位妻子祝文秀目前生活在江蘇無錫鄉下。方漢奇為了證實「祝文秀確實是邵飄萍的另一位妻子」，「特地請教了新聞界前輩，和邵飄萍同時在北京辦報並參加過邵飄萍被捕後的營救活動的薩空了同志，走訪了在北京的邵飄萍的長子邵貴生，和在上海的邵飄萍的次女邵乃偲」，並且，「為了對祝所提供的材料進行核實和補充」，方漢奇「又專程到無錫前洲公社西塘大隊新三村，訪問了祝文秀的家」。〔註76〕

方漢奇回憶說：「在她家住了三天，瞭解了很多有關邵的情況，並看到了她珍藏的大量有關邵和她當年的照片。回來後在人大新聞系主辦的《新聞學論集》第 7 期上發表了一組我寫的介紹性文章，和祝的回憶性文章。那批照片也全部刊出。引起了新聞界的廣泛關注」。〔註77〕

後來，通過對祝文秀的訪問，方漢奇還糾正了此前對於邵飄萍出生年月的誤識。

長期以來，根據邵飄萍夫人湯修慧所寫的回憶文章和其他文獻資料，多數人都認為邵飄萍出生於 1884 年的 11 月 1 日。並於每年的 11 月 1 日按慣例進行紀念。北京和邵飄萍的家鄉——浙江金華兩地的新聞界還曾於 1984 年 11 月 1 日隆重集會，紀念邵飄萍誕辰 100 週年，其中北京的紀念會與會者近 300 人（嚴濟慈、溫濟澤、徐惟誠、陳昊蘇、薩空了、顧執中、鍾沛璋、羅章龍等人）出席。

但是後來，方漢奇根據祝文秀所提供的邵飄萍的八字和屬相，將邵的出生日期「訂正為 1886 年 10 月 11 日（光緒十二年丙戌九月十四日）」——「祝肯定邵是屬狗的，因此生年只能是丙戌年即 1886 年，而不可能是 1884 年，1884 年出生的人就屬猴了。這種用生肖紀年的方式是不會錯的。當時湯夫人雖臥床不起，但還健在，對祝的說法未持異議。從此，邵的生年月日就從祝說而不從湯說了」。〔註78〕

在一次接受訪談時，方漢奇說：「口述史是很值得關注的一個研究選項，就是對健在的這些人口述的凡是涉及他個人的相關歷史記錄下來」，「特別是對一些年事已高的，自己寫作已經有困難的人，通過口述歷史的方法給記錄

〔註76〕方漢奇：《發現與探索——記祝文秀和她所提供的有關邵飄萍的一些材料》，見《方漢奇文集》，汕頭：汕頭大學出版社，2003，第357～358頁。

〔註77〕2013 年 4 月 13 日方漢奇先生覆劉泱育電郵。

〔註78〕2013 年 4 月 13 日方漢奇先生覆劉泱育電郵。

下來，是一個很好的積累和研究的方式」。〔註79〕

由於人壽有限，在一手史料的搜集中，採用「口述史」這種方式受時間的限制。正因如此，史學界尤其是新聞史學界，需要抓緊從事「口述史」研究——在已經錯過了時機的情況下「亡羊補牢」。而在方漢奇看來，「亡羊補牢也好，可是很多人已經趕不上了，很多機會也都丟失了。比如50年代、60年代，那時候的老人裏頭有很多是在建國前從事方方面面工作的，就拿咱們新聞學的研究來說，解放前的那些老學者、老報人在50年代、60年代、70年代都還健在，雖然有的已經是風燭殘年，但是那個時候就沒有做這個事情，現在你再找這些人很多都已經找不到了，很可惜」。〔註80〕

對於「口述史研究」而言，可惜的事情不只發生在20世紀50年代和60年代，今天也仍在發生。

丁淦林曾對黃旦談及當年復旦《新聞學研究》刊物的前前後後，指出已出版的書對此事「有不少事實性錯誤」。黃旦曾提議找個學生來，讓他口述，「學生錄下整理出來發到《新聞大學》上，這樣就不用他親自操筆，以免勞累，同時也糾正史實，以免以訛傳訛。丁老師也同意了，可惜開學一忙，我把此事拖下來了，後來天氣又轉熱，想再等一等。誰知這一等，就再也沒有了機會。這讓我很懊悔，由此對於訃告上經常見到的『不可彌補的損失』一語，有了深切的體會。一個人走了，也就帶走了一段歷史，再就尋找不回來」。〔註81〕

（三）考察新聞史上的重要人和事的發生地

趙玉明認為，「史料包括三部分：一個是死資料，一個是活材料，還有一個就是實地考察」。〔註82〕

黃遠生是「中國新聞史上的第一位名記者」，方漢奇「從青年時代起，就十分欣賞黃遠生的通訊，惋惜他的早逝，很想有機會到他遇難的現場憑弔一

〔註79〕 陳娜：《史邊餘蘊——與方漢奇先生漫談拾記》，《今傳媒》2011年第6期，第6頁。

〔註80〕 陳娜：《史邊餘蘊——與方漢奇先生漫談拾記》，《今傳媒》2011年第6期，第6頁。

〔註81〕 黃旦：《看似平淡有奇崛——丁淦林先生為人治學追憶》，《新聞大學》2012年第5期，第5頁。

〔註82〕 《趙玉明：半個世紀新聞路　四十五載廣院情》，見王永亮等編著：《傳媒精神——高層權威解讀傳媒》，北京：中國傳媒大學出版社，2005，第399頁。

下。1992 年 5 月，訪友路過舊金山，才終於實現了多年的願望」。〔註83〕需要注意的是，方漢奇不僅是爲了「憑弔先賢」，更重要的是將實地考察與新聞史研究結合在一起。在踏勘黃遠生遇刺地時，方漢奇對前此所知的史事與現場進行參對：

「廣州樓舊址的這座樓房，西臨都板街，南臨唐人街，二層樓酒家的上下樓和進出口處都在其南端唐人街這一側。這一格局說明容兆珍老人所提到的黃在樓上用餐，餐畢下樓，在樓梯下端的門廳附近被刺這一說法，是符合實際的。同時也說明，刺客行刺後沿唐人街向東逃逸的說法，也是符合實際的。因爲第一，酒家的出入口在唐人街這一側；第二、整個中國城的地形是西高東低，坡度較大，從唐人街往東到乾泥街是下坡，往西到市德頓街則是上坡。刺客爲迅速脫離現場，自然要選擇省力也省時的下坡路」。〔註84〕

方漢奇在 1988 年訪日期間，除了參加會議、講學和參觀訪問之外，主辦方問他還有什麼要求的時候，方漢奇「只提了一條，就是希望去橫濱看看梁啓超辦報活動的舊址」。〔註85〕

「梁啓超在日本從事辦報活動第一個地點是橫濱山下町 139 號。這一地址見於《清議報》第 7 期的封底，印作橫濱居留地 139 番館。這裡既是《清議報》的編輯部，也是它的發行所，同時也是梁啓超早期在橫濱的住處。《清議報》就是在這裡創刊的。」〔註86〕

方漢奇的現場勘察，對於深入理解梁啓超當年與孫中山的交往亦有助益。「從現場勘察，孫中山每次從住處步行到分會（興中會日本分會）理事，都必須從清議報館門前經過。」〔註 87〕不僅如此，現場勘察，也使方漢奇明白了當年梁啓超選擇《清議報》和《新民叢報》辦報具體地點的原因：「主要是爲了工作方便」，不僅因爲該地點便於「和町內的一些華僑人士來往」，而且因爲該地點所在的「中華街」是「炎黃子孫聚居的地方」。〔註88〕

〔註83〕　方漢奇：《明星在這裡殞落——黃遠生被刺現場踏勘記》，見《方漢奇文集》，汕頭：汕頭大學出版社，2003，第 621 頁。

〔註84〕　方漢奇：《明星在這裡殞落——黃遠生被刺現場踏勘記》，見《方漢奇文集》，汕頭：汕頭大學出版社，2003，第 623～624 頁。

〔註85〕　《方漢奇文集》，汕頭：汕頭大學出版社，2003，第 536 頁。

〔註86〕　《方漢奇文集》，汕頭：汕頭大學出版社，2003，第 537 頁。

〔註87〕　《方漢奇文集》，汕頭：汕頭大學出版社，2003，第 538～539 頁。

〔註88〕　《方漢奇文集》，汕頭：汕頭大學出版社，2003，第 540～542 頁。

　　訪完橫濱，方漢奇又抽空「開始了在東京尋訪中國人辦報遺址的活動」，包括《浙江潮》、《江蘇》、《游學譯編》、《洞庭波》、《粵西》、《晉乘》、《雲南》和《民報》等多家近代著名報刊的舊址。

　　通過現場勘察，方漢奇認為，東京的神田地區之所以有那麼多的中國人辦的報刊選擇在這裡出版，「起了決定性的作用」的原因是：第一，這一地區的中國人往來和活動較多；第二，這一地區的書刊印刷出版業比較集中。〔註89〕

　　1988 年 11 月 14 日清晨，方漢奇「利用其他活動的間隙，按照地圖所標示的位置，對《民報》舊址作第一次訪問」，但沒有找到；11 月 15 日，方漢奇「前度劉郎今又來」，「雖然沒有找到原址，但是有進展」；11 月 16 日，方漢奇「按照從老街區圖上瞭解到的情況」，「終於找到了《民報》當年所在的街區」。方漢奇發現劉大年 1980 年訪日後關於《民報》舊址的介紹——新小川町二丁目街道「有兩個 8 號」，有誤：「我在現場作了仔細勘察，發現舊二丁目的 8 號有以下三處……」〔註90〕

　　1988 年 11 月 24 日至 27 日，方漢奇應邀參加在上智大學召開的國際新聞教育討論會，住進了「千代田區市谷驛附近的私學會館」，「又利用會前會後的時候踏勘了附近的幾處中國人辦報的舊址」，如《二十世紀之支那》、《國民報》、《江西》、《夏聲》、《四川》、《湖北學生界》、《譯書彙編》和《中國新女界》雜誌等。

　　方漢奇是一個喜歡「旅遊」的人，這與其秉性有關。乘火車時，他的眼睛關注的是車窗之外。即使在「文革」期間，他也曾遊歷過多處，如 1971 年一家人去過杭州西湖，到過湖南韶山。方漢奇喜歡遊歷，亦與其社會關係有關。兄弟姐妹 7 人，5 人在海外，目前兒子一家和女兒一家也都在海外。探親訪友，成為方漢奇「讀萬卷書、行萬里路」的重要中介和推動力量。

　　然而，方漢奇的「讀萬卷書、行萬里路」固然與其秉性和社會關係有關，但是，如果將「行萬里路」與「事實是第一性的」聯繫起來考察，不難發現，「行萬里路」可以為「事實為本」這一治史理念服務。儘管，對於方漢奇而言，「行萬里路」的含義絕不止此。

〔註89〕　《方漢奇文集》，汕頭：汕頭大學出版社，2003，第 546～547 頁。
〔註90〕　《方漢奇文集》，汕頭：汕頭大學出版社，2003，第 548～549 頁。

二、史料數量與「竭澤而漁」

方漢奇曾對執掌 1949 年以前的《大公報》時間最長的胡政之做過較深入的研究。早在 2001 年，他就發表過《一代報人胡政之》〔註91〕，對於胡政之，方漢奇曾多次指出：他是採訪巴黎和會的唯一的一名中國記者。關於這一點，在他的第一部學術專著《中國近代報刊史》中，明確提到胡政之「是巴黎和會中唯一的中國記者。」〔註92〕2000 年，在紀念《大公報》創刊 98 週年的座談會上，方漢奇發言談道：1919 年巴黎和會時期派往法國採訪和會消息的唯一的一名中國記者，就是《大公報》的胡政之。在 2001 年發表的《一代報人胡政之》和 2002 年發表的《再論〈大公報〉的歷史地位》的論文中，方漢奇都認爲胡政之是「1919 年巴黎和會時期派往法國採訪和會消息的惟一的一名來自中國的記者」。

然而，2007 年他卻發表了《誰採訪了巴黎和會？》，文中說：「長期以來，我一直以爲是天津《大公報》的胡政之，而且認爲胡是採訪這次和會的惟一的一位中國記者，最近看了一些材料，發現不對了，至少是沒有完全說對。胡政之確實採訪過巴黎和會，但他不是採訪這次和會的惟一的一位中國記者。」〔註93〕

方漢奇以前之所以會誤判胡政之爲惟一採訪巴黎和會的中國記者，重要的原因在於沒有能夠做到史料上的「竭澤而漁」。所以才會「最近看了一些材料，發現不對了，至少是沒有完全說對。」

在方漢奇看來，「作爲歷史學家，要做到言之有據，就必須大量收集佔有資料，每一個從事新聞史研究的人，都必須對新聞史上的事實和他所研究的對象進行詳細的調查研究，充分地佔有第一手資料，沒有對『史料』的充分掌握和仔細研究，沒有對重要的關鍵的『史料』的考證和甄別，是不可能對歷史事實做出正確的分析的論斷的。」〔註94〕

20 世紀 50 年代，方漢奇曾經研究太平天國的宣傳活動。〔註95〕爲了研究

〔註91〕載 2001 年 12 月 12 日香港《大公報》，後以《怎樣評價胡政之》爲題，收入《方漢奇文集》（汕頭：汕頭大學出版社，2003）和《方漢奇自選集》（北京：中國人民大學出版社，2007）。

〔註92〕方漢奇：《中國近代報刊史》，太原：山西教育出版社，1991，第 746 頁。

〔註93〕方漢奇：《誰採訪了巴黎和會》，《國際新聞界》2007 年第 8 期。

〔註94〕王永亮等編著：《傳媒思想——高層權威解讀傳媒》，北京：北京廣播學院出版社，2004，第 373 頁。

〔註95〕方漢奇自言研究太平天國宣傳活動，有其特定的時代背景：「這些新聞史文章

這一課題，他把當時所有能夠找到的有關太平天國的研究成果和有關的歷史文獻資料統統找來，從頭到尾看了一遍，花了大約四個月的時間，結果寫出來的東西只有 3000 字左右。字雖不多，但後來事實證明他的力氣沒有白下，因為從那時到現在，關於太平天國的這方面研究，除了那 3000 字左右以外還沒有新的觀點出來。能夠做到這一點，方漢奇的體會是：

> 你把所有材料充分佔有了，你的觀點就比較站得住。那些一切從概念出發，先入為主，脫離實際，遊談無根的做法，都是歷史研究工作者的大忌。〔註96〕

20 世紀 70 年代，方漢奇曾寫過三篇研究魯迅的論文〔註97〕，其中涉及到 40 多個統計數字，分佈情況為：《魯迅的報刊活動和他的辦報思想》中有 32 個統計數字；《魯迅的報刊編輯活動和他的嚴謹的寫作態度》中有 9 個統計數字；《魯迅對某些報刊的批判》中有 2 個統計數字。這些統計數字，除為我們認識魯迅及其作品打開了一扇精確化的窗戶，也表明了方漢奇在資料佔有上的「竭澤而漁」的自信。因為，「學術論文中的任何一個統計數字，如果作者在資料佔有上沒有『竭澤而漁』的自信，則一般不敢輕易使用，因為一旦其準確性遭到質疑，則會固化為學術硬傷」〔註98〕。

方漢奇回憶說：

> 「二十年的積累，半年的集中研究和寫作。所有數據都是自己統計的結果，前人沒有提供相關的材料。研究的時候基本上做到『竭澤而漁』，自信不會有遺漏」。儘管「立論觀點則明顯的有那一時代的痕迹和影響──仍然是階級鬥爭為綱」。〔註99〕

但史料搜集上的「竭澤而漁」，事實上是很難做到的，儘管這是搜集史料的方向。所以，史學者在研究過程中，應該不忘提醒自己：所知的並非全部歷史。

都與當時的政治有關。寫太平天國和中國歷史上農民起義軍的宣傳活動是為了表彰農民革命。寫十月革命是為了突出中蘇友好。談歷史上的言論不自由，是為了彰顯無產階級統治下的言論自由，旨在批判右派攻擊我們的言論不自由。其實都是在打『太平拳』，批『右』，兼保自己。顯示自己與『右派劃清界線』。可歎，可憐。」2009 年 7 月 29 日方漢奇先生覆劉泱育電郵。

〔註96〕 王永亮等編著：《傳媒思想──高層權威解讀傳媒》，北京：北京廣播學院出版社，2004，第 374 頁。
〔註97〕 《方漢奇文集》，汕頭：汕頭大學出版社，2003，第 383～446 頁。
〔註98〕 劉泱育：《方漢奇在 70 年代的魯迅研究及其啟示》，《汕頭大學學報》（人文社會科學版）2010 年第 5 期，第 50 頁。
〔註99〕 2009 年 10 月 4 日方漢奇先生覆劉泱育電郵。

這樣就可以保持一個開放的心態，隨時準備在發現了新的史料後「敢於認輸」
——「其實敢於認輸是一種對待學術研究的科學精神，是一種學術研究的勇
氣和美德」〔註100〕——勇於改判自己過去的觀點。

三、寫史態度與「事實是第一性的」
——以爲《大公報》辨誣爲例〔註101〕

《大公報》在百餘年的發展過程中，最輝煌的時代當屬新記《大公報》
時期。而數十年來關於《大公報》對國民黨的「小罵大幫忙」之說，指的其
實也是新記《大公報》時期。學界對於「小罵大幫忙」的態度主要是兩種，
一種態度認同；另一種態度反是。前種態度從 1930 年代一直「跨世紀」，持
論者不乏其人〔註102〕。後一種態度，其聲音則漸響於 1980 年代後，方漢奇對
《大公報》的態度屬於後者〔註103〕。

儘管方漢奇並非第一個反對給《大公報》戴「小罵大幫忙」帽子的人〔註104〕，
但他的《爲〈大公報〉辨誣——應該摘掉〈大公報〉「小罵大幫忙」的帽子》
〔註105〕卻在學界影響很大。除了方漢奇在新聞史學界的聲望所產生的「意見領
袖」效應外，在我看來，另外一個重要的原因是他爲《大公報》辨誣時所採用
的方法——列舉史實，史實勝於雄辯。

關於「小罵」的問題，方漢奇列舉史實指出：新記《大公報》在各個時
期對國民黨「不光是『小罵』，也有大罵，有時甚至是怒罵和痛罵」〔註106〕。
《大公報》上的《蔣介石氏之人生觀》、《擁護政治修明案》、《看重慶、念中

〔註100〕洛保生：《紅學論爭與學術規範》，《河北大學學報》（哲學社會科學版）2002
　　　　年第 2 期，第 68 頁。
〔註101〕本目部分內容曾發表過，見拙文《方漢奇先生與〈大公報〉相關研究的繼思》，
　　　　《國際新聞界》2010 年第 1 期。
〔註102〕參見賈曉慧：《〈大公報〉新論》，天津：天津人民出版社，2002，第 2 頁；穆
　　　　欣：《〈大公報〉擁蔣反共的階級根源》，《新聞愛好者》2002 年第 1 期。
〔註103〕早在 1994 年，方漢奇爲吳廷俊《新記〈大公報〉史稿》作序時所認爲的《大
　　　　公報》「功大於過」，事實上已經隱含著對「小罵大幫忙」的反駁。
〔註104〕至晚不遲於 20 世紀 80 年代末，即有學者認爲，用「亦捧亦罵」來描述《大
　　　　公報》與行政當局的關係，比「小罵大幫忙」一語更爲準確。見謝國明：《「小
　　　　罵大幫忙」新論》，《新聞學刊》1988 年第 1 期；轉引自：賈曉慧：《〈大公報〉
　　　　新論》，天津：天津人民出版社，2002，第 2 頁。
〔註105〕方漢奇：《爲〈大公報〉辨誣——應該摘掉〈大公報〉「小罵大幫忙」的帽子》，
　　　　《新聞大學》2002 年第 3 期，第 58～59 頁。
〔註106〕方漢奇：《爲〈大公報〉辨誣——應該摘掉〈大公報〉「小罵大幫忙」的帽子》，
　　　　《新聞大學》2002 年第 3 期，第 58～59 頁。

原》、《爲國家求饒》、《晁錯與馬謖》和《莫失盡人心》等文章即是明證。關於「大幫忙」的問題，「《大公報》不僅幫過國民黨的忙，也大大地幫過共產黨的忙」〔註107〕，例如，第一個派記者去邊區、向全國人民報導中國工農紅軍萬里長征的眞實情況和邊區建設情況；對共產黨的報導，始終尊重事實，不歪曲，不捏造，採取了客觀或比較客觀的態度；向全國公眾介紹了共產黨領導下的抗日民主根據地的進步業績，改變了公眾心目中被國民黨御用媒體歪曲了的共產黨的形象，使公眾瞭解了共產黨的政策和言論主張；只承認共產黨是國民黨的反對黨，不承認是什麼「土匪」，等等。

　　方漢奇的貢獻在於提供了前輩學者對於《大公報》的較全面和權威的評價，但由於歷史的複雜性以及歷史評價問題所存在的難度，我們並不可以因方漢奇已對《大公報》的歷史地位作出了評價——就斷然放棄自己在前輩學者現有學術成果基礎上的繼思。檢視方漢奇對《大公報》的評價軌迹，隱喻著學人思想不斷解放的過程。這種思想不斷解放的結果是，一方面完成了過去學界對《大公報》「評價過低」的反動，而另一方面則易造成對《大公報》的「評價過高」。1994 年時，方漢奇認爲《大公報》「不僅在中國新聞史上佔有十分重要的地位，在世界新聞史上，也有一定的影響」〔註108〕，2003 年，則認爲《大公報》「是中國新聞史上壽命最長、影響最大、聲譽最隆的一家報紙」〔註109〕。換言之，《大公報》已成爲方漢奇心目中辦得最好的報紙（關於這一點，由「影響最大、聲譽最隆」不難判斷）。「壽命最長」是發生學上的客觀事實，而「影響最大、聲譽最隆」顯然只適用於評價 1949 年以前的《大公報》，對於 1949 年以後的《大公報》，能否用「影響最大、聲譽最隆」來評價是可以商量的。起碼在目前中國的許多省份是看不到《大公報》的紙質版的，因此，其影響與聲譽也就難以評估。

　　同時，方漢奇及其他學者爲《大公報》「辨誣」，其前提是有「誣」可辨。這裡我們既要反省也需要追問：《大公報》爲什麼會被「誣」爲「小罵大幫忙」？毫無疑問，過去的類似「小罵大幫忙」之類的「誣」，並不是一種學術評價，而只是政治評價。學術評價與政治評價的區別在於，政治評價是基於黨派利

〔註107〕方漢奇：《爲〈大公報〉辨誣——應該摘掉〈大公報〉「小罵大幫忙」的帽子》，《新聞大學》2002 年第 3 期，第 58～59 頁。

〔註108〕吳廷俊：《新記〈大公報〉史稿》，武漢：武漢出版社，1994，方漢奇序第 1 頁。

〔註109〕任桐：《徘徊於民本與民主之間：〈大公報〉政治改良言論述評（1927～1937）》，北京：生活・讀書・新知三聯書店，2004，方漢奇序第 1 頁。

害的利益關係，而學術評價則應基於發生學上的歷史事實。這裡不能忽略的問題便是：基於「政治評價」所得出的結論，何以能夠在國內史學界長期以來被視為「學術評價」？

顯而易見，是有不只一位作為「學者」的人，在所發表的文章中將「政治評價」的論斷作為「學術評價」的觀點來用。正是這些學者將「政治評價」視為「學術評價」發表文章，才有了後來為《大公報》「辨誣」的工作需要去做。如果這些學者（被迫寫文章除外）當年選擇另一種態度，據史實而知「小罵大幫忙」並非是對《大公報》所宜採取的學術評價，即使（出於明哲保身的考慮）不便寫文章公開反駁「小罵大幫忙」的不合理，至少也可以選擇沉默──也就是一篇文章也不寫──學者可以不說話，但不能說謊話。

在方漢奇看來，「近現代的《大公報》，和《申報》、《新聞報》、《時報》等，在當時都屬於中間力量的報紙」。〔註110〕但即使對於像《大公報》這樣當年屬於「中間力量」的報紙，我們尚且需要盡力恢復歷史本來面目──為之「辨誣」，那麼，對於當年國民黨「反動派」所辦的各種報刊，從「治史求眞」這一目標而言，「辨誣」的必要也許更加「路漫漫其修遠兮」。

方漢奇在一次接受採訪時談到，「應該如實的把現代新聞史的這一塊，按照它當時的實際情況來編寫。五四的時候，《新青年》，《每周評論》確實是在全國範圍內都起影響，但是有一些小的報刊，像團的報刊，白色恐怖時代出的一些地下報刊，一些左聯的報刊，一些蘇區的地方的報刊，當時的影響都是很局部的，而在大城市，在國民黨統治區，在白區，有些報紙的發行量，它的受眾，規模和數量都是很大的。應該在新聞史上把這個實際情況寫出來」。〔註111〕

他說此話，並非是根據推論，作為1926年出生之人，其親歷過當年的歷史場景。但作為「學術探索者」的史學研究者，我們計較的絕非是當年何種黨派所辦的報刊影響大，這對於我們而言，並不是一件十分重要的事，重要的在於兩點，第一，「成王敗寇」這種僵化邏輯不宜也不應在合格的史學工作者身上發生。畢竟，「中國的歷史精神，應該說其最大功績是『客觀敘述』（或

〔註110〕成思行、燕華主編：《與傳媒界名流談心》，北京：新世界出版社，2002，第30頁。
〔註111〕成思行、燕華主編：《與傳媒界名流談心》，北京：新世界出版社，2002，第29頁。

客觀記錄）」〔註112〕。不但對於報紙如此，對於新聞界人物，我們亦需分段評價。晚節固然重要，但重要的原因也僅在於激勵後來者要保晚節。而對於晚節已不保的逝者，我們不宜因其晚節不保便否定其失節前的一切，也就是，心理學中的「掃帚星效應」不宜作爲歷史評價的方法論。當然，「暈輪效應」也同樣不宜。正因如此，對於死於軍閥手中的林白水等新聞界人物的評價，並不應因爲被軍閥所殺而對於其收受津貼等史實認爲有情可原，因這有悖於「事實是第一性的」。第二，如果要將方漢奇所倡導的「歷史研究從來都是爲現實服務的」〔註113〕落到實處，使歷史研究爲現實服務「產生實效」，那麼，作爲「學術的探索者」所書寫出來的歷史必須是盡最大限度地基於發生學意義的歷史的「近眞」〔註114〕，如果書寫出來的歷史本來就是虛假的或摻假的，那麼，還想以之爲鑒，豈非幻想？〔註115〕這也正如，指揮作戰，所依據的情報必須是眞實的，無論這一眞實的情報的內容是不是自己所希望，但如果不依據眞實的情報，所作的誤判對自己的傷害會更大。正是在這一意義上，「事實爲本」是「以史爲鑒」的前提條件。畢竟，「只有正視歷史，才能超越歷史，達到以史爲鑒，面向未來的目標」。〔註116〕而「在薩義德看來，解救被遮蔽、被歪曲、被遺忘的歷史，這就是解救現實的前提、使現在的人獲得解放和自由的前提」。〔註117〕

寅、史識爲鵠：「見前人所未見」與「學術」之關係

方漢奇曾多次發表文章強調學習與研究新聞史的意義。〔註118〕他之所

〔註112〕勞承萬：《中國人的歷史精神》，《粵海風》2013 年第 2 期，第 72 頁。

〔註113〕方漢奇：《新聞史是歷史的科學》，見《方漢奇文集》，汕頭：汕頭大學出版社，2003，第 4 頁。

〔註114〕羅志田：《相異相關的往昔：史學的個性與通性》，《社會科學戰線》2012 年第 2 期。

〔註115〕卓南生認爲：「掌握史料的最終目的是爲了以史爲鑒」。《卓南生：正本清源新聞史　縱橫策論天下事》，見王永亮等編著：《傳媒精神——高層權威解讀傳媒》，北京：中國傳媒大學出版社，2005。第 407 頁。

〔註116〕王曉秋：《以史爲鑒　面向未來》，《抗日戰爭研究》2010 年第 1 期，第 12 頁。

〔註117〕李公明：《歷史的靈魂》，北京：中國人民大學出版社，2010，第 8 頁。

〔註118〕如《加快新聞史研究的步伐》（《新聞戰線》1981 年第 11 期）、《學習新聞史的目的和意義》（《新聞知識》1985 年第 3 期）、《學習新聞史的意義》（《新聞記者》1998 年第 5 期）、《新聞史：新聞事業的座標——中華新聞報新聞春秋專版開篇的話》（《中華新聞報》，2004 年 2 月 20 日）、《學好新聞史——寫給今天和未來的新聞工作者》（《國際新聞界》2008 年第 4 期）。

以要多次強調新聞史的重要性，其實恰恰表明新聞史並沒有受到應有的重視。

　　作為理性人，重不重視新聞史，關鍵在於新聞史對「我」而言有什麼用？方漢奇強調學習和研究新聞史的重要性時，無論怎樣展開和措辭，最終都必須回答新聞史有什麼用？在他看來，「歷史研究的目的是以古為鑒，以史為鑒。以史為鑒，可以知興替，可以使我們聰明一點，可以使我們少走彎路，不犯歷史上曾經犯過的錯誤。歷史研究總是會考慮到現實的，是可以為現實服務的。」〔註119〕

　　方漢奇所作「歷史研究可以為現實服務」的判斷，雖然鼓舞人心，但是傚果並未達到他的預期，時至今日，新聞史在一些院校中仍然存在「被弱化和邊緣化」的傾向〔註120〕。診其癥結，在於「歷史研究是可以為現實服務的」過於抽象。也正因此，我們必須追問，方漢奇所說的「現實」到底指的是什麼？「服務」的含義又是什麼？只有將這些疑寶釐清，「歷史研究可以為現實服務」才能真正落到實處。

　　在我看來，方漢奇之所以不斷地強調新聞史的重要性，極為重要的原因就是他並沒有選擇從「史識」與「現實」和「服務」的關聯這一角度來解決歷史研究怎樣為現實服務的問題。這才導致「言者諄諄，聽者藐藐」。換言之，作為「學術的探索者」，開展新聞史研究，無論是為「使我們聰明一點」計，還是為現實服務計，都離不開研究者「闡釋歷史的意義、提出獨立見解」的「史識」。〔註121〕前人對此也許早就洞若觀火：「寫史要有所見，絕對的超然的客觀，事實上是不可能的。寫一部歷史性的著作，史識也許更重於史料」。〔註122〕

一、史識的時間之流與空間場域：從異思到傳播

　　「對於史學工作者來說，『史識』水平的高低，表現為他在研究歷史時提

〔註119〕方漢奇：《我的學術之路——方漢奇八十自述》，《汕頭大學學報》（人文社會科學版）2011年第1期，第12頁。

〔註120〕方漢奇：《在中國新聞史學會成立20週年紀念座談會上的發言》，見《中國新聞史學會成立20週年紀念專刊》（內刊），2009，第1頁。

〔註121〕章學誠語，轉引自李劍鳴：《歷史學家的修養和技藝》，上海：上海三聯書店，2007，第2頁。

〔註122〕王瑤：《評林庚〈中國文學史〉》，見桑兵、張凱、于海舫編：《近代中國學術批評》，北京：中華書局，2008，第356頁。

出問題、分析問題和解決問題的能力的強弱。」〔註123〕這句話的啟發意義在於，將「史識」納入到「提出問題、分析問題和解決問題」整個時間性基軸之中。

在我看來，歷史研究（包括新聞史在內），若想更好地達成「為現實服務」的目標，需要建立「大史識觀」。也就是說，要超越僅將「史識」視為對史料的「見識」〔註124〕，而需要以更開闊的視野去在時間之流和空間場域中定義「史識」。

（一）史識的空間場域

在空間場域上，「史識」涉及到研究者自身，史料和目標讀者。從事歷史研究所得的史識，實質上是研究者向目標讀者表達他借助史料中介對某一特定問題的獨特看法，這一獨特看法即為「史識」。「史識」昭示的是史學研究者與目標讀者之間在思想上的權力關係。

有學者認為，「人是思想的動物，人活在現世，就應當讓自己活得明白些。歷史學家不僅有必要讓自己活得明白些，而且有責任運用自己的專業技能，通過最有助於人們理解的語言文字乃至圖像形式，把自己所瞭解的知識和自己的思想觀點，傳播開來，讓社會上更多的人活得明白些。」〔註125〕但韓非的《說難》提醒我們，歷史學家通過發揮自己的專長「讓社會上更多的人活得更明白些」並非易事。

就史識的空間場域而言，研究者首先要對自身有著清楚的認識——「我們正是在不斷省察自身知識框架的合理性過程中逐漸呈現出歷史敘述的魅力的，這當然也包括我們也要不斷反思自身受到了哪些意識形態和權力規則的支配，使我們時常陷入某種集體記憶有意識操縱的對歷史的構造之中。我個人認為，對歷史解釋能力的大小，往往與歷史研究者對自身所處制度環境的反思能力是成正比的，而這又恰恰是大多數歷史學家所欠缺的方面」〔註126〕

其次，研究者必須全面搜集史料、并仔細考訂史料，以使「史料」真正成為發生學意義上的「史料」，而不至於淪為文學創作中「虛構的材料」。

〔註123〕趙興彬：《「史識」新解》，《泰安師專學報》1995年第4期，第395頁。
〔註124〕張中行：《有關史識的閒話》，《讀書》1995年第12期。
〔註125〕楊奎松：《學問有道：中國現代史研究訪談錄》，北京：九州出版社，2009，第13頁。
〔註126〕楊念群：《楊念群自選集》，桂林：廣西師範大學出版社，2000，第461頁。

再次，研究者有必要從「接受美學」的角度出發，充分考慮目標讀者的特殊性，以講求傳播效果爲目標，從修辭學和傳播學的角度對自己所得出的「史識」進行包裝。

（二）史識的時間之流

「史識」在時間之流中涉及到選題、史觀、立場、知識、閱歷、理論、異思等。可用函數表示如下：

史識＝F（選題＊史觀＊立場＊知識＊理論＊閱歷＊異思）

1. 選題

學問，應該是少數「聰明人」從事的事業。凡是在學問上做出成就的學者，都是「聰明人」。至於影響力的大小，則與其所在的學術平臺和學術平臺所能帶來的資源有著重要關聯。

而「聰明人」必須有「見識」。否則便不能稱其爲「聰明人」。對於史學研究而言，聰明人的「見識」在某種意義上即表現爲「史識」，而「史識」首先與「選題」密不可分。有學者指出，「選定一個課題，如果只寫了一兩篇文章就不再有繼續研究的餘地，顯然是比較失策的。最好是選擇一個可以不斷生發拓展的題目，使自己的研究在一定的時期內具有連貫性，能產生系列的成果，最終形成自己的學術特色。」〔註 127〕

畢竟，無論從事何種研究，都需要投入時間資源，而時間對於每個人而言都是稀缺的，因而，作爲研究之始的「選題」是否合適，直接關係到所投入的資源能否獲得預期收益。所以，「確定選題時，研究者還可以附帶考慮一下，擬選的題目是否有利於自己將來的學術發展。課題涉及的領域是否具有發展前景，課題本身是否具有前沿性，是否能夠進入史學主流，這些問題都與研究者個人的學術發展有著密切的關係。」〔註 128〕

2. 史觀

史觀「是指導人們考察和研究歷史資料的立場、觀點、路徑和方法的集合」。〔註 129〕史觀從根本上影響著個體和群體對於史料的「史識」判斷。在我看來，如果用一比喻來闡述此理，史觀類似於研究者所戴的「有色眼鏡」的鏡片顏色，鏡片是什麼顏色的，研究者對於史料的判斷就不可避免地帶有什麼色彩。

〔註 127〕李劍鳴：《歷史學家的修養和技藝》，上海：上海三聯書店，2007，第 361 頁。
〔註 128〕李劍鳴：《歷史學家的修養和技藝》，上海：上海三聯書店，2007，第 361 頁。
〔註 129〕陶清：《論牟宗三的中國歷史觀》，《安徽史學》2012 年第 6 期，第 49 頁。

對於一位學者而言，其史觀往往並非由「純色」的「有色眼鏡」構成，而往往是集幾種史觀於一身。

以方漢奇爲例，1978 年以後，他的新聞史觀，在我看來，主要由進化史觀和辯證唯物主義史觀構成。

從方漢奇對於中國新聞史研究的歷史與現狀的分析，可以看出他的進化史觀——「從 1927 年到現在，中國新聞史的研究可以大體上分爲以下三個階段」，「第一個階段起於 1927 年，止於 1949 年，屬於中國新聞史研究的奠基階段」；「第二階段起於 1949 年，止於 1978 年，即從南京國民政府遷臺、中華人民共和國成立，到「文化大革命」結束，中共第十一屆三中全會召開以前近 30 年這一段時期。這也是中國新聞事業史的研究工作全面展開的一個時期」；而「第三個階段從 1978 年到現在，是中國新聞史的研究空前繁榮的時期。」〔註130〕關於中國新聞史研究的三個階段，方漢奇分別用「奠基」、「全面展開」和「空前繁榮」來作爲關鍵詞對之進行識判，這顯然是「進化史觀」的表徵。

而辯證唯物主義史觀，則指導著方漢奇寫出如下文字：

> 宣傳要研究敵友我，目的是知己知彼，克敵制勝。新聞史也需要研究敵友我，目的是爲了更全面的總結歷史的經驗。由於中國社會和中國革命的複雜性和特殊性，敵友這兩類報刊的性質，有的時候並不是一成不變的。在特定的條件下，在一定的時期內，兩種報刊之間，還會發生一定程度的轉化。有些反面報刊，也並不始終處於反面的地位。對於這些，我們都應該辯證地看待，進行公正的、歷史的分析。歷史上既然客觀的存在過大量敵友兩類報刊，就有必要加以研究，給以評價。沒有這部分內容的中國新聞史，就不是一部完整的中國新聞史。〔註131〕

3. 立場

「歷史學家站在什麼立場來處理自己的研究題材，對於形成問題、運用史料和提出解釋，都有直接的關係。」〔註132〕

〔註130〕方漢奇：《中國新聞史研究的歷史與現狀》，見《方漢奇文集》，汕頭：汕頭大學出版社，2003，第 56～61 頁。

〔註131〕方漢奇：《花枝春滿　蝶舞蜂喧——記十一屆三中全會以來的新聞史研究工作》，見《方漢奇文集》，汕頭：汕頭大學出版社，2003，第 52 頁。

〔註132〕李劍鳴：《歷史學家的修養和技藝》，上海：上海三聯書店，2007，第 90 頁。

　　方漢奇承認學術研究中「立場」的存在。他曾引過嚴復之言「一立論不能無宗旨，一舉足不能無方向」，認為「從事新聞學傳播學的研究，必須有一個正確的政治方向。從民族的角度來說我們要振興中華，從公民的角度來說我們要遵守法律，以及執行四項基本原則，堅持黨的路線方針政策等，如果是黨的機關報或者是黨的媒體，還要講究宣傳的紀律。這個立場是必須有的，每個人實際上都有自己的立場，關鍵看你屁股坐在哪個地方」。〔註133〕

　　方漢奇在新聞史研究中，其史識是受自己的立場影響的，無論他自己是否意識到這一點。以其對「邵飄萍」和「林白水」兩人的評價為例，邵飄萍是方漢奇所鍾愛的報人，他曾發表文章，認為「邵飄萍」是「新聞工作者的楷模」，有許多地方值得學習。〔註134〕而對於林白水，方漢奇也發表過文章，但認為「不宜評價過高」〔註135〕，這固然與邵、林兩人當年在新聞界的不同表現有關，但方漢奇自身的立場顯然也影響著他對「萍水相逢百日間」的兩人的評判。

4. 知識‧理論‧閱歷

　　「史家只有具備相當的學養，才能發現問題，熟悉材料，看出他人所未見的意義，形成獨到的觀點，寫出自成一格的文章。」〔註136〕這表明，「史識」離不開「學養」，而「學養」則主要由「知識（包括理論知識）」和「閱歷」構成——

　　「學養首先表現為一定的質和量的知識，知識淵博通常是學養深厚的顯著標誌。歷史包羅萬象，史家必須具有豐富的知識，才能得心應手地處理研究的題材。史家在研究中所調動的知識，大部分都是從前人那裡繼承下來的，知識越豐富，研究時就越能遊刃有餘，寫出的論著就越有分量」。〔註137〕方漢奇在治學時倡導「要有廣博的知識面」〔註138〕，我們只有把「擁有廣博的知識面」與「史識」能力的形成建立關聯，方能看出廣博的知識面的重要性。

〔註133〕方漢奇：《學習‧研究‧積累——2001年在清華大學新聞與傳播學院的演講》，未刊稿。
〔註134〕方漢奇：《新聞工作者的楷模》，《新聞實踐》1997年第1期。
〔註135〕方漢奇：《林白水的評價問題》，《新聞記者》1983年第9期。
〔註136〕李劍鳴：《歷史學家的修養和技藝》，上海：上海三聯書店，2007，第129頁。
〔註137〕李劍鳴：《歷史學家的修養和技藝》，上海：上海三聯書店，2007，第129頁。
〔註138〕劉泱育：《方漢奇先生治學思想述要》，《新聞愛好者》2011年第12期（下）。

學養亦與「閱歷」有關，方漢奇提倡「讀萬卷書，行萬里路」，他自己對此身體力行。「行萬里路」的重要性在於豐富個體的「閱歷」，使個體「胸中有丘壑」，進而從書本之外的實踐層面豐富「學養」。

5. 異思

對於觀點市場而言，學者存在的合法性在於「見前人所未見」或者「異人之所同」——提供「異思」。「異思」就是「獨到見解」，是史學者所應貢獻的「史識」的重要構成元素。

提供「異思」不僅是因爲「學術貴在創新，一個史家要樹立聲譽，就必須提出自己的獨到見解，並且習慣性地質疑他人的結論」〔註139〕，更爲重要的是，「異思」爲理念人如何思考和怎樣實踐提供了更多的行動選擇方案。

二、邵飄萍是否爲共產黨員？

「邵飄萍」是方漢奇花費較多精力與較長時間所做的個案研究〔註140〕，在方漢奇的學術之路上，除了邵氏之外，沒有任何一個新聞界人物讓方漢奇連續數年發表文章持續研究。邵飄萍是民國新聞界不可多得的「全才」，無論新聞學界還是歷史學界對此皆無異議，有異議的是：他到底是不是中共黨員？

（一）立論：邵飄萍是共產黨員

關於邵的政治身份，方漢奇認爲其是「中共秘密黨員」——這一點詳見於《關於邵飄萍是共產黨員的幾點看法》一文，在此文中方漢奇分四個部分來論證邵是共產黨員。

在第一部分中，方漢奇首先舉出毛澤東、舊中國的老報人們（如陶菊隱）、建國以來多數邵飄萍研究者（如耿雲志）、參加過建黨初期北京馬克思主義小組活動和大革命時期北京地下黨活動的老同志（如包惠僧、劉清揚、樂天宇），以及邵飄萍的夫人湯修慧等，「都認爲邵飄萍不是共產黨員」。其次，方漢奇列出「1978年後，才開始有人指出邵飄萍是共產黨員」，最先提出來的是羅章龍，羅章龍在《回憶五四運動和北京大學馬克思學說研究會》（1978）、《回憶北京大學馬克思學說研究會》（1979）、《紅樓感舊錄》（1983），和方漢奇四次走訪羅章龍做口述史時（1984）都認爲邵飄萍是中共黨員。除羅章龍外，在

〔註139〕李劍鳴：《歷史學家的修養和技藝》，上海：上海三聯書店，2007，第68頁。
〔註140〕關於方漢奇研究邵飄萍的評介，可參見樓小毅的《「發現」新聞界巨子——方漢奇與邵飄萍研究》（《傳媒觀察》2005年第12期）。

《李大釗傳》（1979）和《李大釗年譜》（1981）中，有研究者認爲邵是共青團員，或是共產黨員；李銳在《毛澤東同志初期的革命活動》（1983）一文中認爲邵飄萍「後來加入了中國共產黨」。而後，方漢奇提出自己的觀點：「我過去也是一直把邵飄萍當作資產階級的進步報人來看待的。現在有所改變。我同意這樣的說法：邵飄萍是共產黨員——中共秘密黨員」。

在《關於邵飄萍是共產黨員的幾點看法》的第二部分，方漢奇從「有堅實的思想基礎」、「有相應的言論行動」和「有一定的根據和可能」等三個方面，論證自己認爲「邵飄萍是中共秘密黨員」這一論點。

方漢奇在論文的第三部分，著力論述兩個問題，「一個是邵飄萍的入黨時間問題」，「一個是邵飄萍究竟是黨員還是團員的問題」。在前一問題上，方漢奇認爲，邵飄萍的入黨時間，當爲其兩個入黨介紹人李大釗和羅章龍都在北京的時間，「即 1923 年 2 月至 11 月，和 1924 年 3 月至 5 月。以後一段時間的可能性爲大」。在後一問題上，方漢奇認爲邵「是黨員的可能較大」。

在論文的第四部分（最後一部分），方漢奇對「爲什麼邵飄萍否認自己是共產黨員？」「爲什麼邵飄萍的家屬也不知道他是共產黨員？」「爲什麼毛澤東不知道邵是共產黨員？」「爲什麼和他同時期在北京工作的不少黨員同志，不知道他是共產黨員？」和「爲什麼張作霖被炸死後，北京各界人士爲邵飄萍舉行盛大的悼念儀式，沒有公佈邵的政治面貌？」等 5 個問題進行了回答。

總起來分析，方漢奇的《關於邵飄萍是共產黨員的幾點看法》一文，其論證「邵是共產黨員」的最重要的依據，是羅章龍所提供的證明（包括羅所寫的回憶文章和方四次走訪羅章龍所做的口述史）。

正是在羅章龍所提供的證明的基礎上，方漢奇「同意這樣的說法：邵飄萍是共產黨員——中共秘密黨員」（論文的第一部分）；方文的第二部分（邵是中共黨員的「思想基礎」、「言論行動」和「根據可能」）、第三部分（回答邵的「入黨時間」以及「邵究竟是黨員還是團員」的問題）和第四部分（回答五個疑問），都是以相信羅章龍的證明（邵是共產黨員）爲前提來探討「邵成爲共產黨員的根據」和回答「質疑邵爲共產黨員的疑問」的。

（二）駁論：邵飄萍不是共產黨員

方漢奇《關於邵飄萍是共產黨員的幾點看法》一文影響頗大。耿雲志在方文發表的當年就寫了《也談邵飄萍是否共產黨員的問題》〔註 141〕，這是最

〔註 141〕耿雲志：《也談邵飄萍是否共產黨員的問題》，《近代史研究》1985 年第 6 期。

早的一篇關於邵飄萍黨籍問題的商榷文章；後來，曹光瓈陸續發表了《邵飄萍政治身份之我見》（1990）〔註142〕和《關於邵飄萍政治身份之我見》（2002）〔註143〕等文章與方漢奇商榷。

1.《也談邵飄萍是否共產黨員的問題》

方文發表後，耿雲志寫出商榷文章《也談邵飄萍是否共產黨員的問題》，從兩個向度與方漢奇進行商榷。

首先，對於方漢奇論證邵是共產黨員的三個方面的論據「有堅實的思想基礎」、「有相應的言論行動」和「有一定的根據和可能」，耿雲志「感到似乎仍欠說服力」。

耿雲志與方漢奇進行商榷的第二個向度是，認爲「在辨清邵飄萍是否共產黨員的問題時，還必須注意以下兩個事實」，其中，一是，邵飄萍死後不久，黨的北方區委機關刊物《政治生活》發表了《邵飄萍之死》的文章，文中涉及對邵氏評價的幾段文字，「很難看出把邵飄萍引爲同志，看作共產黨員的痕迹。」一是，邵飄萍自己明確否認自己是共產黨員；耿認爲，「邵氏犧牲前否認自己是共產黨員的說法，未可輕易加以懷疑。」

2.《關於邵飄萍政治身份之我見》

在「邵飄萍是否爲共產黨員」這一問題上，專門寫文章與方漢奇進行商榷的還有曹光瓈，曹光瓈早在1990年，便發表過《邵飄萍政治身份之我見》，與方漢奇商榷，但「限於報紙篇幅，當時本人言而未盡」，「又經數年研究並充實史料」，寫成《關於邵飄萍政治身份之我見》，「就邵飄萍的政治身份再進一步與方先生商榷」。

曹文首先辯駁方文認爲邵是共產黨員的三個根據「第一，有堅實的思想基礎」，「第二，有相應的言論行動」，「第三，有一定的根據和可能」。對於這三個根據，曹文重點辯駁的是方「第三，有一定的根據和可能」這「關鍵性的一點」。

先討論根據，對於羅章龍的孤證——方文的重要根據，曹文認爲，「從法律的角度講，眾所周知，孤證是不能成立的，它在法律上不具有充分的證據效力，在學術研究中的論證上也是如此，因而我們可以說，僅憑羅章龍一人

〔註142〕刊於1990年3月3日《長江日報》副刊。
〔註143〕曹光瓈的《關於邵飄萍政治身份之我見》，刊2002年第2期《新聞與傳播評論》。

提供的材料，並不能據以證明邵飄萍具有共產黨員的身份」。曹文進一步認為，方文所舉出的理由，「說明不了羅章龍提供的孤證『是有分量的』」——首先，「既然羅章龍提出的材料是公認的『孤證』，當然就不能因為他『是當時北方地區黨的主要領導人之一』，證明也就隨之『具有一定的權威性』了」；其次，曹文認為，羅章龍在 1978 年和 1979 年寫的回憶文章中，都說邵是共產黨員，可是，時隔不久，1980 年羅章龍寫的《回憶北京大學馬克思學說研究會》，洋洋數千言的長文：

> 雖然主要內容是專門回憶邵飄萍，卻一字不提邵飄萍是共產黨員，只是說「他的言論和行動後來漸漸與中共北方區的政策發生共鳴」，「是具有革新思想和較有魄力的新聞記者」云云。按通常事理講，羅章龍從 1918 年冬在北大紅樓新聞學會就認識邵飄萍，後來又擔任中共北方區委組織部長，一度還代理過書記職務，真要是他和李大釗一塊介紹邵飄萍加入中國共產黨的話，怎麼自己 1978 年、1979 年先後兩次認定邵飄萍是共產黨員，到了 1980 年就將自己親身參與介紹邵飄萍入黨之事忘得一乾二淨了呢？可說也奇怪，此後僅過了三年，羅章龍於 1983 年在《團結報》上發表《紅樓感舊錄》時，他不僅又記起了邵飄萍是共產黨員，而且「更進一步提出邵飄萍是『秘密中共黨員』」了。

綜上情況，羅章龍關於邵飄萍入黨情況的回憶，曹文認為，「雖不敢說，這是羅章龍先生記憶上出現『失誤』，但是，我們也不難看出，他有關邵飄萍政治身份的說法確是混亂的。像這些前後矛盾，連羅章龍先生自己也說不准的回憶材料，要以它來作為判定邵飄萍的中共黨員的根據，這怎能說得上是『有分量的』？」

再討論可能，在論及邵是中共秘密黨員的可能性時，曹文覺得，「方文舉出江浩、楊度、張克俠等三人，作為邵飄萍可以成為和『高一級的黨組織保持單線聯繫』的『特別黨員』的例證，也缺乏說服力。」

（三）討論：方漢奇為什麼堅持認為邵飄萍是共產黨員？

耿、曹的商榷文章，就質疑「學界憑目前的史料證據判定『邵飄萍是共產黨員』為定論」這一點來說，筆者認為其有積極作用——學界確有將「邵飄萍為中共秘密黨員」視為「定論」的迹象，如，中國新聞史教材對於邵飄萍政治身份的書寫：「1925 年，經李大釗、羅章龍介紹，邵飄萍秘密加入了中

國共產黨」〔註144〕，再如，一些論著對於邵氏政治身份的「肯定性」言說：「1925年，他經李大釗、羅章龍的介紹，秘密加入中國共產黨」〔註145〕；邵飄萍「1925年春加入中國共產黨」〔註146〕；邵飄萍「最後經李大釗、羅章龍介紹，成為一名特殊秘密黨員（中共中央組織部於 1986 年 7 月 10 日下達（86）組建字103 號文件，認定邵飄萍於 1925 年春加入中國共產黨）」〔註147〕，等等。

但在我看來，耿、曹的商榷文章事實上並未帶來學術研究的真正進展，儘管就具體的論證過程而言，無論耿文還是曹文，其中都不乏令人信服之處〔註 148〕，然而，令人遺憾的是，無論耿文還是曹文，都不僅存在多處論證難以令人完全信服，而且沒有能夠捉住「問題的要害」詳盡展開（儘管涉及到了）並提供令人信服的證明。

「邵飄萍是否為中共黨員」？在我看來，問題的要害是探究：羅章龍所提供的證明究竟能否成立？

解決與回答這一問題，其結果無非三種可能，一是，羅章龍的證明被推翻，即「邵飄萍是中共秘密黨員」不能成立；二是，羅章龍的證明被其他證據證實，即「邵飄萍是中共秘密黨員」確可成立；三是，沒有足夠的證據來證明或推翻羅章龍的孤證，在此種情況下，可以「暫時」接受「邵飄萍是中共秘密黨員」這一觀點。

〔註144〕 方漢奇主編：《中國新聞傳播史》，北京：中國人民大學出版社，2009，第 194頁。

〔註145〕 劉亞：《我黨歷史上的優秀新聞工作者》，《軍事記者》2011 年第 5 期，第 40頁：另見馬和來、邵雪廉、胡國洪：《邵飄萍：「一代報人」的救亡圖存》，《金華日報》，2011 年 5 月 10 日。

〔註146〕 中國記者協會編：《中國新聞界人物》，北京：光明日報出版社，2008，第 5 頁。

〔註147〕 見童然星：《「五四運動」前後的李大釗與邵飄萍》，《東方博物》2007 年第 4期，第 117 頁：王潔主編：《李大釗北京十年——交往篇》，北京：中央編譯出版社，2010，第 179 頁。

〔註148〕 例如，在駁「有相應的言論行動」這一論據時，耿認為，首先，邵在報刊上如何介紹宣傳馬列主義、抨擊軍閥政府、報導罷工，「這些實際與第一方面的論據同一性質」。其次，至於邵曾幫助共產黨印刷過書刊，耿認為，這不足以說明什麼，「因為所涉及的都是公開出版物」；再如，對於邵送王寶英到莫斯科東方大學學習，耿文的辯駁也有其道理；再如曹文，「既然羅章龍提出的材料是公認的『孤證』，當然就不能因為他『是當時北方地區黨的主要領導人之一』，證明也就隨之『具有一定的權威性』了」。實際上，羅作為「邵是共產黨員」的證人，其證明的「權威性」不是因為他「是當時北方地區黨的主要領導人之一」，而是因為他是當時邵入黨的兩名介紹人之一，然而「羅作為邵入黨介紹人之一」，這一點目前除了羅的「孤證」外，尚無旁證。

　　事實上，耿文和曹文中都「涉及」了討論「羅章龍的孤證」問題，耿文認爲，假如羅章龍在邵飄萍犧牲不久即提出這種證明，不管是公開的證明，或只是在黨內加以證明，那麼邵飄萍是否共產黨員的問題，就不會成爲半個多世紀以後，須加考證的問題了。對此，方文對於羅章龍在邵犧牲不久，爲什麼沒有「公開的證明」邵是共產黨員，其實回答過，由於軍閥的白色恐怖一直存在，「公佈邵飄萍的政治面貌，既不利於工作，也不利於家屬。」至於耿文所論的羅或只是在黨內（爲邵是黨員）加以證明，實際上，方文中有這樣一段話，（羅章龍）「發展邵入黨後，曾就此事向上海中央作過報告」。至於羅爲什麼在事隔五十餘年之後，才在回憶中提及邵是中共黨員，筆者認爲，這需結合羅自身的特殊處境和中華人民共和國建國以後前三十年的特殊政治環境來考量〔註149〕。僅因羅是在「事隔五十餘年後回憶」，及將陳獨秀、邵飄萍等人在北大的「職務」等細節憶錯，就懷疑其對邵是否爲中共黨員的回憶的可靠性，筆者以爲，尚欠說服力。

　　曹文則爭辯說，「從法律的角度講，眾所周知，孤證是不能成立的，它在法律上不具有充分的證據效力，在學術研究中的論證上也是如此，因而我們可以說，僅憑羅章龍一人提供的材料，並不能據以證明邵飄萍具有共產黨員的身份」。曹文的論證方式，採取的是，將法律上的證據效力與史學研究中的證據效力等而同之的處理辦法，對此，我持保留意見。曹文所言的，「從法律的角度講，眾所周知，孤證是不能成立的，它在法律上不具有充分的證據效力」，在我看來，在學術研究中未必如此，梁啓超曾分析過清代樸學的學風，雖然同意「孤證不爲定說」，但卻並非「是不能成立的」——「其無反證者姑

<hr>

〔註149〕方漢奇曾寫道，1998年在全國記協召開的紀念北大新聞學研究會創立八十週年的座談會開會的前夕，溫濟澤「曾打電話給我，問我是否準備在會上發言，是否準備提羅章龍。我回答說，是準備發言，也會提到羅章龍，因爲談到北大的新聞學研究會，不可能不提羅章龍。他在電話中說：『好！』並說：『你先發言，我接著講，我要爲羅章龍說幾句公道話』。第二天的會上，繼我發言之後，他果然講起了羅章龍問題，他說羅章龍犯錯誤被開除出黨的時候，他在上海聽到過黨內的傳達。羅章龍當時之所以另立中央，反對的主要是以王明爲首的『左傾機會主義路線』，動機是好的，只是方式有問題。爲此加在羅章龍頭上的其他的一些罪名，也有羅織之嫌和不夠實事求是的地方。李維漢在世的時候，和他討論過這個問題，覺得應該給羅章龍一個符合實際的公道的說法。」方漢奇：《一片冰心在玉壺——紀念溫濟澤同志》，見方實，楊兆麟主編：《永遠的懷念：溫濟澤紀念文集》，北京：中國國際廣播出版社，2002，第286～290頁。

存之；得有續證則漸信之，遇有力之反證則棄之」。〔註150〕事實上，學界中並非僅有方漢奇一人認爲「羅章龍的孤證是有分量的」〔註151〕。

方漢奇曾不無深意地提醒道，不能因爲羅章龍「被開除出黨」，不再是黨員就對他所提供的證明不予取信——「倘是周恩來或毛澤東出來發的話，還有人指爲孤證，不予取信嗎？」〔註152〕

曹文和耿文，如上所析，對於「羅章龍的孤證」既沒有能夠提供新的史料證明之，也沒有能夠提供新的史料令人信服地推翻之。在證明或推翻「羅章龍的孤證」——這一判定邵氏黨籍的要害問題上既然沒有新的作爲，因此，也就不可能爲研究「邵飄萍的黨籍問題」帶來學術研究上的眞正進展。換言之，耿文和曹文，充其量只能證明《關於邵飄萍是共產黨員的幾點看法》一文的論證不充分或存在問題，但並沒有能夠推翻「邵是中共秘密黨員」這一建立在羅章龍的「孤證」基礎上的觀點。

就邵飄萍黨籍問題的商榷而言，散木曾經惜道：「迄今尚未形成正反雙方互動的討論和商榷，似乎是一場聾人之間的爭論」。實際上，方漢奇未寫文章回應耿文或曹文，最重要的原因也許並非因爲他在踐行自己的「不妨各說並存，讓學者擇善而從」的治學理念〔註153〕，而是因爲在他看來，「邵飄萍是黨員事，目前還沒有足以推翻它的證據」。〔註154〕換言之，他在堅持自己對這一問題的「史識」，亦即踐行其所倡導的「要敢于堅持你認爲正確的東西」。〔註155〕

在我看來，羅章龍所提供的證據是否有問題，屬於歷史事實的判定問題；方漢奇的論證是否有問題，則屬於邏輯推理的論證問題，兩者並非同一類型的問題。進而言之，《關於邵飄萍是共產黨員的幾點看法》一文，如果存在問題，那麼問題也只是論證過程中的邏輯推理問題——按康德的觀點，方漢奇

〔註150〕梁啓超：《清代學術概論》，夏曉虹點校，北京：中國人民大學出版社，2004，第 173 頁。

〔註151〕散木（郭汾陽）認爲，「羅章龍的回憶雖說是『孤證』，但不能不說是相當重要的證詞。」見散木：《亂世飄萍：邵飄萍和他的時代》，廣州：南方日報出版社，2006，第 454 頁。

〔註152〕2011 年 5 月 8 日方漢奇先生致劉泱育電郵。

〔註153〕方漢奇：《致本書作者的信》，見倪延年：《中國古代報刊發展史》，南京：東南大學出版社，2001。

〔註154〕2011 年 5 月 8 日方漢奇先生致劉泱育電郵。

〔註155〕方漢奇先生 2009 年 8 月在北京大學新聞學研究會「首屆全國新聞史論師資特訓班」上的講義。

的論證過程，其實是一個建立在羅章龍所提供的證據基礎上的「分析判斷」（謂詞已經包含在主詞裏面的判斷），而並不是一個「綜合判斷」（謂詞並不包含在主詞裏面的判斷）〔註156〕，也就是說，方漢奇的立論並未溢出據羅章龍所供的證據所能析得的論點。耿文與曹文，在探討邵飄萍的黨籍問題時，以「方文的論證過程」而不是以「羅章龍提供的證據」作為商榷對象與商討重點，因此也就難免成為「無的之矢」。

　　邵飄萍到底是否為中共秘密黨員？我以為，在發現新的證據（證明或推翻羅章龍的孤證）之前，我們可以暫時接受邵為共產黨員這種觀點。但正如清代樸學學風所彰顯的「孤證不為定說」，和西方史哲學家所篤信的「歷史研究是史學家與過去之間永無休止的對話」〔註157〕，據現有史料，我們目前也不宜將「邵為中共秘密黨員」視為「定論」。

　　學界今後如對邵的黨籍問題繼續進行探究，在我看來，其重點倒並非是找尋某一或某些研究者的論證中存在的「邏輯問題」，而應致力於發掘新的史料，無論是關於邵飄萍的，關於李大釗〔註158〕的，還是關於羅章龍〔註159〕的，以及與上述三人有交往的人士的史料。只有獲得新的史料，我們對於邵氏黨籍問題的研究才會有真正的進展，否則，再多的商榷恐怕亦不過是徒然浪費學者與讀者的精力而已，於學術的真正進展何益之有？

三、如何理解方漢奇反覆倡導的「多做個案研究」？

　　個案研究（Case Study），作為一種研究方法，其源頭可溯至19世紀中期法國社會學領域，「法國社會學家利普雷（Frederic Le Play）對工人階級的家

〔註156〕〔德〕康德：《純粹理性批判》，鄧曉芒譯，楊祖陶校，北京：人民出版社，2004，第8～11頁。

〔註157〕〔英〕E・H・卡爾：《歷史是什麼？》，陳恒譯，北京：商務印書館，2007，第115頁。

〔註158〕中國李大釗研究會已經編注出版了《李大釗全集（1～5）（最新注釋本）》（北京：人民出版社，2006），「吸收了此前學者歷經幾十年艱辛搜集、整理與考訂的學術研究成果」，並「在此基礎上，進一步努力工作，在遺文搜集工作方面又取得了一些新成果。這主要是陸續發掘出了李大釗在擔任中共北方區委書記期間（1925～1927年）直接關乎中國革命進退的一批重要文字，計20餘篇，約5萬餘言」；「當然，所謂全集，從來不可能是搜羅無遺的，更何況遭受過血的洗禮和文字劫難的烈士的遺文」，「盼望國內外學者繼續關注遺文搜集工作，以期能有新的發現與補充，使李大釗留給我們的這份寶貴文化遺產更臻完備」（見《李大釗全集》「出版說明」第1～2頁）。

〔註159〕羅章龍在美國出版了《羅章龍回憶錄》（溪流出版社，2005）。

庭狀況進行研究，他發展出了今天我們所熟知的個案研究方法」。〔註160〕對於新聞史學研究而言，方漢奇曾多次倡導做「個案研究」。寧樹藩、丁淦林等學者也強調過要重視個案研究。〔註161〕

　　早在 1981 年 12 月全國新聞研究工作座談會上發言時，方漢奇就強調要「加強對重點報紙的個案研究」，如對《申報》、《新聞報》、《順天時報》、《盛京時報》、《字林西報》、《益世報》、《中央日報》、《熱血日報》等各種類型的報紙進行個案研究。〔註162〕1992 年 6 月在首屆中國新聞史學研討會上作專題發言時，方漢奇「為了推動中國新聞史研究工作的進一步發展」，提出對歷史上曾經起過重大影響的新聞媒體（如：重點報刊、重點廣播電臺、電視臺和通訊社）和新聞工作者，「應該逐個進行個案研究」。〔註163〕1999 年，方漢奇在提交的「五十年來的香港、中國與亞洲」學術研討會論文《新中國五十年來的新聞史研究》一文中繼續倡導：「加強深入的個案研究，包括個別報刊個別新聞史人物和個別專史的研究」。〔註164〕2006 年方漢奇在《1949 年以來大陸的新聞史研究》中，繼續強調「要加強個案研究，包括個別重點報刊的歷史，和重要新聞界人物歷史的研究。」〔註165〕2007 年方漢奇希望新聞史研究工作者「多打深井，多做個案研究』」。〔註166〕

　　儘管方漢奇多次強調新聞史研究要「多做個案研究」，但如果據此就認為「個案研究」應是作為「學術探索者」的學者在新聞史研究中的首選論題，那就大謬不然了。

　　在我看來，我們必須注意方漢奇每次倡導「多做個案研究」的語境，以及方漢奇在新聞史學研究這一社會結構中所處的位置，還要將方漢奇的價值

〔註160〕李長吉、金丹萍：《個案研究法研究述評》，《常州工學院學報》（社科版）2011年第 6 期，第 107 頁。

〔註161〕張振亭：《試論新聞傳播個案研究》，《新聞愛好者》2009 年第 14 期；丁淦林認為：新聞史研究要「細化和深化」，其中，「細化，就是多作個案研究、專題研究和斷代研究」。見丁淦林：《20 世紀中國新聞史研究》，《復旦學報》（社會科學版）2000 年第 6 期，第 139 頁。

〔註162〕方漢奇：《關於新聞史研究的體會和建議》，《新聞研究資料》1982 年第 1 期，第 168 頁。

〔註163〕1992 年第 59 輯《新聞研究資料》。

〔註164〕《中華新聞報》，1999 年 7 月 15 日。

〔註165〕方漢奇：《1949 年以來大陸的新聞史研究》，《新聞與寫作》2007 年第 2 期，第 37 頁。

〔註166〕吳廷俊：《中國新聞史新修》，上海：復旦大學出版社，2008，第 593 頁。

觀念和他自己以及指導博士生進行新聞史研究的學術實踐結合起來，只有這樣，也許我們才能更清楚地領悟方漢奇所說的「多打深井、多做個案研究」到底是什麼意思。

其一，從方漢奇每次倡導「加強個案研究」的上下文來分析。1981 方漢奇強調要「加強對重點報紙的個案研究」，爲的是「寫通史」——「這些報紙的個案研究做好了，寫通史就不難了」。〔註 167〕1992 年方漢奇提出對重要的新聞媒體和新聞工作者進行個案研究，目的不僅是爲了提高中國新聞史的研究水平——「只有個案研究的水平提高了，中國新聞史研究的整體水平，才能得到提高」，而且「對於年輕的新聞史研究工作者來說，從個案研究入手，也較易出成果」。〔註 168〕2006 年方漢奇繼續強調個案研究，其重點指向「過去長期被忽略和在評價上有偏頗的『中間報刊』的研究」。〔註 169〕1999 年和 2007 年，方漢奇倡導個案研究的目的都是爲「減少新聞史研究中大而全的簡單的重複」，〔註 170〕因爲「新聞史『面上的研究，前人已備述矣。據說『通史』類的新聞史教材目前已經有五六十種之多，其中很多屬於重複勞動，再投入力量，近期內已沒有太大的意義」。〔註 171〕

其二，從方漢奇在新聞史學研究的社會結構中所處的位置來分析。方漢奇 1981 年倡導個案研究，是在《中國近代報刊史》出版之後，基於寫作《中國近代報刊史》的實踐，談「關於新聞史研究的體會時」，提出加強個別報紙個案研究的建議的。在寫作《中國近代報刊史》時，儘管已有近三十年的史料積累，但史料積累與深入研究並不等同，由於「深入地對逐個報紙進行個案研究的時候少」，方漢奇「動起手來，頓覺儲備不足；敷衍成篇，往往捉衿見肘」。〔註 172〕1992 年 6 月及以後，方漢奇倡導加強個案研究，他的社會角色是中國新聞史學會的會長（2004 年換屆後爲名譽會長），作爲會長，需要總攬全局，倡導個案研究，是從「提升中國新聞史學整體研究水平」這一高度著眼的。然而，「知易行難」，儘管新聞史學界出現了像《新記〈大公報〉史

〔註 167〕方漢奇：《關於新聞史研究的體會和建議》，《新聞研究資料》1982 年第 1 期，第 168 頁。
〔註 168〕1992 年第 59 輯《新聞研究資料》。
〔註 169〕方漢奇：《1949 年以來大陸的新聞史研究》，《新聞與寫作》2007 年第 2 期，第 37 頁。
〔註 170〕《中華新聞報》，1999 年 7 月 15 日。
〔註 171〕吳廷俊：《中國新聞史新修》，上海：復旦大學出版社，2008，第 593 頁。
〔註 172〕方漢奇：《中國近代報刊史》，太原：山西人民出版社，1981，第 760 頁。

稿》這樣「翔實」和「見功力」的著作〔註173〕，但低水平簡單重複的所謂研究也並不少──「例如，中國人民大學新聞學院編著的《中國新聞事業簡史》自 1982 年出版以後，其他一些高校也相繼出版了類似的中國新聞簡史的著作，大約有 10 餘種。翻開這些著作，你就會發現，它們驚人的相似，開頭相似，結尾相似，其中篇章結構也相似，連引用的史料也大體差不離。就謀篇布局而言，你的排列組合是一二三四五，我的排列組合是五四三二一，他的排列組合是三二一四五，除此再也看不出還有什麼大的不同。看了一本書，基本上等於看了 10 餘本書」。〔註174〕其實，「低水平重複」還算是比較客氣的說法，如果不客氣地說，有不只一種新聞史「著作」是抄襲之作。方漢奇在《中國近代報刊史》中所寫的「馬禮遜如何來華」和「嚴復辦《國聞報》」等章節的敘述結構，就曾被多人抄襲過。對此，方漢奇雖然心知肚明，但從來沒有明說過，其倡導作個案研究，實際上是對新聞史學界某些「研究者」的一種委婉的批評。畢竟，全國研究新聞史的人是一個有限的常數，人數並不算多，「低水平的重複」自然不利於中國新聞史學出高水平的成果，而中國新聞史學的水平高低對作為中國新聞史學會會長（或名譽會長）的方漢奇而言並非毫無影響。簡言之，即「一榮俱榮，一損俱損」。但方漢奇處於中國新聞史學會會長或名譽會長這一位置，對於「低水平的重複」現象，既不能坐視不管，也不便直言批評（為了團結同道），採取委婉而間接的批評方式，這也與方漢奇溫婉的性格，倡導「與人為善」的處世理念有關。

其三，從方漢奇指導博士生進行新聞史研究的實踐來分析。「做個案研究」本身只是人文社會科學研究諸多方法中「質的研究」方法之一。儘管方漢奇反覆倡導要加強新聞史的個案研究，但這並不意味著「個案研究」方法較其他研究方法優勝。從方漢奇指導博士生所進行的新聞史學研究實踐來看，我們可以很清楚地看到，儘管方漢奇指導的博士論文中不乏個案研究之佳構，如《〈蜜蜂華報〉研究》（程曼麗）、《〈述報〉研究》（李磊）、《〈良友〉畫報與上海都市文化》（吳果中），但總體性研究也並不少見，如《中國明代新聞傳播史》（尹韻公）、《唐代文明與新聞傳播》（李彬）、《清代中前期新聞傳播史》（史媛媛）。方漢奇自己也承認，「既可以大題大做，

〔註173〕方漢奇：《1949 年以來大陸的新聞史研究》，《新聞與寫作》2007 年第 2 期，第 34 頁。

〔註174〕尹韻公：《新聞傳播史，不是什麼？──改革開放 20 年新聞傳播史研究的回顧與展望》，《新聞與傳播研究》1998 年第 4 期，第 12 頁。

也可以小題大做」。〔註 175〕如果就博士論文而言，每個博士生都是初學者，方漢奇指導博士生的實踐作爲經驗性事實表明，他所說的「對於年輕的新聞史研究工作者來說，從個案研究入手，也較易出成果」〔註 176〕，這也需辯證地看，並不宜教條地視之爲金科玉律，按我的理解，年輕的新聞史研究者是否選擇「個案研究」，應具體問題具體分析，既要看所需解決的是什麼問題？也要看自己的研究興趣和研究長處之所在。換言之，研究者最好「選擇最適合於自己考察並給予理論闡述的問題。也就是說，大與小沒有準確、固定的標準，對於初學者來說，由於駕馭的經驗尚不足，問題應該偏小，力求能夠在資源有限的條件下參透表象、挖掘內涵。」〔註 177〕

　　其四，從方漢奇的價值觀念來分析。在方漢奇的論文中，他不只一次直言「歷史研究從來都是爲現實服務的」。「以史爲鑒」表達的也是同樣的意思。這兩句話涉及到三個概念「歷史研究」、「現實」、「服務」。其中，作爲「歷史研究」分支之一的「新聞史」，「從宏觀的角度來說，需要研究的是整個人類新聞傳播活動的歷史」，而「從微觀的角度來說，則要研究一個國家、一個地區、一個時代、一個時期、一類報刊、一類報人，乃至於具體到某一家報刊、某一個報刊工作者和某一個宣傳戰役的歷史」。〔註 178〕顯然，個案研究方法是從事微觀層面的新聞史研究的工具，但新聞史研究並不只是限於微觀的新聞史研究。至於具體而言「新聞史怎樣爲現實服務」，在方漢奇看來，新聞史研究是爲新聞工作者「借鑒和參考歷史上各種類型報紙的辦報經驗」和「向老一輩的新聞工作者學習」而服務的。〔註 179〕爲了實現「服務的目標」，當然需要加強重點報刊與報人的「個案研究」，但只做個案研究顯然無法完成方漢奇所期望的新聞史研究爲新聞工作者服務的「發揚革命和進步報刊的優良傳統」和「豐富本專業的歷史知識」的目標。〔註 180〕如「報紙、刊物、通訊社和廣播電視事業是怎樣產生

〔註 175〕方漢奇：《學習·研究·積累——2001 年在清華大學新聞與傳播學院的演講》，未刊稿。

〔註 176〕1992 年第 59 輯《新聞研究資料》。

〔註 177〕《潘忠黨：學爲問，學而知不足》，見王永亮、成思行主編：《傳媒論典：與傳媒名家對話》，北京：中央編譯出版社，2004，第 280 頁。

〔註 178〕方漢奇：《新聞史是歷史的科學》，見《方漢奇文集》，汕頭：汕頭大學出版社，2003，第 3 頁。

〔註 179〕方漢奇：《新聞史是歷史的科學》，見《方漢奇文集》，汕頭：汕頭大學出版社，2003，第 5～7 頁。

〔註 180〕方漢奇：《新聞史是歷史的科學》，見《方漢奇文集》，汕頭：汕頭大學出版社，2003，第 5～7 頁。

的？怎樣發展的？本國的新聞史上有過哪些重要的有影響的報刊和新聞機構？」〔註181〕這並不是只做微觀的個案研究就能夠回答的問題。

其五，方漢奇反覆倡導「多做個案研究」，其中的深意還在於「史識」層面。換言之，「多做個案研究」只是手段，「多打深井」也是手段，打深井的目的是得出「見人所未見」和「發人所未發」的「史識」。就歷史研究爲現實服務而言，如前所論，在我看來，最重要的是用「史識」來爲現實服務。只有史料沒有史識的歷史是沒有生命力的歷史，不可能真正實現爲現實服務，做個案研究是獲得史識的一種手段。

需要注意的是，問題也許還並非如此簡單，這裡可能還隱含著方漢奇在進行過新聞史研究現狀的評估後，認爲短期內超越他們那一代人所集體撰寫的《中國新聞事業通史》是很難的——卓南生、趙玉明對此有相近的看法〔註182〕。

在此也需指出，方漢奇等人撰寫「通史」式的新聞史論著，曾因「宏大敘事」的不足而遭遇過批評——有學者提出過「重寫新聞史」〔註183〕，但值得注意的是，方漢奇及其儕輩當年撰寫通史式的論著（包括教材），是爲了實現學科知識地圖的「從無到有」，這與填補空白之後再寫通史和教材的學術實踐在「問題意識」上是不一樣的。而如果同意「學術研究的目的就是提出問題與解決問題」〔註184〕，那麼，什麼是你的「創見」？或曰：你的「史識」在哪裏？這或許才是方漢奇強調「多打深井、多作個案研究」的溫婉而綿長的箴意。

〔註181〕方漢奇：《新聞史是歷史的科學》，見《方漢奇文集》，汕頭：汕頭大學出版社，2003，第7頁。

〔註182〕卓南生認爲，「宏觀的通史與概論的書最不好寫， 這類的書籍可以請像方漢奇、寧樹藩、丁淦林、趙玉明等老一輩的資深教授牽頭編寫或總結。年輕的學者與其做重複研究，不如花更多氣力從事斷代史和個案的研究」。卓南生：《新聞傳播史研究的「誘惑」與「陷阱」——與中國青年談治史的苦與樂》，見卓南生：《中國近代報業發展史1815～1874》，北京：中國社會科學出版社，2002，第264頁。
趙玉明認爲，「卓南生教授把我與方漢奇等師輩學者並提，使我甚感不安，但他所說的研究報刊史應從斷代史和個案研究開始的話，我認爲確是至理」。見趙玉明主編：《中國廣播電視通史》，北京：中國傳媒大學出版社，2006，第594頁。

〔註183〕田秋生：《重寫中國新聞史：必要性及其路徑》，《西南民族大學學報》（人文社科版）2006年第6期。

〔註184〕《潘知常：以美學精神投身現實事業》，見王永亮等編著：《傳媒精神——高層權威解讀傳媒》，北京：中國傳媒大學出版社，2005，第466頁。

卯、尊重爲貴：「發現與探索」在「理」和「禮」之間

　　在方漢奇的學術之路中，「尊重」，是一個關鍵詞。

　　如果將 1948 年 6 月發表第一篇論文作爲起點，那麼，方漢奇的學術之路，迄今已超過 60 年。但在前 30 年，他作爲一個學術的探索者，基本上沒有做成什麼。收入《方漢奇文集》的「絕大部分的文章，都是『文化大革命』以後，特別是中共十一屆三中全會實現撥亂反正以後寫的。前此寫的也有，但不多」。〔註 185〕按他的回憶：「我現在搞的專業，做的科研工作大部分都是 1978 年以後做的。所以如果 1978 年我就退休了，或者改行了，或者死掉了，那這一輩子就什麼也沒幹成」。〔註 186〕我的一個判斷是：方漢奇是在 1981 年《中國近代報刊史》出版後，開始贏得學界尊重的。

　　作出這種判斷，乃是據其開始寫序。他寫的第一篇序是 1982 年爲趙玉明等人所撰的《中國新聞業史》作序。許多請序者，都懷著對方漢奇的尊敬之情。〔註 187〕而到了 2009 年，方漢奇作爲中國人民大學新聞學院在職的年齡最大者，被視爲院內學術地位最高的老師。〔註 188〕

　　方漢奇贏得學界尊重自有許多原因，在此，我想指出，其中的一個極爲重要的方面是他作爲「學術的探索者」，長期是以尊重的態度在從事新聞史研究的。我的觀點換言之，便是：以尊重的態度進行研究，是學者贏得學界尊重的重要條件。

　　論題的關鍵便轉換成，如何理解方漢奇所踐行的「以尊重的態度進行研究」？

　　對此問題，要回答的第一個層面便是：方漢奇「以尊重的態度進行研究」體現在哪些方面？第二個層面是：方漢奇「以尊重的態度進行研究」其背後

〔註 185〕《方漢奇文集》，汕頭：汕頭大學出版社，2003，第 704 頁。

〔註 186〕方漢奇：《我的學術之路——方漢奇八十自述》，《汕頭大學學報》（人文社會科學版）2011 年第 1 期，第 8 頁。

〔註 187〕倪延年：《中國古代報刊發展史》，南京：東南大學出版社，2001，後記；任桐：《徘徊於民本與民主之間：〈大公報〉政治改良言論述評》，北京：生活·讀書·新知三聯書店，2004，後記；李建新：《採訪述要》，上海：上海交通大學出版社，2008；後記。

〔註 188〕馬少華先生的博文《碩士新生與導師見面會》：「新聞史也是一個可能比較『冷』的方向，爲了提高同學們對這個方向興趣，主持人鄭保衛老師說：這是一個出大師的方向，咱們學院學術地位最高的老師方漢奇教授就是一輩子研究新聞史的」。http://msh01.blog.sohu.com/99007532.html

是一些什麼樣的思想觀念在支配著他如此行動？第三個層面是：在大陸的文化傳統和社會環境中，以尊重的態度進行研究，其必要性與重要性何在？第四個層面是：作為人文社科領域的學術的探索者，「以尊重的態度進行研究」，與個人的健康、聲望地位、研究領域有何關聯？第五個層面是：作為學術的探索者，「以尊重的態度進行研究」是可以選擇的嗎？

一、我們應怎樣「轉引史料」？

方漢奇「十分尊重前人的勞動成果」：「凡有徵引，必加注釋，而且力求詳盡，有關數據，一定交代清楚」。〔註189〕在《從不列顛圖書館藏唐歸義軍「進奏院狀」看中國古代的報紙》一文的【附記】中寫道：

> 本書所引崔致遠《桂苑筆耕集》、李德裕《會昌一品集》關於「進奏院狀」的幾段材料，是從黃卓明同志贈送給人大新聞系資料室的報刊史資料彙錄中轉引過來的；所引《舊唐書·李師古傳》中有關「邸吏狀」的那段材料，是從姚福申同志《有關邸報幾個問題的探索》一文中轉引過來的。（轉引時查對了一下原書，發現末句「不可以不討」，姚文作「不可不討」，脫了一個『以』字，已經補上。）此外，還有幾條材料是從朱傳譽先生的《宋代新聞史》一書中轉引過來的。發現這些材料的勞績屬於他們。文中沒有一一注明，在此一併致謝。〔註190〕

方漢奇上述文字的核心含義：

第一，提倡尊重史料的「第一發現者」。其原因在於：

> 有許多學者為了獲得一條有價值、有用處的史料，經常花費幾天或幾十天翻閱幾本或幾十本書，才能夠爬梳出來，真可謂沙裏淘金。既然史料的搜集和發掘如此地來之不易，我們就應當尊重史料的第一發現者。忠實地注明出處，是尊重別人勞動成果的表現，也是保持良好的學術道德，樹立正確的學術規範的表現。〔註191〕

〔註189〕成思行、燕華主編：《與傳媒界名流談心》，北京：新世界出版社，2002，第17頁。

〔註190〕方漢奇：《發現與探索——方漢奇自選集》，北京：首都師範大學出版社，2009，第28頁。

〔註191〕尹韻公：《新聞傳播史，不是什麼？——改革開放20年新聞傳播史研究的回顧與展望》，《新聞與傳播研究》1998年第4期，第13頁。

　　第二，方漢奇在轉此史料時，不但注明史料的「第一發現者」，而且在有條件核對原始史料的出處時應進行核對，這樣做的必要性在於避免「以訛傳訛」。

　　第三，「任何一個人都不可能掌握全部的資料，不可能完全不轉引材料。轉引材料，其要求就是不要失掉原意。有的人轉引別人的東西，還故意貶低別人，這種現象也有。總起來講，轉引材料應該注明出處，應該尊重別人的勞動。馬克思、恩格斯寫的著作，很多材料也是轉引別人的，如恩格斯寫《家庭、私有制和國家的起源》轉引了摩爾根《古代社會》的有關材料，但他們對任何一條很小的材料都注明出處，這就是尊重的別人的勞動。」〔註192〕

　　第四，轉引史料，在自己有條件查閱原文時，忌諱的是，繞開使自己第一次讀到此條史料的中介者，直接引用原文，這種做法，雖然不易被別人發現，但學者自己對此心知肚明，從學術道德層面來講，也是不應取的。因為這，埋沒了中介者對自己研究的貢獻。也正因此，在閱讀時，凡是看到轉引的注釋，其中既標明了原史料出處，又標明中介來源者，我都抱以深深的敬意。

　　方漢奇作爲「學術的探索者」，在他發表的論著中，注釋中標明史料「轉引自」何處的地方，所在多是。

　　在《一代報人成舍我》中，其注釋〔7〕中寫道：「轉引自馬之驌：《新聞三老兵》」〔註193〕；在《中國報紙始於唐代考》一文中，一文共有「注釋」64處。其中，「〔5〕轉引自黃天鵬：《中國新聞事業》」，「〔6〕〔49〕轉引自胡道靜：《新聞史上的新時代》『報壇逸話』欄」，「〔58〕轉引自張國剛：《兩份敦煌進奏院狀文書的研究》」〔註194〕；在《〈清史·報刊表〉中的海外華文報刊》一文中，方漢奇提到了「申雅客（G. Streett）1866 年在倫敦創辦的《飛龍報篇》（The Flying Dragon Report）」，在注釋〔7〕中寫道：「這是新聞史學者黃瑚教授等新近發現的一份海外華文報紙」〔註195〕；在《七十年來的中國新聞教育》一文注釋中，「〔4〕轉引自管翼賢：《新聞學集成》」；〔7〕「轉引自寧樹藩、尹

〔註192〕李平生：《章開沅教授與中國近現代史寫作》，《史學月刊》2003 年第 7 期，第 8 頁。
〔註193〕方漢奇：《發現與探索──方漢奇自選集》，北京：首都師範大學出版社，2009，第 412 頁。
〔註194〕方漢奇：《發現與探索──方漢奇自選集》，北京：首都師範大學出版社，2009，第 59～62 頁。
〔註195〕方漢奇：《發現與探索──方漢奇自選集》，北京：首都師範大學出版社，2009，第 264～273 頁。

德剛：《關於高校新聞系科新聞學教育的幾個問題》」〔註196〕；在《清代北京的民間報房與京報》一文中，共有「注釋」25 處，其中「〔1〕轉引自蘇同炳：《偽造邸報——記明清兩代新聞史特出事件》」；「〔13〕〔20〕轉引自黃卓明：《中國古代報紙探源》」〔註197〕；在《東瀛訪報記（下）》一文中，「〔13〕轉引自劉大年：《赤門談史錄》」〔註198〕；在《〈清史‧報刊表〉中有關古代報紙的幾個問題》一文中，方漢奇在注釋「〔32〕」中寫道：「見中國歷史第一檔案館所藏《監察御史楊開鼎乾隆二十年十二月初四日摺》。這段引文，是山東師大的陳玉申副教授提供的。」〔註199〕

由以上關於「轉引」的注釋可見，方漢奇作為「學術的探索者」，「十分尊重前人的勞動成果」，但論證至此遠未結束，我們還需由此深入一層，進一步追問：方漢奇為什麼要「十分尊重前人的勞動成果」？

在方漢奇的諸多論文中，有一篇論文的「轉引」需要我們給予特別的注意。因為其中一處「轉引」對於理解方漢奇為什麼「十分尊重前人的勞動成果」不無裨益——在《章太炎與近代中國報業》一文中，除了注明「轉引別人」〔註200〕的地方之外，此文中的注釋「〔48〕」，特別標明轉引自方漢奇：《中國近代報刊史》。〔註201〕這表明，方漢奇不但「十分尊重別人的勞動成果」，而且也十分尊重自己的勞動成果。

然而，他雖然十分尊重別人的和自己的勞動成果，但是，別人並非都像他一樣「十分尊重前人的勞動成果」——《中國近代報刊史》出版後，實際上被徵引的次數遠遠超過明確注明的引用次數。也就是說，不只一人抄襲過《中國近代報刊史》。這種抄襲，既有史料方面的抄襲，也有不少新聞史專著和教材的近代部分，不見任何注明參考過方著，讓人疑心其成果皆為原創，而稍作分析即可發現，這類著述只不過是把《中國近代報刊史》中業已鑄就

〔註196〕方漢奇：《發現與探索——方漢奇自選集》，北京：首都師範大學出版社，2009，第 553 頁。

〔註197〕方漢奇：《發現與探索——方漢奇自選集》，北京：首都師範大學出版社，2009，第 92～94 頁。

〔註198〕方漢奇：《發現與探索——方漢奇自選集》，北京：首都師範大學出版社，2009，第 230 頁。

〔註199〕方漢奇：《發現與探索——方漢奇自選集》，北京：首都師範大學出版社，2009，第 106 頁。

〔註200〕「〔43〕轉引自徐詠平：《革命報人別記》」。

〔註201〕方漢奇：《發現與探索——方漢奇自選集》，北京：首都師範大學出版社，2009，第 254～255 頁。

的知識零件拿過來重新排列組合一下，刪減或補充一下，而其論點與論據無一不與《中國近代報刊史》中的相應內容「英雄所見『雷同』」！

對此，方漢奇曾在給筆者的電郵中表達其不平：

> 人文社會科學的著述，不參考別人的成果，幾乎是不可能的。只要注明出處，或改用自己的話來表述，就說得過去。否則就難免有掠美之嫌。我對此事一向不太計較，也從未說過別人什麼。但偶而碰到太過份的，也頗感不快。但也沒有出面指謫過什麼。這話讓別人來說為好。現試舉一例……〔註202〕完全不尊重前人的勞動。真是太不道德。〔註203〕

上述電郵使我們有理由作出此種研判：自己著作被抄襲的「切膚之痛」，是方漢奇「十分尊重前人的勞動成果」的重要原因。

但「重要原因」並不等於「全部原因」，方漢奇「十分尊重前人的勞動成果」，還有不只一種觸發因素。

在步入古稀之年後，一次與來訪者對話時，方漢奇談到了他對戈公振的看法。方漢奇儘管與其他學者一起做過《〈中國報學史〉史實訂誤》，但他對戈公振的《中國報學史》總體上是十分尊重的。我們有必要注意的是，方漢奇對《中國報學史》的態度與對戈公振的態度並不是一回事。《中國報學史》被方漢奇視為中國新聞史學的開山之作，但方漢奇對戈公振寫作《中國報學史》的「學風」問題不無微詞——

> 戈公振的《中國報學史》是那個時代並持續了相當長的一段時間的代表作，但它也存在一點瑕疵。比如，這本書第一章中「秦得天下……」的這一大段文字，引自晚清《申報》的一篇社論，是應該加引號的，但是他沒有加，容易讓人以為是他寫的，事實上這是《申報》的主筆們寫的。我是在後來通讀《申報》的時候發現的，他以為後人不會再看陳年的《申報》，不會查出這段文字的出處，但還是被發現了。〔註204〕

〔註202〕2011 年 2 月 10 日方漢奇先生在致劉決育電郵中寫道：「這段話只是和你個人說的，同行們一看就知道指的是那個人和那部書，以不提為好，以存忠厚」。因此，方漢奇先生的信原文此處用「……」代之。

〔註203〕2008 年 12 月 6 日方漢奇先生致劉決育電郵。

〔註204〕辛華、張春平：《方漢奇：七十年來家國》，見成思行、燕華主編：《與傳媒界名流談心》，北京：新世界出版社，2002，第 14 頁。

戈公振此舉，「是直可欺當時之人，而不可欺後世也」〔註205〕，並沒有逃過後人的眼睛。有鑒於此，方漢奇「凡有徵引，必加注釋，而且力求詳盡，有關數據，一定交代清楚」〔註206〕，這便不僅是學術規範層面的問題，而是直接關涉到學界中人對自己的看法的「史德問題」。

事實上，方漢奇在上述電郵中，已經將學者是否「尊重前人的勞動」與是否具有「學術道德」建立了關聯，也就是說，如何引用「史料」，表面上看是「史料」問題，實質上則是「史德」問題。表面上看是治學問題，實質上則是做人問題。表面上看是「尊重別人」的問題，實質上則是「自尊」與否的問題。如果我們看到了這一點，那麼，如何「轉引」史料的問題，實際上就已超出了學術規範的層面，而步入了道德哲學的範疇。

但問題到此仍未結束，方漢奇作為一名知識人，其社會角色除了學者之外，還有研究生「導師」這一層面，而師者有資格「傳道、授業、解惑」的前提不僅是「學高為師」，而且需「身正為範」，言教不如身教，其身正，才能「不令而行」，作為新聞史學方向研究生（包括碩士生和博士生）的導師，「十分尊重前人的勞動成果」，便成為建構師生關係和建構學生對老師看法（成為學生對於老師的尊重的促成因素之一）的一種中介。後來，方漢奇在清華大學給研究生作如何學習和研究新聞史的報告時，以「師」的身份，對「生」傳授「方法」，其中包括「十分尊重前人的勞動成果」，在這個場合說這個話，自有深意在——「對於學術研究而言，學術規範之所以不可或缺，是與學者作為現代社會的知識人角色分不開的」。〔註207〕

方漢奇於 1985 年發表過一篇文章《新聞史是歷史的科學》，〔註208〕如果孤立地讀此文，很難領會其全部意蘊。值得注意的是，這篇文章後來稍作修改，被方漢奇用作《中國新聞事業通史》的「序言」。《中國新聞事業通史》被視為代表了 20 世紀中國新聞史研究集體合作項目的最高水平，方漢奇將《新聞史是歷史的科學》作為其序言，根本原因是強調新聞史的重要性和從事新聞史研究的合法性。而「新聞史」如果作為「一門科學」，作為「一門考察和研究新聞事業發生發展歷史及其衍變規律的科學」，如果將其視為「和新聞理

〔註205〕〔宋〕歐陽修：《與高司諫書》，見王水照編選：《唐宋散文精選》，南京：江蘇古籍出版社，2002，第 114 頁。
〔註206〕成思行、燕華主編：《與傳媒界名流談心》，北京：新世界出版社，2002，第 17 頁。
〔註207〕楊玉聖：《學術規範原理》，《博覽群書》2010 年第 5 期，第 31 頁。
〔註208〕載《新聞縱橫》1985 年第 3 期。

論、新聞業務一樣，都是新聞學的重要組成部分」的話，那麼，「從事新聞史的研究，必須有一個科學的態度」。〔註209〕而「尊重前人的勞動成果」，即使僅從「學術規範」這一角度而言，也是從事新聞史研究所需要的「科學的態度」的組成部分。這樣，我們就能夠將方漢奇個人的「十分尊重前人的勞動成果」與他所努力的，要使「新聞史學」成爲「一門科學」建立了關聯。

此外，在學術研究中，「尊重別人的勞動」，這，也是「社會公平」的一個重要組成部分。學者如果自視爲「知識分子」，那就應做社會的良心，在一點一滴中爲社會的公平與正義盡力，而非相反。

而如果將尊重別人的勞動，視爲學者贏得學界尊重的重要條件，那麼，學者如想贏得學界的尊重，則，是否尊重前人的勞動成果，便不是一個可有可無的「二選一」的選擇題，而是一個「答案唯一」的選擇題。當然，選擇「尊重」或「不尊重」，其權利仍然操控在每一個體學者手中。

二、「可以各說並存」的必要性何在？

方漢奇迄今一共出版了 5 部文集，其中兩部是「自選集」——《方漢奇自選集》（中國人民大學出版社）和《發現與探索：方漢奇自選集》（首都師範大學出版社）。在這兩部自選集中，其相同之處是，（一）方漢奇都把「《從不列顛圖書館藏唐歸義軍『進奏院狀』看中國古代的報紙》」和「《中國報紙始於唐代考》」排在第一篇和第二篇。（二）這兩篇論文都是論證中國古代報紙始於唐代。「自選集」做出此種編排，不僅是如方漢奇所言「我的新聞史研究，其實正是從古代報紙研究開始的」，〔註210〕而且透露出，方漢奇將「中國古代報紙始於唐代」這一觀點，視爲其重要的新聞史學立論。

方漢奇的這兩篇文章，其立論的根基在於所發現的唐代的敦煌進奏院狀。他在前一篇文章中，依據的是藏於英國博物館中的編號爲 S1156 的進奏院狀；後一篇文章則增加了藏於法國巴黎圖書館的編號爲 P3547 的進奏院狀。這兩份進奏院狀的相同點都是唐代歸義軍進奏官，發回給歸義軍節度使張淮深的進奏院狀。如果要論證中國古代報紙始於唐代，那麼，其關鍵便在於論證這兩份進奏院狀中的一份爲「中國古代報紙」即可。

〔註209〕方漢奇：《新聞史是歷史的科學》，見《方漢奇文集》，汕頭：汕頭大學出版社，2003，第 2、4 頁。
〔註210〕方漢奇：《發現與探索——方漢奇自選集》，北京：首都師範大學出版社，2009，學術自述第 3 頁。

對於敦煌進奏院狀的幾十行文字的考釋，無論怎樣精審，充其量只能做到使讀者知道此進奏院狀上寫了什麼。無論上面是官文書還是政治新聞，僅靠考證進奏院狀，並不能論證成功它是「中國古代報紙」。

於是，問題便進入了第二個層面，在我看來，這是最為重要的一個層面，就是立論者怎樣定義「中國古代報紙」。

定義的方法在邏輯上至少有兩種：

一是先考釋清楚進奏院狀是什麼？以及進奏院狀上的內容是什麼？而後，綜合這兩點，以這兩點作為基本特徵，定義出中國古代報紙。如此持論，將永遠立於不敗之地。我們如果以射箭為喻，則此種定義方式恰如先把箭射到靶子之上，而後再圍繞這支中靶之箭來劃圓心。

二是先定義中國古代報紙是什麼，而後再將發現的進奏院狀與之進行比對。

那麼，方漢奇的立論方式是怎樣的？這便不是一個與中國古代報紙論爭無關痛癢的問題，而是一個理解方漢奇尊重別人學術觀點的重要窗口或者說觀測點。

方漢奇的《從不列顛圖書館藏唐歸義軍「進奏院狀」看中國古代的報紙》一文雖然正式發表於 1983 年，但實際上，早在 1982 年，方漢奇的立論就已經完成。〔註211〕自該文發表以來，學界與之進行論爭的學者不少。

張國剛於 1986 年發表於《學術月刊》的論爭文章尤其值得注意。這不完全是因為如張後來所說，凡是研究中國古代報紙的，沒有不徵引這篇文章的，而更重要的是因為，方漢奇在他後來的論文或著述中，不只一次引用張國剛的這篇文章。

但方漢奇引用張國剛的文章，並不是說，他放棄了自己的「中國古代報紙始於唐代」的學術見解。恰恰相反，方漢奇一直在堅持這種見解。在他所編著的教材中，這一點尤為顯見。2009 年修訂出版的《中國新聞傳播史》，仍然持論中國古代報紙始於唐代。而且，方漢奇所提出的「唐代說」，被視為影響最大的觀點〔註212〕，該觀點直接影響了《中國新聞事業史文選：公元 724 年～1995

〔註211〕1982 年 10 月 16 日《人民日報》第 1 版載《現存最古老的報紙》：「專門從事報刊史研究的中國人民大學新聞系副教授方漢奇認為，在我國敦煌莫高窟藏經洞發現的一份距今約一千一百年的手抄邸報，是已經看到的世界現存最古老的報紙」。

〔註212〕黃瑚：《中國新聞事業發展史》，上海：復旦大學出版社，2001。

年》〔註213〕、《中國新聞事業編年史》〔註214〕和多種新聞史教材的書寫。

　　方漢奇所提出的「中國古代報紙始於唐代」，雖是迄今中國新聞史學界影響最大的觀點，但卻並不足以讓我認爲這是他作爲「學術的探索者」——除了專著《中國近代報刊史》之外——在論文方面最大的貢獻，事實上，我並不同意「唐朝說」，在我看來，方漢奇提出「唐朝說」的重要貢獻並不在於論證中國古代報紙始於唐代，而恰如李彬所言：是「以其通達的識見」爲研究中國古代報紙進行了議程設置。〔註215〕

　　坦率地講，我並不認爲中國古代報紙「起源」或「出現」的時間是一個非常重要的學術研究課題。毋寧說，如何從內涵和外延上界定「中國古代報紙」倒是一個重要課題，在界定之後，還需追問，研究中國古代報紙出現於何時，最大的意義可能有哪些？

　　我也並不認爲，一旦論證成功「中國是世界上最先有報紙的國家」就可以激發愛國熱情或增強民族自豪感，或增加研究新聞史的動力，或提高新聞史研究的水平。

　　但方漢奇花費巨大心力，長期深究此問題，亦有可以理解之原因。如果從他所處的從事古近代新聞史教學而言，中國古代報紙始於何時，確實有必要研究，即使完全是出於好奇心。不然，備課也難，例如，從哪裏起頭講起？

　　作爲研究方漢奇學術之路者，在我看來，他作爲「學術的探索者」，其最大貢獻並不在於考證和思辨中國古代報紙始於「唐朝」，而在於，當「唐朝說」八面受敵，不同意見紛踏至來時，他對於不同意見的「尊重」。而尊重的方式即是：可以各說並存，讓學者擇善而從。

　　張國剛（1956～）在1986年發表與方漢奇進行論爭的文章時，年齡不過30歲，而方漢奇已經60歲，張國剛當時還只是講師，而方漢奇已是教授、中國新聞史學界第一位博士生導師和中國新聞傳播學界首批三位博士生導師之一。方漢奇在寫作《中國新聞事業通史》（第1卷）時，將張國剛認爲「敦煌卷子並非是中國古代報紙」的觀點作爲注釋，意在言明，自己所提出的「唐朝說」——學界存有不同意見。

〔註213〕張之華主編，北京：中國人民大學出版社，1998。
〔註214〕方漢奇主編，福州：福建人民出版社，2000。
〔註215〕李彬：《唐代文明與新聞傳播》，北京：新華出版社，1999，第5頁。

　　當年與方漢奇就此問題進行論爭的並非只有張國剛。吳廷俊也不同意方漢奇的「唐朝說」，站在「中國古代報紙始於宋朝」這一立場之上，吳廷俊寫了論爭文章《從歸義軍進奏院狀的原件看唐代進奏院狀的性質》，「認爲唐代歸義軍進奏院狀只具有情報性質，不具備報紙性質」。〔註216〕方漢奇對於吳廷俊的文章也抱持「可以各說並存，讓學者擇善而從」的態度。並在 20 世紀 90 年代，吳廷俊研究《大公報》時，把自己所藏的關於《大公報》的珍貴史料悉數交給吳廷俊。〔註217〕

　　作爲方漢奇的博士生，李彬認爲「進奏院狀」既不是如方漢奇所說是「古代報紙」，也不是如張國剛所說是「公文書」，而是介於古代報紙與公文書之間的「新聞信」。

　　倪延年在寫《中國古代報刊發展史》時，繞不過去的核心問題便是中國古代報紙始於何時？對此，倪延年從客觀的社會條件出發，認爲《春秋》是中國最早的古代報紙。方漢奇在致倪延年的信中，認爲倪說有新意和根據。

　　張濤則提出了西漢時期即有「府報」，進而認爲中國古代報紙出現於西漢時期，儘管黃春平認爲「府報」並不是中國古代報紙，張濤的立論並不能動搖中國古代報紙始於唐代這一觀點，並發表文章，認爲「漢代無邸報」。

　　我在攻讀博士學位期間，對於方漢奇所作的「中國古代報紙始於何時」的議程設置，提出了「西晉說」。〔註218〕

　　學界對於中國古代報紙的論爭，自方漢奇提出中國古代報紙始於唐代後，幾乎沒有間斷過。「戰國說」、「西漢說」、「西晉說」、「宋代說」，各種觀點紛呈，然而，方漢奇沒有公開發表文章與不同意唐朝說的任何一位學者進行過論爭。這並不等於說，方漢奇不會寫商榷文章，相反，方漢奇所寫的商榷文章具有很高的藝術（關於此點，下文將詳論之）。那麼，方漢奇爲什麼不寫論爭文章，捍衛「中國古代報紙始於唐朝」這一觀點？而是，對於任何一篇論爭文章，如果讓他表態的話，他總是輕輕地一句：「可以各說並存，讓學者擇善而從」。

　　對此，我的理解可以概括爲兩個層面。

〔註216〕吳廷俊：《中國新聞史新修》，上海：復旦大學出版社，2008，第 593 頁。
〔註217〕劉泱育 2009 年 9 月 2 日訪問吳廷俊先生錄音資料。
〔註218〕拙文：《「西晉說」：從「洛陽紙貴」再探中國古代報紙出現時間——對方漢奇先生所置中國古代報紙出現時間的再思考》，《閩江學刊》2010 年第 1 期。

　　第一層，方漢奇認為，目前任何一種關於中國古代報紙出現於何時的不同看法，儘管各持論據，並各圓其說，但充其量也只是各成「一家之言」而已，而並沒有能夠說服他放棄「中國古代報紙始於唐朝」這一觀點。因此，沒有必要與別人論爭〔註219〕。為了理解這一點，我在此引入茅海建的一篇論爭文章所採用的方法——

　　茅海建在《史料的主觀解讀與史家的價值判斷——覆房德鄰先生兼答賈小葉先生》一文中，「首先表明自己的態度：我拜讀了房先生、賈先生的大作，並沒有被他們說服，還是固執地堅持原先的看法」。〔註220〕而後，茅海建在論文中主要回應房德鄰的批評，「對房先生大作有較多的回覆」，而對賈小葉「未答一語」，但「這裡面絕無絲毫輕視新進之意」，茅海建認為，「我們兩個人的觀點在各自的論文中已經有了相當充分的展開，我於此處再言，似為不必要的重複。」〔註221〕

　　方漢奇對於中國古代報紙始於何時的論爭文章的態度，選擇「可以各說並存」，而並不寫文章論爭，其重要原因在於他和其他參與論爭者的觀點「在各自的論文中已經有了相當充分的展開」，沒有必要再「重複」。而之所以沒有必要再重複，關鍵還在於方漢奇「並沒有被他們說服，還是固執地堅持原先的看法」。

　　第二層，我們由上述第一層面的分析，可以引申出這樣一條推論，也是結論，即方漢奇所倡導的「可以各說並存，讓學者擇善而從」，不僅是對於別人的學術觀點的尊重，而且也是對於自己的學術觀點的尊重。因為，「各說既然可以並存」，那麼，作為「各說」之一的「自己的觀點」當然也可以存在。這是一位「學術的探索者」對於自己的學術觀點，亦即「史識」的尊重。

　　如果出於對自己的學術觀點的尊重，那麼，寫文章便不能不慎，否則自己便有淪為粗製濫造低水平論文者的隱憂。也正因此，許多學者寫文章下筆都非常謹慎——「晁公武以元祐黨家，排詆王氏之學頗嫌過甚，然其他立言皆極矜慎。陳振孫尤謹於持論，多案而不斷，雖少發揮，猶可寡過」。〔註222〕

　　在我看來，我們評判一位史學家的貢獻，不在於他考證了多少東西，比

〔註219〕將此事與本書前文關於邵飄萍是否為共產黨員的論爭的分析聯繫起來看，會看得尤為清楚。
〔註220〕《近代史研究》2007年第5期，第91頁。
〔註221〕《近代史研究》2007年第5期，第107頁。
〔註222〕余嘉錫：《余嘉錫講目錄學》，南京：鳳凰出版社，2009，第38頁。

如方漢奇的許多考證文章，考證雖然很重要（如對邵飄萍出生日期的考證），但考證不應該是歷史學研究的最高境界和最終追求。考證是爲了「求眞」，但「求眞」並不是歷史學研究的最高境界，因爲，就眞實性而言，過去發生的每一件事都是「眞實的」，但並非過去發生的每一件事都能進入歷史研究者的視野，關鍵原因在於，歷史研究者研究歷史是爲了「求善」，方漢奇也多次強調，「歷史研究從來都是爲現實服務的」，而「服務現實」顯然是「對善的追求」。

如果，史識，亦即學術觀點是新聞史學研究者作爲「學術的探索者」最爲重要的貢獻，那麼，史識的提出，與史識的堅持便是一體兩面。如果提出的史識被推翻，那麼，爲提出這一史識而所投入的精力與心血便沒有得到社會承認，因而屬於做無用功。不但是無用功，而且還浪費了自己和其他學者的時間和精力。既如此，則從「以尊重的態度進行研究」這一角度而言，方漢奇批評一些人「率爾操觚」，便有深意存在其中。

三、「商榷之道」──「自我實現」視閾下的學術爭鳴

由於人文社會科學的特性，學術爭鳴「對於人們解放思想與學術創新至關重要。學術爭鳴最活躍、最激烈的時期，常常是學術文化發展最迅速、最充分的時期。沒有爭鳴，學術文化就會停滯、僵化乃至窒息」。〔註223〕但是，當前學術界普遍缺乏學術爭鳴的氛圍，這並非由於學者們缺乏「異思」，究其實質乃因拙於表達。而部分「勇於表達」者，其爭鳴的後果不但並未實現「思想的解放」抑或「學術的創新」，而且起了相反的作用。

到底應該如何進行學術爭鳴？本書從「自我實現」理論出發，結合方漢奇的學術爭鳴實踐，探討理想的學術爭鳴應如何進行？

（一）「自我實現」與人的需要：從新黑格爾主義到人本主義

與自然科學研究不同，人文社會科學研究，與其說是追求「眞理」，不如說是追求「講理」。而「講理」的「理」自然是「講者」所認爲的「理」，此「理」對於講者而言實質上是一種價值判斷。這等於說，追求「講理」亦即是追求建構某種價值。正是在此意義上，有學者認爲，「人文科學的目標是建構一套理想的價值體系」，〔註224〕而韋伯（Max Weber）則將「價值關聯」與

〔註223〕孟廣林：《學術爭鳴與人文社會科學的發展》，《光明日報》，2005 年 6 月 28 日。
〔註224〕馬茅廣：《傳統人格模式與王國維境界說》，《華東船舶工業學院學報》（社會

「文化意義」作爲了社會科學方法論的抓手〔註225〕，尼採（Friedrich Wilhelm Nietzsche）更是直言「眞理是一個價值事件」。〔註226〕

人文社會科學研究既然追求的是建構某種價值，那麼，到底應該建構「何種」價值？這要看何種價值在研究者看來最爲重要。只有將精力花在對於研究者而言最爲重要的價值建構上，才不致浪費生命，生產「負價值」。〔註227〕

在「自我實現」理論看來，「自我實現」——乃是人的最高層次的價值需要。

「自我實現」原爲哲學概念，是新黑格爾主義倫理學的核心命題，意指「人類主體精神在社會及其社會關係中的道德價值實現」，此概念經戈爾德斯坦（Kurt Goldstein）引入並發展成一個心理學術語，貫穿於人本主義心理學派代表人物馬斯洛（Abraham H. Maslow）的整個學術生涯。〔註228〕在馬斯洛關於「人的需要層次」的劃分中，「自我實現」處於最高層次，是人最高級的需要——「自我實現的人被馬斯洛認爲具有最健康、最完美的人格」。〔註229〕

「馬斯洛的自我實現概念實質上就是充分發揮自己的潛力所能達到的境界」。〔註230〕換言之，馬斯洛所強調的「是單個人的自我價值的體現，而不是個人在社會中個體價值的充分實現」。〔註231〕但由於「沒有一個能離開社會的個人，故個人實現總打上社會實現的烙印，很難把個人實現與社會實現機械地區分開來」。〔註232〕爲了補正馬斯洛「自我實現」理論的缺陷，「潘菽教授

科學版）2002 年第 2 期，第 56 頁。

〔註225〕〔德〕馬克斯・韋伯：《社會科學方法論》，韓水法，莫茜譯，北京：中央編譯出版社，1998，漢譯本序第 7～10 頁。

〔註226〕汪暉：《「科學主義」與社會理論的幾個問題》，《天涯》1998 年第 6 期；轉引自王維佳、趙月枝：《重現烏托邦：中國傳播研究的想像力》，《現代傳播》2010年第 5 期，第 24 頁。

〔註227〕鄧曦澤：《發現理論還是驗證理論——現代科學視閾下歷史研究的困境及出路》，《學術月刊》2013 年第 4 期，第 144 頁。

〔註228〕焦建利：《馬斯洛「自我實現」的實質》，《寶雞文理學院學報》（哲學社會科學版）1994 年第 1 期，第 34～35 頁。

〔註229〕戴正清、徐飛、徐旭輝：《論馬斯洛自我實現理論》，《寧波大學學報》（人文科學版）2005 年第 2 期，第 87 頁。

〔註230〕戴正清、徐飛、徐旭輝：《論馬斯洛自我實現理論》，《寧波大學學報》（人文科學版）2005 年第 2 期，第 87 頁。

〔註231〕戴正清、徐飛、徐旭輝：《論馬斯洛自我實現理論》，《寧波大學學報》（人文科學版）2005 年第 2 期，第 89 頁。

〔註232〕周冠生：《需要的系統觀與自我價值社會實現說》，《心理學報》1995 年第 3 期，第 278 頁。

認為自我實現的問題可以放到所謂『個人實現與社會實現』的問題中進行討論」。〔註233〕

在「個人實現」與「社會實現」這樣的雙重視閾中，「自我實現」便可視為一體兩面：所謂兩面，一是個體自身性意義上的個人潛能的最大程度的發揮；一是個體與「他者」的關係意義上的個人得到他者的尊重。所謂一體，即無論個體自身意義上的自我實現，還是個體與他者關係意義上的自我實現，都是自我實現。其中，個人自身的潛能的發揮是個體自我實現的前提，而個人得到他人的尊重和承認則是個人自我實現的表徵。

由於人文社會科學研究追求的是建構價值，而「自我實現」對於個人而言乃是最高價值，所以，人文社會科學研究的最高層次和最終目的即是達致人的自我實現。

人文社會科學研究的最高層次和最終目的既然是達致人的自我實現，則學術研究作為一種實踐活動，其本身並不是目的，而是達致人自我實現的手段——儘管有人在學術研究的過程中「樂在其中」，但學術研究仍然只是使其「樂」的手段。

學術研究既然是達致人自我實現的手段，則判斷學術研究水平的高低，亦即判斷達致人自我實現的手段（工具）的好壞，便不應也不能停留在手段本身（比如論證層面的技術理性），而需要將作為手段的學術研究與作為目的的人的自我實現聯繫起來考察，亦即，從手段達致目的的有效程度這一層面來判斷學術研究水平的高低——正如有學者所指出的，「方法的價值在於實用效能，在於它能否較好地解決問題」。〔註234〕

易言之，評判一項人文社會科學研究水平的高低，關鍵要看該研究：

（一）對於個體自身意義上的潛能的發揮的促進或阻礙程度；（二）個體所從事的這一實踐活動，是增加了還是減少了「他者」對己的尊重與承認？

由於人生活在社會之中，因此，學者學術研究水平的高低並非來自於自我評價，而主要是來自於社會評價（例如，同行評價），所以，評判一項人文社會科學研究水平的高低，關鍵要看這一研究實踐是增加了還是減少了社會

〔註233〕戴正清、徐飛、徐旭輝：《論馬斯洛自我實現理論》，《寧波大學學報》（人文科學版）2005年第2期，第89頁。

〔註234〕莫礪鋒：《請敬畏我們的傳統——在中國語言文學與社會文化的研究生國際學術研討會上的講話》，見莫礪鋒：《寧鈍齋雜著》，南京：鳳凰出版社，2012，第155頁。

（包括同行）對自己的尊重與承認。

　　由於學術爭鳴屬於學術研究的方式之一，因此，評判學術爭鳴水平的高低，關鍵亦要看這一爭鳴實踐增加了還是減少了社會（包括同行）對自己的尊重與承認。

（二）爭鳴的理想：抒發己見與贏得尊重

　　學術爭鳴既然是達致個體自我實現的手段，則爭鳴的理想當然是充分發揮自己的才智闡述己見、愉快地享受爭鳴的過程，通過爭鳴增加社會（包括同行）對自己的尊重與承認。

　　這等於說，寫爭鳴文章的目標應該是兩個：

　　——為抒一己之見，但不應只是為抒一己之見。

　　——為了增加他人（包括商榷對象在內）對自己的尊重——如上所論，通過爭鳴能否增加社會（包括同行）對自己的尊重與承認，是判斷爭鳴水平高低的關鍵標尺。

　　從是否有利於「自我實現」這一視閾考察，不難發現，學界已有的許多批評、商榷與爭鳴甚是無謂——如果通過批評和爭鳴並沒有使商榷對象和學界同行增加對自己的尊重與承認，那麼，這樣的商榷與爭鳴其實就大可不必浪費有限的時間和寶貴的精力。

　　例如，關於「外國人在中國辦廣播是否屬於中國廣播事業史的研究對象和研究範圍」的批評與爭鳴（有論者出版專書，其中涉及這部分內容的論爭〔註235〕）——其實這完全要看論者對「中國」二字作何種理解。

　　如果從「領土空間」意義上理解「中國」，則凡是在中國這片土地上出現的廣播，無論是哪國人辦的，自然都可以納入到研究者的視野中來，即「只要在中國境內 960 多萬平方公里土地上出現的廣播電臺，不論是何人所為，屬誰所有，為何而辦，即使是外國或外國人在中國辦的廣播電臺，也均應在中國現代廣播史的研究範圍之內」〔註236〕——事實上，目前絕大多數的「中國」新聞史論著，都是從「領土空間」意義上來理解「中國」的。

　　而如果從「國別史」的角度，將「中國」理解成具有中國國籍的「中國人」的集合，則當然只能是「中國（人）自己」辦的廣播才屬於中國廣播事

〔註235〕陳爾泰：《中國廣播史學批評建構》，北京：中國廣播電視出版社，2008。
〔註236〕趙玉明：《再談中國現代廣播史研究中的若干問題（下）——與陳爾泰同志商榷》，《現代傳播》2010 年第 3 期，第 136 頁。

業的構成部分。亦即，「境內外臺不是中國的廣播電臺，不屬於中國廣播事業，境內外臺完全沒有進入『中國廣播史』著的正當性」。〔註237〕此句中「境內外臺不是中國的廣播電臺」裏的「中國」，顯然不是從「領土空間」意義講，否則，「境內」便與「不是中國」的含義矛盾，因而，此句中的「中國」實質上是取「中國人」之意。

由於對「中國」二字的理解——選擇的角度不同，因此對於什麼屬於中國廣播事業史的研究對象和研究範圍——自然判斷迴異。在我看來，無論是從「領土空間」的角度，還是從「國別」的角度來理解「中國」，都可言之成理。

既然兩者都可言之成理，則其中的任何一種觀點都沒有權利以自己為「真理的唯一化身」去批評另外一種異己觀點的「正當性」，無論是出於何種理由——「若因學術觀點相異，而對見解不一的著作加以攻訐或討伐，則非但不利於學術的繁榮和發展，反而徒增恩怨」。〔註238〕而這，顯然無益於並且無助於個體的自我實現。

（三）理想的爭鳴：「自我實現」於「理」與「禮」之間

理想的爭鳴所要實現的目標是既抒發己見，又贏得敬重，這，雖然並不容易做到——因而或者出現太多無謂的爭鳴，或者缺乏爭鳴，但回溯歷史，我們仍不乏樂觀的理由——理想的爭鳴雖然不易做到，但並不等於在經驗事實層面無法做到。

方漢奇曾寫過一篇《讀〈開元雜報〉考一文後的斷想》〔註239〕，與姚福申進行學術爭鳴，該文首先講「禮」，充分尊重對方，承認姚的學術成就——

> 姚福申同志近年來致力於古代新聞史的研究，先後寫出了《有關邸報幾個問題的探索》（刊 1981 年第 4 輯《新聞研究資料》），《唐代新聞傳播活動考》（刊 1982 年《新聞大學》第 5 期）等文章，提出了很多新穎的見解，在古代新聞史的研究工作者為數不多深感寂寥的情況下，能夠得到這樣一位同道，實在是空谷足音，彌足欣慰。

〔註237〕陳爾泰：《關於中國廣播史若干問題的討論——兼答趙玉明教授》，《現代傳播》2010 年第 12 期，第 122、126 頁。

〔註238〕趙玉明：《再談中國現代廣播史研究中的若干問題（下）——與陳爾泰同志商榷》，《現代傳播》2010 年第 3 期，第 136 頁。

〔註239〕方漢奇：《讀〈開元雜報〉考一文後的斷想》，《新聞學論集》（第九輯），中國人民大學出版社，1985。

　　我和福申同志無一面之雅，但是神交已久。他的治學態度是嚴謹的。他所寫的文章，論證綿密，言必有徵，時有創獲，不落前人窠臼，是很可欽佩的。

　　……福申同志的這篇文章，不囿於成說，不迷信權威，經過細緻的考訂和分析，提出了以下的一些觀點……這些觀點都十分新穎。它們的提出，將有助於弄清楚有關「開元雜報」的一些問題，促進古代新聞史研究工作的深入開展。是很值得注意的。這種在學術上勇於探索的精神，也是非常可貴的。

然後講「理」──

　　當然，由於是一種探索，而且到目前為止還處於繼續探索的階段，福申同志這篇文章中的有些觀點，論證得還不夠充分，有些觀點還需要作進一步的探討和推敲，還不能夠說就是最後的結論。

　　例如，關於「開元雜報」不是報紙的論述，就是這樣……

而後，方漢奇對姚文的觀點一一進行商榷。所謂商榷，實際上就是對於「不同觀點」的「駁論」。而任何一種觀點，其立論都是建立於「論據」之上和「論證」之中。因此，對於「駁論」而言，可以選擇駁對方「論據」或駁對方「論證」過程，當然，也可以兩者兼及。

方漢奇選擇的是駁對方立論的「論據」，亦即史料──重點駁作為論據的史料之「不可靠」，而對於姚文的論證過程則不置一辭。選擇這種方法，顯然易於為姚所接受，畢竟，作為史學者，「論從史出」，「有七分證據不說八分話」，這是雙方都接受和認同的立論前提。

方漢奇的這篇爭鳴文章，從「自我實現」的角度來看，既表達了自己的不同見解，又贏得了被商榷對象的尊重──姚福申看到爭鳴文章後隨即致信方漢奇──

　　方老師：

　　今天才收到《新聞學論集》第九輯，拜讀了《讀〈開元雜報〉考一文後的斷想》，萬分高興。方老師的見解很有道理，值得我進一步去研究；特別值得我學習的是老一輩學者嚴謹的治學作風和學術探討上的民主精神。深信人大在方老師的指導和培養下，一定會人才輩出。我多麼想遲生二十年，到人大來做您的學生，事實上從方老師身上得到的教益，絕不比教過我書的任何一位老師少。希望能

　　允許我執弟子之禮……〔註240〕

2000年姚福申回憶道——

　　在這裡我要對中國新聞史學界公認的一代宗師方漢奇教授表示深深的感謝，是他給了我莫大的鼓勵，使我有信心在學術研究的崇山峻嶺中攀登。方老師在讀了我的一篇文章後寫道：

　　我和福申同志無一面之雅，但是神交已久。他的治學態度是嚴謹的。他所寫的文章，論證綿密，言必有徵，時有創獲，不落前人窠臼，是很可欽佩的。

　　方先生對我如此揄揚實感問心有愧。此時我還是一名資料室的普通職員，既沒有學歷，也沒有職稱，甚至在知識分子普加工資時都沾不上邊。他不僅容忍我在學習探討中提出不同看法，而且給予極高的評價，使我深深敬佩他的那種大家風範。〔註241〕

回顧方漢奇的這篇爭鳴文章，不難發現，他使自己的爭鳴始終在「理」與「禮」之間進行——無論是表達自己的見解，還是批駁對方的不足，都以充分尊重對方為前提，因而達致了「既抒發己見，又贏得敬重」的「自我實現」。

　　方漢奇所踐行的在「理」與「禮」之間的學術爭鳴，不但表明了「進行『商榷』或『爭論』，是要有足夠準備的，一是專業知識的足夠準備，一是學術爭鳴方法論的足夠準備」〔註242〕，而且從「自我實現」的角度而言，更重要的價值在於昭示——「自我實現者相信人是目的而不是手段，手段是為目的服務的，充分尊重人的價值和尊嚴，而不能把別人當作實現自己目的的手段」。〔註243〕

　　方漢奇作為「學術的探索者」，他尊重別人的學術成就，其學術爭鳴的價值在於從經驗層面證明，既抒發己見，又贏得被商榷對象及學界同行的尊重——這一商榷的理想境界是可以做得到的。

　　方漢奇之所以能夠做到這一點，原因固然極多，但按我的理解，其關鍵點乃是其「與人為善」的處世理念，而實踐「與人為善」這一處世理念的方法則是「待人以禮」，具體到學術爭鳴中則是在「講禮」的前提和基礎之上「講理」。

〔註240〕姚福申先生1986年4月30日致方漢奇先生信（本史料由方漢奇先生提供）。

〔註241〕姚福申：《學海泛舟二十年》，《新聞愛好者》2002年第5期，第14頁。

〔註242〕姚文放：《我們如何進行學術爭鳴——兼答〈理論之後的悖論解決——與姚文放先生商榷〉》，《中國文學研究》2010年第4期，第126頁。

〔註243〕戴正清、徐飛、徐旭輝：《論馬斯洛自我實現理論》，《寧波大學學報》（人文科學版）2005年第2期，第88頁。

中篇　組織研究之路

引言：作為研究組織者的方漢奇

　　「我國新聞史學界歷來有密切協作的好傳統」。〔註1〕肇始於 1981 年，出版於 1984 年的《中國新聞業史（古代至一九四九年）》是中華人民共和國「建國以來公開出版的第一部由協作產生的新聞史教材」。〔註2〕

　　「協作」言說的是主體間的關係，協作的重要性以及必要性在於——社會需要的高質量新聞史學成果僅靠個體的力量在短期內是很難完成的。而通過協作研究，個體學者則能夠更快地實現服務社會的目標。任何「協作」，至少需要有兩人以上（包括兩人）才有可能，並且需要有人擔任組織者的角色，方漢奇作為新聞史學研究的組織者，其所做的工作可分為兩個方面，一是主編多種新聞史學書籍；一是組建中國新聞史學會。

　　方漢奇作為研究的組織者，最初是從校內同事間的協作，主編新聞史教材開始的〔註3〕。20 世紀 80 年代，他受託組織編寫《中國新聞年鑒·新聞界人物》，受命主編《中國大百科全書·新聞出版》中的「中國新聞事業」，並開始組織編寫《中國新聞事業通史》，後來又相繼組織編寫了《中國新聞事業

〔註 1〕 方漢奇：《中國新聞史（古近代部分）·序》，見十四校編著：《中國新聞史（古近代部分）》，北京：中央民族學院出版社，1988。

〔註 2〕 方漢奇：《中國新聞業史（古代至一九四九年）·序》，見梁家祿、鍾紫、趙玉明、韓松：《中國新聞業史（古代至一九四九年）》，南寧：廣西人民出版社，1984。

〔註 3〕 方漢奇於 1983 年出版了與同事陳業劭、張之華共同編著的《中國新聞事業簡史》，中國人民大學出版社，這是方漢奇以協作方式公開出版的第一本書。

編年史》、《中國新聞傳播史》、《〈大公報〉百年史》、《清史·報刊表》等多種書籍。

其中，方漢奇受命主編《中國大百科全書·新聞出版》中的「中國新聞事業」，這次「主編」經歷，雖然向來不為學界所注意，但卻值得我們重視——如果深入探究便會發現，這次主編經歷不僅因為其為方漢奇後來主編《中國新聞事業通史》積累了技術和規範層面的經驗，而且因為其為方漢奇初步編織了一張團結全國新聞史學者共同協作的人脈之網，並且使全國多位新聞史學者有了協作編寫高水平新聞史學成果的經驗。

方漢奇主編《中國大百科全書·新聞出版》的「中國新聞事業」的背景是：1978 年，國家批准中國科學院、中國社會科學院和國家出版局三家單位關於籌備出版《中國大百科全書的請示報告》，正式著手編纂《中國大百科全書》。其中，《中國大百科全書·新聞出版》卷從 1982 年開始著手籌備，1983 年 4 月和 5 月分別召開了編輯工作座談會和編委會（籌備組）第一次會議，〔註 4〕到 1985 年 6 月 21 日新聞卷編委會正式成立，再到 1990 年辭書出版，歷時 8 年有餘。〔註 5〕《中國大百科全書》新聞卷設立了四個分支學科編寫組，方漢奇，是「中國新聞事業」這一分支學科的主編。〔註 6〕

組織編寫《中國大百科全書·新聞出版》中的「中國新聞事業」，對於方漢奇而言，是聽從安排而後進行組織協作的。他憶道：

> 大百科全書那個事是聽從主編的安排，大百科全書出版社聘請主編薩空了，然後又聘請了編委會的委員，然後就開始搞起來了，我的分工就是，管「中國新聞事業」這一部分，過程是組成了編委會後，編委會開會作分工，我就分管「中國新聞事業」這一塊的辭

〔註 4〕 1983 年 4 月 4 日，中國大百科全書出版社同中共中央宣傳部新聞局就出版《中國大百科全書·新聞出版》卷的編輯工作召開座談會，研究了該卷新聞部分的框架結構和選收條目的原則，商定了編輯委員會（籌備組）人選，方漢奇參加了會議；5 月 24 日編委會（籌備組）舉行了第一次會議，研究了編輯工作程序，商定了各分支負責人人選。方漢奇主編：《中國新聞事業編年史》，福州：福建人民出版社，2000，第 2052～2053 頁。

〔註 5〕 閔大洪：《眾人付心血 八年磨一書——介紹〈中國大百科全書〉新聞卷》，《中國記者》1991 年第 8 期。

〔註 6〕 另外三個分支學科的主編為：「新聞學基本概念」，主編：戴邦；「外國新聞事業」，主編：蔣元椿；「新聞傳播應用技術和經營管理」，主編：何光。見《中國大百科全書·新聞出版》，北京：中國大百科全書出版社，1990，卷首。

條，「中國新聞事業」這一塊的辭條的作者由我來組織──主編負責
約稿，一般都是找比較權威一點的。〔註7〕

方漢奇從事此項工作，前後花費了「5年以上的時間」，「因爲大百科全書出版
社是非常嚴謹的，要求很嚴格的」，他回憶道：

　　　辭條是字斟句酌，先設計，設計完框架，然後設計辭條，辭條
要反覆地討論，辭條設計完之後就開始組稿，所組的稿子的作者不
能隨便寫，給他規定字數，比如，這個辭條是500字的辭條，你只
能寫500字，那個辭條是5000字的，像《人民日報》就是5000字
的辭條，有的小報紙給它個辭條就是500字，通過字數的多少來表
明辭條的重要程度，作者必須按照這個要求寫。作者寫完稿後，「中
國新聞事業」部分的辭條交由我來最後審稿。〔註8〕

這次組織協作研究的經歷，對方漢奇後來作爲《中國新聞事業通史》的主編，
分配任務，協調同道間的合作，具有深遠的影響──這不僅指在編寫《中國
新聞事業通史》時，像編寫《中國大百科全書》的辭條一樣，規定每一章的
字數，而且還指在編寫過程中，諸如構建框架、多次開編委會討論、注釋應
力求詳盡、反覆修改，等等。也就是說，影響是多方面的。

　　　方漢奇在20世紀80年代中期倡議創建中國新聞史學會，中國新聞史學
會的成立，不但成爲凝聚與聯結全國新聞史學者的紐帶，而且爲組織中國新
聞史學者集體從事「協作性」的研究提供了學術平臺和機制保障。

　　　無論組建中國新聞史學會，還是組織編寫多種新聞史學書籍，其中的參
與者都可二分爲方漢奇與「他者」，在方漢奇與「他者」之間存在著一個「由
大家所讚賞的價值復合體所構成的共同凝聚力」，〔註9〕這種共同凝聚力，在
我看來，一方面是新聞史學者對於新聞史學研究能夠服務和貢獻於社會的篤
信；一方面則是新聞史學者對於個體一己之力的局限的洞見。

　　　方漢奇在組織多種中國新聞史學的協作研究時，不但早已過「知天命」
之年，而且在學界也擁有了學術資本和社會資本，在此種情況下，作出大力
倡導並組織「協作研究」的選擇，不失爲揚眾之長，避己之短，最大限度地
發揮自身價值、更快地實現自己所期目標的佳徑。

〔註7〕2010年4月24日，劉泱育訪問方漢奇先生錄音。

〔註8〕2010年4月24日，劉泱育訪問方漢奇先生錄音。

〔註9〕〔波蘭〕茲納涅茨基（Znaniecki, F.）：《知識人的社會角色》，郟斌祥譯，南京：
譯林出版社，2000，第11頁。

辰、協作選題：從「前人所未及就」到「後世之所不可無」

協作研究，與任何研究一樣，都要面臨如何「選題」。對於學術研究而言，選題水平可分為三個層次：低水平大同小異的重複，這是第一層次，也是最低層次；選題為「前人所未及就」，這是第二層次；選題是「後世之所不可無」，這是第三層次，也是最高層次。

一、「前人所未及就」：從《中國當代新聞事業史》到《〈大公報〉百年史》

在協作研究的選題上，選擇「前人所未及就」，是受協作組織者所處的具體的職業崗位、時空位置、社會地位和學術共同體的影響的。

就職業崗位而言，方漢奇的身份是教中國新聞史的大學教師，在協作選題上，首先要考慮的就是滿足教學需要——主編新聞史教材。

由方漢奇和陳業劭主編，出版於 1992 年的《中國當代新聞事業史（1949～1988）》，就是為滿足教學需要而編寫的，在選題上屬於「前人所未及就」——「當代中國新聞事業史的研究工作，是中國新聞史研究工作中的一項空白。建國以後出版的十幾種有關中國新聞事業史的專著和教材，其時間的下限，都到 1949 年為止，1949 年以後的情況則付闕如。這是一個很大的缺口」，《中國當代新聞事業史（1949～1988）》的編寫，「其目的即在於填補這一缺口」。〔註10〕

不難看到，方漢奇由於其所身處的時間段，在協作選題上，選擇「前人所未及就」並不需要太多的自覺意識，在某種意義上，幾乎可以說，只要與自己以前所作的選題不一樣，即可填補「前人所未及就」的空白。儘管方漢奇對於編寫中國當代新聞事業史，在選題上是自覺的——至晚不遲於 1981 年，方漢奇就提出過編寫中國當代新聞事業史。〔註11〕

在編寫《中國當代新聞事業史（1949～1988）》之前，方漢奇曾與陳業劭、張之華編著過《中國新聞事業簡史》，〔註12〕該教材從「中國報刊的起源」（邸

〔註10〕 方漢奇、陳業劭主編：《中國當代新聞事業史（1949～1988）》，北京：新華出版社，1992，第 346 頁。

〔註11〕 方漢奇：《關於新聞史研究的體會和建議》，《新聞研究資料》1982 年第 1 期。

〔註12〕 《中國新聞事業簡史》「是『文革』後，特別是高等學校新聞專業恢復招生以後，較早問世的一部中國新聞史教材」，「不僅是中國人民大學新聞系的指定

報、小報和京報）一直寫到「一九四九年十月一日，偉大的中華人民共和國宣告成立」。〔註13〕但《中國新聞事業簡史》並無明確的「協作選題」意識，該教材只是爲滿足教學需要，對「原有的中國新聞史教材」〔註14〕重新進行了整合，並「糾正了一些奪失，補充了新聞史研究的一些新成果，增加了一部分有關新聞史人物的傳記材料」而已。〔註15〕

　　就時空位置而言，中國新聞史學，從1917年姚公鶴的《上海報紙小史》開始，其起步時間，與社會學等學科相比較而言，並不算晚，但由於中華人民共和國建國後，新聞與政治的特殊關係，使得1979年以前，中國新聞史學在學術研究層面，幾乎沒有什麼進展。方漢奇當年作爲在大陸從事新聞史研究的爲數不多的幾人之一，所面臨的是中國新聞史學上大量的空白。換言之，對於方漢奇而言，中國新聞史學領域「前人所未及就」者不是「多」或「少」的問題，而是，在某些方面，「前人所未及就」者根本就是「有」或「無」的問題。

　　譬如，方漢奇主編，寧樹藩、陳業劭擔任副主編的《中國新聞事業通史》、方漢奇主編的《中國新聞事業編年史》，由於此前中國新聞史學中沒有出過這樣的成果，因而其協作選題自然就是「前人所未及就」，這顯然與方漢奇在中國新聞史學史中所處的特定時段有關。

　　由於所處的時空位置，在協作選題上，就「前人所未就」而言，與《中國當代新聞事業史（1949～1988）》相似的是《〈大公報〉百年史》。〔註16〕這

　　　　教學用書，也爲其他新聞教育單位所採用，滿足了不少高校和自學考試、函授等成人教育系統中國新聞史課程的教學需要」，該書「累計發行近15萬冊」。《中國新聞事業簡史》，北京：中國人民大學出版社，1983，第1版編寫說明。

〔註13〕《中國新聞事業簡史》，北京：中國人民大學出版社，1983，第1頁：第270頁。

〔註14〕《中國新聞事業簡史》共分七章，「前兩章由方漢奇執筆。初稿完成於1964年，1972年、1982年先後作過兩次修改」，1983年公開出版時，「對原章節作了調整，並對其中的部分內容，作了一些訂正和補充」；後五章由陳業劭、張之華編寫，「這一部分是在早先印發的校內講義《中國新聞事業史（新民主主義時期）》的基礎上編寫出來的。初稿完成於1964年，由黃河主持，陳業劭、張之華參加。1966年、1979年由張之華、陳業劭先後作過兩次修改」。《中國新聞事業簡史》，北京：中國人民大學出版社，1983，第1版編寫說明。

〔註15〕《中國新聞事業簡史》，北京：中國人民大學出版社，1983，第1版編寫說明。

〔註16〕2002年《大公報》創辦一百週年之際，香港大公報社籌劃主編《〈大公報〉百年史》，並請方漢奇牽頭組織。方漢奇組織吳廷俊、涂光晉、彭蘭、陳彤旭等多位學者協作，於2004年出版了《〈大公報〉百年史》（北京：中國人民大學出版社）。

裡涉及到的是，對於身處具體歷史時間段的學者而言，在協作選題上，選擇「前人所未及就」是受到「客觀條件」制約的。歷史是關於時間的科學，歷史在時間中展開，以《大公報》爲例，由於其創辦於 1902 年，因此，協作編寫《〈大公報〉百年史》必須在 2002 年以後，此前由於其不滿百年，因而也就無從談及《〈大公報〉百年史》，就此而論，無論是 1935 年因病早逝的戈公振、還是 1982 年駕鶴西歸的黃天鵬，都沒有可能組織協作編寫《〈大公報〉百年史》。對於「中國當代新聞事業史」的編寫，同樣受到時間性的限制，如果將 1949 年以後的歷史用「當代」名之，《中國當代新聞事業史》就不可能在 1949 年之前編寫而成。

同樣由於所處的時空位置，使得方漢奇在組織協作研究時，在選題上，由於新聞史學研究的空白太多，因而不大可能出現低水平的「重複」研究—— 新聞史學研究領域的空白，儘管不能保證填補空白的成果一定就是高水平的成果，但填補空白本身則可以避免與已有成果的低水平「重複」。

不僅如此，在協作選題上選擇「前人所未及就」，還與研究的組織者在學術共同體中的社會地位有關。

2002 年，《大公報》出版百年之際，方漢奇當時是中國新聞史學會會長、國務院學位委員會新聞傳播學學科評議組召集人，在中國新聞史學界的影響力幾乎達至方漢奇一生中的巔峰狀態，因而，主編《〈大公報〉百年史》是香港大公報社主動邀請方漢奇的，﹝註 17﹞從方漢奇當時是可以婉拒擔任主編這一維度而言，我認爲他擔任《〈大公報〉百年史》的主編，仍然是選擇的結果，儘管這種選擇（在時間上）是「被動」的選擇，協作選題當然也是被動的「前人所未及作」的選題。但這裡的關鍵問題不在於方漢奇主編《〈大公報〉百年史》是主動還是被動，在我看來，這無關宏旨，重要的問題在於，方漢奇主編《〈大公報〉百年史》的過程，讓我們有機會看到——在協作選題上——選擇「前人所未及就」，所受到的研究組織者自身在學界科層組織中的社會地位的影響。

在協作選題上，選擇「前人所未及就」還受到學術共同體的影響。畢竟對於協作研究而言，由於其涉及到除了研究的組織者之外的參加者，因而，

﹝註 17﹞「《〈大公報〉百年史》是中國人民大學紀寶成校長應香港《大公報》社長王國華先生之請，由中國人民大學牽頭，組成編寫班子，納入 2002 年度的校科研計劃，用不到一年的時間，突擊完成的」，方漢奇擔任主編。見《〈大公報〉百年史》第 534 頁，後記。

有無參加者，有多少參加者，參加者個人的學術功力如何，都將影響到協作研究的選題能否如願進行，以多卷本的《中國新聞事業通史》為例，該書由50位學者通力協作而成，如果大陸從事新聞史研究的人才在數量上極少——1953年方漢奇到北京大學新聞專業執教時，當時全國從事新聞史教學和研究的只有兩個人（復旦大學的曹亨聞和北京大學的方漢奇）——則不可能將協作研究的選題定為《中國新聞事業通史》。

協作選題是否「前人所未及就」，受學術共同體的影響還有另外的含義，即就研究的組織者所擬選的協作研究課題而言，學術共同體中是否有人正在做類似的研究。儘管對於同類課題，可以同時有多人分別對之進行研究，〔註18〕但學術共同體中人對此選題所進行的研究的進度，直接影響著作為個體的研究的組織者的選題是否「前人所未及就」。對於具體的學術研究選題而言，嚴格意義上講，除了「第一部著作」之外，皆不屬於「前人所未及就」。

二、「後世之所不可無」：《中國新聞事業編年史》與《清史‧報刊表》

作為協作研究的組織者，方漢奇由於受所處的具體的職業崗位、時空位置、社會地位和學術共同體的影響，他組織的協作研究儘管絕大多數都是「前人所未及就」，即屬於協作研究選題的第二層次，但並非方漢奇所組織的每一項協作研究在選題上都能夠上昇到「後世之所不可無」的最高層次。

譬如方漢奇所主編的一些新聞史教材，儘管對於滿足當時新聞史課程的教學需要有著不容低估的重要價值，而且「對於學科地位的合法化、專業教育的開展、學術共同體的形成，具有重要意義」，不僅描繪了新聞史學科的知識地圖，「而且，在學科創建初期，研究者建構學科知識體系的努力，本身就是難能可貴的學術創新，其篳路藍縷的開創之功，永遠值得後學敬畏」〔註19〕，但是，除了作為反映某一歷史時期新聞史學界的「時代的精神狀況」的史料之外，未必都能臻「後世之所不可無」的層次。

儘管對於方漢奇及其同時代學者而言，有些成果達不到「後世之所不可

〔註18〕如史學界對於《中國通史》的協作研究，迄今既有范文瀾、蔡美彪等人的《中國通史》，也有白壽彝主編的《中國通史》。

〔註19〕董天策：《試論新聞傳播學術創新》，《新聞與傳播研究》2013年第2期，第17頁。

無」的層次，但這並不是方漢奇等人不想達到，而是受自身所處社會時段的制約，這也是無可奈何之事。從經濟學的角度來看，時間對於每個人而言都是稀缺資源，在一個時間段花時間做某件事情，就意味著必須爲此支付不能做其他事情的「機會成本」。方漢奇等人當年投入時間資源，主編新聞史教材〔註20〕，就意味著他和他同時代的人，在自己可支配時間是一個常數的情況下，不得不減少對於其他新聞史協作研究方面的時間資源的投入。況且，1978年之後，就客觀的學術環境而言，方漢奇和他同時代的人才開始進入做學問的「黃金時期」，但我們必須正視這樣一個現實，即方漢奇已經年過五旬，精力自然不可與青壯年時相提並論。

但這也並不等於說，方漢奇組織的協作研究，在選題上都達不到「後世之所不可無」。實際上，方漢奇所組織的一些協作研究，例如，《中國新聞事業通史》、《中國新聞事業編年史》、《清史・報刊表》等，是可以進入「後世之所不可無」的層次的，儘管方漢奇當年在組織這種協作研究之時，未必有明確的或者說自覺的「後世之所不可無」的意識。

由於本書下節將聚焦《中國新聞事業通史》，在此，僅討論《中國新聞事業編年史》和《清史・報刊表》何以爲「後世之所不可無」的。

《中國新聞事業編年史》是方漢奇所組織的協作研究中，耗時最長的一個項目，從1978年開始著手進行《中國近代新聞事業歷史編年》，到2000年《中國新聞事業編年史》出版，歷時22年。但「耗時最長」，並不是方漢奇當初有意爲之，《中國近代新聞事業歷史編年》曾於20世紀80年代在《新聞研究資料》上連載過，方漢奇當年是有意將其作爲一部書出版的，但由於準備出版本書的出版社停辦，《中國近代新聞事業歷史編年》的出版也就因之而中輟。1992年，方漢奇申請到了國家社科基金項目，《中國新聞事業編年史》隨之啓動。

判斷一部書是否「後世之所不可無」，當然是從價值層面所進行的考量，《中國新聞事業編年史》的價值在哪裏？丁淦林教授曾做過判斷，可以用「五性」來概括——《中國新聞事業編年史》具有「客觀性」、「連續性」、「史料性」、「實用性」和「通用性」。

〔註20〕儘管從現在來看，連方漢奇自己也承認有著這樣或者那樣的不足，但在當年，這些新聞史教材「嘉惠學子」，「風行四海，無遠弗屆」，是起了重要作用，並產生過巨大影響的。

　　「如果說中國新聞事業的產生、衍變、發展是一條源遠流長的大河，那麼，有關它的通史、專史、地區史是從特定的理論架構和選定的視角去評述這條長河的全部和局部，而編年史則是按時間順序記載史實，反映這條河的全貌」，因此「編年史具有連續性和客觀性」；《中國新聞事業編年史》「以 200 多萬字的篇幅，『兼收並蓄，細大不捐』地實錄了 1285 年的史料，其規模之宏大與內容之翔實是前所未有的」，因此「編年史具有史料性」；並且，「廣大讀者可以用它作為工具書，檢索中國新聞史料，獲取中國新聞史知識；在大學的中國新聞史教學中，也可用作輔助教材；而專家學者們還可以用作研究材料」，因此「編年史具有實用性和通用性」。〔註 21〕

　　而在我看來，審視《中國新聞事業編年史》「後世之所不可無」的價值，可以將其與目錄學聯繫起來進行判斷。

　　如果將發生學意義上的「中國新聞事業史」視為一部厚重的書，則《中國新聞事業編年史》可以視為這部書的目錄。

　　方漢奇曾言：「《中國新聞事業編年史》是後期做的，我們通史完了以後才搞這個，通史完了以後，再搞就是編年史了，這個很自然的。這個編年史對新聞教學、新聞研究它都是有用的」。〔註 22〕

　　儘管方漢奇對於《中國新聞事業編年史》的用處語焉不詳，但編年史的用處顯然在於輯集史料，為讀者提供系統而詳細地查閱史料的線索。如果將「編年史」與「做學問的基礎」建立關聯，則更易知其用處，陳力丹曾言：「遇到問題，知道上哪兒去查，這就是學問的基礎，沒這個基礎你做不出什麼學問。」〔註 23〕

　　而「知道上哪兒去查」還需要一個前提條件，即，要有可查的工具書才行，否則根本就不可能知道上哪兒去查的「哪兒」。正因如此，中國學者在治學上有重視目錄學的傳統——「目錄之學，由來尚矣！《詩》、《書》之序，即其萌芽。及漢世劉向、劉歆奉詔校書，撰為《七略》、《別錄》，而其體裁遂以完備。自是以來，作者代不乏人，其著述各有相當之價值。治學之士，無不先窺目錄以為津逮，較其他學術，尤為重要」。〔註 24〕史學家陳垣更是將目

〔註 21〕丁淦林：《夯實學科基礎的力作》，《光明日報》，2001 年 4 月 5 日。

〔註 22〕2010 年 4 月 24 日劉泱育訪問方漢奇先生錄音。

〔註 23〕錢婕、王永亮：《陳力丹：靜氣養大氣》，見王永亮、成思行主編：《傳媒論典：與傳媒名家對話》，北京：中央編譯出版社，2004，第 155 頁。

〔註 24〕余嘉錫：《余嘉錫講目錄學》，南京：鳳凰出版社，2009，第 3 頁。

錄學上昇到治學門徑的高度。〔註25〕

《中國新聞事業編年史》的出版，使得「上限起於中國古代報紙肇始的公元 713 年，下限止於課題結項前不久的 1997 年」〔註26〕的 1285 年的中國新聞事業的歷史，以報刊名稱作爲查詢索引，查找史料線索十分方便。而如果沒有《中國新聞事業編年史》，那麼，面對中國新聞事業浩如煙海的史料，「一個研究人員所需要的資料，往往散藏於千萬個印張裏面，想獲得它們，就要像探礦一樣的到處搜尋，像淘金一樣的仔細查找，而且報紙的體積大，斤兩重，翻閱起來，頗費氣力」〔註27〕，如此則不難判斷《中國新聞事業編年史》的價值。

在此有必要強調前面我所作的判斷：方漢奇編寫《中國新聞事業編年史》，在選題時，起初並無明確的「後世之所不可無」的意識，第一是因爲，編寫編年史是中國的一個傳統——編年體歷來是中國古代歷史研究中的基本體裁之一，在拓荒性的歷史研究中，從來都少不了編年史。從《尙書》到孔子編校的《春秋》再到司馬遷所著的《史記》中的部分內容，再到後來的各種歷史人物的年譜，編年史的著作層出不窮。第二是因爲，在中華人民共和國成立之前，曾出版有余戾林的《中國近代新聞界大事記》，在中華人民共和國成立之後，曾出版有中國人民大學新聞系編寫的《中國現代新聞事業大事記》和《當代中國新聞事業編年》；〔註28〕第三是因爲，方漢奇早年在上海新聞圖書館工作時，曾編寫過《上海各圖藏報調查錄》〔註29〕；第四是因爲，《中

〔註25〕「懂得目錄學，則對中國歷史書籍，大體上能心中有數。目錄學就是歷史書籍的介紹，它使我們大概知道有什麼書，也就是使我們知道究竟都有什麼文化遺產，看看祖遺的歷史著述倉庫裏有什麼存貨，要調查研究一下，如果連遺產都有什麼全不知道，怎能批判？怎能繼承呢？……目錄學就好像一個賬本，打開賬本，前人留給我們的歷史著作概況，可以了然，古人都有什麼研究成果，要先摸摸底，到深入鑽研時才能有門徑，找自己所需的資料，也就可以較容易找到了」。陳垣：《談談我的一些讀書經驗》，見陳智超編：《勵耘書屋問學記：史學家陳垣的治學》，北京：生活・讀書・新知三聯書店，2006，第 4 頁。

〔註26〕方漢奇主編：《中國新聞事業編年史》，福州：福建人民出版社，2000，第 2828 頁。

〔註27〕陶涵主編：《世界新聞史大事記》，北京：人民日報出版社，1988，序言第 1～2 頁。

〔註28〕方漢奇主編：《中國新聞事業編年史》，福州：福建人民出版社，2000，前言。

〔註29〕方漢奇從 1950 年 5 月至 12 月四處訪查，跑遍了當時上海的數十家公立和私立圖書館，調查了包括上海新聞圖書館、鴻英圖書館在內的數千種報紙的目

國新聞事業編年史》項目啓動之前，《新聞研究資料》曾於 1981～1985 年間連載過方漢奇、谷長嶺、馮邁三人合編的《近代中國新聞事業歷史編年》；第五是因爲，《中國新聞事業編年史》「對已部分發表過的近代部分，即 1815 年至 1919 年那一部分，進行全面的增補、刪節和修改。再次，對古代部分、現當代部分，即公元 713 年至 1814 年和 1920 年至 1997 年，總計 1178 年的這兩部分，組織力量，重新編寫」。〔註 30〕這說明，就協作選題而言，《中國新聞事業編年史》這一項目並不是一開始就有明確的「後世之所不可無」的意識的。

　　但對於方漢奇「最後組織完成的一項集體合作項目」〔註 31〕《清史・報刊表》的協作選題而言，情況則不同於《中國新聞事業編年史》，由於《清史》〔註 32〕肯定是「後世之所不可無」的傳世之作，因而，2005 年，方漢奇應國家清史編纂委員會主任、中國人民大學歷史系教授戴逸之請，擔任《清史・報刊表》的主編〔註 33〕之時，就開始考慮具體如何協作，才能使《清史・報刊表》眞正爲「後世之所不可無」。

　　《清史・報刊表》收錄自順治元年十月初一日（1644 年 10 月 30 日）至宣統三年十二月二十五日（1912 年 2 月 12 日）國內出版的漢文、少數民族文、外文，以及海外的華文報紙和雜誌。全表由《漢文及少數民族文報刊表》、《外文報刊表》和《海外華文報刊表》三部分組成。在分工協作上，《漢文及少數民族文報刊表》由谷長嶺負責，葉鳳美等參與。方漢奇編纂了其中的古代傳統報刊部分；《外文報刊表》由葉鳳美負責，其中的俄文、葡萄牙文報刊分別由通俄文的趙永華博士、懂葡文的林玉鳳博士提供系統的初始材料；《海外華文報刊表》由方漢奇負責，谷長嶺、葉鳳美參與。三表由方漢奇統稿。

　　　　錄和出版時間。《上海各圖藏報調查錄》呈現的是並不僅僅是上海市 50 餘家圖書館所藏的舊報情況，而且還包括了各圖書館所藏的新聞學的圖書目錄。是「藏報」與「藏書」調查的目錄合編。見上海新聞圖書館編印：《上海各圖藏報調查錄》，1951。

〔註 30〕方漢奇主編：《中國新聞事業編年史》，福州：福建人民出版社，2000，第 2828 頁。

〔註 31〕2011 年 2 月 10 日方漢奇先生致劉泱育電郵。

〔註 32〕《清史》編纂工作，是 21 世紀初中國的一項規模浩大的標誌性學術文化工程，是中華人民共和國成立以來，「由國家主持編修的第一部史書。從 2002 年起，國家清史編纂委員會就開始了籌備工作。」方漢奇：《〈清史・報刊表〉中的海外華文報刊》，《國際新聞界》2005 年第 5 期，第 70 頁。

〔註 33〕中國人民大學新聞學院谷長嶺教授、中國人民大學歷史系葉鳳美教授參編《清史・報刊表》。

　　方漢奇在治學上倡導「尊重前人的勞動成果」。《清史・報刊表》在編纂之初，就充分利用已有的研究成果〔註34〕，「先搭建起了一個框架，以作為後續工作的基礎和起點」。〔註35〕在此基礎上，重點查閱新老著述 400 餘種，陸續徵引 240 餘種（同一書籍，不論冊數，只算一種）。〔註36〕方漢奇特別強調查閱原報的重要，在組織編纂《清史・報刊表》之初就明確把尋找、查閱原報作為工作重點。為了查閱原報，除《清史・報刊表》編纂組成員前往中國第一歷史檔案館和中國第二歷史檔案館查閱大量原件外，方漢奇還組織了數十位新聞史專家、教授、副教授、已畢業博士和在讀博士生協助查閱有關資料——「就地或分赴北京、天津、吉林、瀋陽、濟南、蘇州、武漢、長沙、西安、合肥、成都、昆明、貴州、蘭州、福州、南寧、廣州、香港、臺灣、澳門、美國等地圖書館查閱清代報刊。收藏清代報刊最多的上海圖書館，谷長嶺、葉鳳美就先後去了 9 次。方漢奇也親赴國外、蘇州等地的圖書館查閱。幾年來共查閱包括原件、縮微件、影印本、書影在內的報刊 830 餘種」。〔註37〕

　　在充分吸收已有成果和廣泛查閱海內外報刊資料基礎上，歷時 5 年，方漢奇主編的《清史・報刊表》於 2010 年底交稿。成果是編纂了 20 萬字左右的《報刊表》初稿，彙編了 110 萬字左右的《注本》，撰寫了 26 萬字左右的《考異》和 5 萬字左右的索引。其中，20 萬字左右的《報刊表》將納入《清史》正文，將與「學校表」一道，合為一卷，作為計劃中的《清史》第 92 卷。〔註38〕

〔註34〕 其中最先引據的是《中國近代報刊名錄》（史和，姚福申，葉翠娣等編）和《中國新聞事業編年史》（方漢奇主編）。據方漢奇先生提供的《〈清史・報刊表〉初稿自評報告》（未刊稿）。

〔註35〕 《〈清史・報刊表〉初稿自評報告》（未刊稿）。

〔註36〕 《〈清史・報刊表〉初稿自評報告》（未刊稿）。

〔註37〕 《〈清史・報刊表〉初稿自評報告》（未刊稿）。

〔註38〕 「《清史》將是一部空前規模的斷代史。初步規劃為 92 卷 3220 萬字，從字數看，遠遠超過了二十四史中的任何一部。其體例，參考已出版的二十四史，設通紀、典志、傳記、史表、圖錄五大部分。『通紀』設 8 卷，類似清朝的斷代通史，跨越清軍入關直至清帝孫遜位的整個過程。『典志』設 39 卷，同二十四史中常見的『志』，如職官志、天文志、地理志等。『傳記』設 22 卷，如二十四史中的『本紀』、『列傳』。預計將為 3000 個以上的清代人物立傳。『史表』設 13 卷，如二十四史中的后妃表、功臣表等。『圖錄』設 10 卷，專收輿圖、圖畫、照片和文物遺址圖象。《清史・報刊表》將作為『史表』之一，和『書院學校表』一道，納入計劃中的《清史》第 81 卷。為報刊設『表』，把報刊出版情況納入正史，這一點，和『圖』一樣，都是《清史》的首創」。引自方漢奇：《〈清史・報刊表〉中的海外華文報刊》，《國際新聞界》2005 年第 5 期。

《注本》和《考異》，則只供審核表文時作爲參考，不屬於《清史》的正文。

《清史・報刊表》首次逐一、扼要地以史表的形式記述有清一代的報刊，通過充分利用已有研究成果、查閱原報和考異等，取得了具有「突破性」的成果。該表之所以能夠爲「後世之所不可無」的重要原因在於該表的「全」和「確」。

（一）《清史・報刊表》在報刊收錄上的「全」

《清史・報刊表》所收錄清代報刊 2719〔註 39〕種的數量大大超過了國內外迄今任何著述。「前此掌握的數字約僅 2000 種，增出的部分都是編撰過程中，通過各種渠道陸續發現的」。〔註 40〕其中有一些從未見諸任何圖書館報刊目錄和歷史著述的報刊，如世界上第一份中文周報《密妾士貿易報》〔註 41〕、中國第一份幼兒園報刊《幼稚園》，以及一些通過散見於各報的出版、銷售廣告發現的報刊等。「《報刊表》初稿肯定並未將清代報刊收錄無遺，但經過此番蒐集和挖掘，今後再大量發現的可能性已經很小」。〔註 42〕方漢奇認爲，「《報刊表》初稿已經囊括了清代出版時間較長、影響較大的報刊，即使是一般報刊，也不會有太多的遺漏。這主要不是我們的功勞，而是百餘年來，特別是改革開放以來眾多專家、學者辛勤研究的結果」。〔註 43〕

（二）《清史・報刊表》在文字表述上的「確」

爲了力求準確，在入表內容中，方漢奇等人不但注意依據新近出版的、學術性強的著述，而且還盡量多地通過原報核實已有記載，盡可能地發現和訂正已有記載的訛誤。除極少數外，爲每一種清代報刊都作了多種注釋，相同者相互印證，不同者相互補充，並把重點放在發現歧異與修正錯誤上。「在關於清代報刊的記載中，出現歧異、訛誤最多的是出版日期」，「在刊期、停刊時間甚至出版地點、語種等其他要點方面，也有不少歧異和訛誤」。〔註 44〕《清史・報刊表》除了修正已有的關於報刊記述的錯誤之外，對於已往記載中

〔註 39〕 其中，《漢文及少數民族文報刊表》已收報刊 2002 種；《外文報刊表》已收報刊 454 種；《海外華文報刊表》已收報刊 263 種。

〔註 40〕 2011 年 2 月 10 日方漢奇先生致劉泱育電郵。

〔註 41〕 詳情可參谷長嶺、葉鳳美的論文《發現最早的現代中文周報蜜妾士貿易報》（刊於《國際新聞界》2010 年第 8 期）。

〔註 42〕 《〈清史・報刊表〉初稿自評報告》（未刊稿）。

〔註 43〕 《〈清史・報刊表〉初稿自評報告》（未刊稿）。

〔註 44〕 《〈清史・報刊表〉初稿自評報告》（未刊稿）。

比較普遍的對於報刊內容的概述過於主觀、貼標籤、以偏概全等現象，以盡量收載該報自述宗旨和所設欄目等方式予以糾正；在報刊名稱方面，由於有全稱、簡稱、俗稱、訛稱之別，歧異也較爲多見，通過查閱原報和分析記載的可靠性，大多確定了本名；除了訂正錯誤以外，考異工作還包括謹慎地推斷，以使入表內容更具體、準確，信息量更多。在表中，凡出於推斷者，其前冠以「約」、「似」等字樣。對於實在難以判明正誤者，則採取了「兩說並存」。

三、「協作選題」與「立言不朽」：追求「後世之所不可無」

「立德」、「立功」和「立言」既是中國文化傳統中達至「不朽」的路徑，也是目標。將「不朽」作爲精神追求的最高層次，既意味著對人生數十寒暑的有限肉身的不滿足和超越性，也昭示著對後人知悉前人音容笑貌和生平事功的遐想和價值判斷。

對於普天之下的芸芸學者而言，能夠「不朽」者永遠只能是少數傑出之人。學者動態的學術活動和靜態的學術成果，作爲撒播思想和價值取向的傳播中介，在文獻層累、越積越多，而注意力愈往後世愈成稀缺資源的傳播情境之中，只有當其被後人所注意之後，才有可能被閱讀，進而勾聯起後人對前人的認知和評價，乃至記住甚或崇仰，進而使得前人當年「不朽」的想像在後人的生命長度內成爲階段性的現實，並可能繼續向後世傳遞其精神之火。

而多人參與的協作研究，與個人憑藉一己之力著書立說，作爲達至「不朽」的路徑並無軒輊之別。在方漢奇所組織的協作研究中，由於其所身處中國新聞史學史的承上啓下的特殊時段，選題上多「前人所未及作」之作，達至「後世之所不可無」的成果儘管無法在數量上作精確的判斷，但仍然有可能作出預估，並通過對預估所憑依的理由的追尋，進而能夠對於協作研究如何選題才更可能「立言不朽」作出概念型的論判，從而爲「理性人」在組織協作研究時，追求效用最大化奠定基礎。

在我看來，協作研究通過對「選題」的「後世之所不可無」的權衡來達至「不朽」的目標，至少可以概括爲五種類型：「字典式不朽」、「依附式不朽」、「顯著式不朽」、「異質式不朽」和「原料式不朽」。

（一）「字典式不朽」

「字典式不朽」意指，對於讀者而言論著的價值類似於字典，字典在本質上屬於工具書，論著能夠成爲滿足讀者某種查詢或參考需要的工具，當讀

者有了某種需要之時，就需叩訪論著以釋疑解惑，其工具性價值超越時間的限制，從而達至「後世之所不可無」。方漢奇主編的《中國新聞事業編年史》即屬此類。該書的「報刊名索引」，以「報刊名稱」、「創刊時間」和「辦刊地點」為關鍵詞，以漢語拼音音序排列，對於讀者查詢報刊，進而通過報刊的創刊時間，在《中國新聞事業編年史》中查閱相關內容瞭解簡況，極為方便，工具書意味明顯。而方漢奇更是於1998年1月和1999年夏，在《中國新聞事業編年史》的「前言」和「後記」中兩次強調該著的「工具書」性質。〔註45〕

（二）「依附式不朽」

米蘭・昆德拉（1929～）曾在小說《不朽》中塑造了主動向歌德示愛的貝蒂娜，其中的重要緣由在於她想通過與肯定不朽的歌德建立關聯，從而使自己能夠「名」傳後世。〔註46〕在方漢奇所組織的多種協作研究中，《清史・報刊表》和《〈大公報〉百年史》都可歸為「依附式不朽」之列。

對於《清史・報刊表》而言，由於其是《清史》的有機構成部分，依附的是《清史》「這棵大樹」，其傳世「不朽」是可以斷言的；同樣，由於《大公報》這份報紙在中國新聞史和中國歷史上肯定是「不朽」的，因而，《〈大公報〉百年史》也肯定可以傳世。如果研究者希望通過「立言」而不朽，那麼，「依附式不朽」不失為一種可以被列入優先選擇的選項。一個人一生中只要參與了一部可以「不朽」的書稿的編纂，那其「不朽」的目標即已實現。

（三）「顯著式不朽」

「顯著式不朽」在某種意義上與新聞的「顯著性」原理相合，首先通過顯著性引起閱者的「選擇性注意」，進而憑藉自身的質量及使用價值達至「不朽」。方漢奇組織的協作研究《中國新聞事業通史》（三卷本）和《中國新聞事業編年史》（三卷本）即屬於「顯著式不朽」的類別。對於協作研究而言，

〔註45〕 「編寫這部編年史的目的……為關注中國新聞事業的發展的新聞學、新聞史研究工作者，一般新聞工作者和文化工作者，以及需要瞭解中國新聞事業歷史的廣大讀者，提供一部全面而翔實的、可供翻檢的工具書和參考用書」（前言）；「為廣大的歷史文化工作者、新聞工作者和新聞學教學與研究工作者提供一部可供時時翻檢的參考用書和工具書」（後記）。方漢奇主編：《中國新聞事業編年史》，福州：福建人民出版社，2000。

〔註46〕 〔法〕米蘭・昆德拉（Kundera,M.）：《不朽》，王振孫、鄭克魯譯，上海：上海譯文出版社，2003，第74頁。

由於可以發揮人多的優勢，較之對於個體學者憑一己之力撰寫「顯著式」的多卷本著作，更具優勢。

（四）「異質式不朽」

對於學術研究而言，無論是個人專著還是協作式著述，選題時必須考慮的就是研究成果的「不可替代性」，一旦研究成果具備了某一方面或某些方面的「不可替代性」，則可據此而有望達至「異質式不朽」。在方漢奇所組織的協作研究中，《中國新聞學之最》和《中國新聞事業通史》都可能成為「異質式不朽」的成果。對於《中國新聞學之最》而言，凡是稱得上「最」的，總是暗蘊了自身所具有的異質性；對於《中國新聞事業通史》而言，該書是中華人民共和國建國後，第一部有英文譯本的新聞史著作，即使僅據此一點，也足以使《中國新聞事業通史》成為「異質式不朽」的成果。

（五）「原料式不朽」

無論何種「立言」方式，都需以論據來論證觀點之確當。對於史學研究而言，史料是研究的基礎。因而，在協作研究的「選題」上，如果預期的研究成果能夠為其他的研究提供別的著述所不可替代的史料，那麼，就有望實現「原料式不朽」。方漢奇曾主編過的《中國新聞年鑒·新聞界人物》，自 20 世紀 80 年代開始，每期的《中國新聞年鑒》都設有「中國新聞界人物」專欄，以數百字的篇幅為中國新聞界人物作傳，這自然可成為今後有志於從事中國新聞界人物個案研究者的「原料來源」。後來，《中國新聞年鑒》中的「新聞界人物」曾專門集結成書，該書從作為新聞界人物個案研究原料來源的角度而言，有望實現「原料式不朽」。

綜合以上所析，不難看到，有的協作研究成果同時兼具上述幾類「不朽」的基質。但在「選題」之時，只要考慮到自己所組織的協作研究能夠具備上述幾類「不朽」中的一種，則該研究為「後世之所不可無」就有了基本的遐想依據。當然，同時具備上述「不朽」的基質越多，成為「後世之所不可無」之作的可能性也就越大。

巳、協作範式：《中國新聞事業通史》與　　新聞史研究的「最高水平」

在方漢奇擔任主編所組織的協作研究中，《中國新聞事業通史》被認為「代

表了當代中國新聞史研究的最高水平」。〔註47〕

　　對於此種判斷，有哪些根據？使《中國新聞事業通史》與 20 世紀中國新聞史研究「最高水平」建立關聯的條件是什麼？在這些條件之中，又有哪些條件與方漢奇所做的組織協作有關係？哪些與社會制度、教育制度、媒介制度有關係？對《中國新聞事業通史》進行評價與對方漢奇進行評價之間的關聯是什麼？

　　本節擬通過對上述問題的回答，深化對《中國新聞事業通史》和方漢奇學術之路的理解。

一、《中國新聞事業通史》與 20 世紀中國新聞史研究的最高水平

　　《中國新聞事業通史》三卷本於 1999 年全部出齊後，在中國新聞史研究的知識譜系中，丁淦林認爲，該書與戈公振的《中國報學史》、李龍牧的《中國新聞事業史稿》分別代表了 20 世紀中國新聞史研究的三次重大突破，其中，《中國新聞事業通史》「篇幅之巨大、內容之豐富、材料之厚實、建構之完整，都是同類著作中所未有的」。〔註48〕

　　明確作出《中國新聞事業通史》代表 20 世紀中國新聞史研究的「最高水平」的判斷，最早來自於 2000 年一則介紹《中國新聞事業編年史》的書訊：《中國新聞事業編年史》「與去年剛剛出齊的《中國新聞事業通史》（三卷本）一道，堪稱代表我國當前新聞史研究領域的最高水平」。〔註49〕隨後，一則書評認爲，《中國新聞事業通史》「是迄今爲止規模最大、涉及面最廣的中國新聞通史著作，被譽爲中國新聞史學成果的集大成者」，其「篇幅之宏大，材料之厚實，內容之豐富，方面之細緻，建構之完整，在同類著作中達到頂級水平」。〔註50〕

　　此後，認爲《中國新聞事業通史》代表了 20 世紀中國新聞史研究的「最高水平」或「頂級水平」，便成爲一個雖然不作任何追問但卻可直接接受的命

〔註47〕徐培汀：《20 世紀中國新聞學與傳播學・新聞史學史卷》，上海：復旦大學出版社，2001，第 408 頁。

〔註48〕丁淦林：《20 世紀中國新聞史研究》，《復旦學報》（社會科學版）2000 年第 6 期，第 136 頁。

〔註49〕史心：《國家社科基金重點項目——〈中國新聞事業編年史〉問世》，《新聞記者》2000 年 12 期，第 57 頁。

〔註50〕尹韻公、馬海濤：《新聞史研究的不朽盛事——讀〈中國新聞事業通史〉有感》，《中華讀書報》，2001 年 5 月 23 日。

題，有學術期刊將主編《中國新聞事業通史》，作爲方漢奇的學術成就之一介紹道：「《中國新聞事業通史》是中國迄今規模最爲宏大的新聞史專著，代表了當前中國新聞史研究的最高水平」。〔註51〕有記者在採訪方漢奇時提問道：「您主編的三卷本《中國新聞事業通史》是迄今規模最爲宏大的新聞史專著，代表了當前中國新聞史研究的最高水平。請您談談這部書的編撰情況」。〔註52〕
......

《中國新聞事業通史》既然與新聞史研究的「最高水平」建立了關聯，那麼，作爲學術史研究，就有必要深究，認爲《中國新聞事業通史》代表了新聞史研究的「最高水平」——到底是從何種意義上立論的？

（一）《中國新聞事業通史》作爲新聞史研究「最高水平」的比較視域

「最高水平」無疑是「比較」之後的結果。對於「比較」而言，首先面臨的就是同什麼進行比較？

由於《中國新聞事業通史》是 50 位作者通力協作的成果，因此，講其代表了 20 世紀中國「新聞通史」「合作成果」的最高水平是可以的，但籠統地講《中國新聞事業通史》代表了「20 世紀中國新聞史研究的最高水平」並不恰切。

因爲新聞史成果的生產方式除了「分工合作」之外，尚有個人以一己之力爲之的專著，除了通史之外尚有斷代史和專門史等，如《中國報學史》被方漢奇視爲建國前中國新聞史研究的最高水平——「戈公振的《中國報學史》，則代表了上個世紀上半頁的新聞史研究的最高水平」。〔註53〕

如果將《中國新聞事業通史》與《中國報學史》進行比較，認爲《中國新聞事業通史》比《中國報學史》水平高——並沒有意義，因爲前者屬於 50 人合編，後者則屬於個人獨著，在成果的生產方式上兩者並不具有可比性。同理，將《中國新聞事業通史》與斷代史或專題史進行比較亦沒有意義。換言之，《中國新聞事業通史》的「最高水平」是與「同類著作」比較而得出的，而這裡的「同類著作」須嚴格限定爲「通史」並且是「合作撰寫」的。我們

〔註51〕 《方漢奇學術成就簡介》，《江漢論壇》2004 年第 8 期，第 144 頁。
〔註52〕 馬獻忠：《做新聞事業的守望者——訪中國人民大學榮譽一級教授方漢奇》，《中國社會科學報》，2013 年 4 月 3 日。
〔註53〕 方漢奇：《1949 年以來大陸的新聞史研究》，《新聞與寫作》2007 年第 1 期，第 39 頁。

注意到這一點的重要性在於，可以避免將《中國新聞事業通史》的「最高水平」「泛化」或「意識形態化」，進而避免將「20 世紀中國新聞史研究中『通史』類別的最高水平」與「20 世紀中國新聞史研究的最高水平」混為一談。

（二）判斷《中國新聞事業通史》為新聞史研究「最高水平」的三重維度

就迄今認為《中國新聞事業通史》代表了新聞史研究的「最高水平」的評價而言，其立論依據並沒有溢出丁淦林所概括的「篇幅之巨大、內容之豐富、材料之厚實、建構之完整，都是同類著作中所未有的」。〔註54〕而「篇幅之巨大、內容之豐富、材料之厚實、建構之完整」，可以歸納為三重維度：厚度，廣度和深度。

1. 厚度

就《中國新聞事業通史》的「篇幅之巨大」而言，主要是指「字數之多」，亦即「厚度」。這與其「上起於公元前二三世紀，下止於 1990 年，跨度達 2200 年」〔註55〕，並無必然聯繫。因為跨度達 2200 年的歷史亦可以以「綱要」的形式簡寫，時間跨度長並不一定就必然「篇幅大」。《中國新聞事業通史》原擬出版 6 卷本——「全書分 6 卷 23 章，180 萬字。第一、第二卷為中國古代和近代新聞事業史，60 萬字；第三、第四卷為中國現代新聞事業史，60 萬字；第五、第六卷為中國當代新聞事業史和附錄，60 萬字」〔註56〕，分為「上、中、下」三編〔註57〕，後改為 3 卷本 25 章。實際出版的《中國新聞事業通史》共計 268 萬 4 千字（其中，第一卷 80 萬字，第二卷 91 萬 5 千字，第三卷 96 萬 9 千字）〔註58〕，如果以總字數進行比較，那麼，同類的通史著作確實沒有「望《中國新聞事業通史》之項背」者，但是，「篇幅之巨大」與「最高水平」其實並無必然關聯，因為「最高水平」是一個「質」的概念，而「篇幅之巨大」則是一個「量」的審視。如果將「最高水平」等同於「字數最多」，

〔註54〕丁淦林：《20 世紀中國新聞史研究》，《復旦學報》（社會科學版）2000 年第 6 期，第 136 頁。

〔註55〕尹韻公、馬海濤：《新聞史研究的不朽盛事——讀〈中國新聞事業通史〉有感》，《中華讀書報》，2001 年 5 月 23 日。

〔註56〕《中國人民大學等單位新聞史工作者協作編寫〈中國新聞事業通史〉》，《新聞研究資料》1986 年第 3 期，第 219 頁。

〔註57〕鄭暉：《〈中國新聞事業通史〉已列為「七五」重點研究課題》，《新聞戰線》1987 年第 8 期，第 15 頁。

〔註58〕見《中國新聞事業通史》版權頁字數。

那麼，評價長篇小說水平最高者一定是字數最多者，其謬可知。

2. 廣度

就《中國新聞事業通史》的「內容之豐富」和「建構之完整」（包括「方面之細緻」）而言，所指的則是該書的「廣度」。這其實既包括通史在編寫之初宏觀層面的規劃問題，也包括具體寫作過程中所達成的微觀層面的效果。

認爲《中國新聞事業通史》「內容豐富」和「建構完整」，依據是其「涉及了報紙、期刊（主要是時事性期刊）、通訊社、廣播、電視、新聞攝影、新聞漫畫、新聞紀錄電影、新聞界人物，以及編輯、採訪、印刷、出版、廣告、發行、經營管理和新聞教育、新聞學研究、新聞法等新聞事業的各個領域，對新聞事業的方方面面都做了比較系統的歷史的考察，進行了必要的概括和總結。從地域上看，則不僅著眼於祖國內地，而且兼及臺港澳等地區。因此內容遠比已經出版的同類專著爲豐富」。〔註59〕

從知識社會學的角度出發，方漢奇作爲主編，規劃《中國新聞事業通史》的架構，與他此前擔任《中國大百科全書·新聞出版》的「中國新聞事業」主編的經歷存有密切關聯。實際上，在《中國大百科全書·新聞出版》的「中國新聞事業」部分，就已涉及到「中國報刊事業」、「中國通訊事業」、「中國廣播事業」、「中國電視事業」、「中國新聞攝影事業」、「中國新聞紀錄電影事業」、「中國新聞團體」、「中國當代新聞研究機構」、「中國新聞教育」、「中國新聞界人物」、「中國新聞法規」、「臺港澳新聞事業」等。〔註60〕方漢奇利用參加《中國大百科全書·新聞出版》卷主編「中國新聞事業」所積累的工作經驗，來主編《中國新聞事業通史》是清晰可判的。

將「內容豐富」和「建構完整」作爲支撐「最高水平」的論據，隱含著就通史寫作而言，承認「最高水平」的指標構成體系應該不僅是指字數之多所達致的「厚度」，而且還指內容之全所建構的「廣度」。

3. 深度

就《中國新聞事業通史》的「材料之厚實」而言，此處的「材料」是指包括注釋在內的史料和史識，其中的「厚實」不應望文生義，而應作「轉喻」之理解，其屬於「深度」範疇。

〔註59〕方漢奇主編：《中國新聞事業通史》，北京：中國人民大學出版社，2004，第一卷序第 10 頁。

〔註60〕《中國大百科全書·新聞出版》，北京：中國大百科全書出版社，1990。

　　概言之，「材料之厚實」在操作上包括吸收最新成果、發揮每人專長、注引翔實準確。用方漢奇的話來講便是：「全書在編寫過程中，十分注意借鑒和利用前人在中國史、中國新聞史研究領域內的豐富的研究成果，包括海峽兩岸和海內外中國新聞史學者的最新研究成果，也十分注意發揮每個撰稿人的優勢，為大家提供馳騁的園地，使每個人都有機會對各自分工的部分，在規定的字數內，進行深入的開掘，有所發現，有所發明，有所前進，使全書能夠充分地反映出當前中國新聞史研究已經達到的學術水平」。〔註61〕

　　不僅如此，《中國新聞事業通史》在注釋和引文方面也有規可循：「注釋力求翔實、準確。引文力求意義完整，避免斷章取義。── 一些有重大參考價值的材料，可以酌量選擇一些，置於注釋之中，供讀者參考」。〔註62〕關於這一點，我們可以每卷試引兩例，以一斑來探全豹──

　　通史第一卷的第 54 頁，關於「邸報」的名稱在宋以後使用得非常廣泛，注釋就較為詳盡；第 340 頁，關於《隆記檀山新報》的名稱和創刊日期有不同的說法，其注釋亦頗為詳盡；第二卷的第 248 頁，關於《中央日報》的創刊日期有不同說法，其注釋亦詳盡；第 325～326 頁，引用 1927 年 4 月 29 日和 12 月 2 日《大公報》的社評片段，較為詳盡；第 414 頁，關於《生活日報星期增刊》的注釋極為詳盡；第三卷的第 3 頁，關於《人民日報》北平版的注釋極為詳盡；第 159 頁，關於「華東新聞學院」的注釋也頗為詳盡。

（三）《中國新聞事業通史》追求「最高水平」的未竟目標

　　早在 1986 年啟動協作編寫《中國新聞事業通史》的項目之初，編委會就將「寫成一部有較高學術水平的信史」和「保證書稿的高質量」作為編寫追求。〔註63〕但由於通史寫作的難度以及作者群水平的參差等因素，完全實現當初所定追求書稿「高質量」的目標並不容易。

　　方漢奇在《中國新聞事業通史》的序言中就已經言及該書：「肯定還有許多不足之處，例如有些觀點不一定妥當，詳略的安排不一定適宜，評價不一定準確，分析不一定充分，以及由於作者人數較多而產生的文風不夠

〔註61〕方漢奇主編：《中國新聞事業通史》，北京：中國人民大學出版社，2004，第一卷序第 10～11 頁。

〔註62〕方漢奇主編：《中國新聞事業通史》，北京：中國人民大學出版社，2004，第一卷序第 11 頁。

〔註63〕《中國人民大學等單位新聞史工作者協作編寫〈中國新聞事業通史〉》，《新聞研究資料》1986 年第 3 期，第 219～220 頁。

統一等等」。〔註64〕

就「詳略的安排不一定適宜」而言，「比如對新中國成立後部分反映不夠充分。第二卷介紹從『五四』時期至新中國成立前三十年的中國新聞事業的發展，共 87 萬多字，而第三卷是介紹從新中國成立到 1990 年的四十多年，共 96 萬字。但其中正文僅為五分之三左右，即全書 1225 頁的 746頁，約 60 多萬字。這與僅有 30 年的現代部分，其比例不夠協調，沒有體現出方漢奇教授在《序言》中指出的『厚今薄古』的原則。有些具體問題也不應省略，如五十年代復旦大學新聞系主任王中的新聞學研究及其在反右派運動中遭到的批判，在中國當代新聞史上是有一定影響的問題，可惜此卷幾乎沒有提及。被中國新聞史學者稱之為中國新聞史研究第二次重大突破代表作的李龍牧著《中國新聞事業史稿》，也未見此卷在何處給予適當介紹的內容。另外全書介紹新聞事業發展情況，北京與全國各地區的比例，也不太協調」。〔註65〕

在我看來，《中國新聞事業通史》第三卷當代部分寫得簡略，也有其特定的社會歷史原因，畢竟 1949 至 1990 年這一時段，新聞事業的「曲折歷程」不少，如「文化大革命」時期的新聞事業，可頌的著實不多，可批的又出於「宜粗不宜細」的顧忌而不便書寫，方漢奇對此也不滿意，他「希望新的通史將不再是『半解放的腳』，而是一部徹底擺脫舊的模式的影響，完全解放了的『腳』」。〔註66〕

再以《中國新聞事業通史》內容的截止日期為例，方漢奇說「下限止於1990 年」，〔註67〕但關於當代中國新聞事業的書寫，書中各部分的下限並不統一。例如，「中國新聞事業大事記」一直記到 1991 年 12 月 10 日「首屆范長江新聞獎頒獎大會」。〔註68〕而關於「新聞傳播手段的現代化」一目，更是涉

〔註64〕 方漢奇主編：《中國新聞事業通史》，北京：中國人民大學出版社，2004，第一卷序第 11 頁。

〔註65〕 趙凱、丁法章、黃芝曉主編：《二十世紀中國社會科學‧新聞學卷》，上海：上海人民出版社，2005，第 102～103 頁。

〔註66〕 方漢奇、曹立新：《多打深井多作個案研究——與方漢奇教授談新聞史研究》，《新聞大學》2007 年第 3 期。

〔註67〕 方漢奇主編：《中國新聞事業通史》，北京：中國人民大學出版社，2004，第一卷序第 10 頁。

〔註68〕 方漢奇主編，陳業劭分卷主編：《中國新聞事業通史》（第 3 卷），北京：中國人民大學出版社，2004，第 1054 頁。

及到「1992 年 1 月 30 日，經濟日報社又相繼開通了至武漢、濟南代印點的衛星傳版」〔註69〕；書中涉及到 1992 年的不只一處，如「1982 年至 1992 年，新華社駐國外的分社和記者站由 83 個發展到 100 多個」〔註70〕。

我們今天懷抱溫情與充滿敬意作中國新聞史協作研究的學術史回顧，其目標自非是爲苛責前人，這不僅是由於，苛責前人並不能眞正提高我們自己，而且還因爲若不是前人篳路藍縷以啓山林，我們又豈能見「前人所未見」？本書對《中國新聞事業通史》不足之處的舉隅，其意不過在於表明：《中國新聞事業通史》實際上並沒有完全實現當初所定的追求「最高水平」的目標。有了這種識見之後，我們不但可以辯證地看待《中國新聞事業通史》的「最高水平」之譽，而且更爲重要的是深入思考——一部實際上並未完全達到「最高水平」的新聞史學成果，爲何會被冠以「最高水平」之名？或者說，其爲何會與新聞史研究的「最高水平」建立關聯？

二、《中國新聞事業通史》的編纂過程與「最高水平」的協作範式

《中國新聞事業通史》出版後，2002 年獲第四屆吳玉章獎新聞學一等獎，2003 年獲第三屆高校人文社會科學研究優秀成果一等獎，2013 年在新加坡出版了英文版，成爲「新中國新聞學著作的第一個外文譯本」。〔註71〕《中國新聞事業通史》的獲獎與外譯，表明了國內外對該書價值的肯定與重視，這使學者有必要從創造價值的角度深入思考：《中國新聞事業通史》的編纂過程對於今後組織開展最高水平的協作研究有何啓發意義？

（一）共同價值觀念對於學者群體團結協作的激勵

方漢奇擔任主編，寧樹藩和陳業劭擔任副主編，組織全國數十位新聞史學者編寫《中國新聞事業通史》時，當年激勵學者群體團結協作的共同價值觀念是「史可爲鑒」、「新聞有學」和「新聞史有用」。

1.「史可爲鑒」：歷史學等其他學科修通史形成社會氛圍

「史可爲鑒」——「『史者，所以明夫治天下之道也』。把這意圖說得

〔註69〕 方漢奇主編，陳業劭分卷主編：《中國新聞事業通史》（第 3 卷），北京：中國人民大學出版社，2004，第 620 頁。

〔註70〕 方漢奇主編，陳業劭分卷主編：《中國新聞事業通史》（第 3 卷），北京：中國人民大學出版社，2004，第 539 頁。

〔註71〕 馬獻忠：《做新聞事業的守望者——訪中國人民大學榮譽一級教授方漢奇》，《中國社會科學報》，2013 年 4 月 3 日。

最徹底而又做出範本的是司馬光及其《資治通鑒》」。〔註 72〕出於對史學社會功能的重視，在中國歷史上，自古至今，修撰通史的努力代不乏人，遠者勿論，在「20 世紀百年中，從梁啓超 1901 年發表《中國史敘論》，到 1999 年白壽彝總主編的 12 卷本、22 冊的《中國通史》全部出版，幾代史學家從不間斷地致力於中國通史的研究和撰述，寫出了百餘部的中國通史著作」。〔註 73〕其中，既有個體史學家以一己之力寫通史，如范文瀾，也有史學家集體協作共修通史，如白壽彝任總主編的《中國通史》的作者群體。

在方漢奇組織編寫《中國新聞事業通史》之前，歷史學界至少已經啓動兩部以集體協作的方式進行的通史編纂工作。其一，早在 1978 年 4 月，繼范文瀾撰寫《中國通史》的未竟之事業——在范文瀾撰寫的《中國通史》前 4 冊的基礎上，蔡美彪等人合著的《中國通史》第 5 冊就已由人民出版社出版，至 1986 年 6 月，蔡美彪等撰寫的《中國通史》已經出版至第 9 冊。其二，是由白壽彝任總主編的大型《中國通史》編纂工程，此項目啓動於 1979 年，1983 年在全國哲學社會科學規劃會議上被定爲「六五」重點科研項目，同年 10 月，邀請有關兄弟單位的專家成立編輯委員會。〔註 74〕此後的幾年內，《中國通史》每卷的主編人選陸續確定，編纂工作有序進行。

在歷史學界以協作方式積極從事多部通史的編纂工作之際，中國新聞史學領域尚無一部通史。填補學術空白，從而「以史爲鑒」，成爲方漢奇等新聞史學者的共同心理願望和價值追求。對此，方漢奇當年有過流露：「從 1917 年到現在，已出版的中國新聞史方面的教材和專著，已經不下五十種，內容各有側重，但迄今爲止，還缺少一部完整的包括從早期報刊到當代報刊的中國新聞事業通史」。〔註 75〕

2.「新聞有學」：對「新聞無學」論的反撥

從 1978 年往前回溯，我們目前至少知道，「文革」期間新聞院系停辦之際，駐復旦大學工人、解放軍毛澤東思想宣傳隊的文章《我們主張徹底革命》中有一句眾所周知的「名言」：「有些系，如新聞系，根本培養不出革命的戰

〔註 72〕劉志琴：《悠悠古今》，南寧：廣西人民出版社，1999，第 121 頁。
〔註 73〕瞿林東：《二十世紀中國通史編纂研究·序》，見趙梅春：《二十世紀中國通史編纂研究》，北京：中國社會科學出版社，2007，序言第 4 頁。
〔註 74〕白壽彝主編：《中國通史》（第一卷），上海：上海人民出版社，1989，題記。
〔註 75〕方漢奇等編著：《中國新聞史》，北京：國際文化出版公司，1988，第 3 頁。

鬥的新聞工作者，可以不辦」。〔註76〕「文革」中的「名言」雖可視爲笑談，然而，後來雖然恢復了新聞院系，但「在蓬勃發展的社會科學之林面前，新聞學似乎總有自慚形穢的感覺。無論教授和學者們怎樣極力爭辯，『新聞無學』論的陰影長期困擾著新聞學界」。〔註77〕

甘惜分在 1984 年 12 月 25 日曾撰文分析「新聞無學」論盛行的原因：

> 我國「新聞無學」的觀點頗爲流行，其原因，除了有些人不懂得新聞工作的規律，不認識新聞工作的地位和作用這一方面之外，也還由於我們新聞工作者自己沒有拿出高質量的新聞學論著，足以令人信服新聞學是一門科學。〔註78〕

新聞史研究是新聞學研究的重要組成部分，由邏輯關係不難判斷：如果「新聞無學」，那麼，自然可以推論「新聞史非學」。〔註79〕

爲了證明「所謂的『新聞無學』和由此引申出來的『新聞史非學』等說法，都是站不住腳的」，〔註80〕需要新聞工作者拿出「高質量的新聞學論著」，高質量的新聞學論著中自然應該包括高質量的新聞史論著。這，可視爲編纂《中國新聞事業通史》的又一歷史背景。

正是基於對此種特定歷史背景的深刻認識，我們才有可能深入理解，方漢奇在爲《中國新聞事業通史》撰序時，爲什麼選用「新聞史是歷史的科學」作標題。

3.「新聞史有用」：提升新聞史學在新聞學科中地位

對於人文社會科學而言，任何一門學科的發展都需要研究歷史，至少需要研究本學科的學科發展史。但很少有學科，其中的歷史研究像新聞學科中的新聞史研究一樣被視爲「冷門」。

〔註76〕1969 年 3 月 29 日《人民日報》，轉引自李建新：《中國新聞教育史論》，北京：新華出版社，2003，第 222 頁。

〔註77〕碣石：《中國的現代新聞學正在誕生嗎？》，《新聞記者》1989 年第 7 期，第 4 頁。

〔註78〕甘惜分：《提高新聞學研究的理論水平》，《新聞與寫作》1985 年第 2 期，第 7～8 頁。

〔註79〕方漢奇先生在 2010 年 9 月 29 日致劉泱育的電郵中說：「新聞史是新聞學的組成部分。既然新聞學被認爲無學，作爲新聞學組成部分的之一的新聞史，自然也同樣的會被認爲無學了。新聞史是附在新聞學這張皮上的，皮之不存，毛將焉附？」

〔註80〕方漢奇主編：《中國新聞事業通史》（第 1 卷），北京：中國人民大學出版社，1992，第 9 頁。

在新聞學研究的三大組成部分中，與新聞理論研究及新聞實務研究相較而言，人們更易承認新聞理論研究和新聞實務研究有用，因爲理論研究可以指導實踐，因爲實務研究可以爲更好地從事實務工作服務。唯獨對於新聞史研究，感覺其與新聞實踐關聯並不緊密，不少人覺其可有可無。李彬曾言：「新聞史研究的地位，在中國向來比較尷尬。一方面，誰都不否認新聞史研究的基礎意義，不否認其不可或缺與不可替代的價值。而另一方面，誰也不覺得新聞史研究同新聞傳播有多少非此不可的關聯，最多談談古爲今用的道理。然而，眞正踐行古爲今用的又少之又少，相反，倒是眼見許多『古人』的彎路，今人又義無反顧，樂此不疲地重走一遭」。〔註81〕換言之，新聞史研究似乎對新聞工作沒有什麼用處。因爲覺其沒用，對其「冷眼」看待，視其爲「冷門」研究自然「良有以也」。

同時，新聞史研究由於在中華人民共和國成立後長期淪爲政治史的附庸，一部中國新聞史在某種意義上就是一部中國政治史與階級鬥爭史，對於新聞事業的實踐確實很難起到應有的「以史爲鑒」之作用。就「以史爲鑒」給新聞工作眞正帶來益處，讓新聞工作者感覺到新聞史的用處而言，至少需要兩個條件同時存在，其一，要有史可鑒；其二，所鏡鑒的歷史是眞實發生過的歷史。而這兩點，在《中國新聞事業通史》編纂之前，因高質量的新聞史著作甚少，故無法滿足新聞工作者所需要的「以史爲鑒」。在此種情況下，新聞史研究不但不被新聞業界所重，亦爲新聞理論與新聞實務研究者所輕。任何學者在學界中的學術地位，最終是由其學術成果所決定。贏得新聞史學在新聞學科中應有的地位，需要高質量的有重大影響的新聞史學研究成果。20 世紀 80 年代中期，〔註82〕方漢奇開始組織多卷本的《中國新聞事業通史》的編纂工作。〔註83〕

〔註81〕 李彬：《「新新聞史」：關於新聞史研究的一點設想》，《新聞大學》2007 年第 1 期，第 39 頁。

〔註82〕 方漢奇曾將「1987 年」視爲《中國新聞事業通史》項目的規劃時間——「1987 年，三卷本的《中國新聞事業通史》研究項目開始規劃」。見方漢奇主編：《中國新聞事業通史》（第 1 卷），北京：中國人民大學出版社，1992，第 11 頁。

〔註83〕 先後在北京、安徽黃山、四川青城山、浙江紹興等地召開《中國新聞事業通史》編寫工作會議。其中，第一次編寫工作會議在北京舉行，作爲編纂《中國新聞事業通史》的組織者的方漢奇在會上提交了編寫《中國新聞事業通史》的整體構想，供參會人員集體討論（2010 年 4 月 25 日，劉泱育對方漢奇先生的訪談錄音）。1986 年的 10 月 30 日至 11 月 2 日，來自中國人民大學、復旦大學、暨南大學、北京廣播學院、中央廣播電臺、中國社會科學院新聞研究所等單位的

（二）採用「新聞學界」和「新聞業界」合作的方式

完整的中國新聞史既包括新聞業界發展史，也包括新聞學界發展史。

在《中國新聞事業通史》的作者群體中，除來自學界——高校、研究所（如中國人民大學、復旦大學、中國社會科學院等單位）的學者外，亦有多名來自業界——媒體、新聞機構的作者。如來自中央新聞紀錄電影製片廠的高維進、來自中央人民廣播電臺的楊兆麟、來自人民日報社的余煥春、蔣涵箴、崔奇、胡太春、謝國明和高寧，等等。這些來自業界的作者，絕大多數親歷過中國新聞事業發展的某個側面。以高維進（1920～）為例，她從 1946 年起，就從事新聞記錄電影方面的工作，曾任延安電影製片廠、東北電影製片廠、北京電影製片廠、上海電影製片廠、中央新聞紀錄電影製片廠新聞紀錄電影的編導。從 1953 年起，任中央新聞紀錄電影製片廠副總編輯，對於中國新聞紀錄電影的發展史，她是極為熟悉的，由她來撰寫《中國新聞事業通史》中「中國新聞紀錄電影」部分，有助於保證書稿的質量。由此推論，在作者群體的構成上實現新聞學界與新聞業界的有機結合，無疑有助於保證《中國新聞事業通史》的編纂質量。

正因如此，「新聞學界」與「新聞業界」合作編纂新聞史的模式，應是今後合作編寫任何一部涉及到新聞媒體的高水平的新聞史著作所宜採用的理想方法。

在此需要指出，由於新聞媒體在我國社會運行和社會管理中的特殊使命和特定作用，其與政府管理和政治之間存在著千絲萬縷的複雜聯繫，因此，以協作研究的方式生產「最高水平」的新聞史學研究成果，必須吸納政府相

部分新聞史工作者，「在安徽黃山市中國人民大學新聞系辦事處召開了《中國新聞事業通史》的編寫工作會議。會上認真討論了這部書的編寫提綱和指導思想，確定了全書的編寫體例和對書稿的質量要求，選出了主編，副主編、編委會成員和各章節的具體編寫工作主持人」（《中國人民大學等單位新聞史工作者協作編寫〈中國新聞事業通史〉》，《新聞研究資料》1986 年第 3 期，第 219 頁）。1987 年，三卷本的《中國新聞事業通史》研究項目開始規劃，同年，「被列為哲學社會科學『七五』期間國家重點研究課題，並得到了國家社會科學基金的資助」，當時資助的金額為 3 萬元（2010 年 4 月 25 日，劉泱育對方漢奇先生的訪談錄音）。趙玉明先生作為《中國新聞事業通史》的編委和編纂工作的親歷者，回憶當年在北京先是召開的預備會議，第一次全體會議是在黃山召開的，第二次全體會議是 1987 年 5 月在北京廣播學院召開的，第三次全體會議是 1987 年 12 月在新華社召開的。全體會議一共開了這樣三次，其他會議都是每卷參撰人員小範圍開的（2013 年 8 月 21 日上午趙玉明先生致劉泱育電話）。

關管理部門（如國家新聞出版廣電總局）的人士參加，就此而論，回望《中國新聞事業通史》的編纂過程，顯然存有缺憾。這等於說，由於新聞事業在我國社會制度安排中的特殊性，以協作研究的方式撰寫「最高水平」的中國新聞事業史，需要由新聞學界名宿牽頭組織包括新聞學界、新聞業界和政府新聞出版廣電管理部門三方在內的專家學者、媒體人、政府公務員共同修史。

表4：《中國新聞事業通史》的50位作者及單位

1. 中國社會科學院（10人）：何炳然、王鳳超、王美芝、孫旭培、楊潤時、夏曉林、孫曉陽、金耀雲、閻煥書、李斯頤。
2. 中國人民大學（7人）：方漢奇、陳業劭、張之華、谷長嶺、俞家慶、張紹宗、馬運增。
3. 復旦大學（7人）：寧樹藩、丁淦林、姚福申、胡志寰、秦紹德、黃瑚、高冠鋼。
4. 人民日報社（6人）：余煥春、蔣涵箴、高寧、胡太春、謝國明、崔奇。
5. 暨南大學（4人）：孫文鑠、鍾紫、梁洪浩、謝駿。
6. 北京廣播學院（2人）：趙玉明、郭鎮之。
7. 中央人民廣播電臺（1人）：楊兆麟。
8. 中央民族學院（1人）：白潤生。
9. 國務院政策研究室（1人）：尹韻公。
10. 新華社（1人）：衛元理。
11. 中國新聞學院（1人）：張濤。
12. 中央新聞紀錄電影製片廠（1人）：高維進。
13. 中華全國新聞工作者協會（1人）：雷渝平。
14. 社會科學雜誌社（1人）：葛思恩。
15. 上海社會科學院（1人）：馬光仁。
16. 上海圖書館（1人）：祝均宙。
17. 東方早報社（1人）：顧炳祥。
18. 上海電視臺（1人）：黎瑞剛。
19. 江漢大學（1人）：穆家珩。
20. 鄭州大學（1人）：王洪祥。

（三）充分發揮每一位作者的專長

方漢奇在組織編寫《中國新聞事業通史》時，有一個明確的指導思想——「充分發揮集體的力量」，「博采眾長，各出機杼」，「分工時盡可能照顧到各人

的專長。一般說來，每個人所寫的都是他們最熟悉最有研究的那一部分內容。這就使得整部書稿的質量能夠得到一定的保證。」〔註84〕

例如，丁淦林曾發表過多篇研究鄒韜奮辦刊經驗及辦報思想的論文，《中國新聞事業通史》中「鄒韜奮的新聞活動」，全部由丁淦林撰寫。

又如，趙玉明長期從事中國廣播史的研究，《中國新聞事業通史》中關於1949 年以前延安新華廣播電臺的創建與發展、關於國民黨廣播事業、偽滿廣播事業、私營廣播事業等內容皆由趙玉明執筆。

再如，白潤生專攻我國少數民族新聞傳播史研究，《中國新聞事業通史》中關於「少數民族新聞事業」的內容，則由他負責。

……

由於在進行編撰任務分工的時候，充分考慮了發揮各位作者的專長和優勢，力圖讓每一位作者都承擔與自己專長相同或相近部分內容的研究和撰寫，所以各位作者都可能把自己長期的學術積累和思考在所承擔的書稿中表現出來，因此，就《中國新聞事業通史》全書而言，認為它整體上代表了中國大陸 20 世紀末新聞通史協作研究的最高水平，是有史實可據的。

當然，有一種情況需要指出，即在《中國新聞事業通史》的章節設計中，有的內容必須寫，但國內當時並沒有人研究這一塊，這時便只能找相近的人勉力為之——因為《中國新聞事業通史》的有些章節，看不到作者有成果發表。這其實印證了方漢奇所說的：（當年）「我們的研究和準備還有所不足，倉促上陣，就著材料『做衣裳』，不夠深入，也還有不少缺口」。〔註85〕

（四）「耐得寂寞做學問」〔註86〕

《中國新聞事業通史》的編寫，從 1986 年開始啟動，到 1999 年全部出齊，歷時長達 13 年。〔註87〕

〔註84〕方漢奇主編：《中國新聞事業通史》（第 1 卷），北京：中國人民大學出版社，1992，序言第 10 頁。

〔註85〕馬獻忠：《做新聞事業的守望者——訪中國人民大學榮譽一級教授方漢奇》，《中國社會科學報》，2013 年 4 月 3 日。

〔註86〕這是郭鎮之教授對方漢奇先生所作訪談的題目，見郭鎮之：《耐得寂寞做學問——方漢奇教授訪談錄》，《新聞界》2001 年第 2 期。

〔註87〕與之相類，《中國通史》（白壽彝總主編）從 1979 年開始啟動，到 1999 年 12 卷全部出齊，前後歷經 20 年。見白壽彝總主編，王檜林、郭大鈞、魯振祥主編：《中國通史》（第十二卷），上海：上海人民出版社，1999，後記。

對於《中國新聞事業通史》的編寫而言，最開始並沒有計劃要用 13 年時間來完成——1986 年開始著手時，曾設想「全書從 1987 年夏開始交稿，至1988 年底全部定稿。由中國人民大學出版社出版」。〔註88〕關於出版進度，1987年調整爲「擬於 1989 年夏天由中國人民大學出版社出版」。〔註89〕1992 年《中國新聞事業通史》第一卷出版後，當時的情況是「第二、第三兩卷也已基本定稿」，認爲第二、第三兩卷將在 1993 年年內「陸續出版」。〔註90〕但後來的實際情況是直到 1999 年才全部出齊，筆者曾就此求教過方漢奇：「《中國新聞事業通史》的第一卷 1992 年就出版了，而第二卷和第三卷卻分別出版於 1996年和 1999 年，爲什麼沒有能夠在 1992 年一次性出齊？是因爲第二卷和第三卷沒有完稿嗎？還是其他別的原因？」〔註91〕方漢奇回道：「三卷通史是陸續寫出來的，因此出版有先後」。〔註92〕

這裡的關鍵點並不在於歷史細節的考證，而在於表明，《中國新聞事業通史》的成果質量之所以能夠與「最高水平」建立關聯，與當時的學術制度和學術環境允許或者說能夠容忍一個立項課題（從 1987 年國家社科基金立項到1999 年《中國新聞事業通史》三卷本出齊）花費 12 年時間密不可分。而今天，「一個課題兩三年就要完成任務」，在陳力丹看來，一個學者「兩三年能把這方面的書看完就不錯了」。〔註93〕方漢奇也深感今天學風的浮躁，他建議年輕學者：

> 要坐得住。所謂「板凳要坐十年冷，文章不著一字空」，現在的誘惑太多了，年輕人做學問往往坐不住，應該淡泊名利，深入挖掘，這樣才能夠真正出成果。仰之彌高，「好高」固然可以，但那只是一個標的，真正自己做學問，還得腳踏實地深入挖掘，不要爲了短期效益去做一些沒有價值的勞動。現在誘惑很多，教學也好，研究也

〔註88〕 中國人民大學等單位新聞史工作者協作編寫《中國新聞事業通史》，《新聞研究資料》1986 年第 3 期，第 220 頁。

〔註89〕 鄭暉：《〈中國新聞事業通史〉已列爲「七五」重點研究課題》，《新聞戰線》1987 年第 8 期，第 15 頁。

〔註90〕 蔡銘澤：《〈中國新聞事業通史〉第一卷出版》，《新聞愛好者》1993 年第 5 期，第 18 頁。

〔註91〕 2013 年 4 月 29 日劉泱育致方漢奇先生電郵。

〔註92〕 2013 年 4 月 30 日方漢奇先生覆劉泱育電郵。

〔註93〕 錢婕、王永亮：《陳力丹：靜氣養大氣》，見王永亮、成思行主編：《傳媒論典：與傳媒名家對話》，北京：中央編譯出版社，2004，第 158 頁。

罷，要評職稱，要論文，要專著，這些指標上的追求，容易使人浮躁，也都是做學問的大忌。只有坐得住，沉下心來，踏踏實實做一些深入研究，才能夠不斷地積小勝為大勝，為新聞史學科建設做一些有益的工作。〔註94〕

方漢奇的建議，由於出自一位有著豐富社會閱歷和很高學術聲望且踐行與人為善的老人之口，因此，需要年輕學者仔細去「悟」，才能明白他話的真義。換言之，方漢奇的許多建議都是「話中有話」，他不明說，聽者能夠受益多少要看各人的悟性。我們如果將他的上述這番話，與他作為研究組織者的經歷，尤其是主編《中國新聞事業通史》的經歷結合起來考慮，便不難發現，他的言外之意是說，按照人文社會科學的學術規律，想造就類似於《中國新聞事業通史》那樣與「最高水平」建立關聯的成果，如果急功近利，肯定勞而無功。而人生不過數十寒暑，「在極為有限的生命小溪中，人能夠成就事業的時間最多也不過三四十年」，〔註95〕如果「勞而無功」之事，不應成為理性人行動之時的選擇，那麼，對於人文社會科學研究而言，急功近利之事也就不應去做。

（五）主編對社會圈子的有效組織和全體作者的艱辛努力

「每一個社會角色假定，可以把執行角色的個體叫做『社會人』，參與他的角色執行的或大或小的一群人可以叫做他的『社會圈子』。」〔註96〕方漢奇主編《中國新聞事業通史》時，他的「社會圈子」是參加該書編纂的作者群體。

《中國新聞事業通史》的作者群體最終定格在「50人」，來自於20家單位。〔註97〕但這一作者群體在最開始的時候只有十幾人，〔註98〕後來逐漸增加，到1986年「黃山會議」時已將作者群體擴大至來自全國的30多位新聞史研究工作者，〔註99〕確切地說，「參加這項課題的研究人員共31人，囊括

〔註94〕馬獻忠：《做新聞事業的守望者——訪中國人民大學榮譽一級教授方漢奇》，《中國社會科學報》，2013年4月3日。

〔註95〕楊奎松：《學問有道：中國現代史研究訪問錄》，北京：九州出版社，2009，第4頁。

〔註96〕〔波蘭〕茲納涅茨基（Znaniecki,F.）：《知識人的社會角色》，郟斌祥譯，南京：譯林出版社，2000，第10～11頁。

〔註97〕方漢奇說《中國新聞事業通史》的作者來自全國24個單位（見《中國新聞事業通史》序言），但經筆者研究，50位作者只來自於20家單位。

〔註98〕2010年4月25日，劉泱育對方漢奇先生的訪談錄音。

〔註99〕《中國人民大學等單位新聞史工作者協作編寫〈中國新聞事業通史〉》，《新聞研究資料》1986年第3期，第220頁。

了目前除臺灣外的全國新聞史教學研究方面的著名專家、骨幹力量」。〔註100〕
1992 年，《中國新聞事業通史》第一卷出版時，名列編委會中的「撰稿人」
已達 47 人；1996 年《中國新聞事業通史》第二卷出版時，名列編委會中的
「撰稿人」達 49 人，增加了「李斯頤」和「黎瑞剛」；1999 年，《中國新聞
事業通史》第三卷出版時，名列編委會中的「撰稿人」最終達 50 人，增加
了「崔奇」。

　　《中國新聞事業通史》的 50 位作者，主要來自三大學術部落，中國人民
大學、復旦大學、中國社會科學院。這三家單位的新聞史學者是編寫《中國
新聞事業通史》的核心力量——來自這三家單位的撰稿人總計達 24 位，占全
部 50 位作者的一半左右（其中包括正副主編），在《中國新聞事業通史》總
計 25 章中，有 23 章的主稿人來自這三家單位。〔註101〕

　　《中國新聞事業通史》之所以能夠代表 20 世紀中國新聞通史協作研究的
「最高水平」，離不開主編對社會圈子的有效組織。以主編方漢奇為中心，《中
國新聞事業通史》的作者群體之間的關係，大致有如下五種類型：

　　其一是師生關係。如葛思恩曾是方漢奇的老師，方漢奇又曾是趙玉明、
張之華、谷長嶺、俞家慶、尹韻公、郭鎮之、胡太春、張濤、白潤生、王鳳
超〔註102〕等人的老師。

　　其二是同事關係。如方漢奇與陳業劭、張之華、張紹宗、馬運增、谷長
嶺、俞家慶等都是中國人民大學新聞系的同事。

　　其三是同行關係。所謂同行關係，是指與方漢奇一樣是專門從事新聞史
的教學或研究。如方漢奇與寧樹藩、丁淦林、何炳然、孫文鑠、鍾紫、梁洪
浩等人都是長期從事新聞史研究的同行。

　　其四是同人關係。所謂同人關係，是指本職工作並非是專事新聞史的教
學或研究，但對編寫《中國新聞事業通史》與方漢奇一樣有共同的目標和熱
情，如方漢奇與楊兆麟、余煥春、高維進等人的關係。

　　其五是校友關係。如穆家珩是方漢奇在國立社會教育學院新聞系讀書期
間的學長。

〔註100〕鄭暉：《〈中國新聞事業通史〉已列為「七五」重點研究課題》，《新聞戰線》
　　　　　1987 年第 8 期，第 15 頁。
〔註101〕除第 6 章和第 17 章的主稿人分別是來自暨南大學的孫文鑠和鍾紫。
〔註102〕王鳳超是中國社會科學院新聞研究所第一屆研究生，方漢奇給王上過課。2013
　　　　　年 4 月 30 日方漢奇先生覆劉泱育電郵。

在編寫《中國新聞事業通史》的過程中，方漢奇所進行的社會圈子的組織工作，主要是依靠上述五條人際關係的紐帶來進行的。

《中國新聞事業通史》的編寫，在人員協作上，體現出三個層次：主編與副主編的協作；分卷主編與每章主稿人之間的協作；每章主稿人與節和目撰稿人之間的協作。

第一個層次爲主編與副主編的分工協作。方漢奇作爲主編，負責全書的框架結構與每章篇幅的設計，同時作爲第一卷的分卷主編；寧樹藩作爲副主編，同時作爲第二卷的分卷主編；陳業劭作爲副主編，同時作爲第三卷的分卷主編。

編寫《中國新聞事業通史》的人員協作，第二個層次是分卷主編與每一章主稿人之間的協作，每一章的主稿人向分卷主編負責本章內容的編寫。方漢奇、寧樹藩和陳業劭分別擔任《中國新聞事業通史》的第一、第二、第三分卷的主編。每一分卷都設了 5 位主稿人。《中國新聞事業通史》計有方漢奇、寧樹藩、陳業劭、丁淦林、何炳然、孫文鑠、谷長嶺、張之華、、鍾紫，俞家慶和夏曉林等 11 位主稿人，每位主稿人負責協調節和目的撰稿人。

第二個層次是每章主稿人與節和目撰稿人之間的協作。節和目的撰稿人向每章的主稿人負責。

對於《中國新聞事業通史》的編纂而言，主編方漢奇與副主編寧樹藩〔註103〕和陳業劭〔註104〕以前曾有過交往和協作。

早在「文革」之前，方漢奇與寧樹藩就有過交往，〔註105〕兩人最早的學術協作始自啓動於 20 世紀 80 年初的《中國大百科全書・新聞出版》的編寫。當時，方漢奇是新聞學科——「中國新聞事業」編寫組的主編，寧樹藩是副主編。〔註106〕

〔註103〕寧樹藩，男，1920 年生，安徽青陽人。1955 年開始在復旦大學新聞系從事中國新聞史的教研工作，是我國著名新聞史學家，在新聞理論研究方面亦有重要的學術影響，其學術成果收入《寧樹藩文集》，汕頭：汕頭大學出版社，2003。

〔註104〕陳業劭，男，1930 年生，湖北漢口人。1954 年畢業於北京大學中文系新聞專業，分配到中共中央宣傳部宣傳處工作。1955 年秋調到中國人民大學新聞系任教，1973 年至 1978 年調到北京大學中文系新聞專業任教，後又調回中國人民大學新聞系任教。主要從事中國新聞事業史的教學與科研工作。見《中國新聞年鑒・新聞界名人介紹》，1996，中國新聞年鑒雜誌社，第 640 頁。

〔註105〕2010 年 7 月 27 日，劉泱育訪寧樹藩先生錄音。

〔註106〕《中國大百科全書・新聞出版》，北京：中國大百科全書出版社，1990，卷首。

在編寫《中國新聞事業通史》之前，方漢奇與陳業劭作爲同事，至少已經合作過三次，其一爲 1982 年合作編著《中國新聞事業簡史》；〔註107〕其二爲，在《中國大百科全書‧新聞出版》的編寫工作中，陳業劭是中國新聞事業編寫組的成員；其三是兩人共同主編《中國當代新聞事業史》。〔註108〕

同時需要注意的是，方漢奇在編寫《中國新聞事業通史》之前，後來的 50 位《中國新聞事業通史》的撰稿人當中，有 31 人〔註109〕，曾參加過《中國大百科全書‧新聞出版》的辭條撰寫工作。由於多數作者曾經在一起成功地協作過高質量的研究成果（《中國大百科全書‧新聞出版》的辭條），這也爲《中國新聞事業通史》的編纂質量提供了保證。

方漢奇成爲《中國新聞事業通史》的主編，與許多社會因素有關。就當時新聞學界的社會結構而言，對於中國人民大學新聞系的老師來說，方漢奇是中國新聞史教研室的主任，也是《中國新聞事業簡史》的主編；對於本校之外的新聞史學者而言，方漢奇既是當時從事新聞史教學和研究時間最長的學者，也是寫出中華人民共和國建國後第一部有影響的新聞史著作——《中國近代報刊史》的作者，尤其不能不注意的是，他是《中國大百科全書‧新聞出版》「中國新聞事業」的主編——《中國新聞事業通史》的一些作者，如高維進，就是方漢奇主編《中國大百科全書‧新聞出版》「中國新聞事業」時認識的，方漢奇同時也是《中國新聞年鑑》的「中國新聞界人物」的主編，加之《中國新聞事業通史》是「中國人民大學叢書」之一，方漢奇成爲《中國新聞事業通史》的主編既是勢所必至，也是理所當然。在其位謀其政，方漢奇爲主編《中國新聞事業通史》花費了巨大精力。但是，這並不等於說，《中國新聞事業通史》主要是作爲「主編」的方漢奇的一人之功。

〔註107〕方漢奇、陳業劭、張之華編著：《中國新聞事業簡史》，北京：中國人民大學出版社，1983。

〔註108〕方漢奇、陳業劭主編：《中國當代新聞事業史》，北京：新華出版社，1992。

〔註109〕這 31 人分別是：方漢奇、寧樹藩、陳業劭、丁淦林、趙玉明、衛元理、何炳然、張紹宗、俞家慶、谷長嶺、鍾紫、尹韻公、謝駿、孫文鑠、金耀雲、高冠鋼、王鳳超、孫曉陽、高寧、馬光仁、張之華、張濤、楊潤時、黃瑚、秦紹德、胡志寰、梁洪浩、孫旭培、高維進，郭鎮之和楊兆麟。《中國新聞事業通史》後來的 50 位撰稿人，是在上述人員之外，另增加余煥春、馬運增、王洪祥、王美芝、白潤生、李斯頤、胡太春、祝均宙、姚福申、顧炳祥、夏曉林、崔奇、閻煥書、蔣涵箴、謝國明、葛思恩、雷渝平、黎瑞剛，穆家衍等 19 人。

實際上，副主編與編委們同樣爲《中國新聞事業通史》付出了艱辛努力。副主編寧樹藩，「歷經幾年辛苦，付出大量心血主編了《中國新聞事業通史》第二卷」，〔註110〕並在此過程中，就編寫中國新聞事業史，從「基本書體和表達方式」、「科學性、理論性」、「言必有據」、「文字和文風」以及「如何表達中國新聞事業史的特點」等問題提出了意見。〔註111〕《中國新聞事業通史》第一卷和第二卷儘管因爲出版社方面的原因只在封面上注明「方漢奇主編」，但在第三卷出版及以後再版時，則注明了每一卷的主編是誰。《中國新聞事業通史》的編委丁淦林曾憶道：「20世紀80年代末、90年代初的幾年，是我一生中最忙的歲月」，丁淦林當時「忙」的「一項繁重的任務便是參加《中國新聞事業通史》的編寫工作」，作爲編委，丁淦林「自己要寫一些，還要看別人的稿子，核對史實，校正文句。因爲數量大，陸續拖了兩年多」。〔註112〕

在此需要注意的是，如果只是滿足於明瞭《中國新聞事業通史》與新聞史協作研究「最高水平」建立關聯的原因，那麼，充其量只是實現了「解釋世界」；而就中國新聞史學研究而言，「改變世界」──無疑需要通過學者們的知識生產和創新來達致。

而「知識的生產和創新，是以既有知識的最高水平爲標準的，凡是低於最高水平的生產都是低水平的重複，是對社會資源的浪費」。〔註113〕準此而論，如果要生產「最高水平」的研究成果，那麼，從「以史爲鑒」的角度而言，重要的問題便是從前人生產「最高水平」成果的整個過程之中去汲取智力養分和尋找行動地圖。換言之，「以史爲鑒」本身是一個實踐理性的「行」的問題，而不是一種價值判斷或道德評價的「思」的問題。既然「以史爲鑒」是一個實踐理性的「行」的問題，那麼，借鑒的對象（即以史爲鑒的「史」）一定是動態的「過程」，而非靜態的「結果」。在此意義上，新聞史研究，若爲「以史爲鑒」計，那麼，學者的工作重點便應是在紮實的史料功夫的基礎上，運思歷史學家高遠的想像力，全力展示複雜的歷史「過程」。

〔註110〕李東：《先生之風山高水長──記復旦大學教授、博士生導師寧樹藩先生》，《新聞愛好者》1997年第5期，第28頁。

〔註111〕寧樹藩：《編寫中國新聞事業史的幾點意見》，見《寧樹藩文集》，汕頭：汕頭大學出版社，2003，第164～170頁。

〔註112〕丁淦林：《上講臺與編教材》，《新聞記者》2011年第11期，第74頁。

〔註113〕鄧曦澤：《發現理論還是驗證理論──現代科學視域下歷史研究的困境及出路》，《學術月刊》2013年第4期，第144頁。

就此而論，將《中國新聞事業通史》視爲靜態的工具書或參考書來利用，充其量只是發現和發揮了其一半的價值，而該書的另一半價值則是，作爲代表 20 世紀中國新聞史協作研究「最高水平」的學術成果，其「編纂過程」所含蘊的對於今人組織「最高水平」的新聞史協作研究所可能具有的啓發意義。而這一「編纂過程」，卻恰恰是被學界過去所一直忽略和長期忽視了的。

三、《中國新聞事業通史》與方漢奇聲望的損益

主編《中國新聞事業通史》，是方漢奇作爲「研究的組織者」，在爲學之路上的一次重大事件。作出此種判斷，是從該書與方漢奇的聲望之間的關係著眼的。在我看來，無論是評價方漢奇的學術之路，還是理解方漢奇的學術聲望，都繞不過去《中國新聞事業通史》。

作爲《中國新聞事業通史》的「主編兼撰稿人」，該書付梓後，即成爲方漢奇學術履歷中的一個無法讓人忽略的部分，介紹方漢奇，必然要提到《中國新聞事業通史》。如，《中國新聞事業編年史》（2000）對於主編方漢奇的簡介：「主要著作有《中國新聞事業通史》（三卷，主編兼撰稿人）、《中國近代報刊史》……」〔註114〕，《方漢奇自選集》（2007）的「作者簡介」：「主編有《中國新聞事業簡史》、《中國新聞事業通史》（三卷本）……」〔註115〕，《中國近代報刊史》（2012）所附的「人物簡介」中，「《中國新聞事業通史》（三卷本，180 餘萬字）是國家『七五』重點項目，是我國迄今爲止規模最爲宏大的新聞學專著，是對 70 餘年來中國新聞史研究成果的歷史性總結，代表了當前中國新聞史研究的最高水平」。〔註116〕

由於《中國新聞事業通史》與「中國新聞史研究的最高水平」建立了關聯，因而，該書與方漢奇的學術聲望之間呈現出一種「互文」關係。一方面，方漢奇被認爲「是公認的中國新聞史學權威和學科帶頭人」，〔註117〕而另一方面，《中國新聞事業通史》則被認爲「是目前時間跨度最大、資料最翔實、最權威的中國新聞通史著作」。〔註118〕

〔註114〕《中國新聞事業編年史》主編簡介。
〔註115〕《方漢奇自選集》，北京：中國人民大學出版社，2007。
〔註116〕方漢奇：《中國近代報刊史》，太原：山西教育出版社，2012，第 751 頁。
〔註117〕方漢奇：《中國近代報刊史》，太原：山西教育出版社，2012，第 751 頁。
〔註118〕張振亭：《中國新時期新聞傳播學術史研究》，南昌：江西人民出版社，2009，第 50 頁。

誠然，在主編《中國新聞事業通史》之前，方漢奇憑藉《中國近代報刊史》，已經被視爲中國新聞史學界的「權威」人物〔註119〕——當然是「近代報刊史」方面的權威〔註120〕，而不可能是中國新聞史學所有研究領域中的權威。

那麼，在主編《中國新聞事業通史》之後，方漢奇「是公認的中國新聞史學權威」中的「權威」，是否就擴大到中國新聞史學的所有領域當中了呢，顯然並不是，這裡的「權威」毋寧是指方漢奇的學術聲望較原來又進一步擴大了。這不僅是因爲《中國新聞事業通史》「得到了學界的普遍認可，具有較大的學術影響力」，〔註121〕而且因爲該書被廣泛引用，而引用《中國新聞事業通史》，必然會提及作爲該書主編的方漢奇，如下表所示。

表5：《中國新聞事業通史》與方漢奇被引頻次

書　名	作　者	出版時間	出版單位	被引頻次〔註122〕
中國新聞事業通史	方漢奇主編	1992	中國人民大學出版社	500
中國新聞事業通史	方漢奇主編	1996	中國人民大學出版社	198
中國新聞事業通史	陳業劭分卷主編 方漢奇主編	1999	中國人民大學出版社	76

《中國新聞事業通史》之所以被廣爲徵引，當然與其「內容豐富」、「建構完整」、「材料厚實」有關，從古代新聞史的探討到當代新聞史的研究，都可以從中得到借鑒和參考。尤其是，作爲「工具書」，《中國新聞事業通史》第三卷所附的「《中國新聞事業通史》名詞索引」，詳盡地注明了卷數和頁碼，

〔註119〕實際上，在方漢奇的學生眼中，《中國近代報刊史》出版之前，方漢奇即被視爲中國新聞史學研究的權威人物：「在中國新聞學會第一屆年會上，我又見到了大學時代的老師——方漢奇教授。二十二年前，他爲我們講授中國新聞事業史。那時，他雖然還沒有教授頭銜，但對中國新聞史學的研究已稱得上是權威了」。見曹樂嘉：《不可忽視新聞史的學習與研究——與方漢奇教授一席談》，《新聞愛好者》1986年第8期，第13頁。

〔註120〕「方教授雖是研究報刊史的權威，但他從不自滿自傲，他常說，我國報刊史的研究工程浩大不是一個人的力量能夠完成的，它要靠幾代人的共同奮鬥」。見喬建華：《艱苦的探索　執著的追求——訪中國人民大學新聞系教授方漢奇》，《新聞與寫作》1988年第6期，第3頁。

〔註121〕張振亭：《中國新時期新聞傳播學術史研究》，南昌：江西人民出版社，2009，第176頁。

〔註122〕「被引頻次」的數據來自於2013年5月1日在「中國知網」以「《中國新聞事業通史》」作爲「被引文獻題名」，進行檢索所得。

為在此書中查找相關內容提供了極大便利，使得該書「易於被引」。但這，還不是全部原因，更為關鍵的是，該書由於被視為「代表了中國新聞史研究的最高水平」，且由中國新聞史學權威主編，因而符合引證文獻的「權威性」和「代表性」原則，即使批評某一種觀點，學者們也傾向於選擇引用《中國新聞事業通史》，因其具有「代表性」。

例如，黃旦希望中國新聞史學界能夠「超越功能主義，寫出不一樣的報刊史」〔註123〕時寫道:「戈公振是這樣為報紙驗明其自身：報紙者，報告新聞，揭載評論，定期為公眾而刊行者也」，「戈公振的這個說法，幾乎原封不動地得到了方漢奇教授主編的《中國新聞事業通史》之呼應」，〔註124〕黃旦「還進一步揣摩，他們心目中的『報紙』，與戈公振的應該基本一致，因為直到現在，從未有哪個人就此提出過什麼異議，或許就可以證明這一點，更不必說《中國新聞事業通史》的編撰，幾乎集全國報刊史學者之力，它對報紙的看法，應該具有代表性」。〔註125〕

黃旦引用《中國新聞事業通史》的相關內容，以之為據，批評功能主義路徑的報刊史書寫，其意義，本書姑且不論。但由於自唐代以降至清末這一時段，《中國新聞事業通史》的內容完全由方漢奇一人所撰，因而這部分《中國新聞事業通史》對報紙的看法，其實也就是方漢奇對報紙的看法。而方漢奇對報紙的看法到底有多少代表性，也並不易計算，能夠代表多少學者更是難講——黃旦顯然就不是方漢奇所能代表的。也正因此，在我看來，與其說引用《中國新聞事業通史》，是因為該書的「代表性」，不如說是因為該書中持有某種觀點的學者的「顯著性」或「權威性」。這樣，《中國新聞事業通史》與方漢奇的學術聲望之間所存有的「互文」關係，換言之即是，《中國新聞事業通史》固然擴大了方漢奇的學術聲望，但也因「被視為新聞史學研究權威」的方漢奇主編，而增加了被引的次數。

同時，我們還必須清醒地思到，《中國新聞事業通史》的水平，並不一定是方漢奇的水平，這話有兩層含義，其一，《中國新聞事業通史》中相當大的

〔註123〕黃旦：《「報紙」的迷思——功能主義路徑中的中國報刊史書寫之反思》，《新聞大學》2012年第2期，第36頁。

〔註124〕「報紙或稱新聞紙（Newspaper），是一種以報導新聞揭載評論為主，定期向公眾發行的出版物」。見方漢奇主編：《中國新聞事業通史》（第1卷），北京：中國人民大學出版社，2004，第18頁。

〔註125〕黃旦：《「報紙」的迷思——功能主義路徑中的中國報刊史書寫之反思》，《新聞大學》2012年第2期，第31頁。

篇幅，其作者並不是方漢奇，方只是主編和統稿人而已；其二，固化爲《中國新聞事業通史》文字的某些觀點，是方漢奇當年編撰該書時的觀點，但並不一定是目前所持的觀點，畢竟，人是變化著的。

但目前的情況是，學界似乎習慣於將《中國新聞事業通史》與作爲主編的方漢奇視爲一體，談及《中國新聞事業通史》代表了 20 世紀中國新聞史研究的最高水平，彷彿同時就是在說，方漢奇代表了 20 世紀中國新聞史研究的最高水平；而批評《中國新聞事業通史》的某一種觀點時，彷彿也是在批評方漢奇——我曾探討過「《民國暫行報律》最早究竟頒佈於何時」，其中寫道：

在方漢奇先生「主編的《中國新聞事業通史》(第 1 卷)(1992)
第 685 頁寫道：『1912 年 3 月 2 日，南京臨時政府內務部次長居正
等人……頒佈了一個由內務部參事林長民草擬的暫行報律』」。

而我的結論是：3 月 2 日之說是錯的，實際應是 3 月 4 日。〔註126〕這段話給人的第一感覺好像是在批評方漢奇。但在《中國新聞事業通史》中，方漢奇並不是「民國暫行報律風波」這一部分內容的作者。

因此，審視方漢奇的學術聲望與《中國新聞事業通史》之間的關聯時，在我看來，所宜採取的態度便是應該避免將「方漢奇作爲新聞史學研究權威的地位」與《中國新聞事業通史》「代表了 20 世紀中國新聞通史協作研究的最高水平」混爲一談，而應從組織協作，團結全國的新聞史學者共同修史這一維度，即研究的組織者所發揮的組織功能層面來分析方漢奇的學術聲望與《中國新聞事業通史》如願完成之間的關聯。

正如黃旦所言，「在討論報紙時，我們就不能不理清自己的觀點，明確究竟是出於何種前提和邏輯，說明自己是從哪一個維度進入報刊史的書寫」。〔註127〕這段話，如果借用轉換一下，便是，無論思考《中國新聞事業通史》與方漢奇學術聲望之間的關聯，還是評價方漢奇的學術之路，我們都需明確自己「究竟是出於何種前提和邏輯」，認清「自己是從哪一個維度」來討論問題。

〔註126〕劉泱育：《「〈民國暫行報律〉風波」的再研究》，《國際新聞界》2009 年第 3
　　　　期，第 113 頁。
〔註127〕黃旦：《「報紙」的迷思——功能主義路徑中的中國報刊史書寫之反思》，《新
　　　　聞大學》2012 年第 2 期，第 36 頁。

午、協作機制：中國新聞史學會與新聞史學術共同體的建構

中國新聞史學會是我國新聞傳播學界唯一的全國一級學術團體。「儘管新聞傳播學界全國性的社團並不少，但屬於民政部直接批准的『國家一級社團』的，目前只此一家」。〔註128〕

那麼，中國新聞史學會何以能夠創辦？該會何以成為我國新聞傳播學界唯一的全國一級學術團體？中國新聞史學會與新聞史學術共同體的建構之間又存在著何種關聯？

一、中國新聞史學會的肇造：書生辦會與道德領導

新聞史研究屬於歷史學與新聞學的交叉學科。新聞史研究首先屬於歷史學研究之範疇，按方漢奇的觀點，新聞史研究「屬於文化史研究的範圍」。〔註129〕中華人民共和國建國後，歷史學界的「中國史學會」，早於1950年代就已在北京創建；〔註130〕新聞史研究又是新聞學研究的重要組成部分，就中國新聞學研究的學術團體而言，1984年12月，中國新聞學會聯合會成立，這是建國後「我國新聞界第一個全國性的新聞學術團體」。〔註131〕與中國史學會、中國新聞學會聯合會相比較而言，「中國新聞史學會從一開始就是書生們的聚會，是個書生團體」，換言之，就是「書生辦會」。〔註132〕書生辦會的特點與難處在於「一沒錢，二沒權」。〔註133〕

僅以「權力」這一點而言，中國新聞史學會的創會會長方漢奇，實在無法與中國史學會的創會會長郭沫若、中國新聞學會聯合會的創會會長胡績偉相

〔註128〕 2010年10月5日方漢奇先生覆劉泱育電郵。

〔註129〕 2010年9月29日方漢奇先生覆劉泱育電郵。

〔註130〕 姜義華、武克全主編：《二十世紀中國社會科學·歷史學卷》，上海：上海人民出版社，2005，第489頁。

〔註131〕 吳新：《中國新聞學會聯合會宣告成立》，《新聞業務》1985年第1期，第12頁。

〔註132〕 丁淦林：《辦會還靠眾書生》，《中國新聞史學會成立20週年紀念專刊》（內刊），2009，第2頁。

〔註133〕 賈臨清：《傾力求真著信史　團結務實謀發展——訪中國新聞史學會會長趙玉明教授》，《中國新聞史學會成立20週年紀念專刊》（內刊），2009，第4頁。關於1992年6月11～13日召開的中國新聞史學會成立大會的會議詳情，可參見哈豔秋：《姹紫嫣紅，春意盎然——中國新聞史學會成立大會暨學術研討會綜述》，《現代傳播》1992年第4期，第8～12頁。

提並論。中國史學會於 1951 年開成立大會時，該會的負責人郭沫若是當時政務院副總理，有行政權力動用許多資源。而在中國新聞學會聯合會成立前，會長胡績偉自 1977 年 1 月任人民日報社總編輯、1982 年 4 月至 1983 年 10 月任人民日報社社長、編委會委員。中國新聞學會聯合會成立時，胡績偉任全國人大教育科學文化衛生委員會副主任委員。郭沫若官至政務院副總理，胡績偉屬於正部級幹部，而方漢奇只擔任過中國人民大學新聞系報刊史教研室主任〔註134〕——這是他退休前所擔任過的最高行政官職，論級別屬於「股級」〔註135〕。

於是，中國新聞史學會能夠成功創辦，就使我們不得不追問這樣一個問題：作為一無權二無錢的「書生」，方漢奇何以能夠以組織者的角色，成功創辦中國新聞史學會？且開展各種活動，並擔任會長長達 15 年？通過史實回答這一問題，實際關涉到兩個在時間上遞進的層面：首先是中國新聞史學會何以能夠創辦？其次，中國新聞史學會創辦後又何以能夠運行下去？

（一）從中國新聞史學會創建的四個主要背景來看

中國新聞史學會的創建，肇始於 20 世紀 80 年代，其創建背景，在方漢奇看來，主要有三個方面：〔註136〕

中國新聞史學會的創建，與整個社會人的政治、經濟和文化環境有關。換言之，得力於中國的改革開放，得力於思想戰線的撥亂反正，得力於「左」的思想禁錮的逐漸解除。「在文革十年和文革前十七年的那種『左』的和『極左』的政治和學術氛圍下，是不可能成立中國新聞史學會這樣的全國性的學術社團和從事目前由學會牽頭進行的這些學術交流活動的」。

中國新聞史學會的創建，和「盛世修史」有關。20 世紀 80 年代中期，全國各省市廣泛開展本省市新聞史志編寫活動，「中國新聞史學會最早的一批會員，和參加 1992 年中國新聞史學會成立大會有關活動的相當多的一部分會

〔註134〕2013 年 5 月 11 日方漢奇先生覆劉泱育電郵：「我很少擔任行政職務。擔任新聞史教研室主任的時間大約是上個世紀 80 至 90 年代的大約十來年的一段時期」。

〔註135〕辛華、張春平：《方漢奇：七十年來家國》，成思行、燕華主編：《與傳媒界名流談心》，北京：新世界出版社，2002，第 21 頁。注：「中國人民大學新聞系報刊史教研室主任」實際上是「科級」（2013 年 8 月 21 日上午趙玉明先生致劉泱育電話）。

〔註136〕方漢奇：《在中國新聞史學會二十週年紀念座談會上的發言》，見中國新聞史學會主辦：《中國新聞史學會成立 20 週年紀念專刊》（2009 年 4 月編印）（以下僅稱《中國新聞史學會成立 20 週年紀念專刊》），第 1 頁。

員，就有不少是那一時期在『盛世修史』的號召下投入省市新聞史志編寫工作的老新聞工作者。」

中國新聞史學會的創建，同 20 世紀 80 年代中期新聞教育大發展有關。「新聞教育的大發展，呼喚和促進了新聞史教學研究的發展，擴大了新聞史教學研究工作者的隊伍，從那時到現在，高校的新聞史教師始終是中國新聞史學會的中堅和核心力量。」

在我看來，其實還有另外一個背景，即：

中國新聞史學會的創建，與編寫《中國新聞事業通史》項目的啟動有關。《中國新聞事業通史》的編寫者們「是中國新聞史學會的發起者和第一批會員」，〔註137〕在中國新聞史學會成立後的第一屆理事會裏，全部 28 名理事中，有 23 人是《中國新聞事業通史》的編寫人員；〔註138〕在 9 名常務理事中，有 8 人是《中國新聞事業通史》的編寫人員；〔註139〕而中國新聞史學會成立之初的會長與副會長，恰好就是《中國新聞事業通史》的主編與副主編。〔註140〕這絕非巧合。

（二）從中國新聞史學會創建的三個重要日期來看

1986 年 7 月：方漢奇倡議創辦中國新聞史學會。

1986 年 7 月 24～26 日〔註141〕，14 所高等院校合編的《中國新聞史（古

〔註137〕丁淦林：《辦會還靠眾書生》，《中國新聞史學會成立 20 週年紀念專刊》（內刊），2009，第 2 頁。

〔註138〕中國新聞史學會第一屆理事共 28 人（以姓氏筆畫為序）：丁一嵐，丁淦林，衛元理，馬光仁，王敬，方漢奇，尹韻公，孫文鑠，寧樹藩，白潤生，李壽山，張濤，張之華，陳業劭，谷長嶺，何炳然，楊兆麟，楊潤時，鍾紫，趙玉明，姚志能，俞家慶，秦紹德，夏曉林，梁洪浩，高維進，萬思恩，顏義先（《中國新聞史學會成立 20 週年紀念專刊》（內刊），2009，第 17 頁。）。其中，除丁一嵐，王敬，李壽山，姚志能和顏義先 5 人外，皆為《中國新聞事業通史》編寫人員。

〔註139〕中國新聞史學會第一屆理事會常務理事共 9 人（以姓氏筆畫為序）：丁淦林，方漢奇，孫文鑠，寧樹藩，張濤，谷長嶺，何炳然，趙玉明，姚志能（《中國新聞史學會成立 20 週年紀念專刊》（內刊），2009，第 17 頁）。其中，除姚志能外，皆為《中國新聞事業通史》編寫人員。

〔註140〕中國新聞史學會創會之時，會長為方漢奇，副會長為寧樹藩，陳業劭（1992 年增補趙玉明和姚志能為副會長），見《中國新聞史學會成立 20 週年紀念專刊》（內刊），2009，第 17 頁。

〔註141〕喬雲霞：《中國新聞史學會的醞釀與籌建》，《中國新聞史學會成立 20 週年紀念專刊》（內刊），2009，第 95 頁。

近代部分)》〔註 142〕在吉林大學舉行編寫會議，邀請中國人民大學教授方漢奇到會指導，「研討會期間，方漢奇教授提議，大家能不能想想辦法，創辦一個全國性的中國新聞史研究團體。這個倡議得到了大家的熱烈響應，並將這個未來的社團定名爲『中國新聞史學會』」。〔註 143〕也是在這次會議上，「成立了以方漢奇爲組長，寧樹藩、陳業劭等知名教授爲副組長的學會籌備小組」。〔註 144〕

　　方漢奇當年倡議與組織創建中國新聞史學會，其重要原因之一就是爲建設一個團結新聞史學界同行的平臺，集結力量，以利於加強全國新聞史學界的協作。在他看來：

> 新聞史學會起著凝聚新聞史學的教學、研究工作者，起著這麼一個凝聚的作用，有這麼一個平臺，供大家交流，供大家溝通，供大家切磋，也因此知道我們這個領域內，都有哪些人在關注這個領域的工作，便於集結力量，組織力量，協作一些適合集體完成的項目。〔註 145〕

需要說明的是，在 1986 年的長春會議之前，中國社會科學院新聞研究所的楊潤時曾提議成立中國新聞史研究基金會，在方漢奇的學生——曾任《中國廣告信息報》總編輯馮邁的支持下，方漢奇在 1986 年 7 月之前已經組織印製了「中國新聞史研究基金會」的信紙。〔註 146〕

　　1989 年 4 月：民政部批准成立中國新聞史學會。

　　1986 年 7 月長春會議期間，方漢奇就委託中國新聞學院的張濤（曾就讀於中國人民大學新聞系，是方漢奇的學生）回京具體負責操辦成立學會事宜。至於爲什麼委託張濤具體操辦成立學會事宜？據張濤回憶：「不外乎是我在北京，申辦方便；我當時四十出頭，還可以勉強算是個『青年學者』，跑得動。」〔註 147〕

〔註 142〕本書於 1988 年由中央民族學院出版社出版。
〔註 143〕張濤：《初創軼事》，《中國新聞史學會成立 20 週年紀念專刊》（內刊），2009，第 88 頁。
〔註 144〕白潤生：《中國新聞史學會與我的學術生涯》，《中國新聞史學會成立 20 週年紀念專刊》（內刊），2009，第 91 頁。
〔註 145〕據 2010 年 4 月 24 日劉泱育訪問方漢奇先生錄音。
〔註 146〕2010 年 6 月 15 日，劉泱育對中國新聞史學會首任秘書長——中國人民大學新聞學院谷長嶺教授的訪談。
〔註 147〕張濤：《初創軼事》，《中國新聞史學會成立 20 週年紀念專刊》（內刊），2009，第 88 頁。

張濤當年爲具體申辦中國新聞史學會付出了艱苦的努力，他曾憶道：

  ……首先要成立申辦領導小組。經與方漢奇教授商議，決定成立「中國新聞史學會籌備領導小組」，以領導小組的名義辦理申辦工作。爲了申辦方便，商定籌備領導小組即爲史學會的常務理事會。經過通信聯絡，同仁們決定方漢奇擔任領導小組的組長，寧樹藩、陳業劭擔任副組長，丁淦林等學者擔任領導小組成員。領導小組決定張濤擔任秘書長，谷長嶺擔任副秘書長。申辦籌備領導小組成立了，這也是史學會的第一屆常務理事會及其工作班子。

  ……申辦過程中，有幾件事讓我們很頭疼。民政部社團司規定社團必須有辦公經費、辦公用房、辦公電話等硬件設施，可我們是個窮學會，連一分錢的申辦經費都沒有。跑申辦，只能騎我的那輛破自行車。要打的呢？對不起，無人給你報銷。去民政部辦理申辦、登記事宜的人中，像我這樣寒酸的基本上是絕無僅有。但硬件設施的問題還得想辦法解決。經過和方老師商量，學會經費就暫借用方老師個人的一筆科研經費，辦公室就暫借用方老師的一間房子（以後人民大學撥給一間大房子作辦公室），電話就借用方老師的一部電話……〔註148〕

1989 年 4 月初，張濤從民政部拿到了批准中國新聞史學會成立的文件。民政部正式批准中國新聞史學會成立的時間是 1989 年 4 月 3 日。也正由此算起，2009 年 4 月 3 日，中國新聞史學會在北京召開了「中國新聞史學會成立 20 週年座談會」。

1992 年 6 月：中國新聞史學會召開成立大會。

中國新聞史學會「雖然成立，但由於政治風波的影響未能開展任何活動」。〔註149〕1989 年 10 月 25 日，國務院頒佈《社會團體登記管理條例》規定：「本條例施行前成立的社會團體尚未登記的，應當在本條例施行之日起一年內，依照本條例的規定申請登記」。張濤認爲，「這實際是史學會申辦程序的繼續」，〔註150〕後來又經過多次奔波，終於在 1991 年 9 月 23 日由民政部正

〔註148〕 張濤：《初創軼事》，《中國新聞史學會成立 20 週年紀念專刊》（內刊），2009，第 88～89 頁。

〔註149〕 白潤生：《中國新聞史學會與我的學術生涯》，《中國新聞史學會成立 20 週年紀念專刊》（內刊），2009，第 91 頁。

〔註150〕 張濤：《初創軼事》，《中國新聞史學會成立 20 週年紀念專刊》（內刊），2009，第 90 頁。

式核發了第0650號《中華人民共和國社團登記證》〔註151〕——「中國新聞史學會登記成功，成爲我國目前新聞學領域唯一的具有法人地位的全國性社團」。〔註152〕

據現存史料——1991年4月8日學會向民政部送呈的《關於成立以來活動情況的報告》，「中國新聞史學會1989年4月3日經民政部批准成立」，並「舉行了成立會議，選舉了理事會和常務理事會，選舉中國人民大學教授、博士生導師方漢奇爲會長，復旦大學教授、博士生導師寧樹藩、中國人民大學副教授陳業劭爲副會長」，這就明確說明學會是1989年4月「宣告成立」的，「但由於經費不足等原因，學會一直拖到了1992年6月，才在北京廣播學院召開了成立大會，通過了學會的《章程》，產生了第一屆理事會，並選舉方漢奇教授爲會長。因爲有這些緣故，所以很容易使人產生誤解，以爲中國新聞史學會是1992年才成立的。實際上它的歷史從1989年就開始了」。〔註153〕

（三）從方漢奇對中國新聞史學會的道德領導來看

中國新聞史學會成立後，在方漢奇擔任會長期間，先後召開了十次學術研討會。〔註154〕「每一次學術會議都圍繞一個主題，進行深入的研討」，據參

〔註151〕谷長嶺：《中國新聞史學會第一屆理事會會務報告》，《中國新聞史學會成立20週年紀念專刊》（內刊），2009，第26頁；賈臨清：《傾力求眞著信史，團結務實謀發展——訪中國新聞史學會會長趙玉明教授》，《中國新聞史學會成立20週年紀念專刊》（內刊），2009，第3頁。

〔註152〕張濤：《初創軼事》，《中國新聞史學會成立20週年紀念專刊》（內刊），2009，第90頁。

〔註153〕賈臨清：《傾力求眞著信史，團結務實謀發展——訪中國新聞史學會會長趙玉明教授》，《中國新聞史學會成立20週年紀念專刊》（內刊），2009，第3頁。

〔註154〕

序號	名　稱	時　間	地　點
1	中國新聞史學會成立大會暨首屆學術研討會	1992.6.11～6.13	北京廣播學院
2	全國首屆地方新聞史志研討會	1993.4.29～5.2	四川省成都市
3	徐寶璜誕辰一百週年紀念會	1994.3.22	北京市中央統戰部禮堂
4	首屆世界華文報刊與中華文明傳播國際學術研討會	1995.10.12～10.16	華中理工大學
5	中國新聞史學會換屆暨1998新聞史學術研討會	1998.5.11	復旦大學

會學者回憶，「無論是在內地召開的學術會議，還是在香港、臺灣召開的學術會議，都充滿著『如切如磋，如琢如磨』的學術氣氛。會議中不是沒有學術批評和爭論，不是沒有不同觀點的交鋒與碰撞，但史學會會議的批評與爭鳴，我看到的都是和風細雨、求真務實、相互尊重的交流商榷，絕沒有互不買帳、反唇相譏的細節和場面，這在文人紮堆的圈子裏，是一種多麼可貴的精神」。〔註155〕

中國新聞史學會所舉辦的學術會議之所以具有良好的氛圍，與當時作為會長的方漢奇的領導，顯然存在關係。但方漢奇作為中國新聞史學會的「領導」，其「權力」更多地體現在道德層面，在我看來，他對中國新聞史學會的領導在「領導論」的類型上屬於「道德領導」（moral leadership）。

「道德領導」是美國學者伯恩斯（James MacGregor Burns）創造的概念，他用這個詞所要表達的意思之一，是：「領導者與被領導者之間不僅存在權力上的關係，而且存在共同的需要、渴望和價值觀念的關係」。〔註156〕

方漢奇作為中國新聞史學會的會長，首先是一位與各位會員一樣的普通的新聞史學者；其次，他與各位會員一樣，有著強烈的振興中國新聞史學的願望；再次，他的為人處事方式主要是以「平和的」、「溫和的」、「隨和的」等使其他人不感覺到壓迫感的方式展開的，因而，作為中國新聞史學會會長的他，與中國新聞史學會其他成員之間的關係與其說是等級分明的領導與被

6	第二屆世界華文媒體與華夏文明傳播國際學術研討會	2001.8.21～8.27	蘭州大學
7	第二屆地方新聞史志研討會	2002.1.7～1.9	黑龍江哈爾濱
8	中國新聞改革學術研討會暨中國新聞史學會年會（含兩次常務理事會和部分會員大會）	2002.11.5～11.6	暨南大學
9	第三屆世界華文傳媒與華夏文明傳播國際學術研討會	2003.10.25～10.26	廈門大學
10	中國新聞史學會 2004 年年會暨全國新聞傳播史教學學術研討會	2004.4.23～4.26	河南大學

〔註155〕徐新平：《我與中國新聞史學會》，《中國新聞史學會成立20週年紀念專刊》（內刊），2009，第119頁。
〔註156〕〔美〕詹姆斯·麥格雷戈·伯恩斯（James MacGregor Burns）：《領導論》，常健、孫海雲等譯，北京：中國人民大學出版社，2006，序言第14頁。

領導者的關係，不如說是平等的同道關係與朋友關係。這種與他人之間關係的處理方式，與他提倡人與人之間應互相尊重密不可分。人與人之間既然應該互相尊重，那麼，文人與文人之間也應該互相尊重，這無疑是對「文人相輕」的一種反動，文人不但不應該「相輕」，而且應該「相親」。

方漢奇對中國新聞史學會的「道德領導」，使我們注意到，對於學術界而言，沒有行政權力並不等於毫無權力。或者說，行政權力只是顯性權力，但還存在隱性權力。其中，「文化權力」即屬於隱性權力。在我看來，文化權力包括資歷、學術聲望、輩份、輿論、社會關係等多個維度。

就資歷而言，組建中國新聞史學會時，方漢奇不僅是國內從事新聞史研究時間最長的學者，而且也是中國新聞史學界第一位博士生導師；他的《中國近代報刊史》以及所提出的「中國古代報紙始於唐代」的觀點，為他積累了學術資本和聲望；不僅如此，1983～1984 年中國人民大學新聞系曾舉辦過全國新聞院系師資培訓班，〔註157〕後來國內許多從事新聞史研究的學者，都因為參加過這次培訓而成為方漢奇的「學生」，如白潤生〔註158〕。中國新聞史學會籌備時和成立後的秘書長張濤、谷長嶺都是方漢奇的學生，而「尊師」是中國儒家「天地君親師」的文化傳統所特別強調的一種倫理秩序，師生之分一旦確定，師與生之間的權力關係在實踐上便可以通過「尊重行為」生產出來。方漢奇雖然沒有行政權力——他的中國人民大學新聞史教研室主任一職，對於人大之外的新聞史學者並無行政權力可言——但他擁有文化權力。並且，這種文化權力的大小，還與方漢奇所擁有的社會圈子的組成人員的權力大小存在關聯。

中國新聞史學會在民政部註冊成功之後，如何開「成立大會」〔註159〕，這又是無權且無錢的「書生辦會」所面臨的一大難題。這一難題的解決過程，表明個體學者的文化權力與其社會圈子組成人員的權力之間的關聯。

〔註157〕1983 年 9 月，參加中國人民大學新聞系舉辦的教師進修班學習的進修教師報到入學。見方漢奇主編：《中國新聞事業編年史》，福州：福建人民出版社，2000，第 2065 頁。

〔註158〕白潤生：《中國新聞史學會與我的學術生涯》，《中國新聞史學會成立 20 週年紀念專刊》（內刊），2009，第 91 頁。

〔註159〕據 1998 年國務院令第 250 號發佈的《社會團體登記管理條例》第十四條規定：「籌備成立的社會團體，應當自登記管理機關批准籌備之日起 6 個月內召開會員大會或者會員代表大會，通過章程，產生執行機構、負責人和法定代表人」。但在 1989 年頒佈的《社會團體登記管理條例》中，並無此條。

據趙玉明回憶：

  （學會成立後）在方老師家開過幾次小型會議，主要是商量如何召開成立大會並組織一次研討會的事情。參與籌辦學會者，大都是講授新聞史的教師，雖有學問，但一無權，二無錢，辦個幾十人的會議，頗感棘手。我當時已擔任北京廣播學院副院長，又分管教學和研究工作。所以方老師便與我商量可否由廣播學院來承辦這次會議。我回校後向常振錚院長彙報了此事，徵得他的同意後，主持召開了有科研處、總務處等部門有關同志參加的會議，商量如何做好八、九十人規模會議的接待工作。〔註160〕

經過努力，1992 年 6 月 11 日～13 日，中國新聞史學會成立大會終於在北京廣播學院隆重召開。中國新聞史學會成立大會之所以能夠在北京廣播學院召開，顯然與趙玉明當時的「北京廣播學院副院長」的身份直接相關，這樣，「北京廣播學院副院長」的權力，實際上是方漢奇的文化權力的組成部分。

  不僅如此，方漢奇多次提倡的「加強全國新聞史學者之間的協作」，在中國強調集體合作的社會文化中，尤其是中華人民共和國成立後，社會主義社會對集體意識的強調，〔註161〕更使得組建中國新聞史學會，以便開展全國新聞史學的「協作」，成為了一種輿論和意識形態，這與《中國新聞事業通史》以協作的方式開始籌備，以及全國十四所高校的新聞史教師合作編寫教材的實踐相合，所有這些都在生產著權力，與「書生們對繁榮學術有強烈的追求，同時又具有以文會友、切磋學問的作風與習慣」，〔註162〕共同構成了「書生辦會」能夠成功的重要原因。

〔註160〕 賈臨清：《傾力求真著信史　團結務實謀發展──訪中國新聞史學會會長趙玉明教授》，《中國新聞史學會成立 20 週年紀念專刊》（內刊），2009，第 4 頁。關於 1992 年 6 月 11～13 日召開的中國新聞史學會成立大會的會議詳情，可參見哈豔秋：《姹紫嫣紅，春意盎然──中國新聞史學會成立大會暨學術研討會綜述》，《現代傳播》1992 年第 4 期，第 8～12 頁。

〔註161〕 如，1951 年 7 月 28 日，中國史學會成立大會上，郭沫若在致詞時闡述「新中國成立以來史學工作者摸索出來的新方向」之一即是「由個人研究轉向集體研究」。桑兵：《二十世紀前半期的中國史學會》，《歷史研究》2004 年第 5 期，第 138 頁。

〔註162〕 丁淦林：《辦會還靠眾書生》，《中國新聞史學會成立 20 週年紀念專刊》（內刊），2009，第 2 頁。

對於書生辦會所缺的「錢」，中國新聞史學會成立後，主要靠會員（包括團體會員和個人會員）交納會費來解決。「按照學會第三屆理事會第一次會議的決議，中國新聞史學會團體單位會員應繳納 400 元／年會費，五年一屆會費共 2000 元／屆，一次性繳納完畢。個人會員應繳納 60 元／年會費，五年一屆會費共 300 元／屆，一次性繳納完畢。除應繳會費外，歡迎捐贈」。〔註163〕但因各種理由，拖欠會費的現象時至今日，仍然存在。

由於「缺錢」，中國新聞史學會在召開大型會議時，所需費用主要由參會人員交納會務費，和承辦、協辦單位共同資助完成。中國新聞史學會成立迄今，所開的規模最大的一次學術會議是 2009 年 6 月 5 日至 7 日南京年會暨換屆會議，由中國新聞史學會主辦，南京師範大學新聞與傳播學院承辦，南京大學新聞傳播學院協辦。該會由南京師範大學撥給新聞與傳播學院 6 萬元承辦費用，南京大學新聞傳播學院作為協辦單位出資 1 萬元，其他靠收取參會代表會務費（每人 500 元，博士生 400 元，碩士生 300 元），當時有「近 200 人」〔註164〕參會──準確人數為 183 人〔註165〕，但並不是每位參會代表都交會務費〔註166〕，最終總共經費為 12 萬 8 千元左右，主要用於開會費用和會後出版《新聞春秋》論文集〔註167〕。中國新聞史學會舉辦的其他學術會議，在解決會務費用和出版費用的模式上，與 2009 年年會大同小異。

二、「一級」學會的活動與身份差序的生產

在中國新聞史學會成立二十週年之際，方漢奇認為，「中國新聞史學會已經成為中國新聞傳播學界最負聲望，最有影響的一個學術團體」。〔註168〕作出此種判斷，離不開特定的社會背景。

〔註163〕《中國新聞史學會通訊》（內刊）2012 年第 3 期，第 19 頁。
〔註164〕中國新聞史學會秘書處：《「中國新聞史學會 2009 年年會」在南京勝利閉幕》，《新聞與傳播研究》2009 年第 4 期，第 33 頁。
〔註165〕據《來賓通訊錄》統計。
〔註166〕退休的老教授參會免收會務費。
〔註167〕筆者為會務聯繫人，從 2008 年 12 月開始籌備至 2010 年 11 月論文集出版，參與和見證了整個籌辦過程。
〔註168〕方漢奇：《在中國新聞史學會二十週年紀念座談會上的發言》，《中國新聞史學會成立 20 週年紀念專刊》（內刊），2009，第 1 頁。

（一）中國新聞史學會何以能夠成為新聞傳播學界唯一的「一級」
　　　學會？

在中國新聞傳播學界，各種學會數量並不少，但在民政部註冊的「一級
學會」，「目前」只有中國新聞史學會一家。

這裡的關鍵之點在於「目前」。強調這一點，意味著並不排除中國新聞傳
播學界以後可能會有新的一級學會增加，同時也隱含著，在中國新聞傳播學
界，以前並非只有中國新聞史學會一家一級學會——中華人民共和國建國
後，在中國新聞傳播學界，曾經有過多個一級學會存在。

其中，最早成立的是北京新聞學會（1980 年 2 月 6 日）〔註 169〕，該會「事
實上是個全國性的組織」，但「當時創辦學會的時候，誰都沒想到斟酌名字，
大家覺著是在北京開的會，就叫『北京新聞學會』吧。後來可出大問題了。
當時，北京新聞學會的權威性很大，在新聞學術探討中始終起著帶頭作用。
漸漸地，參加北京新聞學會的人多了，而且都是以團體身份加入的。譬如，
上海市成立了上海市新聞學會，要求加入我們的討論；北京市也成立了北京
市新聞學會，也同樣要求加入。這就亂套了。為了避免和北京市新聞學會雷
同，北京新聞學會即改名為首都新聞學會」。〔註 170〕方漢奇先後擔任過首都新
聞學會的常務理事和副會長。〔註 171〕

1984 年 12 月 4 日，中國新聞學會聯合會成立。1988 年 12 月 16 日，中
國新聞學研究基金會宣告成立。〔註 172〕1989 年 2 月 14 日，中國新聞學會、

〔註 169〕地方性的新聞學會其實是最早恢復活動的。1979 年 7 月 13 日，河北省新聞
學會恢復活動。該會成立於 1959 年 1 月 22 日。見方漢奇主編：《中國新聞事
業編年史》，福州：福建人民出版社，2000，第 1952 頁；第 1754 頁。

〔註 170〕王亦高：《「希望中國新聞理論界真正接受幾十年來的教訓」——採訪〈新聞學
會通訊〉、〈新聞學刊〉主編錢辛波》，見陳力丹編著：《不能忘卻的 1978～1985
年我國新聞傳播學週刊》，北京：人民日報出版社，2009，第 148 頁。1983 年
3 月 27 日，「北京新聞學會第一屆理事會第三次全體會議決定，鑒於北京市的
新聞學會即將成立，北京新聞學會將改名為首都新聞學會，以區別北京市的新
聞學會」。1983 年 8 月 23 日，北京市新聞學會成立。見方漢奇主編：《中國新
聞事業編年史》，福州：福建人民出版社，2000，第 2051 頁；第 2062 頁。

〔註 171〕1986 年 1 月 7 日，首都新聞學會召開第二屆理事會第一次會議，胡績偉再次
當選為會長，李莊、李普、謝文清、安崗、商愷、戴邦、方漢奇等當選為副
會長。見方漢奇主編：《中國新聞事業編年史》，福州：福建人民出版社，2000，
第 2137 頁。

〔註 172〕方漢奇主編：《中國新聞事業編年史》，福州：福建人民出版社，2000，第 2211
頁。

中國新聞學研究基金會、首都新聞學會曾在北京舉行過聯席會議。〔註173〕這三家學會之所以舉行聯席會議，一個重要的原因是三家學會的負責人都是胡績偉（1916～2012）。〔註174〕

　　而這三家學會後來消失，與 1989 年的政治風波有關。這與胡績偉有著直接關係。因爲胡績偉同 1989 年發生的政治風波有關聯，而他是中國新聞學會的會長，1989 年政治風波之後，既然批評胡績偉，那麼，「城門失火，殃及池魚」，也不足怪。

　　對胡績偉的公開批評，從 1989 年底，持續到 1991 年初。《新聞戰線》等期刊先後發表了十幾篇文章。胡績偉既是中國新聞學會聯合會的會長，也是首都新聞學會的會長和中國新聞學研究基金會的主席，由於胡績偉「犯了錯誤」，〔註175〕民政部不可能爲中國新聞學會和首都新聞學會、中國新聞學研究基金會註冊，這三個學會後來便「無疾而終」。

　　而中國新聞史學會由於自 1989 年 4 月註冊之後沒有開展任何活動，自然也就不會犯錯誤，1991 年所以被允許重新註冊，遂成爲民政部直接註冊的國家一級學會。

　　1991 年全國性社會團體被要求進行重新登記。在重新登記過程中，是否同意登記，社會團體負責人在政治方面是否合格，是首要考慮。關於這一點，在 1997 年《國務院辦公廳轉發民政部關於清理整頓社會團體的意見的通知》中，仍然清晰可見，該《通知》指出，「有極少數社會團體喪失政治原則，爲某些資產階級自由化分子散佈錯誤觀點提供了條件」，並提出對所有社會團體普遍進行一次清理整頓，其中「政治方向」排在整頓的第一位：「重點是對近幾年來社會團體在政治方向、業務活動、財務管理、組織人事、遵紀守法等方面的情況進行檢查」，並指出，「一個社團發展的好壞，其領導班子的作用是關鍵性的。在清理整頓中，要做好社團秘書長以上負責人的審查，確保社團掌握在按照國家有關法律法規和社團章程辦事的人手裏」。〔註176〕

〔註173〕方漢奇主編：《中國新聞事業編年史》，福州：福建人民出版社，2000，第 2213頁。

〔註174〕胡績偉是首都新聞學會的會長、中國新聞學會聯合會的會長和中國新聞學研究基金會的主席。

〔註175〕《人民日報》原副總編輯余煥春（亦是《中國新聞事業通史》編委和作者之一），曾兩度撰文回憶胡績偉的「錯誤」。

〔註176〕潘屏南：《貫徹社團清理整頓精神　加強協會全面建設》，《醫療設備》1998年第 1 期，第 5 頁。

關於中國新聞史學會成爲全國新聞傳播學界唯一的一級社團的原因，方漢奇也特別提到，1989 年政治風波後，「民政部控制社團發展，一般不批准新設社團。有些新籌備成立的社團只好投靠已被批准成立的社團，作她們下屬的二級社團（含學會），這樣，只向民政部備一個案即可，不需複雜的申報和審批手續。這是新成立的一級學會較少的一個原因。中國新聞史學會也因此成爲新聞傳播學領域內的唯一的一個一級學會」。〔註 177〕

而民政部控制社團發展，所依據的章程主要是：「在同一行政區域內已有業務範圍相同或者相似的社會團體，沒有必要成立的」，登記機關不予批准籌備。〔註 178〕由此不難推論，中國新聞史學會的存在，使得中國新聞傳播學界再註冊一級學會極爲困難。截至 2013 年 5 月 12 日，在民政部註冊的全國一級社會團體共有 1854 個，其中，教育部主管的社會團體共有 154 個，其中包括校友會、促進會、協會、研究會和學會等五個類別〔註 179〕。中國新聞史學會是教育部主管的、新聞傳播學領域唯一的國家一級學會。〔註 180〕

（二）中國新聞史學會的活動與身份差序的生產

在方漢奇看來，成立中國新聞史學會，有助於和有利於加強新聞史學者之間的協作。「協作」是從集體主義視角出發的，方漢奇無疑是對的。但是，除了有利於新聞史學者之間進行協作外，是否加入中國新聞史學會對於個體學者而言，究竟意味著什麼？

在我看來，個體學者參加中國新聞史學會的核心是追求身份差序。而「文化權力」則是身份差序的集中表徵。

個體學者的成長，一般經歷「默默無聞」的「無名」階段、「知名」階段、和「著名」階段。當然，並不是每一個人都能夠由「無名」進階到「知名」甚至「著名」階段。

〔註 177〕2010 年 10 月 5 日方漢奇先生覆劉泱育電郵。

〔註 178〕《社團登記管理條例》（1998 年 10 月 25 日中華人民共和國國務院令第 250 號）第十三條規定。

〔註 179〕中華人民共和國民政部網站 http://www.chinanpo.gov.cn/npowork/dc/search OrgList. do?action=searchOrgList

〔註 180〕與新聞傳播學相關的國家一級社團還有中國廣播電視協會（國家廣播電影電視總局主管），「中國新聞文化促進會」（新聞出版總署主管），其中，中國新聞文化促進會，也是「協會」性質。成立於 1989 年 1 月 5 日，由全國新聞界有關單位和個人自願結成的，專業性、全國性、非營利性的社會組織。2010 年底，經民政部批准，劃轉新聞出版總署作爲其業務主管單位。見中國新聞文化促進會網站 http://www.cmcpa.cc/html/xiehuigaikuang/2012/1.html

　　如果學術研究是極少數人的事情〔註181〕，那麼，對於現代學術研究而言，所謂「有名」或「無名」，從嚴格意義上講，實際上是相對於某一個社會圈子的某一部分人而言的。

　　中國新聞史學會無疑是一個社會圈子。但這個社會圈子的構成元素卻不僅僅是中國新聞史學會的會員。由於該會是中國新聞傳播學界唯一的國家一級學會，因而，我們審視中國新聞史學會所構成的社會圈子，就需要放寬視野，將與中國新聞史學會建立關聯的人，都納入到該會所建構的社會圈子中來，這樣才有助於析判（對於個體學者而言）是否加入中國新聞史學會？以及，如果加入，對於該會組織的活動，應選擇持何種態度和行動。

　　社會圈子無疑是由具體的個人組成的，對於個體學者的成長而言，重要的並不是被社會圈子中的每一個人知道，而是被少數關鍵人士知道並認可。個體在中國新聞史學會中扮演的角色，可分為會員、理事、常務理事、秘書長、副會長、會長等六個類別。

　　其中，會員屬於個體差異最小的概念與身份。所有加入中國新聞史學會者都是會員。因而，一旦加入學會，會員這一身份即已獲得，作為會員參加中國新聞史學會的活動，便開始由同樣的會員身份向差別化身份進發。

　　從理論上講，任何一名中國新聞史學會的會員，都有可能成為會長、副會長、常務理事或理事。而就一般情況而論，普通會員，要經由理事、常務理事、副會長、會長這樣一個進階的序列。但也有例外，例如張昆〔註182〕。這一經驗事實，提醒我們關注個體會員的特質構成。

　　這種個體會員的特質構成，包括個體在加入中國新聞史學會之前的學術成就、學術資歷和聲望、學術職務與行政職務、所在的學術部落、現存的中國新聞史學會的權力圈子對於個體的認同與欣賞程度，個體差異、年齡、人際關係、自我表達、形象管理，易致性和接近性、健康狀況、人才培養狀況，等等。而這，既涉及到個體與權力圈子就研究領域的價值判斷與價值取向的交集大小，也涉及到個體以各種渠道展示給權力圈子的「形象」或「想像中

〔註181〕陳力丹：《那是一段思想稀薄的時光》，見陳力丹：《解析中國新聞傳播學·2009》，北京：人民日報出版社，2009，第 117 頁。

〔註182〕張昆 2002 年代表武漢大學新聞與傳播學院參加中國新聞史學會暨南大學會議，第一次參會直接當選為常務理事，「方漢奇老師笑著說，張昆加入學會，從黨代表到中央委員、政治局委員、政治局常委，實現了四級跳，不能再快了。要當副會長還得繼續努力」。張昆：《中國新聞史學會雜憶》，見張昆：《政治傳播與歷史思維》，武漢：華中科技大學出版社，2010，第 281 頁。

的印象」。對於學術圈子而言，個體學者在他人眼中的形象，主要由三個渠道建構而成。個體的學術論著；口碑的間接談論與傳遞；個體與權力圈子中人的人際互動與交往。

中國新聞史學會成立之時，會長與副會長職位採用了移植《中國新聞事業通史》編寫組的學術職務的方式，隱隱表明了中國新聞史學會與《中國新聞事業通史》作者群體之間的關聯，以及成立中國新聞史學會，也可以說是為了更好地完成編寫《中國新聞事業通史》的協作。

在身份差序的進階上，階位越高，所可能獲得和掌控的資源也就越多。例如，中國新聞史學會的常務理事會，只有身為常務理事才有資格出席，也只有成為常務理事才有權力決定許多事情，有可能獲得許多僅限於常務理事知情層面的信息。這表明，參加學會後，為獲得更高階位的身份差序，對個體學者而言是一種激勵力量，這種力量的客觀存在，有助於個體學者增強學術研究的動力，提高其參會熱情。

加入中國新聞史學會之後，在此學術共同體內部，身份差序的生產是與個體的一言一行相伴而生的。即使沒有參加中國新聞史學會組織的學術會議，個體學者在他人眼中的形象要由學者的學術成果有無及其質量高低而建構。同時，在中國受儒家思想影響甚深的這樣一個國度，禮儀亦不是一個小節問題。不但在中國新聞史學會開會期間，需要長幼有序，賢卑分明，而且在平時學術共同體的互動中，亦需注意禮儀。

身份差序是建立在個體之間差異的基礎之上的——這表明，身份差序的獲得與實現從來都不是一個個體獨立能夠完成的事情。它需要他者的在場，需要通過獲得他人的承認而完成自己參加學會的深層次追求。正是在這種意義上，加入學會並參加學會的活動，其實質是個體學者「為承認而鬥爭」。

三、學術共同體的建構與新聞史學派的萌生

在方漢奇看來，「中國新聞史學會的成立，對中國新聞史研究的發展起了重要的作用——團結了隊伍，凝聚了力量，開拓了視野，促進了學術交流」。〔註183〕該會「以中國新聞史學研究發展為宗旨，持續地、卓有成效地開展學術組織活動，為全國新聞史學術研究的交流奠定了紮實的基礎，不僅推動了新聞史研究的深入開展，而且促進了新聞史各類專業學術團體的發展。同時

〔註183〕李松蕾整理：《新聞史研究的回顧與前瞻——方漢奇教授在北大新聞學茶座的發言》，《中國新聞史學會通訊》2012 年第 2 期，第 11 頁。

學術研究隊伍空前發展，以高校教師爲基本力量的新聞史研究隊伍有 500 多人，高校新聞院系教師等專業人員、新聞單位的研究人員的合作和協作也得到較大加強。」〔註 184〕

中國新聞史學會創建後，方漢奇擔任中國新聞史學會會長達 15 年，〔註 185〕如今的中國新聞史學會，「已經成爲中國新聞傳播學界最負聲望，最有影響的一個學術團體」，〔註 186〕作爲中國新聞傳播學界唯一的一個國家一級學會，除總會外，目前已擁有「中國新聞史學會外國新聞傳播史研究委員會」、〔註 187〕「中國新聞史學會新聞傳播教育史研究委員會」、〔註 188〕「中國新聞史學會網絡傳播史研究委員會」〔註 189〕、「中國新聞史學會中國少數民族新聞傳播史研究委員會」〔註 190〕，「中國新聞史學會臺灣與東南亞華文新聞傳播史研究委員會」〔註 191〕等多個二級分會，其存在意義也已超出了方漢奇當年「爲加強新聞史學界的協作」這一初衷本身。

在檢視中國新聞史學會的歷史之際，我們不應忽略一個重要現象——在國務院學位委員會的首屆新聞傳播學學科評議組中，方漢奇爲召集人，丁淦林和趙玉明爲評議組成員，而三人既都是以新聞史研究而名世，也都是中國新聞史學會的會員，方漢奇擔任過會長和名譽會長，趙玉明擔任過副會長、會長和名譽會長、丁淦林則擔任過副會長和顧問。這表明，中國新聞史學會對中國新聞傳播學科發展的影響並不僅限於新聞史。

除此之外，我所作的「中國新聞史學會的功能絕不僅限於『加強新聞史學界的協作』」這一判斷，還有著更爲重要的原因——建構學術共同體、促進中國新聞史學研究學派的萌生，這，也是中國新聞史學會的重要功能。

對於中國新聞史學會而言，搞協作研究並非首要任務，首要任務乃是吸

〔註 184〕童兵主編：《中國高校哲學社會科學發展報告：1978～2008.新聞學與傳播學》，桂林：廣西師範大學出版社，2008，第 118 頁。

〔註 185〕2004～2009 年，中國傳媒大學趙玉明教授接任中國新聞史學會會長；2009年 6 月，北京大學程曼麗教授繼任中國新聞史學會會長；方漢奇教授、趙玉明教授擔任名譽會長。

〔註 186〕方漢奇：《在中國新聞史學會二十週年紀念座談會上的發言》，見《中國新聞史學會成立 20 週年紀念專刊》（內刊），2009，第 1 頁。

〔註 187〕2007 年 11 月 29 日登記，清華大學郭鎮之教授任會長。

〔註 188〕2008 年 4 月 8 日登記，華中科技大學吳廷俊教授任會長。

〔註 189〕2008 年 11 月 10 日登記，南京大學杜駿飛教授任會長。

〔註 190〕2010 年 11 月 26 日獲准，中央民族大學趙麗芳教授任會長。

〔註 191〕2010 年 11 月 26 日獲准，廈門大學趙振祥教授任會長。

納和培養新聞史學研究人才，畢竟，全國研究新聞史的人並不算多，新聞傳播院系的教師數量更是一個有限的常數，在個人精力有限的前提之下，從事新聞史學研究的人才多了，從事其他學科研究的人就必然要減少，因此，通過中國新聞史學會這一組織紐帶，培養新聞史學研究人才，生產學術精英，實爲繁榮新聞史學研究的重要進路。

在中國新聞史學會成立二十週年之際，方漢奇不忘提醒新聞史研究者，「我們也還要居安思危，也還要見賢思齊。新聞史的教學與研究，在某些新聞院校有逐漸被弱化和邊緣化的傾向，我們也還面臨著兄弟學會的激烈的競爭」。〔註192〕值得注意的是，方漢奇所點出的「我們還面臨著兄弟學會的激烈的競爭」，不難判斷，兄弟學會與中國新聞史學會「爭」的核心乃是「人才」。

但就中國新聞史學會本身而言，也許並不是一個有效率的學術共同體的建構者。該學會目前有約 200 名會員，但許多會員實際上並沒有從事新聞史的知識生產。如果承認這是事實，那麼，以中國新聞史學會擁有多少會員來判斷新聞史研究學術共同體的規模，只能是一種「想像的共同體」。與實際情況到底相差多大，實在是很難講。因爲，中國新聞史學會的一些會員，並不從事或不再從事新聞史研究。對於不再從事新聞史研究的學者而言，其中又可分爲多種情況，如年事已高，精力所限，如「學而優則仕」，如學術興趣發生了轉移，等等。而其與中國新聞史學會存有關聯，無非是兩種情況，一是該學者需要借助中國新聞史學會，二是中國新聞史學會需要借助其以壯聲勢。無論哪種情況，都表明中國新聞史學會就會員而論，並不是一個嚴格意義上的新聞史研究共同體。

而二級學會的建立，則使得中國新聞史學會學術共同體的建構功能得以有效實現。這首先是因爲，二級學會的研究對象和研究者群體更加確定。在當今的社會分工和學術分工日趨精細的環境之下，尤其是提倡「以問題爲中心」，而不是「跟著興趣走」，只有研究對象和研究問題明確了，研究才可能真正展開。

學術共同體的有效建構是學派形成的必要條件。在我看來，中國新聞史學界目前還處於前學派時期，但值得注意的一個重要現象是中國新聞史學會的層化功能。這種層化功能主要是通過建立二級學會的方式實現的。截至 2013

〔註192〕方漢奇：《在中國新聞史學會二十週年紀念座談會上的發言》，見《中國新聞史學會成立 20 週年紀念專刊》（內刊），2009，第 1 頁。

年 5 月，中國新聞史學會已經建立了 5 個二級學會。以這 5 個二級學會爲例，就產生學派的條件而言，目前已完成了研究領域（對象）的劃界。並在所劃定的學術領域中，初步形成了一個研究者的學術共同體。以中國新聞傳播教育史研究委員會爲例，從研究成果上看，除了研究中國新聞教育之外，其他國家的新聞教育史（如日本），也進入了研究者的視野，這當然離不開該會創會會長吳廷俊有意布局的努力，以及博士生據自身興趣的選擇。在現有的成果之上，如果能夠形成有影響的思想觀點，那麼，一個學派便可能形成，但在目前，按我的判斷，其還處於萌生狀態。

中國新聞史學會多個二級學會的建立，也使得過去產生學派的條件發生了變化。過去產生學派，一般要靠學術大師的出現，將學術大師及其追隨者的觀點概括爲某某學派。中國數千年歷史上思想最活躍的時代當屬於先秦和民國時期〔註 193〕。先秦時期的儒家、道家、墨家、法家，等等，都是學派。其領軍人物或學術大師則是孔子、老子、墨子和韓非等人。而民國時期，古史辨學派、戰國策學派、學衡學派、無政府主義學派等都有一批著名的學者活躍其間。長期以來，中國新聞傳播學界由於歷史原因所形成的人大和復旦作爲領導地位的狀況，使得不少學者習慣於將人大學者視爲「京派」，而將復旦學者視爲「海派」。這種劃分當然不是嚴格地按照思想觀點或治學風格相類意義上的學術劃分，而只是一種習慣性表達而已。復旦學者一貫重視史論結合，但人大也並不是沒有重視理論的學者作新聞傳播史研究。〔註 194〕換言之，所謂的「人大學派」和「復旦學派」，更多的是一種「一方水土一方人」的按地域的形象化表達，所表明的內容的實質並不是從思想特點上談論學派，而是表示對這兩個研究重鎮的群體學者成就的承認。

中國新聞史學會的多個二級學會的成立，使得中國新聞史界「學派」的產生有望不再按地域（如人大、復旦、武大（「珞珈學派」〔註 195〕））或門戶（如方漢奇的學生被稱爲「方門弟子」，黃旦的學生被稱爲「黃門弟子」〔註 196〕）進行劃分。而可以按照研究對象來劃分，如「中國新聞傳播教育史學派」、「中

〔註 193〕楊毅豐、康蕙茹編：《學衡派》，長春：長春出版社，2013，李帆總序。

〔註 194〕如趙雲澤的《中國時尚雜誌的歷史衍變》（福州：福建人民出版社，2010），其中不乏「理論思考」。

〔註 195〕劉志琴：《近代中國社會文化變遷錄》，杭州：浙江人民出版社，1998，第 27 ～31 頁。

〔註 196〕石力月：「一般説來，黃門弟子就是品質的保證」。見博客網站「星期三通訊」。http://wednesdaymoment.blogbus.com/

國少數民族新聞傳播史學派」，等等。而由於審批一級學會的難度，對於中國新聞史學研究而言，在中國新聞史學會的架構之下積極籌建各種二級學會，是培育和促進學派形成的重要通道——方漢奇對於新聞傳播學的「學派」持歡迎態度：「在治學上，學派越多越好，可以交流、可以競爭，可以促進這個學科的發展」。〔註197〕

未、協作資本：「技能資本」與「社會資本」的運營邏輯

馬克思認爲：「人的本質並不是單個人所固有的抽象物，在其現實性上，它是一切社會關係的總和」。但我們往往忘記了馬克思的另外一句話：「社會關係的含義是指許多的人合作，至於這種合作是在什麼條件下，用什麼方式和爲了什麼目的進行的，則是無關緊要的」。〔註198〕如果「本質」是與「現象」相對而言的較爲深入的屬性，那則意味著，深入地理解方漢奇學術之路的「本質」，離不開從社會關係的向度對之進行觀照。本節借助「資本」的理論工具，以期從「協作資本」所展示的社會關係的向度深入地理解方漢奇的學術之路。

「資本」具有二重性，「一方面，資本作爲一種生產要素（capital as a factor of production），它是『被生產出來的生產手段』」；「另一方面，資本作爲一種社會關係（capital as a social relation），它體現的是人與人之間的生產關係」。〔註199〕基於此，方漢奇的「協作資本」亦具雙重含義，一方面，「協作資本」是指個體所具有的能夠勝任某種協作實踐的知識、技能和經驗，簡稱爲「技能資本」；另一方面，「協作資本」則是指個體在組織協作時所具有的與「他者」之間的各種關係，簡稱爲「社會資本」。

一、協作資本的運營方式：從「牽頭組織」到「署名支持」

方漢奇作爲「研究的組織者」始於 20 世紀 80 年代初。此時方漢奇已過「知天命之年」，1983 年被評爲教授，成爲「文革」後重啓職稱晉升之門的中國新聞史學界的第一位「教授」，個人在新聞史學研究領域累積了豐富的「經驗資本」；方漢奇作爲中國人民大學新聞系教授、中國社會科學院新聞系的兼

〔註197〕林溪聲：《薪繼火傳 再創輝煌——與方漢奇教授談復旦新聞教育80年》，《新聞大學》2009年第3期，第9頁。

〔註198〕謝維營：《試論社會合作實踐》，《宜春學院學報》（社會科學版）2003年第3期，第8頁。

〔註199〕李寶元：《人力資本論》，北京：北京師範大學出版社，2009，第4頁。

職研究生導師，除爲本校的學生（包括本科生、專科生、研究生和進修教師）講課，亦爲其他單位授課，同時，方漢奇與新聞學界尤其是新聞史學界的同行們進行著廣泛的交往，這使得他的「社會資本」亦較雄厚。〔註200〕方漢奇本身所具有的「協作資本」的「特質」，爲其作爲「研究的組織者」——組織新聞史學界的協作研究提供了組織協作的可能和完成協作的保障。

　　1982年，中國社會科學院新聞研究所首次編印出版《中國新聞年鑒》，次年，《中國新聞年鑒》中開始出現「新聞界名人介紹」。本年度，方漢奇與寧樹藩、姚福申、孫文鑠、谷長嶺受《中國新聞年鑒》雜誌社的委託，進行「新聞界名人介紹」的撰述。〔註201〕「新聞界名人介紹」的欄目，按《中國新聞年鑒》雜誌社的說明：「從1984年起，委託方漢奇教授負責條目規劃和有關編撰事宜。」〔註202〕自1984年起，方漢奇開始成爲《中國新聞年鑒》編輯部人員中的「特約編輯」。〔註203〕在1985年《中國新聞年鑒》的「新聞界名人介紹」的編者說明中特別注明：本欄目「由中國人民大學新聞系方漢奇教授負責條目設置和稿件編定工作。」〔註204〕

　　《中國新聞年鑒》是中國社會科學院新聞研究所「專門有一個班子負責編寫」的。〔註205〕方漢奇的任職單位是中國人民大學，不屬於社科院新聞研究所的工作人員，因此，他負責《中國新聞年鑒》的「新聞界名人介紹」欄目，屬於幫忙性質。而《中國新聞年鑒》的「新聞界名人介紹」欄目之所以找方漢奇，委託他進行主編工作，在方漢奇看來，是因爲「搞新聞界名人介紹需從老報人開始」，《中國新聞年鑒》的編寫人員知道方漢奇「對於老報人

〔註200〕在此僅舉一例，即可看出「社會資本」對於完成協作研究的重要性，方漢奇在主編《清史・報刊表》時，曾組織了數十位新聞史專家、教授、副教授、已畢業博士和在讀博士生「就地或分赴北京、天津、吉林、瀋陽、濟南、蘇州、武漢、長沙、西安、合肥、成都、昆明、貴州、蘭州、福州、南寧、廣州、香港、臺灣、澳門、美國等地圖書館查閱清代報刊」。見《〈清史・報刊表〉初稿自評報告》（未刊稿）。

〔註201〕「中國新聞界名人介紹」之「編者說明」，見《中國新聞年鑒》（一九八三版），北京：中國社會科學出版社，1983，第565頁。

〔註202〕「中國新聞界名人介紹（二）」之「編者說明」，見《中國新聞年鑒》（1984），北京：人民日報出版社，1984，第661頁。

〔註203〕「《中國新聞年鑒》編輯人員」，《中國新聞年鑒》（1984），北京：人民日報出版社，1984，末頁。

〔註204〕「中國新聞界名人介紹（三）」之「編者說明」，見《中國新聞年鑒》（1985），北京：人民日報出版社，1985，第421頁。

〔註205〕2010年4月24日劉泱育對方漢奇先生的訪談錄音。

還是比較熟悉的」，所以就找方漢奇合作。〔註206〕

　　方漢奇牽頭組織編寫《中國新聞年鑒》的「新聞界名人介紹」，時間較長，據其回憶：

　　　　從83年開始，到90年代吧，十好幾年，實際上這個欄目是我在負責，年鑒的編委會委託我去做這個事情，跟我聯繫的是年鑒的責任編輯閻煥書，閻煥書之前還有一個叫李什麼的，我負責組稿，定稿，最後發稿，這當然是年鑒的主編也很放手，每次我組的稿子，他反正也沒有量的限制，我組的稿子，多了多發，組的少了少發，每一年都有一點，先從老報人開始，老報人組織不到的，先擱一擱，基本上，前三年就是僅著老的先發，然後逐年地把老報人都編完了，就慢慢地向當代過渡，字數都是規定的，一般是600字左右，簡介嘛，後來新聞研究所集中起來出了一本《中國新聞界人物》。〔註207〕

方漢奇在開始之時，組織協調中國人民大學陳業劭、鄭興東、張之華、俞家慶、谷長嶺；復旦大學寧樹藩、徐培汀、姚福申、譚啓泰；暨南大學孫文鑠、謝駿等人以集體協作的方式撰寫「新聞界名人介紹」；後來所組織的作者則不限於學界，亦向業界進行拓展。《文匯報》原副總編輯張煦棠在《臺灣探親記》一文中，曾憶道：

　　　　北京中國人民大學新聞系方漢奇教授以《中國新聞年鑒》編委的名義，約和大哥各寫小傳一則，列入「中國新聞名人錄」，豈料1990年《中國新聞年鑒》寄到之時，大哥已溘然長逝了。〔註208〕

在方漢奇看來，「這個名人簡介也是給大家提供線索的」，佔用他的時間也很多：

　　　　這個我也挺花時間的呀，每一年都得花——零零散散加起來也得花一個月、兩個月的時間，要組稿，不少名人的簡介還是我寫的，你們不知道，那是因為上面不署名，百科全書是署名的，年鑒好像沒署名……〔註209〕

〔註206〕2010年4月24日劉泱育對方漢奇先生的訪談錄音。

〔註207〕《中國新聞界人物》一書的代序——《濃縮的人生》中寫道：「我們應當感謝這項有意義活動的始作俑者：方漢奇、王鳳超、寧樹藩等一批新聞史研究工作者。他們的努力，足爲籃衍生色也」。見尹韻公主編：《中國新聞界人物》，北京：中國人事出版社，2002。

〔註208〕張煦棠：《臺灣探親記》，《文匯報》，1992年12月31日。

〔註209〕2010年4月24日劉泱育訪問方漢奇先生錄音。

這種「幫忙性質」的協作，開始時自然是被動的，因為「受託於人」，但能夠堅持十餘年，則在被動之中顯然蘊含著主動的選擇，實際上，方漢奇多次強調要重視新聞史人物的研究，除《中國近代報刊史》一書中記述了眾多的新聞界人物外，1982 年在全國新聞研究工作座談會上的一次發言中，方漢奇特別強調「要加強新聞史人物的研究」；〔註 210〕1986 年，為夏林根等著的《近代中國名記者》作序時，繼續強調「應該重視新聞史人物的研究」，因為「歷史是由眾多的人物扮演的，研究歷史，理所當然地應該研究人物的活動」；〔註 211〕1992 年在中國新聞史學會成立後首屆研討會上的發言中，也曾回顧與強調過「新聞界人物——著名報刊活動家、著名報刊政論家和名記者的研究」，〔註 212〕等等，主編《中國新聞年鑑》的「新聞界名人介紹」，因而可視為其踐行自己新聞史學思想的一個有機組成部分。

除了主編《中國新聞年鑑》的「新聞界名人介紹」之外，主編《中國大百科全書・新聞出版》的「中國新聞事業」、主編《中國新聞事業通史》、《中國新聞事業編年史》、《〈大公報〉百年史》、《清史・報刊表》等，在方漢奇的組織協作歷程中，都屬於「牽頭組織」。

除此之外，還有一種類型的組織協作——「署名支持」，亦即，實際主編人以和方漢奇共同主編的名義從事某種協作研究，方漢奇「只是被掛了個名而已」。〔註 213〕對於此種類型的協作研究，方漢奇「一般不把這些成果納入自己著作的名單。」〔註 214〕

據目前所見，方漢奇最早「署名支持」的協作研究項目是《正在發生的歷史——中國當代新聞事業》（上、下）〔註 215〕，由方漢奇和陳昌鳳任主編，本研究並未被方漢奇納入自己著作的名單〔註 216〕，儘管陳昌鳳在代序中介紹該書作者隊伍時寫過「就算我們中有一位老師、師爺方先生，在他閃爍的學

〔註 210〕方漢奇：《關於新聞史研究的幾點體會與建議》，見《方漢奇文集》，汕頭：汕頭大學出版社，2003，第 24 頁；第 26 頁；第 31 頁；第 32 頁。

〔註 211〕方漢奇：《應該重視新聞史人物的研究》，見《方漢奇文集》，汕頭：汕頭大學出版社，2003，第 644 頁。

〔註 212〕方漢奇：《中國新聞史研究的歷史和現狀》，見《方漢奇文集》，汕頭：汕頭大學出版社，2003，第 65 頁。

〔註 213〕2013 年 6 月 23 日方漢奇先生覆劉泱育電郵。

〔註 214〕2013 年 6 月 23 日方漢奇先生覆劉泱育電郵。

〔註 215〕方漢奇、陳昌鳳主編：《正在發生的歷史：中國當代新聞事業》，福州：福建人民出版社，2002。

〔註 216〕見方漢奇先生的網站 http://www.fanghanqi.com/about.html

術泰斗的光環下，也有一顆與時俱進的年輕的心」，但是，實際擔任主編的只有「執行主編」〔註217〕陳昌鳳一人，該書屬於陳昌鳳組織協作研究的成果。〔註218〕

　　按照方漢奇一般不把「署名支持」的成果「納入自己著作的名單」這一原則，便可發現，他「署名支持」的協作研究成果至少還有如下一些：

表6：方漢奇署名支持的協作研究

鄭保衛主編 方漢奇顧問	《中國共產黨新聞思想史》	福建人民出版社 2004 年版
方漢奇，李矗主編	《中國新聞學之最》	新華出版社 2005 年版
方漢奇，史媛媛主編	《中國新聞事業圖史》	福建人民出版社 2006 年版
吳廷俊主編 方漢奇學術指導	《中國新聞傳播史（1978～2008）》	復旦大學出版社 2011 年版

二、協作資本的運營理念：從「各出機杼」到「做好人梯」

　　「協作」由於事涉多人，「分工」在所難免。方漢奇在其所「牽頭組織」或「署名支持」的協作研究中採用的分工原則是「各出機杼」——找最擅長的人寫其最有研究的一塊，這在其「牽頭主編」的《中國新聞事業通史》中，表現得最為明顯。主編《〈大公報〉百年史》，請吳廷俊加盟——也是在踐行這一理念。在其作為「學術指導」「署名支持」的《中國新聞傳播史（1978～2008）》中，亦是提倡「各出機杼」，分工時以參編人員所長為原則，如請程曼麗寫海外華文傳媒這一章，請彭蘭寫新媒體這一章，等等。

　　方漢奇所倡導的「各出機杼」協作研究，是他在接受訪談時多次談及的座右銘「人之彥聖，若己有之」的具體踐行方式之一——方漢奇曾不只一次說過：「人之彥聖，若己有之」。

　　2006 年接受《光明日報》記者採訪時說過：

〔註217〕陳昌鳳：《可觸可感的歷史》，見方漢奇、陳昌鳳主編：《正在發生的歷史：中國當代新聞事業》，福州：福建人民出版社，2002，代序第 3 頁。

〔註218〕「封面人物・陳昌鳳」，見《新聞愛好者》2011 年第 11 期（下），第 75 頁。亦見「我校新引進教授、研究員簡介（2008・7）」，《新清華》，2008 年 12 月 12 日。

我有一句座右銘「人之彥聖，若己有之」，就是說別人學術上有
了成就，就如同自己擁有一樣，對年輕人要多扶持，對同輩人要多
借鑒，不要得紅眼病，不要嫉妒人家，應該有這樣的襟懷。〔註219〕

2010 年在致筆者的電郵中說過：

我除了希望促進新聞史研究的繁榮，力求當好中國新聞史研究
的人梯之外，還有一個自定的原則，即「人之彥聖，若己有之」。尊
重別人學術上的成就，歡迎年輕人超過自己。〔註220〕

上文中，方漢奇反覆強調的「人之彥聖，若己有之」，出自《大學》。〔註221〕

踐行「人之彥聖，若己有之」思想，除了「人之有技，若己有之；人之
彥聖，其心好之」外，還需反對「人之有技，媢疾以惡之；人之彥聖，而違
之俾不通」。也就是方漢奇所說的「不要嫉妒人家」。

但方漢奇組織的協作研究，從理念層面分析，並不完全只是踐行「人之
彥聖，若己有之」這般簡單，在我看來，其實現自己所期望的「做好人梯」
的角色意味亦甚為明顯。

不難發現，無論是方漢奇「牽頭組織」抑或「署名支持」的協作研究，
其中的一種重要方式即是有意採用「老中青結合」的辦法，如其牽頭組織的
《《大公報》百年史》、《中國新聞傳播史》（第二版），其「署名支持」的《中
國新聞傳播史（1978～2008）》，採用「老中青結合」的方式固然有分別發揮
不同代際新聞史研究者各擅之勝場，但更為重要的因素則是方漢奇有意識鍛
鍊和培養年輕人〔註222〕。而給年輕人鍛鍊機會，培養年輕人，這正是方漢奇
所希望做好的「人梯」的職責。

同時，還需注意的是，「牽頭組織」與「署名支持」這兩種不同的協作研
究方式，在方漢奇學術之路的歷程中，所佔比重是在發生變化的，如果用一
句話來概括這種變化，即是，方漢奇年齡越大，「牽頭組織」的協作研究越少
——《清史·報刊表》甚至被方漢奇自視為「最後一項組織完成的協作項目」
〔註223〕，這當然是在「牽頭組織」這一協作研究類型層面而言。而「署名支

〔註219〕吳曉晶：《方漢奇：冷門做出熱學問》，《光明日報》，2006 年 2 月 26 日。
〔註220〕2010 年 6 月 4 日方漢奇先生致劉泱育電郵。
〔註221〕朱熹：《四書集注》，長沙：嶽麓書社，1985，第 16 頁。
〔註222〕辛華、張春平：《方漢奇：七十年來家國》，見成思行、燕華主編：《與傳媒界
名流談心》，北京：新世界出版社，2002，第 31～32 頁。
〔註223〕2011 年 2 月 10 日方漢奇先生致劉泱育電郵。

持」的項目則並沒有隨著年齡的增加而減少，反而呈增長之勢——從 2002 年出版的第一項「署名支持」的成果《正在發生的歷史：中國當代新聞事業》，到 2004 年出版的《中國共產黨新聞思想史》、從 2005 年出版的《中國新聞學之最》、2006 年出版的《中國新聞事業圖史》、到 2011 年出版的《中國新聞傳播史（1978～2008）》，清晰可判。

「牽頭組織」與「署名支持」項目的數量在方漢奇學術之路上隨著年齡增長而發生的不同變化，這只是表象，背後起支配作用的是在主觀因素和客觀因素雙重作用下的個人選擇在發生著變化。所謂的「客觀因素」，即是隨著年齡的增加，記憶力和精力都不如從前，即有「牽頭組織」之念，亦感「力不從心」，因為「牽頭組織」必然要求「各出機杼」，方漢奇自然也要發揮自己的專長（比如中國古代新聞史）從事研究，然而記憶力的減退，使方漢奇感覺到寫文章很難，主要是因為「記不住了」，他在近年已將自己積累的作學問的資料卡片都送給了學生，這足以表明其對自己目前因記憶力下降而不宜再從事學術研究的清醒判斷；所謂的「主觀因素」即是方漢奇對自己「做好人梯」的角色自期，雖因精力不允，其「技能資本」已不適合再「牽頭組織」協作研究，但因資歷、身份與聲望而具有的「社會資本」卻完全可以使自己通過「署名支持」的方式來「做好人梯」。

三、協作資本的運營與個體聲望的增減

無論從外在的協作方式還是從內在的協作理念來看，方漢奇作為研究的組織者，都在發生著變化，然而，在這變化之中，亦有著「不變的元素」存在。這種不變的元素即是「與人為善」。

如前文所及，方漢奇受《中國新聞年鑒》編輯部之託，牽頭組織編寫的《中國新聞年鑒·中國新聞界人物》，屬於「幫忙型協作」。「幫忙」一詞，無論在海內外任何地方，「與人為善」的意味均至為明顯。

同時，在方漢奇「署名支持」的多項協作研究中，除了支持自己的學生外，對於不是自己學生者，他亦「署名支持」。

以《中國新聞學之最》為例，該書「總體規劃和編撰體例由方漢奇、李矗提出和制定，並由後者負責全盤組織實施……全書最後由方漢奇、李矗統編和定稿」〔註224〕，署名為「方漢奇　李矗　主編」。

〔註224〕方漢奇、李矗主編：《中國新聞學之最》，北京：新華出版社，2005，編撰說明。

但方漢奇並未將該書視爲自己的研究成果，然而，對於李矗而言，方漢奇署名的意義卻極爲重要——李矗有一個理想，行走法學界、新聞界和文學界，與「三界」的學界宿儒合作主編「之最」三部曲。這就是後來成書的《中國法學之最》、《中國新聞學之最》和《中國文學之最》。〔註225〕方漢奇的「署名支持」助成了李矗完成「行走『三界』、採擷『三最』之旅」。

同時，方漢奇「署名支持」，並非是什麼事都不做——以吳廷俊主編，方漢奇學術指導的《中國新聞傳播史（1978～2008）》爲例，該項目獲得批准後，「2007年11月中旬，方老師在京召集子項目負責人會議，商討項目實施計劃、研究原則，確定子項目完成人名單；當年12月9日，在湖北黃陂的木蘭天池召開了課題組第一次全體會議，方漢奇老師不畏嚴寒，親臨主持會議。會議主要議題是確定研究指導思想，討論寫作提綱，統一寫作體例。」〔註226〕這與方漢奇自己所說的「我只是掛名」〔註227〕並不相符。

由於不將「署名支持」的協作研究視爲自己的成果，因而，「署名支持」對於方漢奇自身學術成就的影響就沒有對請方漢奇「署名支持」者大。換言之，「署名支持」中的「署名」並不是方漢奇「自己的需要」，而是別人的需要，這種需要，在方漢奇看來，他只是以署名的方式「幫個場子」——「掛上我的名，有利於他們把項目和課題爭取到手。」〔註228〕

例如，《中國共產黨80年新聞思想研究》〔註229〕就是以方漢奇的名義申請項目的——童兵在2003年3月接受訪談時，曾提到「我還參與了方漢奇老師的課題『中國共產黨80年新聞思想研究』，做其中的一個子項目1949～1976年的中共新聞思想研究」。〔註230〕而該課題的負責人鄭保衛則是「在課題已經

〔註225〕李矗與北京大學李貴連先生一起主編了《中國法學之最》（北京：中國人事出版社，1991），後來與《世界法學之最（外國部分）》（北京：中國法制出版社，1995）合爲《中外法學之最》（北京：法律出版社，2002）；和中國人民大學方漢奇先生一起主編了《中國新聞學之最》（北京：新華出版社，2005）之後；和北京大學謝冕先生主編了《中國文學之最》（北京：中國廣播電視出版社，2009）。見李矗：《行走「三界」採擷「三最」》，《全國新書目》2009年第9期，第32頁。

〔註226〕吳廷俊主編：《中國新聞傳播史（1978～2008）》，上海：復旦大學出版社，第698頁。

〔註227〕吳廷俊主編：《中國新聞傳播史（1978～2008）》，上海：復旦大學出版社，第698頁。

〔註228〕2013年6月23日方漢奇先生覆劉決育電郵。

〔註229〕出版時定名爲《中国共產黨新聞思想史》。

〔註230〕李曉靜：《童兵：「一分天賦　兩分勤勉　七分機遇」》，見《童兵自選集》，上海：復旦大學出版社，2004，訪談錄第11～12頁。

立項以後接手課題組工作的」。〔註231〕

　　方漢奇的「署名支持」是爲了「幫場子」，亦即是從「與人爲善」利他的角度出發的，這與目前論文發表時以署名的方式強佔別人勞動的做法，顯然不可同日而語。

　　儘管方漢奇不將「署名支持」的協作成果視爲自己的，但以「署名」的方式支持協作研究的行動，對於方漢奇而言，卻並非沒有收益——按照社會學家林南的觀點，方漢奇的行爲屬於「情感性行動」，可以「維持已被行動者擁有的資源」，能夠獲得「情感性回報」，具體包括「身體健康、心理健康和生活滿意」。〔註232〕

　　在經營自己的協作資本，爲「與人爲善」計之時，方漢奇也在不斷地進行著「與時俱進」。這種「與時俱進」包括思想觀念的變化，也包括自己爲勝任主編的任務而需要在科研上不斷探索，這在其「牽頭組織」的協作研究中尤爲明顯——主編《〈大公報〉百年史》時，方漢奇重新評價了《大公報》的歷史地位——《再論〈大公報〉的歷史地位》，撰文長達15000餘字〔註233〕。又如，在主編《清史‧報刊表》時，方漢奇則發表了多篇有關中國古代報紙的論文。〔註234〕

　　對於組織協作研究而言，無論方漢奇是「牽頭組織」還是「署名支持」，都需要動用他自身所具有的「技能資本」和「社會資本」，這一過程即是方漢奇經營自己的「協作資本」的過程。在此過程中，方漢奇通過自身的與時俱進，來保證勝任協作研究所賦予自己的社會角色的功能的發揮，並通過發揮自己的社會功能，實現「與人爲善」，而「與時俱進」和「與人爲善」的過程及其結果，在客觀上又使方漢奇的「聲望」增值，並獲得「情感性回報」。這表明，對於一個學者而言，「老年階段」，即使並非「最美不過夕陽紅」，但至少和人生的其他階段一樣可以有所作爲，恰如西哲所言，雖然「生命的歷程是固定不變的，『自然』只安排一條道路，而且每個人只能走一趟」，但是，「我

〔註231〕鄭保衛主編：《中国共產黨新聞思想史》，福州：福建人民出版社，2004，第578頁。

〔註232〕見鄭素俠：《網絡時代的社會資本——理論分析與經驗考察》，上海：復旦大學出版社，2011，第95頁。

〔註233〕見方漢奇等著：《〈大公報〉百年史》，北京：中國人民大學出版社，2004。

〔註234〕如方漢奇：《〈清史‧報刊表〉中的海外華文報刊》，《國際新聞界》2005年第5期；方漢奇：《〈清史‧報刊表〉中有關古代報紙的幾個問題》，《國際新聞界》2006年第6期。

們生命的每一階段都各有特色；因此，童年的稚弱、青年的激情、中年的穩健、老年的睿智——都有某種自然優勢，人們應當適合時宜地享用這種優勢」。〔註235〕

〔註235〕〔古羅馬〕西塞羅：《論老年 論友誼 論責任》，徐奕春譯，北京：商務印書館，2007，第 18 頁。

下篇　人才培養之路

引言：作爲人才培養者的方漢奇

　　「高校教師」，或者「大學老師」，這是方漢奇賴以謀生的職業。作爲教師而言，「人才培養」是首要任務，尤其對於方漢奇及其儕輩而言，花在教學上的時間，在相當長的時間內，遠大於花在學術研究上的時間，並且，他們從事學術研究的重要目的亦是「以科研促教學」，爲了更好地培養人才。

　　培養人才的前提是師生關係的客觀存在，而師生關係之客觀實存不僅有賴於傳受雙方在特定時間段中的精神交往過程，而且需在特定的空間場域中才能完成師者的「傳道、授業、解惑」以及學生的求學問道。作爲大學教師，方漢奇爲本科生、專科生、進修生、碩士生、博士生和中青年教師講過新聞史課，由於方漢奇的教齡從 1951 年即已開始，至 2013 年已達63 載，因而，聽過他講課的學生，不但人數甚衆，而且，他的學生是由幾代人構成。

　　中國大陸新聞史學專門人才的培養，亦即研究生層次的人才培養在時間上主要始自 1978 年後〔註1〕。方漢奇自 1978 年開始招收和培養新聞史方向的碩士研究生，1985 年開始招收和培養新聞史方向的博士生，2004 年開始招收和培養新聞史學博士後。

〔註1〕1961 年 9 月復旦大學新聞系曾招收過兩名碩士研究生：王涵隆，徐占焜，導師爲李龍牧副教授。據李建新：《中國新聞教育史論》，北京：新華出版社，2003，第 187 頁。

除招收培養新聞史學專門人才之外，在我看來，對於新聞史學的教學也應納入到考察一名新聞史學者培養新聞史學人才的整體視野之內。因爲除科研機構外，絕大多數培養新聞史學人才的新聞史學者都是高校教師，作爲一名教師，「教學」顯然是其本職工作，如果對其本職工作避而不談，那麼，顯然既無法深入地理解其新聞史學人才培養思想，也無法完整地探討其新聞史學人才培養實踐。

事實上，方漢奇也極爲重視教學工作，並爲此花過大量精力，除了努力備課之外，亦轉益多師，注意吸收名家的教學經驗，其目標自然是爲了講好課。

同樣是爲了開展好教學工作，教師需要教材，方漢奇及其儕輩花了巨大精力在教材建設上，這既表現在他們編寫出不只一部教材，也表現在他們對所編寫出來的教材不只一次地進行過修訂。

對於方漢奇而言，「培養人才」不僅僅限於教學、編寫教材和培養研究生，不能忽視的是，以作序或寫書評的方式，表示對新聞史學研究者的支持，亦是方漢奇培養人才的重要取徑。

本篇從「教學」、「教材」、「博士生培養」和「作序與書評」等四個維度來聚焦方漢奇的人才培養之路，在我看來，這四個維度幾乎可以涵蓋任何一位高校教師爲培養人才而進行努力的實踐層面。

申、育材之言：「說服學生」與事在「師」爲

作爲教師，講課是其本職工作，是社會所賦予其「傳道、授業、解惑」角色功能得以發揮的重要通道。一位出色的學者，可以不講課，即使講課，課也可以講得不好，但學問不能做得不好；而一位出色的教師，學問可以做得不好，但課必須講得精彩。

方漢奇身兼多種社會角色，就其所從事的職業而言，「教師」這一角色對於方漢奇在重要性上超過「學者」。在他看來，「教學是大學裏天經地義的事，是教師的第一職責；所謂傳道、授業、解惑，學生的知識學習其實大部分還是要依靠教學環節來解決的」。〔註2〕因此，把課講好——這既是「學生」和「學校」對於方漢奇的外在期待，也是方漢奇勝任自己作爲「老師」和「教師」社會角色的內在要求。

〔註2〕周楊：《五十八載像園丁一樣耕耘——訪中國人民大學新聞學院方漢奇教授》，《中國大學教學》2009 年第 12 期，第 29 頁。

就講好課而言，首先要解決的問題是，一門課（例如，新聞史課）是否有可能講好？換言之，即在經驗事實上到底能不能講好？其次，如果承認一門課是可以講好的，那麼，教師在課上和課下應該如何做——才有利於講好課，從而不但使學生受益，而且使自己有得？

一、新聞史課可以講好與「事在『師』為」

方漢奇所教的「新聞史」課，被新聞教育界公認為屬於「不好講」或者「不易講好」的課程之一。個中原因，不僅由於新聞史課「既不像採寫編評那樣有很強的實用性，也不像新聞理論那樣講求一定的學理，所以學生們在面對這門課時往往有很多無奈和疑惑」〔註3〕，而且因為新聞史課「涉及我國歷史上許多報刊和廣播電視以及與之相關的傳媒人，因此信息量大，內容龐雜。對於講授《中國新聞傳播史》課程的教師來說，如何把紛繁複雜的歷史講得清楚並講得生動有趣，讓學生喜歡聽，容易記，不啻是一個嚴峻的挑戰」。〔註4〕

也正因為作為承擔新聞史課程的教師，親身感覺到新聞史課「不好講」或者「不易講好」，因此，探討如何講好新聞史課的論文層出不窮〔註5〕。但在此處，本書暫不討論到底如何做才能講好新聞史課，而是通過檢視方漢奇——「我國目前從事新聞史教學時間最長的教師」的新聞史教學歷程，追問：在經驗事實層面，新聞史課是不是存在著講好的可能？

當方漢奇被問道：「新聞史在目前的新聞院系中是一個研究者公認的『冷門』，在教學上也是一個『冷門』，教師認為難教，學生學習的積極性也不高。您認為新聞史的教學應該如何改進？」在他看來，「新聞史講不好的老師應該『打屁股』，一些理論課是不容易講好的，因為抽象，或是學生在書上能看到，老師發揮的空間小、壓力比較大。但歷史課不同，歷史上有趣的事情很多，怎麼可能講不好？」〔註6〕

〔註3〕趙智敏：《〈中國新聞傳播史〉情境創造教學模式的探索——兼論對學生素質的全面培養》，《新聞界》2006年第1期，第127頁。

〔註4〕李微：《〈中國新聞傳播史〉課堂教學新探》，《重慶科技學院學報》（社會科學版）2009年第7期，第208頁。

〔註5〕例如，2004年中國新聞史學會曾專門召開過「全國新聞傳播史教學學術研討會」，會後收入《新聞春秋》的論文達30篇之多，見李建偉主編：《新聞春秋——中國新聞史學會二○○四年年會暨全國新聞傳播史教學學術研討會論文集》，開封：河南大學出版社，2005。

〔註6〕周楊：《五十八載像園丁一樣耕耘——訪中國人民大學新聞學院方漢奇教授》，《中國大學教學》2009年第12期，第5頁。

　　方漢奇所作出的——新聞史課「怎麼可能講不好」的反詰，是建立在他個人經過努力「能夠講好新聞史課」的經驗事實之上的——「他的課堂教學，內容豐富，思路明晰，語言生動，深入淺出，受到學生普遍讚揚」。〔註7〕

　　——中國人民大學新聞系七八級學生回憶道，「曾被同學們估計為本學期最枯燥的課——新聞事業史，開學以來卻受到同學們熱烈歡迎。講授這門課的是我系方漢奇副教授。」

　　學生們歡迎方漢奇的課，重要的原因在於，方漢奇的新聞史課「不僅史料豐富，而且脈絡清楚，使同學感到既生動豐富，又條理明晰」，在「六次課中他提到的各種辦報人，以及與報刊宣傳有關的人有近百人，有天才的宣傳家，也有高明的騙子手，有姦臣，也有小偷，他們的生平，軼事、性格、趣聞被方老師信手拈來，稍加組織，復原成一個個有血有肉的人物……」

　　——「講到民族資產階級的軟弱性時，方老師舉例說：從十九世紀六、七十年代到二十世紀初，發展了三、四十年的民族資產階級只開辦了一百六十三個工廠，累計資金五千四百萬元，只相當於今天北京國棉三廠的固定資產……」〔註8〕

　　又如，中國人民大學八七級學生的回憶：「大一的時侯最幸運的是新聞史課程，還是方漢奇老先生給我們上課，聽他背誦《少年中國說》，跟隨老人家體會老報人的思想足迹，影響終生……」〔註9〕

　　——「人大的老師們那時侯上課經常會有一些課外的話題。比如方漢奇教授，他上的公開課教室往往被其他班級甚至其他系聞訊而來的學生擠滿，窗戶上有時都站著人。他喜歡在課前講一些對社會政治的看法，並讓學生提問和對話。一次一個學生發問，跟方教授正在發揮的話題大相徑庭，方教授頓了一下說：『你跟我講的，叫做褲襠裏放屁，兩岔了』。滿堂頓時爆笑……」〔註10〕

　　再如，方漢奇的博士生陳昌鳳的印象：「導師的課堂充滿意趣。他信手拈來的掌故，時時引發滿堂笑聲；他史海鉤沈的能力，常常令學生拍案叫絕」。〔註11〕

〔註7〕《方漢奇學術成就簡介》，《江漢論壇》2004年第8期，第144頁。

〔註8〕祁林、陳湘安、魯曉晨：《方漢奇老師的課講得好》，《中國人民大學校刊》，1980年12月23日，第596期。

〔註9〕《87級新聞系二班班志》，見中國人民大學87級學生回憶錄：《人大八七》，第366頁。

〔註10〕《記憶》，見中國人民大學87級學生回憶錄：《人大八七》，第42頁。

〔註11〕陳昌鳳：《學術人生　莊諧有致——我的導師方漢奇先生》，《新聞與寫作》2007年第9期，第10頁。

　　——「在講授《名記者研究》課時，他講的所有人物都會栩栩如在眼前，他貫通古今的能力，更讓那些歷史人物從久遠的年代向我們走近。邵飄萍採訪『府院之爭』，講到調停人、副總統馮國璋時，他輕帶一句：『這位馮國璋正是當今笑星馮鞏他祖爺爺』，只聽滿教室齊聲『哦——』」

　　——「在《中國新聞史》課講到對梁啓超的評價時，導師批評梁任公開政論冗長之壞風，說他有韓愈之起勢、卻沒有韓愈『止於不可不止』之決心。『那時有位叫蔣百里的，寫了一部 5 萬字的《歐洲文藝復興史》，請梁啓超作序。梁啓超『縱筆所至，略不檢束』，洋洋亦達 5 萬字。蔣百里很為難，只得勸梁啓超另出一本書，這便是較有份量的《清代學術概論》，這本書的序便由蔣百里作了。』這時，教室裏已經笑聲不止。導師又順帶一提：『蔣百里後來因故自殺，末遂住院，竟因禍得福，與護理他的日本護士戀愛了，他們以後生有一女，此女不是別人，正是著名科學家錢學森的夫人』，這曲裏拐彎的歷史，繞來繞去，又繞出一個『熟人』來，滿教室又是瞪大了眼，一片恍然大悟的『哦——』」〔註 12〕

　　在我看來，方漢奇的新聞史課講得到底有多好並不重要，重要的在於兩點：

　　一是新聞史課是可以講好的，並且，同時承擔多門課程也是可以講好的——「僅 1983～1984 學年，他（方漢奇）就承擔了「中國新聞事業史」、「中國近代報刊史」、「新聞學專題」、「中外新聞史專題」、「中外資產階級新聞思想研究」、「名記者研究」等六門課程，擔任全課程或部分專題教學任務。這些課程，有本科生的、研究生的，還有新聞教師進修的」，對於每一門課程，方漢奇「都極其認真，盡力講好每一節課。他的課，內容豐富，材料翔實，深入淺出，生動活潑，深深地吸引著廣大同學求教」。〔註 13〕

　　二是新聞史課講好的關鍵是「事在師為」，是「教師」，而不是「學生」起著決定性的作用。有教師認為，「作為教學環節當中重要一環的教師，對於教學效果的好壞有著直接的影響。」〔註 14〕這話當然沒錯，但對教師的重要性強調得稍感不夠，在方漢奇看來，教師對於教學效果的好壞起著決定性的

〔註 12〕陳昌鳳：《亦莊亦諧方人生——導師方漢奇教授側記》，《時代潮》1999 年第 9 期。
〔註 13〕辛辦：《一個老知識分子的主旋律——記新聞系新聞事業史教研室主任方漢奇同志》，《中國人民大學校刊》，1984 年 12 月 20 日，第 683 期。
〔註 14〕王金珊：《〈中國新聞傳播史〉授課方式探析》，《內蒙古師範大學學報》（教育科學版），2007 年第 12 期，第 141 頁。

影響，換言之，課能否講好？關鍵點與關節點均爲「事在『師』爲」——「新聞史教學面對的是千姿百態、意趣橫生的新聞材料，學生們之所以會認爲新聞史課枯燥，是老師沒做好，老師作爲向導，應該貼近學生實際，講授出學生感興趣的內容出來，所以老師的課要下功夫做到這一點」。〔註15〕

二、新聞史課的核心理念：說服學生

方漢奇能夠講好新聞史課，作爲經驗事實表明，教師通過「努力」是可以講好新聞史課的。「努力」表明的是一種在時間中展開思想和行動的過程，方漢奇的新聞史教學歷程雖然表明了新聞史課可以講好，但這並不意味著他一開始就可以把新聞史課講得非常精彩。

事實上，方漢奇當年剛到北大講授新聞史課時，留給他的「備課時間只有七天」，「由於倉卒上陣，準備不充分，又沒有可供閱讀的講義和教材，教學的效果不理想。上課不久，就收到一大堆意見」，方漢奇因此也曾「有些苦惱」。〔註16〕

爲了減少乃至消除因教學效果不理想而產生的「苦惱」，方漢奇除努力備課之外，亦在提高講課的藝術性上下功夫，爲此曾通過聽課而學習別人的教學方法——他在北大時「聽過中文系游國恩、王瑤的課。50年代還聽過蘇聯專家的課」，1958年北大新聞專業被合併到人大新聞系後，方漢奇隨之到人大任教，又聽過林誌浩講魯迅，安崗講新聞。〔註17〕

「文革」期間，方漢奇再次回到北大任教，仍然注意向著名教師學習講課之法，他憶道：「利用跟班教員的名義，和課後輔導工作的需要，我隨著那個班的工農兵學員，聽了校內諸子百家的課，其中有的是早已蜚聲於時的老學碩儒，也有一些則是後來的知名教授。這些老師們術業有專攻，個頂個的都是所在學科領域內的佼佼者。他們講課的風格雖然不同，但都顯示了雄厚的學術根底，和極富魅力的教學藝術。使我從中得了很多的借鑒」〔註18〕。

方漢奇自言：「我對教學這件事比較重視，所以只要學校安排有教學任

〔註15〕蘭州大學新聞網：《冷門做出熱學問——方漢奇老師蘭大報告紀實》，2006年10月31日。http://news.lzu.edu.cn/content/6925.shtml

〔註16〕方漢奇：《新聞史的幾個園丁》，《溢金流彩四十年（1955～1995）——人大新聞學院師生回憶錄》，第55頁。

〔註17〕周楊：《五十八載像園丁一樣耕耘——訪中國人民大學新聞學院方漢奇教授》，《中國大學教學》2009年第12期，第31頁。

〔註18〕方漢奇：《十年風雨未名湖》（未刊稿）。

務，就全力以赴。在課堂上把課講好，這是天經地義的事情，我是力求在這個基本環節上做到最好」。〔註19〕

方漢奇所強調的「在課堂上把課講好」，點出了教學取得良好效果的關鍵環節。在我看來，這涉及到的是新聞史課的核心理念，也是任何一門課程的核心理念：說服學生。

學生在課堂上能夠從教師的課中受益多少，取決於其在多大程度上接受了教師的觀點，而並不是從教師那裡接受多少知識。「知識就是力量」是對「知識」重要性的一種過於樂觀的誇大，事實上，並不是任何知識都具有力量。尤其是人文社會學科的知識，在有教材的情況下，即使教師不講，學生自學也能夠看懂，因此，如果教師在課堂上以傳授知識為主，那就無疑等於浪費學生的時間，正是在此意義上，我認為教師在課堂上的價值主要是（圍繞教材的重點和要點）講教材以外的內容〔註20〕，並且側重點不在於知識的灌輸，而在於思維能力的培養——對於新聞史課而言，即在於通過新聞史實來討論我們應該怎樣用歷史眼光來思考問題？

就思維能力的培養而言，又需要從解決問題出發，對於新聞史上的某個問題，給出自己的觀點，而後說服學生接受老師的觀點。由說服學生接受老師的觀點的過程，構成新聞史課堂講授內容的核心。

而說服學生接受教師觀點的前提，是將學生的注意力吸引到教師所講授的內容上來，因此，新聞史課需要「有趣」。方漢奇注意到應該使新聞史課有趣，為此，除了「利用現代化的教學手段（圖片、幻燈片、投影儀等）」〔註21〕之外，他認為：

一、平常要注意積累，備課要備得充分，要用十桶水的儲備，去應對課堂上給予同學們那一桶水。

二、上課時要全神貫注，全身心的投入，要對所講的內容有感情，

〔註19〕周楊：《五十八載像園丁一樣耕耘——訪中國人民大學新聞學院方漢奇教授》，《中國大學教學》2009 年第 12 期，第 31 頁。

〔註20〕有老師同意，「學生希望聽到的是更多教材上所沒有的新鮮內容，而非教材的翻版」。王金珊：《〈中國新聞傳播史〉授課方式探析》，《內蒙古師範大學學報》（教育科學版），2007 年第 12 期，第 141 頁。

〔註21〕方漢奇：《在中國新聞史學會年會暨全國新聞傳播史研究與教學學術研討會上的主題發言》，2004 年 4 月 24 日於河南大學。見李建偉主編：《新聞春秋——中國新聞史學會二〇〇四年年會暨全國新聞傳播史教學學術研討會論文集》，開封：河南大學出版社，2005。

　　　　有激情，要和聽課的對象在精神上，視覺上有交流、有溝通。
　　三、要準備好講稿或提綱，但只能作爲提示，不能照本宣科。〔註22〕
但使新聞史課僅僅「有趣」是不夠的。「有趣」對於學生的效用而言，充其量
只是在聽教師講課的過程中得到精神上的愉悅和快感，並因感到愉快而將自
己的注意力投注到教師所講授的問題之上來。在捕獲了學生的注意力之後，
教師需要以「有理」的方式說服學生，並在「說服」的過程之中和之後使學
生感覺到新聞史課「有用」。

　　方漢奇所採用的「有理」的方式講授新聞史課，其中重要的方法是「實
事求是」，憑藉廣博的知識面，豐富的閱歷和長期的積累，方漢奇力爭通過
列舉大量的史實來說服學生接受自己的觀點——這種辦法在他所主編的作
爲教學材料的教材中有所體現，例如，在主編《中國新聞傳播史》時，他就
力主「應該如實的把現代新聞史的這一塊，按照它當時的實際情況來編寫」。
〔註23〕

　　無論努力使新聞史課「有趣」（以此來吸引學生的注意力，使學生喜歡該
課）還是「有理」（說服學生接受教師的觀點），最終都是爲了使新聞史課對
於學生「有用」，爲實現方漢奇所反覆倡導的「學好新聞史」〔註24〕提供合法
性依據。

　　方漢奇曾不只一次強調過新聞史的重要性——新聞史可以幫助我們掌握
新聞事業的發展規律；可以幫助我們繼承和發揚前人辦報的優良傳統；可以
幫助我們借鑒前人豐富的辦報經驗；可以幫助我們從前人的失誤中，汲取教
訓，避免重蹈覆轍，犯同樣的錯誤。最後，可以幫助我們豐富自己的專業歷
史知識。〔註25〕

　　簡言之，即新聞史是有用的，這裡其實有兩個隱含的前提，一是新聞史
「對於誰而言」是有用的？二是「什麼樣」的新聞史有用？

〔註22〕 2010 年 7 月 9 日方漢奇先生致劉泱育電郵。
〔註23〕 辛華、張春平：《方漢奇：七十年來家國》，見成思行、燕華主編：《與傳媒界
　　　　名流談心》，北京：新世界出版社，2002，第 29 頁。
〔註24〕 方漢奇：《新聞史：新聞事業的座標》，《中華新聞報》，2004 年 2 月 20 日；方
　　　　漢奇：《學好新聞史——寫給今天和未來的新聞工作者》，《國際新聞界》2008
　　　　年第 4 期。
〔註25〕 方漢奇：《學好新聞史——寫給今天和未來的新聞工作者》，《國際新聞界》2008
　　　　年第 4 期，第 5 頁。

　　李彬認爲，新聞史研究的用處，受益者主要爲學者，學生和業界〔註26〕。就新聞史教學而言，需要重點關注的自然是，新聞史對於學生而言有什麼用？而要深入地討論這一問題，就涉及到要討論「什麼樣的新聞史」對於學生有用，並且對於學生「有用」的「有用」又是何種含義？

　　首先可以斷言，並非任何一種新聞史對於學生而言都是有用的，對此，不需要進行複雜的邏輯分析，方漢奇的授課經歷從經驗層面即可證明這一點——「在課堂上應該看著你的學生，在他們的眼神中檢驗你的教學效果，隨時做出調整。如果同學們都瞪著眼、身體前傾，說明你講的被學生重視了。如果學生大多神思恍惚，或者是你講的沒意思，或者是這些內容他們早就知道了」。〔註27〕方漢奇這裡所提到的「或者是你講的沒意思，或者是這些內容他們早就知道了」，即可證明並非教師所講的任何新聞史內容都會受到學生歡迎，亦即，並非任何一種新聞史對於學生而言，（都能夠讓學生感覺到）是有用的。這等於說，在有限的課堂時間之內，教師對於新聞史內容必須進行有目標的取捨和選擇。

　　在我看來，面對中國新聞事業歷史知識的汪洋大海，一種可行的方法便是以「溯源」、「鳥瞰」和「聚焦」的方式來講授新聞史。教學目標可以概括爲「知其源」，「悉其貌」和「解其理」。

　　首先強調「知其源」的必要性——「從起源中理解事物，就是從本質上理解事物（杜勒魯奇）」〔註28〕。因爲從長時段歷史觀的培養來看，如果要理解一個事物，我們必須要找到其源頭。在從源頭到此事物的今天的時間段中，各種各樣的影響該事物是其所是的東西都在這個時間段內。假如不知道源頭，那我們對該事物究竟瞭解多少——自己是沒有把握的。自己也弄不清楚到底瞭解該事物多少。說來說去最後仍然可能是「其實你不懂我的心」。

　　對於「悉其貌」和「解其理」的意義，有教學名師對此闡述得比較清楚：

〔註26〕李彬：《「新新聞史」：關於新聞史研究的一點設想》，《新聞大學》2007年第1期，第39頁。

〔註27〕周楊：《五十八載像園丁一樣耕耘——訪中國人民大學新聞學院方漢奇教授》，《中國大學教學》2009年第12期，第30頁。

〔註28〕鄧紹根：《「記者」一詞在中國的源流演變歷史》，《新聞與傳播研究》2008年第1期，第37頁。

你參觀某一個城市，你總希望人家首先把你帶到城市的某一個最高處，然後往下看一看這個城市的概貌。你不希望人家一上來就把你帶到大街小巷去穿去，那樣穿了半天你不知道這城市是什麼樣子。但是，站在高處一看，這城市樣子有了。然後人家告訴你那是什麼地方，那是什麼地方，然後呢，那個地方我們要去的，那個地方我們就不去了，大家知道有那麼一個地方，這樣一般就瞭解了，然後你再有重點地參觀大街小巷，你對這個城市就全瞭解了。〔註29〕

通過課堂教學，使學生對新聞史能夠「知其源」，「悉其貌」和「解其理」，目標自然是為了「有用」，這種「有用」，在方漢奇看來，概括地講，就是「可以以史為鑒」——「總之可以幫助我們以史為鑒，幫助我們瞭解歷史，得到傳承，獲取經驗，接受教訓，增長智慧，把握現在，開創未來。」〔註30〕

而在我看來，以史為鑒，並不應僅限於從經驗教訓層面來作強調，而應從培養學生的複雜化思維方面入手——使學生養成複雜地看問題的眼光，在某種意義上，複雜地考慮問題，即要求在聯繫中，在時間相繼和空間相接中，思考問題，複雜地考慮問題在某種意義上即等於深刻地思考問題。只有深刻地考慮問題，在事前得出的結論才具預測的功能，才能表徵個體判斷力的強弱。在事後得出的原因分析，亦才更可能接近事物發生時的本來樣態。

無論「有趣」、「有理」還是「有用」，核心目標都是為了「說服學生」。但對於任何一位教師而言，說服學生都並不是一件容易的事，方漢奇雖然課講得很好，但也有講得「不愜意」的時候〔註31〕。每當感覺講得「不愜意」時，他會一星期都不開心，「不高興的時間很長」。〔註32〕

方漢奇感覺「不愜意」的經歷表明，作為一名教師，課講得好與不好，所影響的並不只是學生，與影響學生同等重要的是影響自己的幸福感。為了勝任自己作為教師所扮演的社會角色，為了過得幸福，教師在課堂上精彩地講授與課堂下用心地備課，並不完全是為了學生，而且，也是為了自己。並且，如果

〔註29〕 李子奈：《如何才能講好一門課》視頻，文本經提煉整理見吳劍平主編：《清華名師談治學育人》，北京：清華大學出版社，2009。
〔註30〕 方漢奇：《學好新聞史——寫給今天和未來的新聞工作者》，《國際新聞界》2008年第4期，第5頁。
〔註31〕 2010年7月9日方漢奇先生致劉泱育電郵。
〔註32〕 周楊：《五十八載像園丁一樣耕耘——訪中國人民大學新聞學院方漢奇教授》，《中國大學教學》2009年第12期，第30～31頁。

教學受到學生歡迎，除自己感覺幸福之外，亦有其他收益，比如獲獎。〔註33〕

三、從事科研的「醉翁之意」與備課的詩外功夫

　　方漢奇常說，「『課養人，人養課。』大意指，一門成功的課程能夠扶持並造就一個優秀的教師，而一個有造詣的教師則可以培植和建設一門優秀的課程」。〔註34〕在我看來，方漢奇所講的「人養課」——討論的其實就是教學與科研之間的關係。方漢奇自己也承認，「當好教師，使自己所教的課程成為『精品課程』，是需要一定的科研上的投入作支撐的。」〔註35〕

　　科研可以促進備課，這是眾所周知之事，但並非眾所周知的是，方漢奇所講的科研可以促進備課，道出了他從事新聞史研究（除了興趣之外）的極為重要的原因。方漢奇自己「回過頭來看，這幾十年來，我所從事的主要還是新聞史教學方面的工作。但教學又必須有一定的科研作支撐，才能夠逐步的有所提高，因此不得不時時關注新聞史教學和新聞史研究領域中出現的一些問題，作一點探索，寫一點小文章」。〔註36〕例如，方漢奇對於邵飄萍的研究，即是為了以科研促進教學。〔註37〕

〔註33〕方漢奇於 1987 年被評為全國優秀教師，1987、1997 年兩次被評為北京市優秀教師；曾獲韜奮園丁獎一等獎（1996 年）、教育部國家級教學成果二等獎（1997 年）、吳玉章教學獎（2007 年）。

〔註34〕童兵：《一部研究新聞法律關係的力作——為顧理平教授新作〈新聞權利與新聞義務〉而序》，《新聞與寫作》2011 年第 6 期，第 38 頁。

〔註35〕涂光晉：《時代之「聲」：新時期中國新聞評論研究》，北京：中國人民大學出版社，2011，方漢奇序。

〔註36〕《方漢奇文集》，汕頭：汕頭大學出版社，2003，第 703 頁。

〔註37〕有一次接受採訪時，訪者問道：「能否具體講講如何以科研促教學，比如以您對邵飄萍的研究為例？」
方漢奇答道：「那是研究生的新聞史專題研究課，由我和幾位老師合上。邵飄萍是一位傑出的報人，關於他的身份一般都認為屬於資產階級陣營。我一直關心這件事情，多次走訪了當事人羅章龍，採訪了邵的先後兩位夫人湯修慧和祝文秀，祝文秀還捐出她珍藏的 47 張有關邵飄萍的照片。仔細觀察這些照片，還能看到書架上的各種書刊。通過對收集到的資料和證據綜合分析，我得出了一個新的結論：邵飄萍是中共秘密黨員。後來我撰寫了《訪邵飄萍夫人》、《肩擔道義，筆蓄驚雷——紀念傑出的一代報人邵飄萍》、《邵飄萍和他創辦的副刊》、《發現與探索——記祝文秀和她所提供的有關邵飄萍的一些材料》、《近年發現的有關邵飄萍的材料》、《邵飄萍是共產黨員》、《關於邵飄萍是共產黨員的幾點看法》等一些文章來發掘和探討邵飄萍的黨員身份」。周楊：《五十八載像園丁一樣耕耘——訪中國人民大學新聞學院方漢奇教授》，《中國大學教學》2009 年第 12 期，第 30 頁。

　　這即是說，方漢奇的許多新聞史成果都是圍繞自己的教學而展開的，此處重要的問題在於要注意到，他從事新聞史研究是爲了教學，這與今天的高校教師爲了科研考覈和職稱評聘而從事科研截然不同——在方漢奇看來，「現在的大學比較重視科研，採用量化指標進行考覈，這讓人擔憂。如果重點搞科研、不能認眞鑽研教學，對大學裏不少的新教師來說不是件好事，對年輕人的成長來說也是不全面的。我 1954 年任講師，1979 年才被評爲副教授，其間有 25 年沒有評定職稱。所以在以前的年代也有一個好處，就是不用擔心職稱的事，可以專心搞教學和積累」。〔註 38〕方漢奇的這段話，值得我們注意的是，雖然「科研」能夠促進「教學」，但這是有條件的，即所從事的「科研」與「教學」有關（包括爲了教學而從事科研，以及科研的內容是教學內容的構成部分）才能夠促進教學。

　　方漢奇是「爲了教學而從事科研」，注意到這一點，也許能夠更深入地理解《方漢奇文集》所收入的篇目的特點。同時也能夠明白，方漢奇在新聞史學研究上受尊重——在尊重方漢奇的人當中，相當多的一部分是將方漢奇作爲一位教師（老師）來尊重的，亦即方漢奇是贏得教育界、新聞界和學術界這三界人士和他的學生，以及學生的學生，還有學習新聞傳播學的學生的尊重的，與純粹的學者贏得學界尊重幾乎完全是靠著書立說提出某種觀點或者建構某種理論截然不同。

　　因而，在評價方漢奇的學術之路時，其作爲「教師」這一角色，在育人和助人方面的貢獻，在我看來，並不低於其作爲「學者」在治學上的貢獻——儘管《中國新聞傳播史（1978～2008）》將方漢奇視爲「新聞傳播學術人物」：「方先生被稱爲繼戈公振之後我國新聞史研究的又一座山峰、當下我國新聞史權威、泰斗」。〔註 39〕

　　因而，方漢奇在新聞史學領域所從事的研究，是需要將之與講好課放在一起進行評價（做科研是爲了講好課），才更能看出他們那一代人作爲「學者」的特殊性。〔註 40〕換言之，做科研，從事學術研究（主要的動因）並非是爲

〔註38〕 周楊：《五十八載像園丁一樣耕耘——訪中國人民大學新聞學院方漢奇教授》，《中國大學教學》2009 年第 12 期，第 29 頁。

〔註39〕 吳廷俊主編：《中國新聞傳播史（1978～2008）》，上海：復旦大學出版社，2011，第 546 頁。

〔註40〕 丁淦林先生的許多著述，也都是圍繞教學，爲教學服務。在其一生中唯一的文集《丁淦林文集》中，收錄的主要篇目都與教學有關，其中還包括三篇新聞史教案。見《丁淦林文集》，上海：復旦大學出版社，2005。

了個人的「名山事業」，而是爲了講好課，爲了培養人才。在這一點上，不獨方漢奇如此，其同行，如，寧樹藩、丁淦林、趙玉明等皆是如此。不僅新聞史學界如此，其他學科也不乏其人——例如中國文學學科領域的程千帆。

　　「程先生被公認爲優秀的學者和傑出的教育家，他在學術和教育兩方面的成就是不相軒輊的。然而，在程先生自己心目中，他的平生事業卻以教育爲第一要務。他在遺囑中說：『千帆晚年講學南大，甚慰平生。雖略有著述，微不足道。但所精心培養學生數人，極爲優秀』。」莫礪鋒在評價其師時說：「一般來說，一個在學術上有深厚積累的學者在長期被禁止從事著述後，最著急的事當然是整理自己的學術成果，完成名山事業。然而，程先生卻把培養學生放在第一位」。〔註41〕

　　經過這樣一番比較而得出方漢奇與程千帆等人的相同點，我們也許會對方漢奇在 1978 年之後，他所作出的在「治學」與「育人」上投入不同精力的選擇，有著更爲深入的理解。在我看來，方漢奇在出版專著《中國近代報刊史》之後，再無專著產生，主要的原因並非由於作爲「學術的探索者」精力不濟，而是選擇將大量的精力用到了「研究的組織者」和「人才的培養者」上面，其中，做爲「研究的組織者」，建設和促使新聞史學科繁榮，歸根到底也與「爲了更好地育人」有關。

　　因而，稱呼方漢奇，在我看來，最合適的莫過於稱其爲「方老師」，而不是「方先生」。除非，採用「先生」這一概念是爲了更充分地表達言說者的尊敬之情。進而言之，在某種意義上，「老師」這一角色爲方漢奇所帶來的尊重也許要超過「學者」這一角色。對此，新聞教育界不乏有識之士給予了充分的注意〔註42〕。而方漢奇在獲得首屆「范敬宜新聞教育良師獎」之後，則發

〔註41〕莫礪鋒：《好老師　好學生——敬悼吾師程千帆先生》，見莫礪鋒：《寧鈍齋雜著》，南京：鳳凰出版社，2012，第48～49頁。

〔註42〕2013 年 4 月 28 日，方漢奇獲首屆范敬宜新聞教育良師獎，肯定的就是對他作爲「老師」在育人方面所作出的努力，其評選詞可爲一證：「方教授培養了一批又一批的本科生，雙學士，碩士生，博士生以及函授生、留學生等，其範圍之全，數量之多，堪稱新聞史學教育第一」(時任中國社會科學院新聞傳播研究所「網絡與數字傳媒研究室」主任閔大洪)，在中國幾乎所有有重要影響的媒體中都有他的學生，如在當代新聞業中有過突出成就的高級記者艾豐、新華通訊社原社長郭超人、中央電視臺原臺長楊偉光等；他的學生有多位擔任新聞管理崗位主要負責人，在中宣部、國家新聞出版廣電總局等領導單位擔任重要職務；他的學生在新聞單位如《人民日報》、新華社、中央電視臺、鳳凰衛視及中國各地的媒體擔任業務骨幹。作爲導師，他指導過近 50 位博士

表感言道：

> 從開始當教師起，我就認爲教師這個工作，是個神聖的工作。
> 他承擔著傳道、授業、解惑的任務。承載著傳承文化和「爲先聖繼
> 絕學爲萬世開太平」的歷史使命。他必須不斷的學習，他必須爲了
> 當好先生首先去當好學生，他必須有蠟燭的精神，燃燒自己，照亮
> 社會和他工作的對象。他不僅要授學生以魚，還應該授之以漁。此
> 外，他與學生之間，還有一個師生互動教學相長的問題。要注意提
> 高學生在學習上的主動性，反對刻舟求劍，提倡獨立思考，鼓勵他
> 們時時有所創新，敢於超過自己的老師……〔註43〕

方漢奇的感言屬於他所體悟的做教師的理想境界，正因爲是「理想」境界，
他在超過 60 年的教學生涯中，儘管爲達到「理想」境界而不斷努力，但自
己仍感覺「做得都還很不夠」〔註44〕，當然，不能排除其中含有的個人自
謙成分。

酉、教材之編：「從無到『有』」與「從有到『好』」

在方漢奇看來，「新聞教育質量的高低，起決定作用的，主要是兩個因素：

生、多位碩士生，是 5 位博士後的合作教授，他指導的博士生在新聞教學單
位發揮了重要的作用，在人大、復旦、清華、北大、中國傳媒大學等多所大
學的新聞與傳播學院擔任院長、副院長和學科帶頭人；他指導的研究生在新
聞與傳播學研究中有重要影響，獲得全國優秀博士論文、吳玉章獎、全國哲
學社會科學優秀獎、北京市哲學社會科學優秀獎。方漢奇教授爲中國的新聞
與傳播教育作出了重要貢獻。方漢奇教授是中國人民大學的榮譽一級教授，
至今仍在中國人民大學新聞學院擔任博士生導師，仍在認眞敬業地指導學
生、爲研究生上課、參加研究生答辯，他積極參加學院的教學事務，每年均
出席學院的開學典禮、畢業典禮。每年他在指導博士生畢業論文中投入大量
精力，學生們的論文稿上都留下了他的密密麻麻的批註和修改意見。他的教
學認眞嚴謹、思維敏捷、講解幽默，始終結合新聞實際工作不斷探索和拓展
中國新聞史教學方法，他的課深受學生的喜愛。作爲中國新聞史學會首任會
長，他至今在擔任該學會的名譽會長、并與全國新聞史教學研究的年輕同行
保持著密切的指導與交流關係，並爲年輕教師研討班授課。他十分重視教書
育人，重視學生的學術品德和爲人修養的教導。方漢奇教授一直是學生們的
良師益友，深受學生愛戴。

〔註43〕 方漢奇：《在第一屆范敬宜新聞教育評獎會上的感言》（未刊稿），2013 年 4
月 28 日。

〔註44〕 方漢奇：《在第一屆范敬宜新聞教育評獎會上的感言》（未刊稿），2013 年 4
月 28 日。

一個是師資，一個是教材。兩者之間，教材的作用更大。這是因爲，師資的多少和良窳，往往受辦學主客觀條件限制，而教材一旦完成，就可以直接嘉惠於學子，風行四海，無遠弗屆。」〔註45〕對於教材編寫而言，在任何時候都面臨著的核心問題是「有」和「好」。本節主要探討方漢奇是如何解決教材編寫的「有」和「好」的問題的？對教材編寫的「有」和「好」的問題的解決實踐，與評價方漢奇的學術之路之間又有何種關聯？

一、「知識地圖」與「從無到『有』」

方漢奇最早直面新聞史課需要教材的問題，始於 1953 年執教北大之初。當時，全國從事新聞史教學的只有兩人——復旦大學新聞系的曹亨聞和北京大學中文系新聞專業的方漢奇。兩人從事新聞史教學所面臨的共同問題是，「連一本通用教材都沒有，涉及到現當代部分的內容更是一片空白」。〔註46〕爲了準備上課的材料，方漢奇「只好到圖書館、檔案館去查，連暑假也不閒著」〔註47〕，而曹亨聞也同樣需要解決上課的材料問題〔註48〕。

經過 10 年左右的材料搜集與積累，結合上課實踐，方漢奇於 1964 年寫出了自己的第一本教材《中國近代報刊簡史講義》，1972 年修訂爲《中國近代報刊簡史》，這部講義後來成爲 1983 年出版的《中國新聞事業簡史》的第一章和第二章。〔註49〕

「1977 年恢復高考招生以來，迫切需要教材」。〔註50〕中國人民大學新聞系「1978 年復系以後，面臨的最主要困難是沒有適用的教材。爲解決該問題，新聞系（學院）先後提出了『先有後好』、『成龍配套』、『填補空白』的教材

〔註45〕 方漢奇主編：《中國新聞傳播史》（第 2 版），北京：中國人民大學出版社，2009，總序第 3 頁。

〔註46〕 常愛穎，渠爽：《少時機緣因趣治學實爲師表典範　耄耋將至不倦樂學堪稱後生楷模——記中國新聞史學會名譽會長方漢奇先生的新聞人生》，中國人民大學《研究生通訊》2010 年。

〔註47〕 常愛穎，渠爽：《少時機緣因趣治學實爲師表典範　耄耋將至不倦樂學堪稱後生楷模——記中國新聞史學會名譽會長方漢奇先生的新聞人生》，中國人民大學《研究生通訊》2010 年。

〔註48〕 丁淦林回憶說：「在留校任教的最初幾年，我爲曹亨聞教授主講的《中國新聞事業史》課作輔導，任務之一是選擇參考材料並加上題解和注釋」。見丁淦林：《上講臺與編教材》，《新聞記者》2011 年第 11 期，第 73 頁。

〔註49〕 方漢奇、陳業劭主編：《中國新聞事業簡史》，北京：中國人民大學出版社，1983。

〔註50〕 丁淦林：《上講臺與編教材》，《新聞記者》2011 年第 11 期，第 74 頁。

編寫步驟」。〔註51〕方漢奇所寫的《中國近代報刊史》就是時代需要教材的「墊場戲」〔註52〕。不僅中國新聞史課程如此，其他新聞傳播學課程（如外國新聞史）也是如此，1985 年中國新聞教育學會甚至還專門召開會議，「要求各新聞院系儘快編寫教材，以供教學之急需」。〔註53〕

　　方漢奇當年編寫教材，是爲了「滿足教學需要」，這是高校教師扮演教師角色的一種普遍情況，〔註54〕必須爲學科繪製知識地圖。不僅方漢奇如此，其儕輩也是一樣〔註55〕。

　　自 1983 年出版《中國新聞事業簡史》至 2009 年出版《中國新聞傳播史

〔註51〕 中國人民大學新聞學院：《中國人民大學新聞學院歷史概述》，《新聞學論集》（第 25 輯），2010，第 322 頁。

〔註52〕 方漢奇：《中國近代報刊史》，太原：山西人民出版社，1981，第 761 頁。

〔註53〕 程曼麗：《外國新聞傳播史導論》，上海：復旦大學出版社，2007，第 322 頁。

〔註54〕 除了方漢奇之外，其他一些新聞史教材的作者，也以不同方式表達類似的意思，例如，「爲了教學的需要，1993 年初，我開始著手撰寫《中國新聞簡史》，最初完成約 5 萬字的提綱，在此基礎上完成初稿計 18 萬字，並印成教材供校內試用」。方曉紅：《中國新聞簡史》，南京：南京師範大學出版社，1996，後記；又如，「《中國新聞事業史教程》是應教學需要，主要根據國家教委高教司新出版的《中國新聞事業史教學大綱》編寫的一本教材。」袁軍、哈豔秋：《中國新聞事業史教程》，北京：中國廣播電視出版社，2001，後記；再如，「很早，我就想寫一部『通史』教材，原因是在我寫作這部書之前，中國歷史新聞學的高校教材均是斷代史……這樣，就給新聞專業師生的研習帶來了極大的不便，因此重新編寫一部新的中國新聞史教材已經十分必要了。」白潤生編著：《中國新聞通史綱要》（修訂本），北京：中央民族大學出版社，2004，第 664 頁。

〔註55〕 如丁淦林，「翻檢丁老師的學術成果，不難發現，教材佔據很大的分量，且基本是合編。重教材而不是個人專著，是他那一代做新聞史研究的普遍現象。在我看來，這不是學術能力問題，首先是時代所造就。那場駭人聽聞的文化浩劫結束之際，恰屬丁老師們當時之年，來不及抒發『天也新，地也新，風光惹人醉』的歡快，他們就挺胸膛，責無旁貸地負起撥亂反正繼往開來之重任，要在是廢墟又不是廢墟的基礎上，重新整理中國新聞學的河山。就新聞史而言，所謂是廢墟，乃因 1949 年後中國新聞史歷經顛簸，壓根就沒有比較定型的體系和構架，更不必說正式教材，一切都要從頭開始。說不是廢墟，是因爲在歷史上早就有新聞史的研究和論著，只不過在 1949 年之後幾乎全被掃進垃圾箱禁絕利用。同時，在 1950 年代中後期，還編過以革命史脈絡爲參照的中國新聞史教學大綱和講義。傳統需要清理，新的門徑需要開闢，丁老師們把精力投注在中國新聞史教材的思考與編寫，實屬必然。這除了應對學生學習迫切之需，更可以藉此培育並形成新聞史教學和研究的團隊，以解青黃不接之燃眉。」黃旦：《看似平淡有奇崛——丁淦林先生爲人治學追憶》，《新聞大學》2012 年第 5 期，第 2 頁。

〔第二版)》，方漢奇主編過不少於 6 種的新聞史教材。〔註56〕

表7：方漢奇主編的教材

教材名稱	出版社	出版時間
中國新聞事業簡史	中國人民大學出版社	1983
中國新聞史	國際文化出版公司	1988
中國當代新聞事業史（1949～1988）	新華出版社	1992
中國新聞事業簡史（第二版）	中國人民大學出版社	1995
中國新聞傳播史	中國人民大學出版社	2002
中國新聞傳播史（第二版）	中國人民大學出版社	2009

　　方漢奇主編的教材，主要解決的是新聞史教材「從無到『有』」和「從有到『好』」這兩大核心問題中的「有」的問題——出版於 1983 年的《中國新聞事業簡史》，是中華人民共和國成立後，「第一部公開出版的大學新聞專業通史教材」；出版於 1992 年的《中國當代新聞事業史（1949～1988)》，則是中華人民共和國成立後 1949～1988 年的首部新聞斷代史。〔註57〕1995 年修訂出版的《中國新聞事業簡史》（第二版)，則首次將中國新聞史教材的時間跨度從古代一直寫到 20 世紀 90 年代初期。

　　由於所身處的歷史時段，方漢奇及其儕輩，在解決新聞史教材「有」和「好」這兩大問題上，其不可替代的貢獻主要在於使新聞史教材從「無」到「有」，初步繪製出一幅中國新聞傳播歷史的「知識地圖」〔註58〕。因而，在評判方漢奇及其儕輩在教材建設上的得失之際，「好」的問題——並不是問題之關鍵，「有」的問題——才是問題之核心〔註59〕。因為「有」的問題在「好」的問題之前，所以「現在各高校流行的不同版本教材，大多以方漢奇創立的

〔註56〕編教材是方漢奇那一代人的重要使命，自 20 世紀 80 年代以來，丁淦林「參加編寫的教材，公開出版的有 6 種以上」。見《丁淦林：與歷史同行》，《丁淦林文集》，上海：復旦大學出版社，2005，第 249 頁。

〔註57〕彭援軍：《新聞史學豎豐碑——記中國人民大學新聞系教授方漢奇》，《新聞出版交流》1996 年第 5 期。

〔註58〕2012 年 11 月 17 日，中央電視臺 10 套科教頻道《大家》播出專題訪談節目《方漢奇·莊諧有致》，王潤澤教授在節目中專門談到了「知識地圖」的重要性。

〔註59〕這並不是說方漢奇在新聞史教材建設上在「從有到好」的問題上毫無作為（下文將給出證明)，而只是討論「從無到有」與「從有到好」何者是方漢奇及其儕輩的獨特貢獻。

體例爲藍本」〔註60〕，即使對之抱持批評態度，在事實上也不過是「有法超越，而無法繞開」。〔註61〕也正是在此種意義上，「可以說，正是因了他們一代的辛勞，才有今天這般中國新聞學，特別是新聞史教學的局面，這個貢獻不能低估而且必須給予很高評價」。〔註62〕

實際上，給予方漢奇及其儕輩在新聞傳播學教材建設上「很高評價」也不過是其所應得的「應有評價」。在我看來，這裡最爲重要的問題倒不在於討論具體給予方漢奇及其儕輩在教材建設上到底多高的評價，而在於要養成善於看到別人獨特貢獻或者長處的眼光。因爲，如果錯誤地評價方漢奇及其儕輩，損害的並不是被評價的對象，從「可以欺當時，而不可以欺後世，況當世之人也未可欺也」（歐陽修語）這一角度而言，損害的其實是錯誤地評判方漢奇及其儕輩的人。

按我的理解，在審視方漢奇的學術之路時，必須注意到，他與一般的學者不同，除了「學者」的身份之外，方漢奇首先是一位「教師」，他花費了大量的精力與心血在教材建設上面，其承擔著的是社會對於一位高校教師的「教師角色」的功能要求。而從事學術研究的「學者」角色，在相當長的一段時間內，其目標並非是爲發揚真理，而是爲了滿足教學需要〔註63〕。當然，方漢奇在教材建設上的付出也得到了回報，至少收穫了社會聲望——社會聲望包括「知名度」與「美譽度」。就美譽度而言，方漢奇主編的教材不只一次獲過獎〔註64〕；就「知名度」而言，許多人（既包括學生也包括教師，還包括新聞從業者）都是因爲用過方漢奇的教材，從而知道方漢奇的。至於有多少人用過方漢奇的教材，這並不易知，但從教材發行的數量上，仍然可見一斑。以《中國新聞事業簡史》爲例，該書曾爲各地新聞院校廣泛採用，「遙領風騷

〔註60〕 吳曉晶：《方漢奇：冷門做出熱學問》，《光明日報》，2006 年 2 月 26 日。

〔註61〕 王敏：《蘇報案研究》，上海：上海人民出版社，2010，熊月之序。

〔註62〕 黃旦：《看似平淡有奇崛——丁淦林先生爲人治學追憶》，《新聞大學》2012 年第 5 期，第 2 頁。

〔註63〕 方漢奇講過他在 50 年代從事新聞史研究是爲了滿足教學需要。無獨有偶，丁淦林則言，「我把編寫教材視爲紮實的學習和有效的研究。我從事新聞學教學與研究，就是從編寫教材開始的」。丁淦林：《上講臺與編教材》，《新聞記者》2011 年第 11 期，第 73 頁。

〔註64〕 如，《中國新聞事業簡史》一書 1996 年獲北京市哲學社會科學優秀科研成果一等獎；《中國當代新聞事業史》一書 1996 年獲高校文科優秀教材一等獎、1997 年獲國家教委國家教學成果二等獎；2002 年，方漢奇主編的 21 世紀新聞傳播學系列教材（5 本）獲得全國普通高等學校優秀教材一等獎。

近二十年，累計出版近 20 萬冊，成爲眾多現在在職的新聞工作者的入門讀物」，〔註65〕這意味著至少有 20 萬人受過方漢奇的影響，換言之，則是至少有 20 萬人由這本教材而知道了「方漢奇」之名。

二、從突破個人限圍到扶植年輕人：教材宜「編」？

除了《中國近代報刊史》之外，方漢奇沒有獨著的所謂教材。而《中國近代報刊史》儘管在事實上是曾被作爲教材使用的，但卻並非教材，而是專著。方漢奇眞正寫的教材，都是以「與人合作」的方式進行的。

表 8：方漢奇編寫教材時的「合作者」

教材名稱	合作者	編或著
中國新聞事業簡史	方漢奇，陳業劭，張之華	方漢奇，陳業劭，張之華編著
中國新聞史	方漢奇，陳業劭，張之華，谷長嶺，俞家慶	方漢奇 等編著
中國當代新聞事業史（1949～1988）	方漢奇，陳業劭，衛元埋，馬運增，張之華，趙玉明，鍾紫，俞家慶	方漢奇，陳業劭主編
中國新聞事業簡史（第二版）	方漢奇，張之華，陳業劭，谷長嶺，蔡銘澤，陳昌鳳	方漢奇，張之華主編
中國新聞傳播史	方漢奇，丁淦林，黃瑚，薛飛	方漢奇主編 方漢奇，丁淦林，黃瑚，薛飛著
中國新聞傳播史（第二版）	方漢奇，丁淦林，黃瑚，楊雪梅，薛飛，王潤澤，趙永華，趙雲澤	方漢奇主編 方漢奇，丁淦林，黃瑚，楊雪梅，薛飛，王潤澤，趙永華，趙雲澤編寫

在中國新聞史學界，「與人合編」教材，這並非是方漢奇獨有的特色〔註66〕，方漢奇「與人合作」編寫教材，在類型上可以分爲「同事」合作〔註67〕；「跨校」合作〔註68〕；「學界與業界」合作〔註69〕；「老中青」合作。〔註70〕

〔註65〕方漢奇：《加強新聞傳播史的學科建設——對「十一五期間」我院新聞傳播史學科建設的一點意見》，預擬的在 2005 年 8 月 25 日上午中國人民大學新聞學院分組會上的書面發言（未刊稿）（2005 年 8 月 23 日寫於美國芝加哥）。

〔註66〕丁淦林所寫的新聞史教材，也是以合編的方式進行的。

〔註67〕如《中國新聞事業簡史》和《中國新聞史》，方漢奇與陳業劭，張之華、谷長嶺、俞家慶等都是中國人民大學新聞系的同事。

〔註68〕如《中國新聞傳播史》和《中國當代新聞事業史》，方漢奇與丁淦林、趙玉明、

其中，方漢奇與「同事」合作，有其歷史原因——這與當年中國人民大學新聞系新聞史教研室教學分工有關。方漢奇由於當時還不是黨員〔註71〕，因此，長期從事古近代報刊史教學，在教材撰寫上則負責寫古近代報刊史，而陳業劭和張之華則在教學分工和教材撰寫上負責「新民主主義時期」的新聞事業史。〔註72〕至於「跨校」合作和「學界與業界」合作，在我看來，則主要是爲突破個人限囿，保證教材編寫的質量，這就觸及到教材編寫中的「從有到『好』」的問題。而選擇「老中青」合作，其中則不乏方漢奇培養和鍛鍊年輕人的考慮。關於此點，在《中國新聞傳播史（第二版）》編寫人員的變化中〔註73〕，表現得尤爲明顯。

從方漢奇組織編寫教材的實踐來看，他採用「合編」的方式進行教材編寫，個中原因也並不完全是爲了保證教材的質量，這即是說，在方漢奇看來，教材「從無到『有』」固然是必然要花精力認眞面對的問題，但對於「從有到『好』」的問題，則不是一個壓倒一切極爲緊迫的問題，也正因此，由於精力的限制，方漢奇主編的《中國新聞傳播史》即使是第二版，其中也不乏有待修正之處。〔註74〕

然而，教材中所存在的疏漏並不能淹沒方漢奇以「與時俱進」的方式促

鍾紫、黃瑚等屬於跨校合作。

〔註69〕 如《中國新聞傳播史》和《中國新聞傳播史》（第 2 版），薛飛和楊雪梅都來自於人民日報社。

〔註70〕 如《中國新聞事業簡史》（第 2 版）和《中國新聞傳播史》（第 2 版），方漢奇與合作者之間屬於老、中、青合作。

〔註71〕 方漢奇於 1984 年 11 月 14 日加入中國共產黨。

〔註72〕 《中國新聞事業簡史》，北京：中國人民大學出版社，1983，編寫說明。

〔註73〕 增加了楊雪梅，王潤澤，趙永華和趙雲澤，除楊雪梅外，其餘三人既是中國人民大學新聞學院從事新聞史教學的核心力量和方漢奇培養的新聞史方向的博士，也是方漢奇從事新聞史教學的接班人。

〔註74〕 「馬老師：信收到。你的網友提出《中國新聞傳播史》（2002 年 11 月第 1 版）第 129 頁說梁啓超的新聞思想大體上可以分爲三個時期，可是怎麼找也就只寫了兩個時期，第三個實在是沒有找到，要請你幫忙問一下原因云云。我查了一下 2002 年 11 月第 1 版的原書，發現其中的第 129 頁說的是『蘇報案』的事，無一語與梁有關。他記的頁碼大概是 2009 年 6 月出的該書第 2 版的，這一版的第 129 頁確有關於梁啓超新聞思想的內容，也確實只談了『兩個時期』，而沒有第三個時期。錯在把『兩個時期』的『兩』字，印成『三』了。你的這位網友看的很仔細，發現了這處差錯，將在再版時予以改正，請代作者們向他表示感謝！方漢奇 4/14」。見馬少華：《方漢奇先生對讀者「信商小人物」的回覆》。http://msh01.i.sohu.com/blog/view/170747626.htm

使教材「從有到『好』」所付出的努力。以《中國新聞傳播史》為例，在編寫第一版時，為了提高教材的質量，方漢奇提出「應該如實的把現代新聞史的這一塊，按照它當時的實際情況來編寫」〔註75〕，而「現代新聞史」在《中國新聞傳播史》的編寫分工上主要由丁淦林負責，方漢奇和丁淦林「交換過意見，建議他多關注一點這個時期的中間報刊」〔註76〕，「為了作好這部書的編寫工作」，方漢奇和丁淦林「一起互相切磋，也開過不少次會」。〔註77〕

在我看來，如果以「合作」的方式編寫教材，方漢奇所實踐過的「同事」之間的合作，「跨校」之間的合作，「學界與業界」之間的合作和「老中青」之間的合作，幾乎窮盡了「合作」編寫新聞史教材的主要類型，這對於後來者無疑具有方法論的範式意義。

當然，方漢奇的以合作的方式編寫教材的實踐，以及他所公開倡導的「教材宜編」，並不足以證明「合編」是保證教材「從有到『好』」的唯一合法性路徑。除了「合編」之外，「獨著」亦是教材編寫的重要方式。問題是，兩者相較而言，何者更為可取？而問題的複雜性在於——評判何者更為可取又涉及到「評判標準」。

如果從方漢奇開展新聞史教材的「合作」編寫而言，他是在年近六旬及以後採用「合編」的方式，從個人「精力有限」這一角度而言，選擇「合編」無疑具有合理性。不但在時間上可以更快地實現新聞史教材的「從無到有」，而且在質量上也因「各出機杼」而能夠得到一定的保證。但方漢奇的行為所具有的「合理性」並不足以證明「合編」較「獨著」更具優勝性。以同為中國人民大學榮譽教授的藍鴻文為例，其以一己之力完成的《新聞採訪學》自20世紀80年代面世之後，至21世紀初，已經歷經三個版本的修訂，而每一次修訂都是一人完成，而這，也並沒有影響《新聞採訪學》的質量。

這等於說，就解決教材「從有到好」的問題而言，「合編」與「獨著」都只是形式或者手段，殊途完全可以同歸。問題在於，目前的現實似乎是「重

〔註75〕方漢奇認為，「五四的時候，《新青年》，《每周評論》確實是在全國範圍內都起影響，但是有一些小的報刊，像團的報刊，白色恐怖時代出的一些地下報刊，一些左聯的報刊，一些蘇區的地方的報刊，當時的影響都是很局部的。見成思行、燕華主編：《與傳媒界名流談心》，北京：新世界出版社，2002，第29頁。

〔註76〕成思行、燕華主編：《與傳媒界名流談心》，北京：新世界出版社，2002，第30頁。

〔註77〕方漢奇：《懷念丁淦林老師》，《中國新聞史學會通訊》2011年第3期，第4頁。

獨著」而「輕合編」。教材一旦寫上「編」或者「編著」，似乎就不值得重視，而教材一旦寫上「著」則似乎必須刮目相看。其實，就教材撰寫而言，「編」與「著」之間本來並沒有不可逾越的藩籬，不但有的教材本身就打破了「編」與「著」的界限〔註78〕，而且，就方漢奇的新聞史教材建設實踐而言，「編」與「著」似乎也並不存在嚴格的畛域，如《中國新聞傳播史》第一版，注明的是方漢奇、丁淦林、黃瑚、薛飛「著」，而第二版在四人所撰寫內容並無根本性變化之時，卻將「著」置換成「編寫」。

方漢奇對「編」和「著」不作嚴格的區分，也並非孤例——林增平〔註79〕所寫的教材《中國近代史》，「原來編輯寫上『著』，他自己覺得不合適，改爲『編』；後來看到教材頗受歡迎，自信心有所提高，又請編輯把『編』改爲『著』」，這表明，「一本教材，叫『著』還是叫『編』，可能並無嚴格的規範，往往取決於作者自己和出版社編輯對於其學術性、原創性的估價」，「而且，無論叫編叫著，都無法改變它是教材的事實——你不能管它叫專著」。〔註80〕

方漢奇的教材編寫實踐雖然佐證了他所倡導的「教材宜編」，但這並不能推論出他認爲「教材『只能』編」。方漢奇在爲「21 世紀新聞傳播學系列教材」作總序時寫道：「一部好的教材，不僅可以滿足教學的需要，培養出一大批人才，而且還可以同時擁有一定的學術含量，推動新聞傳播學研究的發展。1919 年出版的徐寶璜的《新聞學》，1927 年出版的戈公振的《中國報學史》，就是很好的例子。兩書都是作者在高等學校從事新聞學理論和新聞史教學時作爲教材編寫出來的，出版之後，立即引起世人的關注和推崇，幾十年來一再重版，歷久不衰，至今仍然是公認的新聞學理論和新聞史方面的傳世之作和經典之作。」

總之，無論「編」抑或「著」，在解決教材建設「從無到『有』」的問題上，二者雖然殊途，但可同歸，難分軒輊。

〔註78〕陳信凌：《撤除著作與講義之間的樊籬——〈中國新聞史新修〉評析》，《中國出版》2012 年第 12 期。

〔註79〕林增平（1923～1992），江西萍鄉人，歷史學家，湖南師範大學教授、校長，中國人民大學兼職教授，曾任辛亥革命史研究會理事長，湖南省歷史學會理事長。

〔註80〕馬少華：《由「著」改「編」，由「編」改「著」——關於教材的原創性問題》，http://msh01.blog.sohu.com/106327259.html

三、「從有到『好』」與「精品教材」的評判標準

就教材建設的「從有到『好』」的問題而言，必須面對的一個前提性問題便是：「好」教材的標準是什麼？圍繞此問題衍生出來的子問題是：就「好」教材的標準問題，能否達成共識？在「好」教材的標準確立之後，作為個體的教材作者能不能夠達到「好」的標準？

所謂「好」教材，或者教材「質量高」，其實質就是教材的內容和形式符合自己的價值觀的成分或者元素多。在此意義上，方漢奇所編寫的教材，肯定是朝向他心目中的「好」教材的標準而努力的。至於在事實上能否達到，那則是另外一個問題。由此，我們也可以推論出其他教材撰寫者的教材建設實踐，就「從有到『好』」這一層面而言，都是朝向「好」教材的標準去努力的。關於這一點，從一些教材的「編寫原則」中便可以見到編寫者的「好」教材的標準，以及事實上是很難達到「好」的標準的。

例如，「本書編寫的主要原則是：堅持馬克思主義為指導，科學地、系統地闡述本學科（課程）的基本理論和基本知識，注意吸收最新研究成果；力求全面準確，簡明扼要，便於教學」。〔註81〕這裡的「主要原則」便是「好」的標準，或者編寫的「理想」，但實際編寫出來的教材，不可能完全實現「理想」，肯定會存在問題，「其中有尚待深入進行學術研究的，有我們學術功力不濟所致的，也有我們在編校工作中的疏漏……」〔註82〕

又如，「筆者在為本校新聞專業學生教授中國新聞史課程的數年時間裏，選用過好幾種權威的教材，也參考過許多有關的教輔用書，然而都不能令人滿意，總體上缺乏一種開拓的、多角度的、多層面的研討氛圍，大都是用一種幾乎眾口一詞的教條在說教。所以，筆者決心自己啃一啃這塊硬骨頭，希望能實事求是地多方位敘述中國新聞事業的發展歷程。筆者廣泛搜集材料，努力深入挖掘，並注意論說邏輯清晰，堅持學術個性，用了三四年的時間完成這本教材。因為許多方面材料的搜集如今已相當困難，對一些新聞史實的客觀評判也不可能一蹴而就，教材中有許多內容仍需不時進行修改、補充……」〔註83〕

〔註81〕丁淦林主編：《中國新聞事業史》，北京：高等教育出版社，2002，第589頁。

〔註82〕丁淦林主編：《中國新聞事業史》（修訂版），北京：高等教育出版社，2007，第446頁。

〔註83〕楊師群：《中國新聞傳播史》，北京：北京大學出版社，2007，前言第3頁。

「好」的教材，只能是不斷修訂的。因爲「好」是變化的，根源於個人的思想是不斷變化的。

在此意義上，進化論是成立的。即就人文社科研究而言，「覺今是而昨非」，「薑還是老的辣」是對的。

但這並不等於說，後人一定比前人強，在我看來，人在智力上的聰明才智，後人與前人最多是等同的，在這一點上，進化論是失效的。如果用智力商數的數值也能證明此言不虛。「青出於藍，而勝於藍」其本義爲「以喻學則才過其本性也」，「而無『學生勝過老師，後人勝過前人』之意」。〔註84〕

如果前人的智力並不比後人差，那麼，就教材建設而言，前人解決了「從無到有」的問題之後，在解決「從有到好」這一問題上，前人與後人是站在同一起跑線上的，都是朝向自己心中的「好」的標準去努力的。前人可能會受傳統的影響，有思維定式，包括前人的知識結構的影響，後人由於受傳統的影響較少，後人的知識結構與前人也不相同，因而，以教材建設爲例，前人與後人關於「好」教材的「好」，在價值觀上是不一樣的，即使所用的詞彙相同，其蘊於相同詞彙當中的卻是受個人經歷不同影響的見解差異。因而，後人對前人有所非議，其根源並不在於前人的「水平」（如智力和能力）不如後人，實質上是價值觀有不易察覺但確實存在的種種差異。

而後人，在教材建設上，充其量只能夠寫出不同於前人的教材，而不見得寫出來的教材一定比前人「好」。因爲後人的「好」與前人的「好」在具體含義上是存在差別的，前人與後人所付出的努力都是向「好」而行的，但行的方向存在差異，因而比較後人比前人行的遠了多少，是沒有意義的，如果不是同一方向的話。

質而言之，就教材建設「從有到『好』」這一問題而言，由於「好」的標準既不可能得到所有人的認同，因而也就不可能有人人都同意的共識，況且，即使多數人能夠達成關於「好」教材的標準的共識，但由於「說起來容易，做起來難」〔註85〕，最終不可能出現完美（perfect）的「好」教材，因而，教材建設「從有到『好』」的問題永遠只能是「未完成的歷史」。在此意義上，方漢奇及其儕輩在教材建設上沒有能夠「完全解決」新聞史教材的「從有到『好』」，便不能簡單地誤認爲由於他們受時代或者環境的局限所致，換言之，

〔註84〕 夏麟勳：《「青出於藍」辨》，《內蒙古師大學報》1983 年第 4 期，第 22 頁。
〔註85〕 陳昌鳳：《中國新聞傳播史：傳媒社會學的視角》（第二版），北京：清華大學出版社，2009，孫旭培序。

便不是「遺憾」，而是人之常情和所有從事教材建設「從有到『好』」的問題的解決者的宿命。因而，「與時俱進」，不斷修訂，便是解決教材建設「從有到『好』」這一問題的必由之路。方漢奇及其儕輩的教材建設實踐事實上證明的也是如此。

戌、據材之導：「與時俱進」與博士生培養

　　方漢奇是目前〔註86〕招收中國新聞史學博士生人數最多的博導。〔註87〕這至少與三個因素有關。其一，在大陸學界，方漢奇是中國新聞史學界第一位博士研究生導師，〔註88〕從1985年開始招生，其招生時間最早。其二，方漢奇所在的中國人民大學新聞學院，每位博導招收博士生的名額較一般的院校要多，譬如，方漢奇曾於2002年、2004年分別招收4名博士生，〔註89〕而有些新聞院系博導的招收名額是受學校招收博士生的總人數的制約的，如南京師範大學新聞與傳播學院，2013年有博士生導師6人，但學校只給4個招生指標〔註90〕。其三，方漢奇2004年辦理退休手續後，隨即被學校返聘，繼續招收和指導博士生，客觀上延長了招收博士生的時間，這也是其成為迄今招收和培養中國新聞史學博士生人數最多的研究生導師的原因之一。

　　招收博士生的數量最多，固然是「中國新聞界之最」，但並不能說明博士生導師育人水平的高低。衡量一位博士生導師育人水平的高低，關鍵的問題不在於其培養人才的數量，而在於質量如何。

　　而所培養的博士生的質量如何，除了與博士生自身的「才能、勤奮、機遇」

〔註86〕截至2013年。

〔註87〕自1985年至2013年，方漢奇已招收47名新聞史學博士生（尹韻公、郭鎮之、谷長嶺、楊磊、胡太春、蔡銘澤、陳昌鳳、方迎九、倪寧、程曼麗、李彬、李磊、涂光晉、周小普、饒立華、趙永華、宋素紅、史媛媛、蔡赴朝、薛飛、宋暉、陳彤旭、彭蘭、雷海秋、傅寧、楊立新、徐利、唐海江、董錦瑞、林玉鳳、吳果中、王潤澤、趙雲澤、王詠梅、鄧紹根、林溪聲、曹晶晶、曹立新、郭傳芹、劉繼忠、孟鵬、王樊一婧、王健、柯慧琳、文武英、易耕、趙戰花）；招收了5名博士後（艾紅紅、蔣建國、劉蘭肖、江凌、李衛華）。

〔註88〕1984年1月13日，國務院學位委員會批准新聞學設立博士點，甘惜分、方漢奇、王中，成為中國新聞學界最早的三位博士生導師。

〔註89〕2002年招收的博士生為徐利、傅寧、楊立新和林玉鳳；2004年招收的博士生為吳果中、王潤澤、趙雲澤和王詠梅。

〔註90〕南京師範大學新聞與傳播學院2013年博士生招生簡章。http://yz.njnu.edu.cn/pages/bszsml/bszsml_index.jsp 敘 nd=2013

〔註91〕以及所在的學術平臺、學術部落等因素有關外，極爲重要的一點就是博士生導師培養博士生的思想和方法。在培養博士生的思想和方法上，方漢奇對於每一個學生都「盡量給他們提供好的引導，幫助他們擴大視野，打好基礎，在他所從事研究的範圍內選擇好突破口，然後幫助他做好學位論文。」〔註92〕

一、「因材施教」與「不要選不是自己優勢的東西」

作爲精英教育，博士生階段的學習，重中之重是學位論文的寫作。在方漢奇看來，「學位論文的寫作是一項綜合的訓練，它不僅能夠提高寫作者搜集、整理、鑒別相關文獻資料的能力，分析問題和解決問題的能力，還可以看出他們使用外語和駕馭文字的能力」。〔註93〕

而博士學位論文的寫作，首要的問題就是如何「選題」？在方漢奇看來，「選好題目，是論文寫作成功的一半，只有選好了題目，才能明確主攻方向，體現出論文的特點和優點」。〔註94〕

綜觀方漢奇所指導的博士論文的選題方法，大致可以分爲兩類，一類是方漢奇向學生推薦選題，一類是學生自選。

郭鎮之〔註95〕、李彬〔註96〕、彭蘭〔註97〕、唐海江〔註98〕、鄧紹根〔註99〕、

〔註91〕季羨林「在世時曾說過這樣意思的話：一個人一生要想有所成，必須要滿足三個條件，即才能、勤奮和機遇，三者缺一不可。」見李遇春：《未有「大師」之前——當代中國文化、文學與文學批評隨想》，《粵海風》2013 年第 3 期，第 10 頁。童兵與季羨林「英雄所見略同」：「我想一個人的成才一分靠天賦，兩分靠勤勉，七分靠機遇」。見《童兵自選集》，上海：復旦大學出版社，2004，訪談錄第 14 頁。

〔註92〕成思行、燕華主編：《與傳媒界名流談心》，北京：新世界出版社，2002，第 23 頁。

〔註93〕方漢奇：《選題 醞釀 謀篇——怎樣寫作學位論文》，《新聞戰線》2005 年第 5 期，第 65 頁。

〔註94〕方漢奇：《選題 醞釀 謀篇——怎樣寫作學位論文》，《新聞戰線》2005 年第 5 期，第 65 頁。

〔註95〕郭鎮之回憶博士論文選題時說：「方老師本來希望我做『中國婦女新聞（報刊）史』的，他大概想到我做過《中國女報》的研究，說：『你是中國第一個新聞學女博士（生），做婦女新聞事業的歷史，多好啊!』但我反覆掂量，覺得搞報刊史非我所長，廣播電視還是自己的強項，決定揚長避短，研究中國電視史。方老師很尊重學生的個性，非常開明。據我所知，後來他一再『推銷』『中國婦女新聞史』的選題，也一再遭到學生的婉拒，大多沒有信心做好。10 多年後，這個重要的課題才被一位年輕的師妹完成」。郭鎮之：《我與傳播學研究》，王怡紅、胡翼青主編：《中國傳播學 30 年》，北京：中國大百科全書出版社，2010，第 704 頁。

趙雲澤〔註100〕等人的選題屬於博士生自選，方漢奇審定同意的。

尹韻公〔註101〕、程曼麗〔註102〕、李磊〔註103〕、吳果中〔註104〕、宋素紅

〔註96〕 李彬在博士論文書稿的後記中寫道：「回想兩年前那個暑熱難捱的夜晚，當我
為千呼萬喚不出來的論文選題而輾轉反側焦慮不寧時，彷彿一道靈光倏忽閃
過。於是，「唐代文明與新聞傳播」終於兀然而出！那一刻，就像跋涉了一生
的朝聖者驀地瞥見聖城，既誠惶誠恐，又歡欣雀躍。」見李彬：《唐代文明與
新聞傳播》，北京：新華出版社，1999。第 387 頁。

〔註97〕 方漢奇在為彭蘭的博士論文書稿作序時寫道：「當彭蘭決定以中國網絡媒體的
第一個十年作為她的研究對象和博士論文題目時，我完全贊同」。見彭蘭：《中
國網絡媒體的第一個十年》，北京：清華大學出版社，2005，序。

〔註98〕 唐海江在博士論文書稿的後記中寫道：「書稿完成，最為主要的助力來自尊敬
的導師方漢奇先生……當我提出這一選題時，原本擔心會遭否決，沒想到卻
得到了先生的極力贊同和肯定。」見唐海江：《清末政論報刊與民眾動員：一
種政治文化的視角》，北京：清華大學出版社，2007。

〔註99〕 2011 年 1 月 10 日下午鄧紹根博士與筆者在北京大學勺園賓館聚談時所述。

〔註100〕 趙雲澤在博士論文書稿的後記中寫道：「在先生書房中，師與我相對而坐，兩
杯清茶，我列出思考了良久的 9 個題目，先生逐一分析其學術價值，才定此
題」。「中國時尚雜誌的歷史衍變與歷史分析」，就是方漢奇在趙雲澤所提交的
九個博士論文選題中所擇定出來的。見趙雲澤：《中國時尚雜誌的歷史衍變》，
福州：福建人民出版社，2010，後記。

〔註101〕 尹韻公的博士論文原擬「搞古代傳播工具演變史」，但方漢奇卻勸其「放棄原
有想法：『我看你最好搞明清新聞史，這個選題更有意義和價值』。尹韻公「考
慮到自身的條件和狀況、學習的時間期限，以及根據其他歷史學者的治學經
驗」，「打算只研究明代新聞史或清代新聞史」。方漢奇同意其「專攻明代新聞
史」。見尹韻公：《中國明代新聞傳播史》，重慶：重慶出版社，1990，前言。

〔註102〕 方漢奇在給程曼麗的《〈蜜蜂華報〉研究》作序時寫道：「當本書作者以在職
副教授的名義攻讀新聞史方向的博士學位和選擇學位論文題目的時候，我就
向她推薦了這個題目。同時提供給她，供她選擇的還有別的一些題目。但她
最後還是選定了這個題目《〈蜜蜂華報〉研究》」。見程曼麗：《〈蜜蜂華報〉研
究》，澳門：澳門基金會，1998。

〔註103〕 李磊的《〈述報〉研究》，其選題也是方漢奇推薦的結果：「當李磊博士在新聞
史研究領域內尋覓『戰機』的時候，我（指方漢奇，筆者注）就把《述報研
究》這個題目推薦給了他」；見方漢奇為李磊《〈述報〉研究》所作序言第 3
頁。李磊：《〈述報〉研究》，蘭州：蘭州大學出版社，2002。

〔註104〕 方漢奇在給吳果中的《〈良友〉畫報與上海都市文化》作序時寫道：「本書的
作者吳果中，就是我回京後推薦給（伍）福強先生負責《良友八十年史》一
書撰寫事宜的作者……這一計劃的執行，由於福強先生的突然逝世，宣告中
輟。呈現在讀者面前的這部《〈良友〉畫報與上海都市文化》，則是她在取消
了原定的《良友八十年史》的寫作計劃以後，進行的有關《良友》歷史的一
個側面的個案研究」。見吳果中：《〈良友〉畫報與上海都市文化》，長沙：湖
南師範大學出版社，2007。

〔註 105〕等人的選題則屬於方漢奇向博士生推薦的。

而無論是方漢奇向學生推薦選題，還是學生自主選題，方漢奇都提醒和強調「不要選不是自己優勢的東西」。對於「不要選不是自己優勢的東西」而言，在教育思想上，其實質是「因材施教」。而其前提，則是博士生導師對於博士生要「識才」——知悉其自身的優勢是什麼。有學者認為，「因材施教」，「可視為教育的最基本原則之一」，尤其是研究生教育更應該「因材施教」，「因為研究生教育的個性化比本科生更為突出。他們首先存在專業、學緣、甚至是學歷上的差異。其次是存在個人興趣愛好、特長、甚至是天資上的差異」。〔註 106〕

對於方漢奇所強調和提倡的「不要選不是自己優勢的東西」，至少可以從兩個層面來理解。

首先，要注意發揮自己的優勢與長處。「發揮比較優勢」是經濟學的基本原理之一。〔註 107〕方漢奇在給研究生講治學之道時，曾告誡「選題不要選不是自己優勢的東西。」「從主觀上看要選擇能夠發揮你優勢的突破口，從客觀上看要選擇資料的儲備足夠的選題。」並舉例說：

> 有一個博士生研究外國記者在中國的活動，選了這樣一個題目，但他的第一外語是日語，可外國記者在中國的活動大量是使用英語的那些媒體的記者，結果他寫出來的論文大量是第二手材料，因為他沒法使用英文的第一手材料。很多外國記者寫的報導他看不懂，有關的傳記和文獻資料他無法使用，所以寫起來較難。同一屆的都拿到學位畢業了，他這個論文擱淺，研究生院沒有讓他通過，讓他再加工。雖然後來書也出來了，寫得也還不錯，但畢竟是沒有發揮他自己的優勢。如果他把這個題目改成日本媒體在中國的活動，那他就如魚得水了。〔註 108〕

〔註 105〕郭鎮之所言——方漢奇「推銷」的「中國婦女新聞（報刊史）」博士論文選題，即由宋素紅完成，作為專著《女性媒介：歷史與傳統》已由中國傳媒大學出版社於 2006 年出版。

〔註 106〕芮孝芳：《關於提高研究生培養質量的若干認識與做法》，見中國研究生院院長聯席會編：《我看研究生教育 30 年：紀念中國恢復研究生招生培養 30 年徵文選》，北京：北京大學出版社，2009，第 403 頁。

〔註 107〕吳宇暉、張嘉昕編著：《外國經濟思想史》，北京：高等教育出版社，2007。

〔註 108〕《方漢奇教授：學習、研究和積累》，方漢奇先生 2009 年 8 月在北京大學新聞學研究會「首屆全國新聞史論師資培訓班」的講義，第 7 頁。

其次，要注意自身優勢與興趣的關聯。「認識你自己」是古希臘的箴言，在我看來，其中深義至少涵括兩個層面，其一是「認識自己」的難度；其二是「認識自己」的重要性。　就前者而言，「人貴有自知之明」，「自知之明」之所以「可貴」，其實言說的也是「認識自己」的難度；就後者而言，「認識自己」的重要性，其前提預設是只有清楚地「認識自己」，洞悉自己的優勢與劣勢，而後才能有的放矢，更有效率地發揮主觀能動性，通過「揚長避短」來避免才華與精力的浪費。畢竟，「尺有所短，寸有所長」，對此，清人顧嗣協曾有雜言詩警世。〔註109〕

「揚長避短」的重點在於「揚長」，即認識清楚自己的優勢與特長後，努力將其發揚到極致。在優勢與特長得到發揮之時，人所得到的回報並非只是「如魚得水」，對工作「庖丁解牛」般的勝任，更重要的是內心中所時時充盈的「自我實現」的成就感（按馬斯洛的「需要層次」理論，「自我實現」是人最高層次的需要）。

在「自我實現」之感不斷增強之時，人對自己的優勢與特長所指向的領域會愈感興趣，樂此不疲地投入更大的熱情與精力。其外在結果即呈現出自己優勢與興趣的良性正相關。

就自身興趣與優勢的正向關聯而言，除了發揮自己的優勢與特長會不斷增加自己對於優勢與特長所指向領域的興趣外，反推亦可，即，人如對某一領域有濃厚的興趣（亦可名之為「趣味」），較對此領域不感興趣之人，更易在這一領域贏得優勢。

方漢奇在具體指導博士生時，由於涂光晉在中國人民大學新聞學院長期從事新聞評論學的教學工作，於是博士論文題目便定為《時代之「聲」——新時期中國新聞評論研究》；趙永華本科與碩士專業皆為俄語，於是博士論文題目便定為《在華俄文新聞傳播活動史》；〔註110〕陳彤旭在中國青年政治學院執教，於是博士論文題目就定為《爭奪與控制——20世紀的青年報刊史研究》；彭蘭本科為計算機專業，對於網絡媒體研究有年，於是博士論文便定為《花環與荊棘——中國網絡媒體的第一個十年》；〔註111〕王潤澤作為中國人民

〔註109〕「駿馬能歷險，犁田不如牛。堅車能載重，渡河不如舟。捨長以就短，智者難為謀。生才貴適用，慎勿多苛求」。

〔註110〕趙永華：《在華俄文新聞傳播活動史（1898～1956）》，北京：中國人民大學出版社，2006。

〔註111〕彭蘭：《中國網絡媒體的第一個十年》，北京：清華大學出版社，2005。

大學新聞學院的教師，在北京有地利之便，方漢奇就支持她將博士論文題目定爲《北洋政府時期的新聞事業及其現代化》；〔註112〕林玉鳳作爲澳門大學的教師，博士論文便選擇了《鴉片戰爭前的澳門新聞出版事業（1557～1840）》……

二、從塡補空白到研究眞問題：提出問題與分析問題的規訓及操練

選題只是指定了一個空茫的領域或者說一個大致的方向，在此方向和領域內，具體如何做博士論文，又涉及到提出問題和分析問題兩個維度。

學術研究是一個提出問題、分析問題和解決問題的過程。如果同意「問題是學術研究的起點」，那麼，提出問題的重要性便與確定研究起點建立了關聯。潘忠黨爲強調學術研究中的「問題意識」，曾直言「學問」就是「學習提問」。如果問題提出的不好，那麼研究的必要性與價值便處於可疑之中。

方漢奇最初指導博士生從事中國新聞史研究時，並非沒有「問題意識」，只不過這種「問題意識」是「塡補空白」的宏大問題意識。他在指導尹韻公作博士論文時，曾建議尹來搞中國明清新聞傳播史。方門一些弟子的博士論文的特點也因之被冠以「宏大敘事」。方漢奇指導博士生「塡補空白」，這既與方漢奇作爲中國新聞史學界第一位博士生導師，在中國新聞史學史中所處的時段有關，也與其從事新聞史研究時的指導思想有關，在其爲其他學者所作的書序之中，方漢奇曾不只一次將「塡補空白」視爲重要的學術意義——2000 年在爲《臺灣新聞事業史》作序時寫道：《臺灣新聞事業史》的問世，「結束了迄今爲止祖國大陸還沒有一部全面完整地介紹臺灣新聞事業史的局面，塡補了中國新聞事業史研究中的一個重要的空白」〔註113〕；2004 年在爲《中國共產黨新聞思想史》作序時，認爲該書的特點之一就是「塡補研究空白」：「此前，雖然我國研究新聞史的著作已有不少，但該書是國內第一本系統研究中國共產黨新聞思想史的專著，因而具有塡補研究空白的意義……」〔註114〕；2005 年在爲《中國網絡媒體的第一個十年》作序時認爲，該書「對中國網絡媒體的第一個十年這一重要的歷史階段首次進行了全景式、全程式的歷史記

〔註112〕王潤澤：《北洋政府時期的新聞業及其現代化》，北京：中國人民大學出版社，2010。

〔註113〕陳揚明、陳飛寶、吳永長：《臺灣新聞事業史》，北京：中國財政經濟出版社，2002，序第 3 頁。

〔註114〕鄭保衛主編：《中国共產黨新聞思想史》，福州：福建人民出版社，2004，序言第 2 頁。

錄，並進行了全面深入的研究，在一定程度上填補了中國網絡媒體宏觀發展史研究的方面的空白」；〔註115〕2007 年在為《中國少數民族新聞傳播通史》作序時認為：「《中國少數民族新聞傳播通史》內容涵蓋地域之廣、民族之眾、新聞傳媒之多，都遠遠超過了此前已出版的同類著作，填補了中國新聞傳播史研究的空白，具有較高的學術價值和文獻價值」〔註116〕；2010 年在為《中國藏文報刊發展史》作序時寫道：「《中國藏文報刊發展史》填補了藏文報刊史的一個重大空缺」，「對於中國新聞史的研究而言，它又填補了一項空白，使新聞史家族家丁興旺，內涵趨於完整」。〔註117〕方漢奇在一些序言中所寫的「……過去還沒有，有之，自本書始」〔註118〕其實也是在講「填補空白」。

實際上，任何一項研究如果有價值的話，那麼，一定都是在某種意義上「填補空白」的，不然不就成了與既有研究成果的低水平重複嗎？一旦思及此義，則對方漢奇所提倡的「填補空白」就必須進行深入的分析和理解，即，不能把方漢奇所言的「填補空白」只簡單地理解成使某個領域的某項研究成果「從無到有」，而應將「填補空白」與「開拓新聞史研究新領域」的「學術圈地」〔註119〕建立關聯。1986 年，在為《中國近代新聞思想史》一書作序時，方漢奇寫道：「專門研究中國近代新聞思想發展史的著作，過去還不曾有過，胡太春同志的這本書，是這方面的第一部。它的出版，開拓了新聞學研究的一個新的領域，豐富了新聞學研究的內容，是有一定價值的」。〔註120〕而方漢奇所指導的一些博士，在完成博士論文之後的學術之路上，也正是繼續在接著博士論文往下做，如吳果中在完成博士論文《〈良友〉畫報與上海都市文化》

〔註115〕彭蘭：《中國網絡媒體的第一個十年》，北京：清華大學出版社，2005，序。

〔註116〕白潤生主編：《中國少數民族新聞傳播通史》，北京：中央民族大學出版社，2008，序言第 7 頁。

〔註117〕周德倉：《中國藏文報刊發展史》，北京：中國社會科學出版社，2010，方漢奇序。

〔註118〕如為吳果中的書所作的序：「迄今為止，還不曾出版過有關《良友》研究的專著。有之，自吳果中的這部《〈良友〉畫報與上海都市文化》始。」

〔註119〕顧理平教授曾寫道：「隨著研究的深入，我對自己的研究目標有了一點奢望。一個從『圈地運動』到『精耕細作』的計劃在我的頭腦中逐漸清晰起來。所謂『圈地運動』，即對新聞法學的學科體系結構作一個大體的框定。隨著《新聞法學》的出版，這個過程已基本完成。所謂『精耕細作』，即對新聞法學涉及的若干主要問題作比較深入的研究梳理，並完成與此相關的三部專著的寫作。」顧理平：《隱性採訪論》，北京：新華出版社，2004，第 299 頁。

〔註120〕胡太春：《中國近代新聞思想史》，太原：山西人民出版社，1987，序言二第 3 頁。

後，繼續研究中國的畫報發展史；鄧紹根在完成博士論文《美國在華新聞事業的興起》後，繼續研究美國在華新聞傳播史。這提醒後來者，在進行博士論文選題時，如果有可能，有必要考慮自身從事學術研究的「可持續發展」，即，如果能夠對自己的學術研究生涯進行一個整體的規劃，將博士論文作爲學術生涯的第一步，後面的成果能夠接著博士論文繼續做，不失爲一種理性的選擇。〔註121〕

在方漢奇所指導的博士生中，有一些博士生的博士論文被方漢奇稱許爲「表現出良好的問題意識和學術創新意識」，例如唐海江的博士論文《大眾媒介與社會動員——政治文化視角下的清末政論報刊研究》〔註122〕。唐海江論文的立論前提是：認爲「在一定程度而言，辛亥革命的發生具有某種偶然性」〔註123〕，通過政治文化視角研究清末政論報刊的民眾動員功能，最終力圖實現的是，爭取對辛亥革命的爆發提供一種新的理解。這樣就將自己的論文安置在「辛亥革命爆發原因」的研究譜系之中。其研究路線是，提出一個核心問題，採用社會科學理論作爲研究工具，對報刊史料進行分析，最終將研究結論嵌入學界已有的某種研究傳統之中。

對於新聞史的研究而言，由於在提出問題時，需要考慮將自己的研究置於「研究傳統」之中，這是進行學術創新的需要〔註124〕，因此，在時間上首

〔註121〕 除了方門弟子中的部分博士外，就筆者目力所及，樊亞平的博士論文《中國新聞人職業認同研究（1815～1927）》，就在開題時接受專家建議，考慮了學術研究的可持續發展。見樊亞平：《中國新聞人職業認同研究》，北京：人民出版社，2011，後記。

〔註122〕 出版成書時修改爲《清末政府報刊與民眾動員——一種政治文化的視角》，北京：清華大學出版社，2007。

〔註123〕 唐海江：《清末政府報刊與民眾動員——一種政治文化的視角》，北京：清華大學出版社，2007，第355頁。

〔註124〕 董天策認爲，「學術研究要創新，就必須融入研究傳統」，至於「如何把研究的問題納入特定的研究傳統」，「陳韜文曾以自己的博士論文爲例作了具體說明」：20世紀80年代，陳在美國明尼蘇達大學攻讀博士學位，以香港的媒介發展作爲博士論文選題，「儘管香港政治過渡期的媒介變化本身具有『內在』的重要性，但無論如何也只是理論研究的個案。如果僅僅描述這一個案的變化，論文便停留在新聞專題分析的層次。如果從理論的高度來分析，論文所提出和解決的問題就具有理論價值：『當社會的權力結構更替時，權力結構跟媒介如何互動？』大凡權力結構有過改變的地方或時期，不管是法國大革命、辛亥革命、1949年新中國成立，以至20世紀末東歐解體、菲律賓人民革命和韓國的民主化，這個問題都會適用。香港作爲其中的一個案例，『代表』的是權力漸變模式，有別於革命劇變模式。這樣一來，博士學位論文 Mass Media

先要做的就是勘探新聞史研究領域現有的研究進展——亦即方漢奇所強調的：「首先要打好基本功。要對所研究的領域及相關的歷史背景有非常深入的瞭解，知道它還有哪些方面是可以繼續開掘下去的，『門牌號碼』要清楚。」〔註 125〕

　　在博士生指導實踐中，方漢奇給學生開具書目，其重要的功能就在於使學生瞭解本領域的研究進展。由於新聞史學研究領域每年都有成果出現，因此，方漢奇給博士生開具的書目在數量上呈遞增之勢。2004 年給博士生開具的書目是 70 多個，〔註 126〕2009 年給博士生開具的書目則升至 92 種。〔註 127〕其中，「書目的 2/3 是基本必讀書；另 1/3 是根據各人的具體情況機動安排的。每人完成的情況並不一樣。有的如數完成，有的未能如數完成，後者多爲在職生，他們本職工作忙，不能保證。有的則超額完成，他們願意多看多寫」。〔註 128〕

　　在充分瞭解本學科領域學術的進展之後，能否提出「眞問題」至關重要，方漢奇曾在一則序言中寫道：「新聞史是歷史的科學。它需要在綜合最廣泛史料的基礎上，盡力還原歷史。同時，它更是今人立足『當下』，對話古人，叩問歷史的過程。能夠站在實事求是的立場提出和鑽研『眞問題』，十分重要。」〔註 129〕由於「答案不可能出錯，出錯的只可能是問題」，〔註 130〕而問題一旦提錯，對於學術研究而言，則極有可能滿盤皆輸，因而，強調「研究者必須瞭解哪些是眞問題」者並非只有方漢奇一人。〔註 131〕

　　　　and Political Transition : The Hong Kong Press in China's Obrit（《大眾傳媒與政治過渡：中國軌迹中的香港新聞媒體》）就把研究的問題納入了權力結構的變革模式之中，使該研究超越地方知識的限制，在理論上與國際上找到對應的學術位置。」見董天策：《試論新聞傳播學術創新》，《新聞與傳播研究》2013 年第 2 期，第 21 頁。

〔註 125〕孟鵬、田傑：《對話新聞教學「老園丁」方漢奇》，《教育》2007 年 11 月（中），第 21 頁。

〔註 126〕吳果中：《〈良友〉畫報與上海都市文化》，長沙：湖南師範大學出版社，2007，後記。

〔註 127〕2013 年 5 月 26 日方漢奇先生覆劉泱育電郵。

〔註 128〕2013 年 5 月 26 日方漢奇先生覆劉泱育電郵。

〔註 129〕樊亞平：《中國新聞從業者職業認同研究（1815～1927）》，北京：人民出版社，2011，方漢奇序。

〔註 130〕〔英〕齊格蒙·鮑曼：《尋找政治》，洪濤、周順、郭臺輝譯，上海：上海人民出版社，2006，導言。

〔註 131〕例如，陳平原認爲，「人文研究領域，幾乎每個重要課題成果都是汗牛充棟，

對於博士生的學位論文而言，在提出了「真問題」之後，關鍵的就是如何分析問題。而分析問題的訓練自然與邏輯思維能力的訓練密不可分，在方漢奇看來，「學術研究，實際就是邏輯思維能力的磨煉和提升」〔註132〕。方漢奇要求學生第一學年寫「二十篇讀書報告、四篇專業論文」〔註133〕，其重點即是訓練學生分析問題的能力。即通過研究別人是如何寫書的，從而使自己學會應該怎樣寫。換言之，對於博士生而言，讀書的重要目的是學習分析問題的方法。不僅方漢奇指導博士生的實踐昭示著其重視對於研究方法的訓練，其他博士生導師也不乏與方漢奇「英雄所見略同」者，譬如童兵。〔註134〕

方漢奇訓練博士生提高分析問題的能力的做法，亦與余英時的觀點不謀而合——找最好的著作反覆研究其分析方法，是學會如何分析問題的重要通道：「我個人的經驗是從細讀現代中西人文研究方面的上乘著作，從中學習他們怎樣思考問題，怎樣運用證據，怎樣論辯……看這些論著，當注意他們怎樣一步一步走向結論的。這是學他們的針法，不是欣賞他們繡好的鴛鴦。」〔註135〕

三、從儀式到內容：博士生指導實踐的「變」與「不變」

對於所招收的博士生，從 20 世紀 90 年代初起，在每一位博士生入學之

偶而也有完全不理會前人那一套而『橫空出世』者，但正路還是追求『百尺竿頭，更進一步』。最可怕的是跟在別人後面鸚鵡學舌，重複無數遍已經成爲常識的『真理』。目前中國學界的最大問題，是爲了完成各級學校及科研機構的『論文指標』，而十分努力地從事『無效勞動』。這是很可惜的事情。在我看來，研究者首先必須瞭解哪些是真問題，什麼是真學問，何處是前輩學者停足的地方，怎樣才能『接著說』。哪怕一時力所不逮，至少也要具有這樣的志向和鑒別能力。」陳平原：《假如沒有「文學史」……》，北京：生活·讀書·新知三聯書店，2011，第22～23頁。

〔註132〕周德倉：《中國藏文報刊發展史》，北京：中國社會科學出版社，2010，方漢奇序。

〔註133〕吳果中：《〈良友〉畫報與上海都市文化》，長沙：湖南師範大學出版社，2007，後記。

〔註134〕童兵最想給予研究生的是：「一是想教給他們學習的方法，清華大學蔣南翔校長就說過，應該送給學生釣魚竿教他怎樣釣魚，而不是送給他魚。二是教會學生如何思考問題，培養一種問題意識。三是要培養他們寫東西的意識和能力」。李曉靜：《童兵：「一分天賦，兩分勤勉，七分機遇」》，見《童兵自選集》，上海：復旦大學出版社，2004，訪談錄第13頁。

〔註135〕陳致：《余英時訪談錄》，北京：中華書局，2012，第68頁。

時，方漢奇和夫人黃曉芙〔註136〕都會請學生一起吃飯，合一張影；在博士生畢業之時，方漢奇夫婦再請博士生吃一次飯，合一張影。這，已成為方漢奇指導博士生的一種儀式。

方漢奇夫婦請博士生吃飯，早些年時，每次都是黃曉芙親自下廚，近年來才改為到飯店設宴。方漢奇的博士陳昌鳳憶道：「當年蔡師兄、還有我的入學餐、畢業餐，都是師母親手做的……師母的畢業餐一直做到 2000 年，後來因師母跌倒腿傷加劇，體力不如從前，她說再加上生活水平也都提高了，所以就不再做畢業餐了」。〔註137〕許多博士畢業生，在回憶師從方漢奇學習時，也都不約而同地回想當年師母給予的關愛，如，「在三年期間，先生及師母不僅關心我的學習與工作，還非常關心我的生活，讓我時時感到溫暖，也獲得不少精神動力」〔註138〕；再如，「同時感謝先生身邊的師母，她對包括我在內的所有學生悉心鼓勵和照顧，溫馨而周到」〔註139〕；又如，「師母的關心也讓人感動備至，每次有機會和師母談心都非常開心。她關心的話題總是無所不在，言語總是那麼關切，思想又是那麼通達。不知什麼時候起，想起師母時，總是那種親人的感覺。」〔註140〕

在博士生畢業之時，請其吃飯，方漢奇有時會不露聲色地繼續其對博士生的指點，這種指點一般都是溫婉而含蓄的，博士生能夠受益多少，視每個人的悟性而定。據 2008 屆博士畢業生鄧紹根回憶，當年他和林溪聲畢業之際，導師和師母請其吃飯，在吃飯時，方漢奇似乎是自言自語，說了兩句話：「當面不說人好，背後不說人不好」。但卻並沒說，這兩句話是他對博士生的畢業寄語。〔註141〕

除了開學與畢業，方漢奇與夫人一起請博士生吃飯、合影之外，他指導

〔註136〕黃曉芙（1932～），江蘇海門人，1951 年考入金陵大學醫學院。曾長期在北京大學附中執教。與方漢奇育有一女：方鶯（1954～），一子：方彥（1959～）。方鶯與方彥目前均在國外生活。

〔註137〕陳昌鳳博客文章：《母親節裏：孩子的母親，談的還是母親的孩子》。http://blog.sina.com.cn/s/blog_6fe8853101019qr6.html

〔註138〕彭蘭：《中國網絡媒體的第一個十年》，北京：清華大學出版社，2005，第 419 頁。

〔註139〕王潤澤：《北洋政府時期的新聞業及其現代化》，北京：中國人民大學出版社，2010，第 436 頁。

〔註140〕趙雲澤：《中國時尚雜誌的歷史衍變》，福州：福建人民出版社，2010，第 215 頁。

〔註141〕2011 年 1 月 10 日鄧紹根博士與劉決育在北京大學勺園賓館所談內容之一。

博士生的方式或者說儀式，主要是每月一次的面談——「我們一般是一個月
碰一次頭，碰頭的時候他們交讀書報告，然後根據讀書報告交換意見。當然
事先會開閱讀的書目，都是新聞史的家底兒，最基本的都要讓他們看一些，
像戈公振的《中國報學史》，搞新聞史的人都應該好好看一看。書目會隨時調
整，而且會根據不同的學生對象做一些增減。再就是根據他的研究題目、研
究方向，缺什麼補什麼，需要什麼關注什麼。每個月半天……」〔註142〕

　　在第一學年的每月面談中，方漢奇與博士生談的重點是讀書報告。對於
學生交上來的讀書報告，方漢奇馬上會談自己對於這本書的看法，其中包括
作者的背景，書的寫作背景。〔註143〕這樣，方漢奇對於這本書的觀點與學生
對於這本書的觀點的差距，便成爲博士生進步與提高的可能空間。

　　在第二和第三學年，方漢奇與博士生重點談以新聞史領域爲選題的博士
學位論文的寫作。

　　方漢奇指導博士生研究新聞史，重要目標是使博士生在研究新聞史時能
夠出成績，出成果。對於新聞史研究而言，方漢奇不只一次地強調「首先要
打好基本功。要對所研究的領域及相關的歷史背景有非常深入的瞭解，知道
它還有哪些方面是可以繼續開掘下去的，『門牌號碼』要清楚」，在此基礎之
上，「要能沉下心來進行研究，並把這種研究和當前新聞工作的實際結合起
來，使新聞史的研究能夠更好的爲現實服務。我在研究過程中經常關注的就
是這兩頭：一頭是歷史文獻，另一頭就是現實。注意做到『以史爲鏡，鑒往
知來』。爲了聯繫實際，做到知今，我每天除了看與研究課題相關的書籍和歷
史文獻資料之外，還要看近十種報紙雜誌，同時還要聽廣播，看電視，上網，
收發手機短信和彩信。」〔註144〕

　　方漢奇與博士生進行面談時的一個重要特點是「什麼都談」〔註145〕。而
這「什麼都談」與方漢奇招收的博士生與博士生之間年齡相差大〔註146〕、各
個博士生人生閱歷與關注點並不相同有關。對於方漢奇而言，「學生關注什
麼，他就得關注什麼」，按他的說法：「教學是相長的。學生關注什麼問題，

〔註142〕陳娜：《史邊餘蘊——與方漢奇先生漫談拾記》，《今傳媒》2011 年第 6 期，
　　　　第 7 頁。
〔註143〕2013 年 5 月 30 日劉泱育電話採訪劉繼忠博士（方漢奇先生的博士）。
〔註144〕孟鵬、田傑：《對話新聞教學「老園丁」方漢奇》，《教育》2007 年 11 月（中），
　　　　第 21 頁。
〔註145〕2013 年 5 月 30 日劉泱育電話採訪方漢奇先生指導過的劉繼忠博士。
〔註146〕方漢奇迄今所招收的博士生與博士生之間年齡相差最大的超過 40 歲。

當老師的也得趕快去關注。學生們提出的問題往往是五花八門，無所不包的，當老師的如果回答不出來，就得趕快補課，和學生同步學習，有的時候還得先學一步。要當好先生首先要當好學生。」〔註147〕

好在方漢奇本來就對新事物有著強烈的好奇心，要做到學生關注什麼老師也得關注什麼並不太難。他「對新事物永遠有著強烈的興趣」，〔註148〕並極為贊同馬克思所說過的「凡是人類感興趣的我都感興趣」。在方漢奇看來，「教師，就需要不斷學習。只有先做學生，才能做先生。知識要不斷更新，否則就要老化。知識老化了還當什麼教師？做教師一天，你就需要不斷地更新，不斷地關注新的技術、新的動向、新的方法。何況上網、錄像、手機這些都和媒體、和新聞傳播關係很緊密。教新聞學，這些東西你理所當然要去學。我從1996開始在電腦上寫作，1998年開始上網。現在每天上網一個小時，教學活動、研究生作業都是通過網絡進行的。我一般早上先處理信件，來自五湖四海的，還有研究生在美國做高級訪問學者，也是通過郵件聯繫。然後就開始看新聞，看網站，各種網站都看，包括博客、BBS，什麼都看。看到一些有用的文章，就下載下來慢慢看，我每天在電腦旁呆半天以上。新聞工作者是在和陌生的事物打交道，因此要不斷學習，要永遠保持對新事物的新鮮感和好奇心。」〔註149〕

方漢奇認為，「傳道授業解惑，是老師的責任。要想做到這一點，老師就需要不斷學習，不斷更新補充知識。我有很多愛好，現在都取消了，因為要學習。我還有教學任務，還帶了十幾個博士生，都有不同的論文題目。他們研究什麼論文題目，我就得趕快看什麼書，學習任務很重。我每天還要看報，關注媒體的信息，還要看電視，電視劇也得看，學生看什麼，談到什麼，你都要知道。我們每月碰一次頭，每次半天，海闊天空地什麼都談，他看什麼，我就得看什麼，不然怎麼溝通？教師這工作，一是責任很重，再就是負擔很重，還有一個

〔註147〕孟鵬、田傑：《對話新聞教學「老園丁」方漢奇》，《教育》2007年11月（中），第21頁。

〔註148〕方漢奇是人大最早上網的老教授之一，還結交了一些「網友」，新加坡《聯合早報》電子版的主編袁舟，曾得到過一封署名「北京方漢奇」的「E-mail」，開始他還難以相信此方漢奇就是彼方漢奇，倒是郵件中談的關於對該電子版的看法和建議的內容很有見地，很有彼著名方漢奇的可能。回郵一確認，信然！見辛華：《心念心在報史　亦莊亦諧人生——記中國新聞史學會會長、著名教授方漢奇》，《新聞實踐》2003年第4期，第65頁。

〔註149〕韓曉傑、李在濱：《先做學生　再做先生——對話新聞史學泰斗方漢奇先生》，《新聞愛好者》2007年第1期，第10頁。

就是樂在其中。學習是很有趣的事情，所以我每天過得很充實。」〔註150〕

方漢奇指導博士生是在年近 6 旬之時才開始的，他「十分注意媒體新技術的使用和新知識的汲取」〔註151〕，對於一位老人，這種「與時俱進」的做法本身對於博士生而言即是一種「身教」。對此，彭蘭就曾在博士論文書稿後記中寫道：「最讓我欽佩的是，方先生雖然年事已高，而且主要從事的是古代新聞史的研究，但是，他對於網絡新媒體卻抱以極大的熱情。他是國內最早一批研究網絡媒體的學者，也是資深網民。他關於網絡的很多見解，都使我茅塞頓開，感覺眼前一亮。」〔註152〕

方漢奇基於對人文學科「需要積累」這一特性的認識，對於自己在晚年指導博士生有著相當的自信理據——「自然科學需要敏感，需要思想活躍，年輕人有優勢。牛頓發明（現）萬有引律的時候才 20 多歲，但他活了 80 多歲，60 歲以後在學術上就沒有多少創新了。人文學科不同，需要積累，有時候薑還是老的辣……人老了，悟性差，忘性也不免大了些。可是，像已故的馮友蘭、王力、白壽彝和健在的鍾敬文、季羨林、啓功等老先生，七老八十了還能出大成果，可見知識的積累在人文學科還是起作用的。」〔註153〕

方漢奇目前 87 歲，2013 年又招收了一名博士生，他指導博士生的經歷讓我們有機會反思中國高校目前的不分學科，以年齡〔註154〕為標準而推行的退休制度。這種制度不對具體學科進行區分的「一刀切」的做法，其後果往往是當一名人文社科學者積累大半生，正是發揮育人功能的黃金時機之時，我們卻要求其「退休」，這不但是對個人智力資源的一種浪費，也是對整個社會人才資源的一種浪費。對於「錢學森之問」，其答案固然非一，但在我看來，目前中國高校的退休制度或許難辭其咎。陳平原也曾公開表達過對高校目前退休制度的不滿。〔註155〕

〔註150〕韓曉傑、李在濱：《先做學生　再做先生——對話新聞史學泰斗方漢奇先生》，《新聞愛好者》2007 年第 1 期，第 11 頁。

〔註151〕宋素紅：《方漢奇：給中國新聞史一個座標》，《新聞天地》2001 年 Z2 期，第 60 頁。

〔註152〕彭蘭：《中國網絡媒體的第一個十年》，北京：清華大學出版社，2005，第 419 頁。

〔註153〕郭鎮之：《耐得寂寞做學問——方漢奇教授訪談錄》，《新聞界》2001 年第 2 期，第 33 頁。

〔註154〕目前國內絕大多數高校都推行 60 周歲或 63 周歲退休的制度。

〔註155〕陳平原：《走出大學體制的困境——答〈北京大學教學促進通訊〉記者郭九苓、繳蕊問》，《中國大學教學》2013 年第 2 期，第 6 頁。

亥、翊材之念：「與人爲善」與作序和書評

　　無論作序，還是寫書評，核心目標都是爲了擴大著作的影響，從而使著者的學術地位得到承認、確立或進一步提升，在此種意義上，可以講，序言和書評的功能與目標是一致的。書序與書評的不同之處在於，在時間上，作序是在書籍出版之前，而書評在通常情況下則有待圖書出版之後；在空間上，序言與書是同體而存的，而書評在通常情況下與書則是分離而在的。在閱讀的可能性上，幾乎凡是閱讀著作的人都會閱讀序言，但並不是每個讀者都會閱讀到或者會去閱讀該書的書評，也正是在此種意義上，對於一本書而言，序言所產生的影響較書評要大。

　　「如果從皇甫謐（215～282）序左思《三都賦》算起，爲並世相知的著作寫序，至 20 世紀中葉已足足在中國延續了一千七百年」。〔註 156〕自 1982 年 7 月爲《中國新聞業史》一書作序起，〔註 157〕方漢奇迄今已爲新聞史著述作序超過 80 篇。除爲自己相稔之人（如學生、同事、同行、朋友）作序外，對於素昧平生的新聞史研究者的作序之請，他亦積極扶助支持。〔註 158〕在方漢奇看來，「寫序主要是對書作者研究成果的一種支持。」〔註 159〕在序文中，他經常寫的是：「我樂觀厥成。」

　　本節主要探討三個問題，一是，請方漢奇作序或寫書評，索序（評）者能夠獲得什麼？二是，方漢奇通過作序或撰寫書評，他又能夠收穫或者說實現什麼？三是，序評行爲及其背後的觀念因素對於理解方漢奇及其儕輩學者的學術地位有何啓發？

一、作序與書評的角色扮演

　　方漢奇在作序或者寫書評時，扮演著多種社會角色，不管他本人是否意識到這一點。

〔註 156〕余英時：《原「序」：中國書寫文化的一個特色》，見余英時：《中國文化史通釋》，北京：生活・讀書・新知三聯書店，2012，第 145～146 頁。

〔註 157〕梁家祿、鍾紫、趙玉明、韓松：《中國新聞業史（古代至一九四九年）》，南寧：廣西人民出版社，1984。

〔註 158〕方漢奇先生對於素昧平生的新聞史研究者的幫助，並不僅限於作序，有青年新聞史學者在自己的第一部專著出版之前，請方先生爲之寫推薦評語，他亦樂觀厥成。見吳麟：《常識與洞見——胡適言論自由思想研究》，北京：中國傳媒大學出版社，2010，後記。

〔註 159〕成思行、燕華主編：《與傳媒界名流談心》，北京：新世界出版社，2002，第 21 頁。

（一）權威專家的「在場」

按照中國學術界的傳統與學術共同體共通的價值觀念，序言一般要請自己所敬佩的師友或者本學科領域的權威專家來寫〔註160〕。但在現實中，並不是每個人都會被學術共同體承認爲本學科領域的權威專家。因而，有資格爲「他者」作序的人永遠只能是學術共同體中的少數。而「權威」或者「專家」需要一系列的「條件」累積而成，這一系列的「條件」的重要表徵即是關於作序者的「介紹」。作爲「權威」或者「專家」，方漢奇的這種角色有時是由對於作序者的介紹而強制性地闖入讀者的意識之中的。

例如，「方漢奇先生係國務院學位委員會新聞傳播學科評議組召集人，中國新聞史學會會長，中國人民大學新聞學院教授，博士研究生導師。」〔註161〕

又如，「作者是中國人民大學新聞學院教授、博士生導師、中國人民大學新聞與社會發展研究中心學術委員會主任、國務院學位委員會新聞學科評議組原召集人、中國新聞史學會原會長、本書顧問」〔註162〕

再如，「方漢奇，現爲中國人民大學新聞學院榮譽一級教授，博士生導師，中國新聞史學會名譽會長。曾任國務院學位委員會第三屆學科評議組成員，國務院學位委員會第四屆新聞傳播學學科評議組召集人，中國新聞史學會會長」。〔註163〕

如果從方漢奇作序的總體情況來看，其新聞史學「權威」或者「專家」的身份，更多的時候是不需要專門作介紹的，不對方漢奇作專門介紹的前提預設是，對於新聞史學界或者新聞傳播學界而言，「天下誰人不識君」。但由於一本書的讀者未必完全都來自於本學科領域，出於便利本學科領域之外的讀者的考慮，在我看來，對作序者進行介紹不但必要，而且重要。

（二）學術史專家的顯隱

基於事物是普遍聯繫的眼光，只有將一部著作置放在學術史中，其與已有相關的著作共同構成某一學科領域學術的進展，其價值與重要性才能得到明晰地呈現與客觀地凸顯。方漢奇作序時，往往會評論所序之書在新聞學術

〔註160〕當然不排除有例外，如諶洪果請自己的學生黃興超作序。見諶洪果：《法律人的救贖》，北京：中國民主法制出版社，2011。

〔註161〕序者介紹。見倪延年：《中國古代報刊發展史》，南京：東南大學出版社，2001。

〔註162〕序者介紹。鄭保衛主編：《中国共產黨新聞思想史》，福州：福建人民出版社，2004。

〔註163〕序者介紹。徐新平：《維新派新聞思想研究》，長沙：湖南人民出版社，2010。

史中的位置。

　　例如，「有關海外華文媒體研究，起始於上個世紀二三十年代，二戰後期新加坡出現了一批研究學者，出版了一些學術研究專著。上個世紀 80 年代，中國國內出現了一些研究海外華文媒體的學者和專著，1989 年出版的方積根、胡文英著《海外華文報刊的歷史與現狀》（新華出版社，1989 年 11 月第一版）、楊力著《海外華文報業研究》（北京燕山出版社，1990 年版）、王士谷著《海外華文新聞史研究》（新華出版社，1998 年 5 月第一版）、程曼麗著《海外華文傳媒研究》（新華出版社，2001 年 6 月第一版）、彭偉步著《海外華文傳媒概論》（暨南大學出版社 2007 年 11 月第一版）等專著，還有數量可觀的發表在各種學術刊物的專題研究論文，都對海外華文媒體研究做出了積極貢獻……稍感不足的是……呈現在讀者面前的這部《尋找精神的家園——海外華文網絡媒體創業與發展史》彌補了這方面的不足。」〔註 164〕

　　這其實等於說，如果作序者不瞭解學術史，不是學術史專家，他既沒有資格作序，也不可能寫出質量上乘的序文。有了這樣的認識，則再回看方漢奇所作的序文中涉及到學術史的文字，便有可能領會其中的深意與用處。在某種意義上，我們甚至可以說，在序言中提及學術史，這可視為作序的方法論。當然，作序者在序言中對於學術史的了然與重視，有時是顯性的，有時則是隱性的，如：「長期以來，這一段時期（北洋政府時期）新聞事業史的研究，除了中國共產黨早期辦報活動的歷史和個別大報的歷史外，大部分都被忽略了，被淡化了，被簡單化了。這不能不說是整個中國新聞史研究，特別是中國現代新聞史研究的一個重大的缺陷。作者的這部專著，在一定程度上彌補了這方面的不足……」〔註 165〕但無論顯性或者隱性，其共同點是作序者必須為學術史專家。

（三）評估著作價值的意見領袖

　　無論序文或者書評，在本質上都是為了使讀者（包括作者）接受序者的觀點，亦即，序文與書評在本質上是追求「說服」的一種學術權力或者文化權力的實施過程。方漢奇作為新聞傳播學科領域的著名學者，其以作序或者書評的方式對於著作價值的評估話語和特定修辭，客觀上發揮著學界意見領

〔註 164〕方漢奇序。見李大玖：《海外華文網絡媒體：跨文化語境》，北京：清華大學出版社，2009。

〔註 165〕方漢奇序。見王潤澤：《北洋政府時期的新聞業及其現代化》，北京：中國人民大學出版社，2010。

袖的「說服」功能，影響著讀者對於其所序著作的學術價值的判斷。

例如，爲丁柏銓等著《加入 WTO 與中國新聞傳播業》一書所作的序言（同時也以書評形式發表）：「我認爲，它以大量問卷調查、深度訪談、個案研究爲基礎，進行全面論證分析，具有相當強的邏輯性和說服力，且很有新意，是新聞傳播重大現實問題研究中的一項高質量的學術成果……讀完全書，如下幾點給我的印象很深……。總之，這一研究成果，具有較高的學術質量和學術價值。其水平超過了已出版和已發表的同類專著、論文和研究報告」。〔註166〕

又如，爲《中國網絡媒體的第一個十年》所作之序：「彭蘭的這部專著以網絡媒體的發展階段、網絡媒體事業的基本格局、網絡媒體新聞業務、網絡媒體經營及網絡輿論與社會生活的關係等多個角度，對中國網絡媒體的第一個十年這一重要的歷史階段首次進行了全景式、全程式的歷史記錄，並進行了全面深入的研究，在一定程度上填補了中國網絡媒體發展史宏觀研究方面的空白，對於網絡新聞傳播的研究，以及當代中國媒體發展的研究，具有重要的意義」。〔註167〕

再如，對《全球新聞傳播史》一書的評價，「具體說來，本書似有三點值得嘉許：一是史學理論與新聞史學理論的新思路。本書既汲取了古往今來、古今中外史學理論的豐厚遺產，又總結新聞傳播史研究的龐雜傳統，從而以比較確當、比較普適的理路統領並貫穿全書。二是按照點面結合、史論結合、歷史與邏輯結合的原則，構建了『全球新聞傳播史』的內容體系與學術框架。三是爲了突破此類著述往往『養在深閨人未識』的窘境，本書在敘事環節、行文特徵及表述風格上進行了改進，以期深入淺出，雅俗共賞……」〔註168〕

（四）作者人品與著作價值的護航者

方漢奇對於作者的評價，包括對作者著書時所付出的努力的評價，作爲對於作者所進行的「概念」化的構圖，有助於在讀者頭腦中建構起對於作者的主觀印象。方漢奇作爲「護航者」，其核心在於說服讀者認識到：該著的作

〔註166〕方漢奇：《重視對新聞傳播重大現實問題的研究——讀〈加入 WTO 與中國新聞傳播業〉》，《新聞戰線》2005 年第 9 期，第 44 頁；第 45 頁。
〔註167〕方漢奇序。見彭蘭：《中國網絡媒體的第一個十年》，北京：清華大學出版社，2005。
〔註168〕方漢奇：《焚膏繼晷　兀兀窮年——評李彬新著〈全球新聞傳播史〉》，《新聞戰線》2006 年第 7 期，第 47 頁。

者是一位英卓之士，而學術共同體是應該接納並認可一位英卓之士的著作的，進而認可和承認其學術地位。

例如，「我和本書的作者程曼麗教授有近二十年的學問上的交往。曾長期在一個學校合作共事，共同完成教學任務，共同進行學問上的切磋。她才情敏給，冰雪聰明，淹博多識，好學深思，在學術上時有新的創獲，是一位很有潛力的中青年學者。」〔註169〕

又如，方漢奇對於《中國近代報業發展史》的書評：「收入本書的卓南生教授有關中國近代報業發展歷史的眾多研究成果，體現了作者在治學問題上的以下兩個突出的特點。首先，是重視第一手材料的開掘和利用。為了掌握第一手的原始材料，他不僅跑遍了日本各大學的圖書館……而且橫跨東西兩洋，訪遍了世界各地的幾個主要的圖書館，包括英國的……美國的……和香港大學圖書館……翻閱了它們所庋藏的大量的近代早期中文報刊的原件，並對這些原件進行了深入細緻的分析和研究……其次，是堅持嚴謹求實的學風。他對他所提出來的每一個觀點，都作了認真深入的推敲和論證，探賾求索，勾微闡幽、條分縷析，考訂精詳，確實做到了言必有徵，無一語無根據，無一語無出處……」〔註170〕

再如，「作者早年從事過新聞工作，曾經是一位出色的電視記者。上個世紀90年代以來，轉而從事中國新聞事業史的教學與研究，成績斐然。她治學嚴謹，開掘較深，注意掌握第一手材料，力求做到言必有徵，有幾分證據說幾分話。與此同時，她還有較開闊的學術視野，和善於借鑒人文社會科學其他學科的研究方法，從事新聞史的研究。使得這部書，具有較高的學術價值……」。〔註171〕

（五）導讀（購）者

一般而言，作序或者寫書評這兩種書寫行為，在時間上都需序者作為讀者讀完所序著作之後才能進行。因而，作序者或者書評人作為讀過該書的「過來人」，其「經驗之談」往往可以起到導讀（購）者的功能。

〔註169〕方漢奇序。見程曼麗：《海外華文傳媒研究》，北京：新華出版社，2001。
〔註170〕方漢奇：《中國新聞史研究日趨國際化》，《中國新聞出版報》，2002 年 9 月 24 日。
〔註171〕方漢奇序。見王潤澤：《北洋政府時期的新聞業及其現代化》，北京：中國人民大學出版社，2010。

例如，方漢奇為童兵主編的「新聞傳播學名家自選本」叢書所作的序言，在某種意義上，可視為促銷廣告：「讓新聞傳播學的『名家』們出『自選本』，這是一個很好的出版創意。首先，都出自『名家』。既是『名家』，就有了一定的質量上的保證，避免了在數量眾多的新出的各類專著中，挑花了眼或挑走了眼。其次，都出自『自選』。既是『自選』，選出來的，必然是個人滿意的自認為可以傳世的精品。不會災梨禍棗，不會誤人子弟，也可以大大減少讀者和學子們的經濟負擔。這對社會，對學術，對文化的發展，都將會是十分有益的」。〔註172〕

又如，為陳昌鳳《中美新聞教育的傳承與流變》所作的書評：「中國是在西學東漸的過程中開始新聞教育的，而世界主流新聞教育從人文傳統起步、逐漸融會多學科背景，正在走向更廣闊的領域。中國的新聞教育如何既吸收西方的先進經驗又發展出自己的特色，是很值得研究的。這本書是一項重要的開拓性成果。它對於主管和從事新聞教育的人士、新聞專業的學生、新聞從業者、關注新聞專業的人士，都有重要的參考價值」。〔註173〕

二、作序與書評的實踐理性

理想中的序言或書評要使著作的作者，讀者和序者三方皆能從中受益——作者因為序文或書評獲得了學術地位的承認，或者擴大了知名度，或者因序者說出了自己想說而不便說的話而有「高山流水」知音之感；讀者因為序文而瞭解該書的內容特點與成果價值，從而便於閱讀或者易於作出買或不買的判斷；而序者則可通過作序或寫書評，密切與作者的友誼，進一步傳播或者擴大自己的聲望和影響。

然而，在實踐層面要真正做到使作者、讀者和序者三方皆能從中受益，卻並非易事。方漢奇在超過30年的作序或寫書評的實踐中，有以下幾點——我稱之為作序或寫書評的「實踐理性」——值得重視。

（一）仔細研讀著作

面對別人的作序之請，方漢奇積極回應，樂觀厥成。但問題是，對於自己所答應的序文「應該怎麼寫」？他以自己的作序實踐給出答案：仔細研讀

〔註172〕方漢奇2004年2月19日序童兵主編「新聞傳播學名家自選本」。上海：復旦大學出版社，2004。

〔註173〕方漢奇：《〈中美新聞教育傳承與流變〉一部重視現實研究的學術專著》，《新聞與寫作》2006年第6期，第34頁。

著作，細思愼寫——方漢奇認爲，寫序「得好好研究研究這個書的具體內容，琢磨琢磨才能動筆」。〔註174〕在我看來，他這樣做的必要性在於，要爲別人的著作作序或者撰寫書評，就必須對該著作的旨趣有著深切的瞭解，對於著作中所研究的問題也有著深刻的認識。而這，需要仔細閱讀著作。否則，在序文或書評中浮泛空談，言不及義，不但使索序者失望，讀者厭讀，更爲關鍵的是使作序者露出自己的識見水平之短，爲方家所笑，從而失了身份。

但無論是「好好研究研究這個書的具體內容」，還是「琢磨琢磨」，都需要時間，而方漢奇在接到作序之請時，許多時候他當時是沒有時間來「好好研究研究這個書的具體內容」和「琢磨琢磨」的，面對此種衝突時，他就與請序之人商量：過一些時候，等時間許可再動筆寫作。對此，由方漢奇致請序者的信，可見一斑：

> 9月22日函及大作目錄複印件、緒論複印件均已收到。
>
> 你們的勤奮努力使我十分感佩。囑爲大作作序事，當盡力而爲。
>
> 但不知是否要的很急？近兩個月教學任務較忙，倘要的較急，恐難應命。如不太急，可納入計劃，徐徐圖之。可否？請示下，以定進止。匆覆。祝
>
> 撰安！
>
> 方漢奇
>
> 1992年10月2日〔註175〕

在時間能夠安排得開之後，方漢奇花時間研讀作序之書的內容，細思愼寫，這在他所作之序中，有迹可尋，如，在《中華人民共和國新聞史》一書的序文中寫道：

> 「我高興地讀完了《中華人民共和國新聞史》」，「作者尊重歷史，主要以正面敘述爲主，運用了大量翔實的資料，用史實說話，突出介紹了建國四十年間我國的新聞事業在新聞宣傳上所取得的重大成就，對於若干重大報導戰役和有影響的作品作了比較深入的探討，對某些問題的研究提出了自己的見解，基本符合客觀實際，入

〔註174〕成思行、燕華主編：《與傳媒界名流談心》，北京：新世界出版社，2002，第21頁。

〔註175〕此信由筆者導師倪延年教授提供。

選的優秀作品都是新聞界公認的各個時期或各個重大報導戰役中的代表作」，「作者在書中全面系統地敍述了報業、廣播電視業、新聞攝影業、新聞教育業等新聞事業各個方面軍組建發展的歷史。關於建國前後黨對新解放城市舊新聞業的改造和共和國省級新聞事業的組建的論述尤有特色」，「最能體現作者學術功力的是該書對建國以來新聞宣傳的成功與失誤、經驗與教訓的總結」。〔註176〕

（二）表達治史思想

在余英時看來，「《小雅・伐木》：『嚶其鳴矣，求其友聲。』這句詩不妨借來說明爲相知寫序的心理根源。若改用《易經》的語言，求序者是『同氣相求』，寫序者則是『同聲相應』。」〔註177〕

由於作序本屬於知識人主體間的一種「同氣相求」和「同聲相應」，一旦發現所序著作與自己的治學思想存有相合之處，方漢奇往往會生「嚶其鳴矣，求其友聲」之感〔註178〕。在序文與書評中，方漢奇曾不只一次表達自己的治學思想。

例如，倡導新聞史學界通力協作的思想——在爲《中國新聞業史》一書作序時，方漢奇寫道：

> 它（指《中國新聞業史》，筆者注）是建國以來公開出版的第一部由協作產生的新聞史教材。五十年代初期，一些新聞教育單位曾經鳩集力量，編寫或編譯過一些新聞史教材，但都只限於在校內協作，或在內部出版。由幾個高等學校聯合組成編寫小組，分工合作公開出版的新聞史教材，這還是第一部。參加編寫工作的廣西大學新聞專業、暨南大學新聞系、北京廣播學院新聞系等三個單位的老中年教師，不遠千里地聯合起來進行協作，並擬出詳細提綱，在中國社會科學院新聞研究所和北京新聞學會召開的，有一大批從事中國新聞史研究和教學工作的專家、研究人員和教師參加的新聞史座談會上，廣泛徵求意見，這在新聞史教材編寫的歷史上，也都是空

〔註176〕方漢奇序。見張濤：《中華人民共和國新聞史》，北京：經濟日報出版社，1996，序言第1～3頁。
〔註177〕余英時：《原「序」：中國書寫文化的一個特色》，見余英時：《中國文化史通釋》，北京：生活・讀書・新知三聯書店，2012，第136頁。
〔註178〕1987年7月，方漢奇爲十四校合編教材《中國新聞史（古近代部分）》（北京：中央民族學院出版社，1988）所作序言。

前的創舉。一個多卷本的中國新聞史，不是幾個人的力量能夠完成的。協作的精神在任何時候都是值得提倡的。〔註179〕

又如，在為《中國新聞史（古近代部分）》一書作序時指出：

> 這部中國新聞史是協作的產物，是繼廣西大學、暨南大學、北京廣播學院等三校教師合編的《中國新聞業史》之後，問世的又一部以協作方式完成的新聞史教材。沒有二十所新聞院校教師們的通力合作，短時期內完成這樣一部鴻篇巨構，是難以想像的。我國新聞史學界歷來有密切協作的好傳統，這部教材的順利完成，是這種協作精神的進一步發揚，是值得提倡的。〔註180〕

再如倡導「多打深井，多做個案研究」的新聞史學研究思想。在為《〈述報〉研究》一書作序時寫道：「中國新聞史的研究，需要一個個重點報紙的個案研究作基礎」；〔註181〕後來，在為《中國新聞史新修》一書作序時，方漢奇仍然堅持「多打深井，多做個案研究」的觀點：

> 「多打深井，多做個案研究」，是我不久前對新聞史研究工作者提出的一項建議。現在我仍然堅持這樣的觀點，即新聞史研究必須以「多打深井」和「多做個案研究」為基礎。本書的作者，就是打過「深井」和做過「個案研究」的。他（指吳廷俊，筆者注）為了研究新記公司時期的《大公報》，曾經用四年的時間，通讀了1926年至1949年這家報紙的全部藏報，對有關的背景和相關的材料做過深入的研究。此後，又從事過有關中國新聞史眾多選題的個案研究。呈現在讀者面前的這部書，正是他長期「打深井」和「做個案研究」的結果。沒有由此而得到的積累和功力，這樣一部涉及整個中國新聞事業史的專著，是寫不出來也是難以寫好的。〔註182〕

方漢奇借序文或書評表達自己的治學思想的意義——在於使讀者對於作者產生與序者「英雄所見」或「英雄所行」略同之感。在此基礎上，讀者便有可

〔註179〕方漢奇序。見梁家祿、鍾紫、趙玉明、韓松：《中國新聞業史（古代至一九四九年）》，南寧：廣西人民出版社，1984。

〔註180〕方漢奇序。見十四所高等院校編著：《中國新聞史（古近代部分）》，北京：中央民族學院出版社，1988。

〔註181〕方漢奇序。見李磊：《〈述報〉研究》，蘭州：蘭州大學出版社，2002。

〔註182〕方漢奇序。見吳廷俊：《中國新聞史新修》，上海：復旦大學出版社，2008。

能將對方漢奇的治學思想的認可，轉化爲對於著者的治學思想的認可，從而承認著作的價值與著者的學術地位。

（三）力求臧否分明

方漢奇除在序文中表達自己的治學思想外，也力求臧否分明。既肯定所序之作的價值，也不諱言書中所存的缺憾之處——他在序言中直接點出，以便作者今後做出進一步的研究與修訂。

例如，在爲《中國報業經營管理史》一書所寫的序文中，在充分肯定該書的價值——「它不僅使我們從中瞭解到中國報業經營管理工作的發展脈絡，也有助於我們從報業經濟形態運作的角度，加深對中國新聞業史的認識與理解」後，也點出其不足之處：

> 由於是拓荒性的探索，該書尚有不足之處。主要表現在對那些有代表性的報紙的個案研究比較詳盡，而對不同時期整體報業經營管理的情況較少分析，論述二者之間的相互聯繫、相互影響稍顯薄弱。在個別章節中，一些重要報紙的經營管理資料的彙集還不盡齊全。希望作者在以後能進一步予以豐富和擴展。〔註183〕

再如爲《報界舊聞：舊廣州的報紙與新聞》一書所作的序中寫道：

> 由於作者是「探索」式的寫作，在對新聞史料的總體把握上有待提高，加上零散史料的局限，對部分報刊的介紹，顯得有一點過於簡單。好在作者還富於春秋，對新聞史研究頗爲專注，又長期在廣州工作，有天時地利之便。希望他在已有的基礎上，繼續注意史料的開掘，不斷有所開拓，有所前進，爲寫出一部更爲紮實的近代廣州報刊史和促進區域新聞史研究的繁榮，繼續努力，作出新的貢獻。〔註184〕

〔註183〕方漢奇序。見胡太春：《中國報業經營管理史》，太原：山西教育出版社，1998。

〔註184〕方漢奇序。見蔣建國：《報界舊聞：舊廣州的報紙與新聞》，廣州：南方日報出版社，2007。其實，對於方漢奇先生在序文中所指出的不足，作者自己有著清醒的認識，在後記中曾寫道：「因爲手頭掌握的多爲零散的報刊，一些報刊僅存數頁，要想從宏觀上進行全面概括，實在較爲困難。這畢竟是報刊史的寫作，不是文藝作品，想像與假設恐怕有違眞實。所以，在寫作過程中，盡量運用原始材料進行論述，其中一些引文較爲晦澀，也只能照錄了。在通俗與歷史事實兩者之間，本書沒有很好地『均衡』，祈望讀者見諒」。方漢奇先生的序作於2007年2月5日，作者的後記寫於2006年12月7日。

力求臧否分明的必要性在於——任何一部著作都不可能是完美的，在此種意義上，「毀譽參半，原本就是一個最好的評價」。〔註 185〕點出著作中的不足，儘管昭示了序者的水平，但主要的並不是爲了表明序者較作者高明〔註 186〕，而是爲了增加讀者對於序文中所論列的關於著作優點的信任之感。有了這樣的認識，對於序言或書評中所出現的商榷或質疑之處，便有理由解讀出其中序者的苦心和善意。

此外，在序文或書評中對著作中的觀點進行商榷或質疑，也是爲了使讀者避免在閱讀時誤入歧途——不要將書中非精華的內容誤視爲精華內容而吸收。

三、作序與書評的選擇邏輯

如果說「作序與書評的角色扮演」，和「作序與書評的實踐理性」能夠在某種意義上解釋索序（評）者爲什麼請方漢奇作序或撰寫書評，那麼，又如何來分析方漢奇通過作序或撰寫書評能夠獲得或實現什麼？以及其所可能具有的啓發意義呢？

自 1982 年迄今，方漢奇撰寫書序或者書評的時間已經超過 30 年。儘管「他序對於推薦作品，扶植新人大有好處」〔註 187〕，但我們很難講方漢奇一開始就有著清晰的「人梯」意識。也許用方漢奇的一句話來概括他在很長一段時期內作序時的心態是恰當的：「寫序主要是對書作者研究成果的一種支持。」〔註 188〕

無論作序或者撰寫書評，所涉及的都是方漢奇與學界中「他者」的交往與互動。方漢奇之所以肯花時間和精力滿足索序（評）者的願望和要求，一個不可忽視的原因是他在踐行自己「與人爲善」的處世理念。當然，僅用「與人爲善」來解釋方漢奇作序或寫書評的行爲難免失之簡單。因爲，「與人爲善」這並不是只有方漢奇才具備或者表現出來的價值觀念。在中國新聞史學界，寧樹藩、丁淦林、趙玉明等前輩學者，無一不信奉和踐行「與人爲善」〔註 189〕。

〔註 185〕楊錦麟語，見《南方人物周刊》2010 年第 40 期，來信。

〔註 186〕在我看來，請序這一行爲本身，就表明作者承認序者學術水平較自己高。

〔註 187〕李冰燕：《古書序跋及作用》，《河南教育學院學報》（哲學社會科學版），2004 年第 6 期，第 56 頁。

〔註 188〕成思行、燕華主編：《與傳媒界名流談心》，北京：新世界出版社，2002，第 21 頁。

〔註 189〕如寧樹藩先生與黃旦素不相識，但黃旦託人請序，寧老欣然命筆（見黃旦：《新

本書承認，方漢奇作序或撰寫書評的原因十分複雜，例如，20世紀80年代，國內研究新聞史的著名學者人數有限，方漢奇作爲其中之一，又是從事新聞史教學和研究資歷最深者，爲別人作序或寫書評，並不奇怪。又如，方漢奇曾擔任過多種重要的職務，如中國新聞史學會會長、國務院學位委員會新聞傳播學科評議組召集人，中國人民大學新聞學院教授、博士生導師，後來又被授予中國人民大學榮譽一級教授，這些都可成爲作序或撰寫書評的學術資本。再如，方漢奇在20世紀90年代就開始用電腦，是我國最早的一批網民，通過電子郵件等方式與學界交流，這在客觀上也降低了學界向方漢奇索序（評）的交往成本。同時，新聞史屬於「冷門」學問，凡是從事新聞史研究者，無論其資歷與水平、能力與聲望如何，方漢奇都引爲同道，視爲友人，在此意義上，作序或者撰寫書評，也可視爲方漢奇爲振興中國新聞史學研究而做的一種努力——儘管在方漢奇所作的序言或者書評的著作中，並不完全都是新聞史，但絕大多數是。

儘管「與人爲善」——並不是方漢奇作序或撰寫書評的唯一原因，在中國新聞史學界也並不是只有方漢奇一人奉行「與人爲善」，但出於探討本書所關心的核心問題「共和國人文社科學者如何才能夠以學術爲樂業」，本節將通過作爲「與人爲善」具體表現方式之一的作序與撰寫書評，來重點討論方漢奇是怎樣「與人爲善」的？以及，他爲什麼選擇「與人爲善」？

（一）方漢奇是怎樣「與人爲善」的？

「與人爲善不是針對某一個人，而是對所有人，你使對方感到舒適、快活」。〔註190〕在此種意義上，如果方漢奇只爲自己的博士生作序或寫書評，那麼，並不能證明其「與人爲善」。而事實情況是，除了對自己相稔之人外，對於素昧平生者的索序之請，方漢奇亦積極回應。有學者曾在書的後記中感謝方漢奇：

> 儘管我一直到現在都未有幸當面向方先生請教過一次，但在這近十年的學習、研究和探討中，方老先生一直給我這個素未見過面的後

聞傳播學》，杭州：杭州大學出版社，1995，第299頁）；如「丁淦林先生做人低調謙和，做事認眞踏實，做學問不圖虛名。從容淡定，不肆張揚，舉重若輕，順其自然，與世無爭，與人爲善」。曾建雄：《斯人已逝 風範長存》，《新聞記者》2011年第11期，第77頁；又如，趙玉明先生，筆者在與其交往過程中，處處感覺他的「與人爲善」。

〔註190〕夏欣：《滕矢初：首先是健康地生活》，《光明日報》，2002年7月3日。

輩的學習和研究以極大的關心、熱情的鼓勵和具體的指導。〔註191〕
而且這樣的事例不只一端。〔註192〕

　　除對素昧平生者的索序之請積極扶助外，方漢奇在作序之時，總是努力發掘所序之著的亮點，全力闡揚，並充分尊重請序之人。在此試舉一例，以見其一斑。在為王敏《上海報人社會生活》作序後，方漢奇致信：

　　　　王老師：答應為您的大作寫的書序，匆匆草就。現隨此信奉上。

　　見附件。不當之處，請隨便修改。收到後告我。〔註193〕

王敏回信：

　　　　尊敬的方先生：您好！序言收到。非常榮幸您能為我的書寫序
　　　　言，您是新聞史研究領域的泰斗，能如此提攜、勉勵晚輩，非常感
　　　　謝，我會更加努力。序言中您對我太過獎了，我研究新聞史時間很
　　　　短，而且不是新聞史專業出身，能不能寫好這本書，我當初很有壓
　　　　力。現在總算完成，能得到您的肯定，我心裏也踏實很多。另外您
　　　　在序言中稱我為教授，晚輩不敢當，還是改成王敏女士好一些，其
　　　　他一字不改……〔註194〕

方漢奇對與自己交往之人的尊重，往往落實在一些具體細節之上。凡是拜訪過方漢奇的人，可能都喝過他親手倒的清茶；而在與方漢奇通電子郵件時，他幾乎每信必覆，我自與他相識以來，彼此通電郵已超過 200 封，其實很多情況下，他是可以不回覆的，但總能收到他迅速的回覆，儘管有時只有短短的三個字：「信收到」。對於方漢奇的「每信必覆」，開始時我也並未感覺到這有什麼不尋常，後來，在與部分學者打交道時，我發出的郵件，對方明明收到，卻不給予任何回覆，這促使我重新思考方漢奇——一位年過八十的老人，他所努力的「每信必覆」，其實昭示的是「與人為善」的前提：讓「他者」感覺到平易近人。這表明，方漢奇的「與人為善」體現在他尊重每一個與自己交往的人，並在尊重的前提之下，盡己之力去幫助對方。而作序與寫書評，

〔註191〕倪延年：《中國古代報刊發展史》，南京：東南大學出版社，2001，第 373～
　　　　　374 頁。
〔註192〕任桐亦與方漢奇素昧平生，但其索序之請亦如願以償。見任桐：《徘徊於民本
　　　　　與民主之間：〈大公報〉政治改良言論述評》，北京：生活・讀書・新知三聯
　　　　　書店，2004，後記。
〔註193〕2007 年 11 月 18 日方漢奇先生致王敏教授電郵。
〔註194〕2007 年 11 月 18 日王敏教授覆方漢奇先生電郵。

只不過是其中的一種方式而已。

（二）「與人為善」與「架子文化」

在討論方漢奇為什麼選擇「與人為善」這一問題之時，其前提預設是，除了「與人為善」之外，還有其他的選擇，比如可以擺專家或者權威的架子。

在現實生活中，我們不難見到，有些學者，一旦在職稱上晉升為「教授」〔註195〕，便開始有意經營其專家的「架子」。其實，評上了「教授」，有了體制所承認的「專家」的合法名號之後，應該在做學問上有架子——不輕易出手，要寫就寫自己想寫的，不只一位名教授表達過此種想法。〔註196〕但在做人上，即使不比過去更加平易近人，至少應該和過去讓人感覺到沒有兩樣才可。

實際上，擺架子的目的無非是有意製造自我與他者之間的差異，並希望讓他者通過感覺到差異而實現「我」的地位的提升，從而獲得滿足感。但這種主觀願望往往事與願違。至少對我而言，對於擺架子之人，無論其是何方神聖，我皆在心裡選擇敬而遠之。「敬而遠之」只是客氣的說法，其實質就是認為「他」不值得「我」尊敬。方漢奇對於「擺架子」之人，亦曾引用過魯迅之語來表達自己的看法：「一闊臉就變」。〔註197〕

解釋方漢奇為什麼選擇「與人為善」，並非易事。按我對方漢奇學術之路的觀察與判斷，他的許多做法並非是一成不變的，換言之，方漢奇早年踐行「與人為善」也許並非出於「自覺」，而只是出於溫婉性格使然的「自發」。這種自發的「與人為善」久而久之，成為了一種習慣。方漢奇因為踐行「與人為善」獲得了收益（例如「尊重」與「健康」）〔註198〕，從而不但將「與人

〔註195〕或者擔任了某種學術職務，或者行政職務。

〔註196〕俞吾金：「我晉升正教授後，就給自己立了一條規矩：沒有新觀點，決不寫東西。」《俞吾金講演錄》，長春：長春出版社，2010，第 248 頁。杜駿飛：「我現在這個年齡段，是所謂的『後教授時代』，已經沒有什麼職稱壓力了，學術研究也有能力進入非功利狀態。現在，我應該寫自己想寫的，說自己想說的，做自己想做的研究，而不僅僅是為了湊個數」。杜駿飛：《有所思》，見王怡紅、胡翼青主編：《中國傳播學 30 年》，北京：中國大百科全書出版社，2010，第 624 頁。

〔註197〕2008 年 11 月 1 日劉泱育拜訪方漢奇先生錄音資料。

〔註198〕與人為善，可以收穫尊重——「尊重他人同時等於讓自己得到尊重，因為對於別的主體，自己也是個必須被尊重的他人」。見趙汀陽：《我們和你們》，《哲學研究》2000 年第 2 期。

與人為善，可以收穫健康——美國幾所大學（密西根大學、耶魯大學、加州

爲善」作爲自己的核心價值觀，而且也將「與人爲善」作爲箴言贈給自己的博士生——「與人爲善」和「廣結善緣」，這既是方漢奇爲學生作序時寫的序文，〔註199〕也是方漢奇對於學生的教誨〔註200〕，其中自然蘊含著將「與人爲善」的價值理性轉化爲實現目標的「工具理性」的經驗、信心與期待。

（三）「與人為善」與學界認同

不難發現，方漢奇和其他新聞史學前輩學者（如寧樹藩、丁淦林、趙玉明）得到學界尊重的共同之處在於他們都踐行「與人爲善」。然而，問題在於，爲什麼一個人是否踐行「與人爲善」與能否得到學界的尊重存有關聯？

「學界」作爲一個隱含著的複數名詞，其題中應有之義是由多名個體學者所組成。因而，方漢奇得到學界尊重，歸根結底也就是得到了一位又一位個體學者的尊重。由於「與人爲善」同時包含著「尊重別人」與「幫助別人」，而「尊重別人同時等於讓自己得到尊重，因爲對於別的主體，自己也是個必須被尊重的他人」〔註201〕；「幫助別人」作爲「合作」〔註202〕的一種方式，發生在主體之間，如果想得到重複或持續下去，構成主體間性的任何一方都必須獲得效用，在幫助別人的時候，方漢奇所獲得的效用之一便是其所助之人的感恩之心與感激之情。並且學術界的感恩之心與感激之情往往通過表達尊重的話語呈現和釋放出來。同時，值得注意的是，儘管「學界」是由一位一位個體學者所組成，但並非每一位個體學者在表達對方漢奇的尊重的話語權及話語力度上都是相同的，其中有些個體學者是表達對方漢奇的敬重之情的「意見領袖」，因而，儘管方漢奇在事實上不可能通過「與人爲善」來幫助新聞傳播學界（包括新聞史學界）的每一位個體學者，但因爲有學界「意見領袖」的存在，對方漢奇持尊重之情的學者便可以而不僅僅是可能在數量上

大學）的研究表明：「一個樂於助人、處處行善、和他人相處融洽的人，預期壽命顯著延長，在男性中尤其如此。相反，心懷惡意、損人利己，和他人相處不融洽的人，死亡率比正常人高出 1.5 倍。」其原因，「從心理學角度來看，樂於助人，常常行善的人，可以得到人們對他的友愛和感激之情，從中獲得的內心溫暖緩解了他們日常生活中常有的焦慮」。林山：《與人爲善，壽自長焉》，《民族醫藥報》，2008 年 5 月 16 日。

〔註199〕方漢奇序。見鄧紹根：《美國在華早期新聞傳播史（1827～1872）》，北京：世界知識出版社，2012。

〔註200〕鄧紹根認爲，方先生對自己的一個重要的教誨就是「與人爲善」。

〔註201〕趙汀陽：《我們和你們》，《哲學研究》2000 年第 2 期。

〔註202〕「合作」本身就蘊含著主體之間的行爲，而「幫助別人」在邏輯上和事實上也必然發生在主體之間。

遠大於他所直接交往的學者，也正是在此種意義上，我們才能夠理解一位學者爲何及如何可能獲得普遍的尊重。

同樣值得注意的是，方漢奇通過作序與撰寫書評等方式「與人爲善」，所收穫的並不僅僅是來自學界的尊重，這一過程不但是其人梯角色的「自我實現」過程，——「人與動物不同，生活在社會關係網絡中，人要同他人交往溝通才能實現人生價值」。〔註203〕換言之，當「他者」在場時，與人爲善是最大限度地實現自己價值的必由之路。而且，同時也是他不斷地建構自己的學術地位的過程。畢竟，人的注意力是在時間之中生成和完成的，而每多一本書的書序或者書評，方漢奇的名字被讀者所注意的機會就可能會多一點。因而，通過作序或撰寫書評來「與人爲善」，也是方漢奇在暮年實現自己人生價值，感到和實現自己被學術共同體需要的重要取徑。

如果我們將「與人爲善」與中國的文化傳統和整個社會所認同的價值觀念聯繫起來進行分析，對於理解和解釋方漢奇及其儕輩通過踐行「與人爲善」而獲得學界的尊重也許會有更深刻的體認。

在中國的文化傳統中，儒家、道家和佛教所闡揚的義理（其中包括「與人爲善」）深刻地型塑著國人的價值觀念。

「與人爲善」作爲一個概念，最早由儒家提出——「源於《孟子·公孫丑上》『取諸人以爲善，是與人爲善者也，故君子莫大乎與人爲善。』原意是與人同做好事，後將其引伸爲替他人著想，成全他人的意思」。〔註204〕

道家同樣將「與人爲善」作爲「幾近於道」的取徑：「上善若水。水利萬物而不爭，處眾人之所惡，故幾近於道。」〔註205〕

「中華民族的民族性格主要受儒家思想和道家思想的影響，儒和道是兩種本土的宗教哲學」。〔註206〕但並不只限於「儒家思想」和「道家思想」的影響。佛教亦倡導「與人爲善」，在實踐層面至少要求做到」：「尊重他人（即在人際交往中不能產生自負高傲之心，要謙下、虛心，克服驕傲自大之心，吸納他人的善德）」；「不說人非（因爲不說人非，自然能減少矛盾爭執，使人際

〔註203〕唐明邦：《〈周易〉論和諧》，《安陽工學院學報》2005 年第 5 期，第 164 頁。
〔註204〕徐順梨、魏全木：《試論弘揚「與人爲善」的傳統道德》，《南昌大學學報》（社會科學版）1996 年第 4 期，第 37 頁。
〔註205〕王永亮：《行善——傳媒人素質思考之五》，《聲屏世界》2009 年第 7 期，第 63 頁。
〔註206〕梅洪舟、范曉玲：《探析道家思想對心理咨詢的啟示》，《文學教育》2011 年第 2 期，第 120 頁。

關係融洽)」;「奉獻社會（佛教認爲一切應以眾生利益爲前提，把個人的力量獻給大眾的利益，而達到自他兩利)」。〔註207〕

由於「與人爲善」作爲一種價值觀念，同時被儒家、道家和佛教所提倡〔註208〕，因而，是否「與人爲善」便成爲人們衡量一個人人品的重要標尺。對於「與人爲善」，亦即人品好的人，簡潔的命名與評價方式便是以「好人」二字名之。方漢奇對於「做一個好人」亦有著特別的看重，范敬宜逝世之時，方漢奇曾發三條短信表達悼念之情，其中一條短信的核心內容是稱讚范敬宜「是一個好人」。〔註209〕在中國的文化傳統和價值觀念之中，對於一個人的評價，「人品」是決定性因素。正因如此，我們才能夠理解，對於一個人，用是否「德才兼備」來評價，爲什麼「德」要放在「才」之前；對於學者的評價，往往稱讚其「道德文章」如何如何，爲什麼「道德」要放在「文章」之前——其中蘊含著對「道德」（德）的青睞超過對「文章」（才）的重視。

由於「道德」的踐行與表現離不開「與人爲善」，因而，任何一種具體的踐行「與人爲善」的方式（包括作序與寫書評），都可視爲個體爲贏得社會認同和尊重的「修身」行爲。而「修身正己的目的在於施人惠人，在於更好地服務於他人，服務於社會」，〔註210〕這話雖然不錯，但卻並沒有說透，「施人惠人」和「服務於他人」、「服務於社會」的動力，一定要放置在「利人」與「利己」之間的關聯之中，才能夠得到解決。

〔註207〕陳林菁：《佛教人本思想對現代企業管理的啓示》，《紹興文理學院學報》2006年第2期，第89頁。

〔註208〕其實還不只於此，中國傳統哲學中其他一些派別亦倡導「與人爲善」，如墨家的「兼愛」其中就蘊含著「與人爲善」。

〔註209〕劉憲閣：《細微之處見精神——從范敬宜修改信稿看何謂有文化的新聞人》（本文由方漢奇先生提供），本文經修改後發表在《新聞與寫作》2011年第1期。

〔註210〕杜振吉、郭魯兵：《儒家的社會公德觀》，《孔子研究》2007年第6期，第10頁。

結語：重思「認識自己」與「修身爲本」

　　長期以來，方漢奇學術之路的價值，包括方漢奇本人的價值──基本上是被置於新聞史學科場域，至多是新聞傳播學科場域來審視的〔註1〕。對此，方漢奇本人也並沒有提出過異議──我們甚至有證據判斷，他自己也認爲其價值主要是在新聞史學科場域。〔註2〕

　　在特定的學科場域中評價學術人物的成敗損益，襃揚其成就，指出其不足，這既是學者研究之常情，也是學界素來之傳統。以文學、史學、哲學和社會學等學科爲例，在文學界，如《論茅盾四十年的文學道路》〔註3〕；在史學界，如《王鳴盛學術研究》〔註4〕；在哲學界，如《哲學與哲學史之間：馮友蘭的哲學道路》〔註5〕，在社會學界，如《費孝通社會思想與認識方法研究》〔註6〕；而無論具體學者的研究進路如何言人人殊，但其相同點是都沒有跳出特定的「學科場域」。

〔註1〕如與趙玉明、丁淦林一起促成新聞學成爲一級學科，「1996年，作爲當時中國語言文學學科評議組內唯一的新聞學學科代表的中國人民大學教授方漢奇建議，新聞學應成爲文學門類中和中國語言文學並列的一級學科，並得到所在組的支持」。見宋超主編、黃瑚副主編：《新聞事業與新聞傳播學》，上海：上海人民出版社，2009，第182頁。

〔註2〕《方漢奇自選集》，北京：中國人民大學出版社，2007，前言。

〔註3〕葉子銘：《論茅盾四十年的文學道路》，上海：上海文藝出版社，1959。

〔註4〕施建雄：《王鳴盛學術研究》，北京：中國社會科學出版社，2009。

〔註5〕郁有學：《哲學與哲學史之間：馮友蘭的哲學道路》，上海：華東師範大學出版社，2004。

〔註6〕丁元竹：《費孝通社會思想與認識方法研究》，北京：中國社會出版社，2007。

我也曾傾向於認爲方漢奇的主要貢獻是在中國新聞史學科領域，並爲此撰寫過《方漢奇先生與中國新聞史學研究》〔註7〕。但在修改博士論文成書的過程中，我不斷地問自己：花了5年的時間研究方漢奇的學術之路〔註8〕，如果結論只是「方漢奇先生與中國新聞史學如何如何」，那麼這樣的結論，是不是不作專門的研究，別人也能想見一二？如果是的話，那麼，我這一研究的價值又在哪裏？這等於說，研究方漢奇的學術之路，最終成果的價值如何，與研究者提問的問題或者說提問的角度密切相關。而這，當有一天我偶然看到其他學者也曾有過同樣的困惑〔註9〕，一種「於我心有戚戚焉」的興奮，說服自己繼續花時間陷身於困惑之中，直至能夠從方漢奇的學術之路中提出自己以前未曾想過（亦即被定見遮蔽）的問題，才開始眞正地動手修改博士論文。

因而，本書在引論中所提出的兩個問題本身，就表明在我看來，方漢奇學術之路的價值——絕不僅僅在於新聞史學科場域亦不僅僅在於新聞傳播學科場域，如果將其學術之路視爲個體的一種可能的幸福生活方式的話，那麼，不但能夠從方漢奇的學術之路中見到以前所見不到的風景，而且，從中獲得啓發的讀者群體也將超越中國新聞傳播學界，甚至超越學界——如果這本書不僅僅只是學者有興趣讀的話。

結論：從「認識自己」到「修身爲本」

如果讀者是一位新聞史學者或人文社科學者，或者是一位高校教師要扮演「知識人的社會角色」中的「學術的探索者」、「研究的組織者」和「人才的培養者」，那麼，在閱讀本書上、中、下三篇的「過程」〔註10〕中，相信從方漢奇的學術之路中不致於感到毫無啓發，至少對於與方漢奇有關的中國新聞史學史（當然也是中國新聞學術史），會較先前有更多的理解。然而，在此我要強調的是，方漢奇學術之路的最重要的價值在於，作爲一種經驗事實，它讓我們有理由重新思考中西方文明傳統中的「認識自己」和「修身爲本」。

〔註7〕 載《社會科學戰線》2010年第9期。
〔註8〕 從2008年我攻讀新聞學博士學位開始，至2013年書稿付梓，歷時整整5年。
〔註9〕 李劍鳴：《歷史學家的修養和技藝》，上海：上海三聯書店，2007，第370～371頁。
〔註10〕 本書認爲，「啓示」絕不僅僅存在於「結論」之中，論證的「過程」之中包含的啓示可能亦爲不少。

一、作爲一種可能的幸福生活方式的「以學術爲樂業」

人，自由而全面地發展——這是馬克思、恩格斯所憧憬的人類社會的理想境地。如果這種理想只能在「未來」實現，那麼，其實質就是一種「空想」。關鍵的問題在於，作爲一種「理想」在我們置身於其中的這個時代這個社會環境中，其實現的程度如何？方漢奇的學術之路表明，在他的時代和所身處的社會環境之中，他是盡最大可能地朝向「自由而全面地發展」的幸福生活方式的——至於他本人是否意識到這一點，那倒並不重要。儘管他受各種因素影響也並沒有能夠「完全」做到〔註11〕。

按我的理解，方漢奇的學術之路——之所以能夠成爲一種幸福而可能的生活方式，是建基在以下幾個命題爲眞（T.）之上的。

命題1. 積極主動地追求幸福的生活，作爲人的一種天性，其「動力」來自於「利己」，其實質也是爲利己。

承認個人努力奮鬥的「動力」來自於「利己」，是爲對個人奮鬥的「動力來源」進行解釋，按我的觀察，這一命題可以有力地解釋個人奮鬥的「動力來源」。爲「利己」而奮鬥，既是人之常情，也是世之實情。但這不等於說，爲了「利己」而可以「損人」，恰恰相反，本書認爲，「損人」的做法是與「利己」的目標完全背道而馳的——

命題2. 個體的人只有通過「（先）利人」才能實現「（終）利己」。

由於人生活在「他者」與自己共同構成的社會之中，人人如果凡事都直接從「利己」的角度出發，進行思考尙無問題，採取行動則可能出現損害他人的利益進而爲他人所不許，從而使自己「利己」的目標無法實現的不幸的境況出現。因此，對於個體而言，在行動上實現「利己」的可行路徑只能是間接的「曲徑通幽處」——即凡事都先從利人的角度思考和行動，亦即「與人爲善」，這樣，人人都先從利他的角度思考和行動，則作爲個體的「利己」將因別人爲自己考慮和行動而實現。簡言之，個體的人只有通過「先利人」才能實現「終利己」，這等於說，不但「利他」是爲了「利己」，而且，爲了「利己」必須「利他」。

命題3. 選擇職業的理想境地是「以興趣爲職業」。

在社會分工的時代，個體如果要「先利人」，則必須承擔一定的社會責

〔註11〕 實際情況很可能是沒有人能夠完全做到，在此種意義上，「人自由而全面地發展」永遠只能是理想。

任，發揮一定的社會功能，而無論承擔社會責任抑或發揮社會功能（對於一定的社會圈子發揮社會功能），都需要個體選擇一定的職業爲前提和憑依。在職業的選擇上，個體應該選擇「性之所近」的職業，即「以興趣爲職業」，因爲這爲個體「以後天發展先天」提供了可能，不但能夠使個體「如魚得水」，因「自我實現」而帶來內心的幸福快樂之感，而且易於使個體釋放最大的個人潛能，承擔最大的社會責任，從而減少社會資源的浪費，促進人類群體的生活幸福。

命題 4. 通過「以興趣爲職業」，個體在時間與實踐中逐漸獲得和積累技能資本與社會資本，通過「與人爲善」（即先利人）實現與「他者」的良性關係的建構，發揮出自己的社會功能，使自己被需要處於滿足和潛在的滿足可能之中。

命題 5. 根據經濟學的「邊際效益遞減」原理，「全面發展」是個體實現個人幸福效用最大化的必然要求，其實踐路徑則是掌握方漢奇所倡導和踐行的「彈鋼琴」之道，即「平衡」的生活藝術。其中包括職業「角色叢」〔註12〕的平衡、身體健康與心理健康的平衡、事業與家庭生活的平衡、愛情、親情、友情、師情的平衡。

命題 6. 個體從出生到衰老不停地在變化，「他者」和社會環境也在不停地變化，個體所追求的「平衡」的生活藝術只能是一種動態的不斷趨近理想之中的平衡點的平衡，不可能一勞永逸，這就需要個體不斷「與時俱進」，面對不斷變化的環境，具體問題具體分析，不斷地調整自己的選擇和行動。

命題 7. 個體追求幸福生活的現實可能性，來自於個體社會功能的發揮程度（即個體被他人需要的程度），而個體社會功能的發揮是以選擇一定的職業爲前提的，能否選擇「以興趣爲職業」，不但要看機遇，而且要看個人是否能夠發現自己的興趣所在，在此意義上，「認識你自己」相當重要。

命題 8. 選擇「以興趣爲職業」之後，如何發揮自己的社會功能，在實踐層面具體涉及到「修己」與「安人」，「修己」即是通過不斷努力，增強自己的社會功能，「安人」即是通過「與人爲善」來利人。無論怎樣「修己」抑或如何「安人」都把「選擇」的權利交給了個體，而個體行使選擇的權利的具

〔註12〕任何一種職業都在賦予了個體若干權利的同時，要求個體承擔相應的義務，行使權利與承擔義務是通過社會角色的扮演來實現的。方漢奇作爲高校教師，其作爲「學術的探索者」、「研究的組織者」和「人才的培養者」是職業所賦予他的社會角色。

體實踐便是「修身」。在此意義上，「自天子以至庶人，壹是皆以修身爲本」（《大學》），確爲洞見。

「修身」之道即是「治己」之方。本書取名爲「治學與治己：方漢奇學術之路研究」，即是將方漢奇的學術之路視爲他「修身」的一種具體的踐行方式。換言之，就「做人與做學問何者重要」這一命題而言，並不是「做人比做學問」更重要，實際情況是：做學問是做人的具體的體現方式或者載體，兩者本來就是渾然一體或者說一體兩面，強調做人比做學問更重要其中的深意在於：提醒世人不要將做學問的重要性強調到無以復加的地位而忘記了爲什麼要做學問——即做學問的目的是什麼。

在上述 8 個命題中，有兩個基礎性的範疇，一是在「不變」中堅持自身「興趣」（需要通過「認識你自己」來發現，一旦發現了興趣所在，可以終身「不變」）；一是在「變化」中「修身」（因爲社會變遷、年齡變遷、角色變遷，一直需要「變」），具體包括「身心健康」既是前提，也是目的；「角色均衡」既是目標，也是「全面發展」的途徑和體現；「與時俱進」則包括「勤奮、精進」與「調適、適應變化」；「與人爲善」按照「先利人」才能「終利己」的邏輯——是實現「人自由而全面地發展」的必由之路。

至此，對於共和國人文社科學者需要具備何種觀念才可能「以學術爲樂業」，本書通過研究方漢奇的學術之路，作出一種可能的回答，其要點可以概括爲「四項基本原則」——「興趣爲業」、「與時俱進」、「與人爲善」和「角色均衡」。

（一）選擇「興趣為業」

方漢奇「搞了一輩子的新聞史」，新聞史是他趕不走、轟不走的興趣，他對新聞史感興趣是從高中時集報開始，高考時報考新聞系，大學期間寫新聞史的論文，大學畢業後到上海新聞圖書館工作、到上海聖約翰大學、北京大學、中國人民大學教新聞史、以及後來以科研促教學、寫出《中國近代報刊史》、發表超過 200 篇的新聞史文章、組織新聞史學的多種協作研究，培養新聞史學人才，等等，所有這些都是基於對新聞史的興趣——以興趣爲職業的基礎之上的。

方漢奇的學術之路表明，個體如果能夠將自身興趣與謀生職業合二爲一，則，在工作時將因樂在其中而深感幸福。這樣便有可能從另一個向度理解方漢奇爲什麼不只一次地說「新聞史很重要」，爲什麼不止一次地說（以教新聞史爲業的）教師的職業挺好。

（二）樂於「與時俱進」

「與時俱時」一般被視爲「褒義詞」——「與時俱進既是對中國古代優秀傳統文化的高度提煉，也契合了馬克思主義唯物辯證的發展觀點」〔註13〕，方漢奇本人對此詞也取「褒義」〔註14〕，但本書毋寧將「與時俱進」視爲「中性詞」，其含義接近於「天行健，君子以自強不息」中的「不息」，強調的是個人在思想和行動上的不斷「變化」，或者說，個體通過「修身」而使自己不斷發生變化。但，「變化」未必都是朝向個體與社會的價值觀念都認同的積極方面的變化。也正因此，本書認爲，將「與時俱時」視爲「中性詞」更爲恰切。

回望方漢奇的學術之路，從「個體修身」層面著眼，「與時俱進」是一以貫之的。20 世紀 50 年代方漢奇執教北大初期，爲了適應備課之需，曾在 5 年之內「一口氣看了 2000 多本書」，並經常聽北大其他名教授的課，從而實現自己教學上的「與時俱進」。20 世紀 70 年代，當時的學術環境有許多禁區，方漢奇便研究允許研究的對象，例如對「魯迅」的研究，這一研究實踐，不論其學術水準，但顯而易見的是方漢奇的「與時俱進」，努力調整改變自己，以使自己適應環境的變化。20 世紀 90 年代，方漢奇雖已年逾古稀，但仍「與時俱進」，學習使用電腦——在人大老教授中，其自言可能是第一個上網的人。進入 21 世紀後，他又學會了使用微博，對社會現象激濁揚清。

方漢奇的「與時俱進」可從多個維度進行觀察，其中，隨著年齡的增大，記憶力自感不如從前，在「學術的探索者」、「研究的組織者」和「人才的培養者」這幾種角色中，他有意識地力爭扮演好「人才的培養者」——即「做好人梯」，這當然也是一種「與時俱進」。

在此，只要有足夠的證據表明，方漢奇「以學術爲樂業」的幸福的生活方式是和「與時俱進」分不開的即可，重要的問題在於看到——「與時俱進」最重要的功能是使自己不斷提高「與人爲善」的能力，從而發揮更大的「與人爲善」的功能。

（三）踐行「與人為善」

「與人爲善」在社會實踐層面亦即是「利他」的思想和行動。

〔註13〕 羅玉華、何光明：《論與時俱進的哲學內涵及意義》，《理論與改革》2007 年第 1 期，第 40 頁。
〔註14〕 方漢奇：《與時俱進的中國新聞傳播學》，見《方漢奇自選集》，北京：中國人民大學出版社，2007。

方漢奇作爲「學術的探索者」，其所踐行的「與人爲善」突出地體現在「尊重爲貴」的思想和行動之中。如本書上篇相關內容所論，不但對於學術觀點不同者，他提倡「可以各說並存」，在寫爭鳴文章時，亦抱持「與人爲善」之態度，充分尊重別人的學術成就，而且即使在自己的著作（《中國近代報刊史》）被抄襲之後，儘管心中對此極爲不滿，他仍然希望本書對於抄襲者「不點名」，「以存寬厚」。作爲「研究的組織者」，方漢奇的「與人爲善」在「署名支持」上體現得尤爲明顯——儘管自己並不將「署名支持」的協作研究視自己的「學術成果」。作爲「人才的培養者」，在「作序與寫書評」方面，方漢奇不但對於自己的學生、熟稔之人「有求必應」，而且對於素昧平生者的求助，亦不拒人於千里之外，而是選擇「樂觀厥成」。

（四）追求「角色均衡」

方漢奇之所以能夠實現「以學術爲樂業」，在我看來，他一方面是以興趣爲職業，而另一方面，則是通過「與時俱進」和「與人爲善」，追求一種「均衡的生活」。這種「均衡的生活」作爲一種結果，亦是使其「以學術爲樂業」的原因，而「均衡的生活」，首先是通過追求動態的「角色均衡」來達致的。

本書的主體是圍繞方漢奇作爲「學術的探索者」、「研究的組織者」和「人才的培養者」而展開，雖然在方漢奇超過60年的學術之路的不同階段上，他對於每一種角色的扮演的側重點是不同的，但就整體而言，他對於每一種社會角色都付出了時間和分配了精力，進行過思考和行動，顯露出一種角色的均衡——作爲「學術的探索者」，《中國近代報刊史》目前仍是引證最高的新聞學文獻〔註15〕；作爲「研究的組織者」，方漢奇所主編的《中國新聞事業通史》，所創建的中國新聞史學會，對於新聞史學科建設的重要性不言而喻；作爲「人才的培養者」，其所培養的博士生中，「不少人已成爲新聞傳播史方面的斐聲全國的中青年學者」〔註16〕。

當然，這並不是說，方漢奇在「學術的探索者」、「研究的組織者」和「人才的培養者」三者之間取得的成績都是一樣的，在我看來，這三者之間，並不具備比較的合法性。因爲評判每一種社會角色得失的標準並不相同，譬如，對於「學術的探索者」，評判其貢獻大小在於所提出的學術觀點的影響；而對

〔註15〕陳力丹：《解析中國新聞傳播學.2013》，北京：人民日報出版社，2013，第369頁。
〔註16〕方漢奇：《加強新聞傳播史的學科建設》，2005年8月25日在中國人民大學新聞學院書面發言（未刊稿）。

於「研究的組織者」，評判其貢獻大小，則不能夠忽視其調動與發揮群體長處的程度——兩者尺度顯然不同。

在此，還需注意到，方漢奇在學術之路上所體現出來的「學術的探索者」、「研究的組織者」和「人才的培養者」這三者之間的均衡，只是其所追求的「均衡生活」的一個組成部分，這意味著，方漢奇所追求的「均衡生活」並不僅限於學術層面，他在「事業成就」與「身體健康」、「家庭幸福」〔註17〕之間亦追求並達致了一種動態的均衡。

綜上所論，本書認爲，「興趣爲業」、「與時俱進」、「與人爲善」、「角色均衡」這「四項基本原則」，既是共和國學者「以學術爲樂業」的必要條件，也是任何個體追求和踐行一種可能的幸福的生活方式所需要的必要理念。正是在此意義上，我們對於「幸福的家庭每每相似」〔註18〕——爲什麼「相似」或者說什麼「相似」也許會有更深刻的理解。

二、社會變遷與年齡變遷中的個體選擇：自發與自覺

熊十力曾言，爲學要看出別人的好處，只看別人的不足，於自己並無補益〔註19〕。準此而論，則本書承認，方漢奇學術之路的價值對於研究者而言，不在於其中存有的不足，而在於其中所深蘊的可取之處。亦即重要的是：方漢奇做對了什麼？這當然並不等於說方漢奇沒有不足。實際上，我對於方漢奇的學術觀點，持不同意見的不只一端。儘管這也許並不能說明方漢奇的不足，因爲我的觀點未必就是優勝的觀點，而只是表明，我提醒自己要警惕因全盤接受方漢奇的觀點而失去自己的獨立判斷和深入思考。畢竟，研究思想最重要的也許不在於弄清了什麼思想，建構了什麼體系，而在於通過研究的過程使自己不斷地有思想。〔註20〕

按我對方漢奇學術之路的觀察和理解，在社會變遷與年齡變遷之中，個體學者的選擇空間始終是存在的。但選擇空間的存在與個體是否能夠做出很

〔註17〕 關於方漢奇的「家庭幸福」，可參看《中國新聞史學研究的高峰——海門女婿方漢奇的愛情和事業》（《海門日報》，2010 年 1 月 8 日）和陳昌鳳的文章《學術人生　莊諧有致——我的導師方漢奇先生》（《新聞與寫作》2007 年第 9 期）。

〔註18〕 〔俄〕列夫・托爾斯泰：《安娜・卡列尼娜》，力岡譯，北京：光明日報出版社，2010，第 1 頁。

〔註19〕 羅義俊：《熊十力教誨徐復觀治學》，《文史雜誌》1987 年第 5 期，第 8 頁。

〔註20〕 尹文漢：《儒家倫理的創造性轉化：韋政通倫理思想研究》，合肥：安徽人民出版社，2008，王立新序第 4 頁。

好的選擇並不是一回事。回望方漢奇迄今 65 年（1948～2013）的學術之路，如果用一句話概括，那就是處於自發選擇與自覺選擇之間，在他的學術之路中，有一些事情屬於自發選擇，有一些則屬於自覺選擇。概而言之，方漢奇的角色扮演經歷了一個由自發角色向自致角色演變的過程。並且越到晚年，方漢奇「自致角色」的意味愈顯。「做好人梯」是方漢奇反覆強調的一個「關鍵詞」〔註21〕，這當可在一定程度上表明他的角色自致意識。

當然，任何選擇都是在具體的歷史條件下進行的。對於方漢奇而言，社會制度是宏觀環境，對個體有規約和影響，他自己也承認社會制度這種宏觀環境對於個體學術之路的影響，比如中國新聞史學會的成立，比如《中國新聞事業通史》的編寫。同時，教育制度和學術制度、媒介制度和媒介技術變遷是中觀環境，對個體的影響也有據可察。而年齡與身份和地位的變遷，則是影響個體選擇和行動的微觀環境。對於步入老年者，年齡增加雖然意味著精力的衰減，但也意味著個體學者判斷力（亦即智慧）和聲望身份地位象徵性資本的提高和增加。

方漢奇自己在學術之路中，在「選擇」上做得到底如何，這並不是本書所關心的重點，本書關心的是，通過方漢奇的學術之路，在超過 60 年的時間段中，考察個體在社會制度、學術和教育制度、媒介制度的變遷之中，是否具有選擇的空間。

本書的結論是，事實上，方漢奇在任何時候都具有選擇空間，至於每次面臨選擇之際是否做出了明智的選擇，那倒不一定。然而，一旦能夠立論個體在任何時候事實上都具有選擇的空間之後，我們就可以把在具體的歷史條件之下創造個體的幸福生活的自主權交給每個個體，這，其實也是間接地在回應康德當年所討論的實踐理性的自由問題。

由於個體具有選擇的自由，因此，評價方漢奇的學術之路也應在討論個體具體擁有何種選擇自由的基礎上進行。

在方漢奇所面臨的種種選擇之中，可以概括爲這樣幾個層面。首先在職業層面，方漢奇選擇跟著興趣走，即以興趣爲職業。在處理人際關係層面，方漢奇選擇尊重別人，與人爲善，踐行「人之彥聖，若己有之」。在自己的社會角色扮演層面，方漢奇選擇追求「動態的」〔註22〕角色均衡，其中包括「事

〔註21〕2008 年 11 月 1 日、2011 年 1 月 9 日劉泱育訪問方漢奇先生錄音資料。
〔註22〕個體的生命既然是「過程」，則「角色均衡」在現實中只能是「動態的」。

業」與「家庭」兩不誤，兼顧「工作」與「健康」。

作為學術探索者的「尊重為貴」，作為研究組織者的「道德領導」，作為人才培養者的「與人為善」，其中共同點都是通過「治己」來實現「治學」之路上個人內在興趣與外在和他人之間的人際關係的「均衡」。當然，這種「均衡」始終是動態的，不可能一勞永逸。一息尚存，「選擇」的行為就必然發生在每時每刻。在承認社會環境和各種條件對於現實個體的制約之後，怎樣盡可能使自己在由自發選擇和自覺選擇所建構組織的選擇念頭與選擇行為之中，提高「自覺選擇」行為的比重，既是方漢奇的學術之路的一種提醒，也是「學歷史可以使人更加聰明一些」聰明之道和實踐方向。

討論：方漢奇學術之路的普適價值與專業啓示

一、方漢奇學術之路的普適價值：「認識自己」和「修身為本」

儘管方漢奇迄今招收了近 50 位博士生，儘管其中近 40 人已經獲得博士學位，但是，成為「方門弟子」，以及「獲得博士學位」，並不意味著就一定能夠學到方漢奇學術之路中所蘊含的最為重要的東西。

在我看來，方漢奇學術之路中所蘊含的最重要的東西，並不是如何思想和行動才能搞好新聞史研究。而是如何通過「認識你自己」——選擇一種適合自己的幸福的生活方式，並通過「修身」——使自己樂在其中。

馬克思、恩格斯所憧憬的「人自由而全面地發展」，直接點明了人應該是「目的」，而不是「工具」。從人首先應該是目的而不是工具這一角度，可以推論，對於任何一位學者的評價，不能僅限於其在學術上做出了多大貢獻，而應全面地評價，看其在做出學術貢獻的同時，自己獲得的幸福感如何（包括是否健康長壽）？換言之，其所擁有的是不是一種幸福的生活方式？「寧可少活二十年，拼命也要拿下大油田」的思想，是特定歲月的觀念產物，而今天，再提倡這種觀念，從經濟學的角度而言則是對資源的浪費或者說沒有充分發揮資源的最大效用。

因而，對於所有希望能夠從方漢奇的學術之路中獲得啓示的人而言，方漢奇學術之路的價值，首要的便不在新聞史方面，而在於如何通過「認識你自己」，選擇一種性之所近的職業，並通過「修身」而使自己樂在其中，自利利他，獲得幸福。

　　而能否從方漢奇的學術之路中學到最爲重要的東西，在某種意義上，與每個人的悟性有關，因爲方漢奇的性格，雖然「溫婉」適當，但卻「坦率」不足——他很少直接對博士生說「你應該怎麼樣」，而更多的是「點到爲止」，把更多的選擇權留給學生的悟性，即自己把要說的意思以含蓄的方式表達了，但並不直接說破。這種溫婉的性格不僅體現在方漢奇指導博士生上，他在給索序者作序時也是如此，序言中的一些遣詞造句往往蘊含著自己並不明說的深意。在這一點上，方漢奇易於讓人想起陳寅恪。

　　博士生能否從方漢奇的學術之路中學到最爲重要的東西，亦與方漢奇學術之路的明晰性有關。在本研究開展之前，方漢奇的博士對於自己的老師也並不是十分瞭解。李彬在給筆者的電郵中就曾寫道：關於方先生的許多事情，「我們也聞所未聞」〔註 23〕。由於許多博士生對於方漢奇的學術之路並不十分瞭解，從「知人論世」這一角度，盼望從生活方式層面領悟方漢奇學術之路有益於己的東西，也許在相當程度上只能是可望而不可及。

　　這其實能夠得到一個推論，學生如果想從老師那裡學到或者悟到更多的東西，其前提是對自己的老師有相當的瞭解。而如果自己不夠瞭解，又沒有人研究過自己老師的學術之路，那麼，學生便應有意識地將自己每一次與老師見面的機會都規劃爲自己搜集史料瞭解老師的一種努力。

　　由於「認識自己」——進而選擇「性之所近」的職業，是個體最大限度地發揮自身社會功能的前提條件，因而，可以推論出，「以學術爲樂業」，其前提是所選擇的「學術」與自己「性之所近」。這等於說，並不是任何一個人都適合從事學術研究，自然也並不是任何一個人都適合研究新聞史——也正是在這一意義上，陳力丹所說的學術研究只能是極少數人的事情〔註 24〕，才更具深意和啓發。

　　如果，「學術」與自己「性之所近」，即完成了「認識你自己」的第一個方面的含義，但「認識你自己」的含義並不止於此：「自己的社會角色」及相應的「社會功能」是在不斷變化的，對自己的認識亦需要「苟日新，日日新，

〔註23〕2011 年 1 月 23 日李彬教授覆劉泱育電郵：(關於方先生的)「許多內容對我們也聞所未聞」。

〔註24〕「真正做學術應該是極少數人，現在我們身邊一大堆的人都要做學術，最後結局就是跟我們大煉鋼時煉出一堆鐵渣子一樣，垃圾一大堆。」陳力丹：《那是一段思想稀薄的時光》，見陳力丹：《解析中國新聞傳播學·2009》，北京：人民日報出版社，2009，第 117 頁。

又日新」，於是可以回應與印證《中庸》的「做新民」實乃「人同此心，心同此理」。由於「自己」處於不斷變化之中，因而，必須不斷調整自己從事選擇行爲的標準。

一旦「認識自己」之後，個體的責任只有一件：「修身爲本」。具體包括：通過聰明地努力（包括勤奮和講求方法考慮效益）、與時俱進來進行「自我提升」和「自我實現」；通過「角色均衡」、養成好習慣來使「身心健康」；通過「與人爲善」來對特定人群實現自己的角色功能。

在角色均衡之中，除了「學術的探索者」、「研究的組織者」和「人才的培養者」三者之外，「以學術爲樂業」還要重視一個前提，即身心健康與努力工作之間的均衡，方漢奇有著規律的生活習慣，並奉行「讀萬卷書、行萬里路」，每年都外出度假，既享受與遠在海外的子女的天倫之樂，亦注意在兒子和女兒之間情感分配的均衡。〔註25〕不僅如此，方漢奇還力爭平等地對待每一個學生、平等地尊重每一個同行。在我看來，方漢奇角色均衡的核心是處理自己和他人的關係，而這其實就是「修身」的範疇。

同時，通過研究方漢奇的學術之路，我們有理由認爲，方漢奇的學術之路作爲一種生活方式，以興趣爲職業，幸福而卓然有成的生活，在消費社會之中（人有異化爲「單向度的人」的危險時代），仍然是可能的。這樣講，並不是否定或者低估方漢奇對於中國新聞傳播學科尤其是中國新聞史學的貢獻，而是意在提醒，從事學術研究本身也是爲了追求個體生活的幸福。學術之路，只是達致個體人生幸福的諸多可擇之路當中的一種，而並非是萬般皆下品，唯有學術高。至於到底選擇哪一條路，那則要據「性之所近」。

總之，對於方漢奇學術之路的審思，在層級上，首先應該著眼的是他的生活方式。其次才是關注他如何做學問、如何扮演學術的探索者、研究的組織者和人才的培養者。如果對於他的生活方式所蘊含的價值沒有充分的領悟，而只是學習其具體如何研究新聞史，那就難免有入寶山而所獲不多之憾。

二、方漢奇學術之路的專業啓示：如何扮演好學者的社會角色

人物個案研究的最高境界與最後結果無非是希望研究者或閱讀者能夠「見賢思齊」或見「不賢以自省」，亦即獲得「啓示」。而對於一個人「賢」或「不賢」進行總體性的判斷是無效的。畢竟一個人，不可能每個方面都「賢」，

〔註25〕方漢奇先生與黃曉芙師母近年來到海外度假，交替去兒子（美國）與女兒（法國）之處小住。

亦不可能每個方面都「不賢」。「賢」與「不賢」集於一身雜寓一體，不但可以是常態，而更可能是實情。

以本書的研究對象而論，現實生活中的方漢奇也不可能是「完人」。如果遵從方漢奇所倡導的「事實是第一性的」治學思想，我們回溯歷史便會發現，即使晚年被授予「榮譽一級教授」的方老，亦自承認早年曾做「可歎、可憐」之事。〔註26〕

根據「只有當批評者提供了優於被批評者的方案時，批評才是有效的」〔註27〕——這一批評原則，由於我與方漢奇並非是儕輩，而是年齡相差 50 歲，我無法保證回到當年他的處境之中，能夠做得比他好，因而，對於方漢奇及其儕輩當年無論做過何種「可歎可憐」之事，我都不具備對之進行有效批評的資格。這可推論出，對我而言，從事後的視角批評方漢奇學術之路上的任何奪失，都不具備合法性。而如果「評價」本身同時包含「褒獎」和「批評」兩個維度的話，由於不能對之進行有效的批評，那也就意味著不能對之進行「全面」的評價。這等於說，對於本研究而言，由於研究者與研究對象之間不是儕輩——研究者無法置身於研究對象當年所處的歷史現場——進而無法評判自己是否能夠比研究對象做得更好，研究者對研究對象的學術之路進行「好」或「不好」等損益評價缺乏合法性。換言之，對於本研究而言，如果在論著的最後提出研究對象在哪些方面做得好，在哪些方面做得不足，基於由「褒揚」和「批評」兩個維度所構成的評價過程而得出若干「啓示」，其「啓示」是可疑的。

如此這般所得到的所謂「啓示」既然是可疑的，那就等於說並沒有解決「人物個案研究」所期望實現的「見賢思齊」或「見不賢以自省」。而此問題之所以沒有解決的關鍵癥結，在於從結果意義上對研究對象進行總體性的事後評價——「我們總期待明確的結論，而忽略過程。」〔註28〕

就本研究而言，討論方漢奇的學術之路能夠給研究者包括閱讀者帶來何種啓示，採取的是在研究方漢奇的學術之路的「過程之中」去尋找答案的論

〔註26〕 1957～1958 年寫過文章「反右兼保自己」，自言「可歎、可憐」。2009 年 7 月 29 日方漢奇先生覆劉泱育電郵。

〔註27〕 鄧曦澤：《發現理論還是驗證理論——現代科學視域下歷史研究的困境及出路》，《學術月刊》2013 年第 4 期，第 143 頁。

〔註28〕 「這是我國教育，特別是應試教育的後果。人文研究如果是結論性的研究，那也就沒有研究的必要了。人文學術活動的意義就在於，激發我們的思想，讓我們去質疑，去提出問題，去尋找解答問題的合適方案。」曹意強：《學術共同體——貢布里希與中國美術學院》，《新美術》2012 年第 6 期，第 18 頁。

述策略——借助知識人的社會角色理論，將方漢奇的學術角色具分爲「學術的探索者」，「研究的組織者」和「人才的培養者」〔註29〕，並且將每一種社會角色又具體細分爲四個討論維度，這，事實上就等於將方漢奇的學術之路，從 12 種不同的角度進行觀察。追求的是，在從每一種不同的角度進行觀察的過程之中，能夠得到何種感悟和啓示。其立論前提是承認，個體對於自身所承擔的每一種社會角色扮演得如何，只能從「過程」中去作動態的判斷，而不可能「一勞永逸」。

由於相信「啓示」蘊注在研究過程之中，因而，構思和寫作本書的過程便是研究者從方漢奇的學術之路上獲得方方面面的啓示的過程；而研究者將論著付梓，當然是假定讀者在閱讀本書的過程之中，亦能夠獲得與研究者相類的啓示。這等於說，本書如果能夠帶給讀者某種啓示，那麼，這啓示也一定是在讀者閱讀本書全部章節的過程之中實現的，而非僅僅看一下本書的結論就可以「大功告成」。

餘論：關係範式、選擇自由與人物個案研究

一、「關係範式」〔註30〕與人物個案研究的成果實質

人物個案研究，無論出於何種考慮，歸根結底都是基於某種價值取向而做出的選題和研究實踐。既然一定是基於某種「價值」取向，而「價值」是一種關係，則人物個案研究的成果實質是研究者與研究對象間的「關係」——亦即所謂的「『主觀』見之於『客觀』的東西」。認識到這一點，則以往所存在的許多關於人物個案研究（尤其是健在人物個案研究）的顧慮——比如「不好評價」或者「客觀再現研究對象」便都成爲「僞命題」。

本書在研究方漢奇的學術之路時，由於承認採取的是「關係」視角，亦即意味著從每一個具體層面展開時，可能獲得多少啓示，就不完全受方漢奇在每一個層面所取得的成就高低的圍限。當然，少不了討論方漢奇在每一個具體層面的所作所爲，但方漢奇的所作所爲只是研究者獲得啓示的觸媒。誠然，在「關係」視角中，事實上也很難分清哪些是方漢奇的思想，哪些是研

〔註29〕 對應著本書的上篇「學術探索之路」、中篇「組織研究之路」和下篇「人才培養之路」。

〔註30〕 陳先紅教授曾出版過《關係範式下的公關研究》（武漢：華中科技大學出版社，2010）。

究者對於方漢奇的學術之路的「主觀見之於客觀」的思想。其中，對於方漢奇的誤解，恐怕也是在所難免。儘管，由於開展本項研究可以借助口述史的手段向方先生求證，但方先生對研究者關於他的一些誤解是否願意「正本清源」亦很難說。〔註31〕

但無論是曲解、誤解或者正解，研究者通過研究方漢奇的學術之路，追求從中獲得啓示卻是無疑的。當然，至於到底能夠獲得多少啓示，那倒是很難講。因這除與方先生的學術之路的特殊性有關，亦與研究者個人的經歷、閱歷、識見以及研究功底、研究興趣，甚至包括所採用的理論分析工具有關。這等於說，對於人物研究而言，研究者能夠從研究對象那裡獲得多少啓示，起決定作用的並不完全是研究對象在發生學意義上做得如何，而是與研究者自身的治學功力有關，亦即，研究者是否具有見微知著的歷史學的想像力。這顯然也在表明，一部著作的質量──從能讓讀者受益多少的角度而言，有賴於研究者、研究對象和讀者之間的「共謀」。準此，如果本書對方先生學術之路的研究，使讀者感覺啓示不多，那麼，責任在於研究者。如果讀者覺得啓發不少，那麼，要歸功於發生學意義上的方先生的學術之路，也歸功於讀者自身的閱歷與悟性。畢竟，「歷史本身厚重且充滿質感，十分複雜，缺少一定的人生閱歷積澱和學識修養，根本無法體會其中的微妙之處」。〔註32〕

這同時也自然可以推論出，對於學者個案研究而言，學者成就的大小，並不僅僅取決於發生學意義上的客觀的大小，還取決於研究者的觀察角度與觀察之時所選擇的價值標準，甚至還包括研究者的學術識見和悟性。如果說莫言獲得諾貝爾文學獎，譯者功不可沒的話，那麼，一個學者給人所感覺的學術成就的大小也就不可能與特定的研究者毫無關係。無論研究者如何強調其只是據史直書追求「客觀」呈現，然而，「客觀」只是爲了反對虛假、編造而懸設的一個理想，完完全全的客觀在現實性上是不可能做到的。這其實等於說，如果本書某些章節給人感覺低估了方先生的學術成就，那絲毫影響不了方先生在發生學意義上的學術貢獻，而只是因爲研究者識淺──沒有能夠找到更好的角度來切入史實進行申論。同理，如果本書某些段落給人感覺過高評價了方先生學術之路的價值，那亦絲毫影響不了方先生在發生學意義上

〔註31〕作出這種判斷，並非是我的臆測，在我提交給方先生審閱的關於本書稿的前身的博士論文，其中就有誤判，但方先生出於「與人爲善」的原因，並未指出，我是後來依據史料自識己誤的。

〔註32〕馬伯庸語，見《看天下》2012年第20期。

的學術之路的價值，而只是因為研究者才疏——沒有能夠擇出更恰切的語辭來言說自己所欲表達的意義。

二、「選擇自由」與人物個案研究的意義前提

對於任何一項旨在以獲得某種啟示為目標的人物個案研究，有一個前提性的條件，研究者對之既不可視而不見，亦不能避而不談，即，將「研究者」和「研究對象」皆「有選擇的自由」這一點作為意義前提。

如果研究者或研究對象在歷史中，亦即在時間序列中，其思想和行動沒有選擇的自由，那麼，一切就都將是「注定的」，這便束手交出了作為有主觀能動性的個人的創造性、積極性以及主動性。而如果一切都是「注定的」，那麼，任何所謂的「啟示」在實踐理性上都沒有意義。

不但「啟示」的獲得是建立在個體在特定的社會環境中擁有「選擇自由」這一基礎之上的，而且對於人的評價也是建立在其個人的「自由選擇」空間之上的。同時，個人的自由選擇度與個人的年齡、聲望、社會地位、特定的學術共同體、文化傳統，社會制度等等，都有關聯。

這表明，研究方漢奇學術之路的「啟示」，其實是研究方漢奇在學術之路的各個層面的展開過程中，他的選擇自由度。其中包括他在當時的歷史條件之下所作的選擇受哪些社會和個人因素的影響。當然，理想境界是分清楚哪些是方漢奇發揮主觀能動性自己主動選擇的結果，哪些是方漢奇受時代和環境制約不得不做的結果，還有哪些是方漢奇做的時候並沒有自覺的選擇意識，而只是憑藉興趣或者自發。而無論在學術研究的操作層面是否能夠分清個人主觀選擇與客觀環境制約的「楚河漢界」，都不影響個人的「選擇自由」在任何時候都是存在著的這一客觀事實。

在探討方漢奇的學術之路所可能具有的普適價值和專業啟示之時，本書的邏輯起點是「選擇的自由」。其邏輯終點是「自由地選擇」。其實現過程則是以興趣為內在驅動力的學術之路在展開過程中，學術的探索者、研究的組織者、人才的培養者三種高校教師主要社會角色的具體扮演，以及與高校教師這三種主要社會角色扮演相關的個體追求角色動態均衡的幸福的生活方式。進而言之，任何抱持著「以史為鑒」為目標的人物個案研究，其實質都是在探討人的選擇自由。無論研究過程如何殊樣，最終都要落到「人的選擇自由」與社會環境之間的關係這一層面上來。

　　通過研究方漢奇的學術之路，我們有理由樂觀的是，就社會變遷而言，即使在改朝換代的動蕩年代，即使在萬馬齊喑的「文革」時期，個體從來都不缺乏選擇的自由，嚴格地說，只不過是在選擇時受到的限制較多而已，而並不是沒有選擇的自由；就年齡變遷而言，一個人即使在天命之年，即使在退休之後，亦不乏選擇的自由。

　　意識到「個人從來都不乏選擇的自由」之後，對於任何個體而言，重要的問題和核心的任務便是，如何在特定的社會環境之下，如何在特定的年齡階段之中，評估和利用自己此時所擁有的選擇的自由，如何通過「自利」「利他」去實現「個人自由而全面地發展」？這，既是馬克思、恩格斯所懸設的人類理想，也是每個人在當下──時時刻刻都在實踐著的歷史命題。

參考文獻

錄音資料與電子郵件

一、錄音資料

訪談對象	錄音時間	錄音地點	訪談主題
1. 方漢奇	2008-11-01	中國人民大學宜園 方漢奇先生家中	知識分子與社會環境關係 方漢奇早年的經歷
2. 尹韻公	2008-11-01	北京朝陽區 尹韻公先生家中	方漢奇與中國近代報刊史研究 方漢奇的治學態度與育人精神
3. 李　彬	2009-09-02	清華大學宏盟樓 李彬先生辦公室	方漢奇的性格與治學特點
4. 方漢奇	2009-09-02	中國人民大學宜園 方漢奇先生家中	方漢奇與中國大百科全書新聞出版卷，方漢奇與學生
5. 吳廷俊	2009-09-02	北京大學勺園賓館 8 號樓 508 室	方漢奇與《大公報》研究
6. 方漢奇	2010-04-24	中國人民大學宜園 方漢奇先生家中	方漢奇與中國近代報刊史 方漢奇與中國新聞事業通史
7. 方漢奇	2010-04-25	中國人民大學宜園 方漢奇先生家中	方漢奇與中國新聞事業編年史 方漢奇與中國新聞史學會
8. 藍鴻文	2010-04-26	中國人民大學靜園 藍鴻文先生家中	方漢奇在「四清」期間 方漢奇在「文革」中
9. 趙玉明	2010-04-28	中國傳媒大學主樓 趙玉明先生辦公室	方漢奇在「文革前」 方漢奇與中國新聞史學會
10. 寧樹藩	2010-07-27	上海盧灣區 寧樹藩先生家中	新聞史研究主體與本體 方漢奇與中國新聞史研究

11. 方漢奇	2011-01-09	中國人民大學宜園 方漢奇先生家中	方漢奇從事新聞史研究的時代特 點和個人所處的時空結構
12. 丁淦林	2011-01-19	上海虹口區 丁淦林先生家中	新聞史研究的問題意識與理論意 識，方漢奇與新聞史學者的素養
13. 黃　瑚	2011-01-19	復旦大學新聞學院 黃瑚先生辦公室	新聞史研究的問題意識與理論意 識，方漢奇與中國新聞史研究
14. 方漢奇	2011-10-29	中國人民大學宜園 方漢奇先生家中	方漢奇的作序與書評
15. 方漢奇	2012-04-28	中國人民大學宜園 方漢奇先生家中	方漢奇的鍛鍊歷程，作息習慣，養 生之道

二、電子郵件

編　號	方漢奇發劉泱育	時　間
1	方漢奇覆劉泱育	2008/11/04
2	方漢奇覆劉泱育	2008/11/07
3	方漢奇覆劉泱育	2008/11/19
4	方漢奇致劉泱育	2008/11/29
5	方漢奇致劉泱育	2008/11/30
6	方漢奇覆劉泱育	2008/12/06
7	方漢奇覆劉泱育	2008/12/07
8	方漢奇覆劉泱育	2008/12/21
9	方漢奇覆劉泱育	2008/12/27
10	方漢奇覆劉泱育	2009/01/23
11	方漢奇覆劉泱育	2009/02/28
12	方漢奇致劉泱育	2009/03/01
13	方漢奇覆劉泱育	2009/04/28
14	方漢奇致劉泱育	2009/04/30
15	方漢奇致劉泱育	2009/05/23
16	方漢奇覆劉泱育	2009/06/19
17	方漢奇覆劉泱育	2009/06/20
18	方漢奇覆劉泱育	2009/06/21
19	方漢奇致劉泱育	2009/06/23
20	方漢奇覆劉泱育	2009/07/17
21	方漢奇覆劉泱育	2009/07/30

22	方漢奇覆劉洖育	2009/08/14
23	方漢奇致劉洖育	2009/08/15
24	方漢奇覆劉洖育	2009/08/21
25	方漢奇覆劉洖育	2009/08/31
26	方漢奇致劉洖育	2009/09/02
27	方漢奇覆劉洖育	2009/09/03
28	方漢奇覆劉洖育	2009/09/16
29	方漢奇覆劉洖育	2009/09/17
30	方漢奇覆劉洖育	2009/09/18
31	方漢奇覆劉洖育	2009/09/22
32	方漢奇覆劉洖育	2009/09/29
33	方漢奇覆劉洖育	2009/10/04
34	方漢奇覆劉洖育	2009/10/05
35	方漢奇覆劉洖育	2009/10/06
36	方漢奇覆劉洖育	2009/10/11
37	方漢奇覆劉洖育	2009/10/12
38	方漢奇覆劉洖育	2009/10/13
39	方漢奇覆劉洖育	2009/10/28
40	方漢奇覆劉洖育	2009/10/29
41	方漢奇覆劉洖育	2009/11/07
42	方漢奇覆劉洖育	2009/11/08
43	方漢奇覆劉洖育	2009/11/14
44	方漢奇覆劉洖育	2009/11/14
45	方漢奇覆劉洖育	2009/11/28
46	方漢奇覆劉洖育	2009/12/09
47	方漢奇覆劉洖育	2009/12/10
48	方漢奇致劉洖育	2009/12/11
49	方漢奇致劉洖育	2009/12/12
50	方漢奇致劉洖育	2009/12/13
51	方漢奇覆劉洖育	2009/12/14
52	方漢奇覆劉洖育	2009/12/26
53	方漢奇覆劉洖育	2010/01/23

54	方漢奇覆劉泱育	2010/02/11
55	方漢奇覆劉泱育	2010/03/02
56	方漢奇覆劉泱育	2010/03/03
57	方漢奇覆劉泱育	2010/03/04
58	方漢奇覆劉泱育	2010/03/05
59	方漢奇覆劉泱育	2010/03/06
60	方漢奇覆劉泱育	2010/03/07
61	方漢奇覆劉泱育	2010/03/08
62	方漢奇覆劉泱育	2010/03/10
63	方漢奇覆劉泱育	2010/03/11
64	方漢奇致劉泱育	2010/03/11
65	方漢奇覆劉泱育	2010/03/12
66	方漢奇覆劉泱育	2010/03/25
67	方漢奇覆劉泱育	2010/03/26
68	方漢奇覆劉泱育	2010/03/27
69	方漢奇覆劉泱育	2010/03/31
70	方漢奇致劉泱育	2010/04/05
71	方漢奇覆劉泱育	2010/04/10
72	方漢奇覆劉泱育	2010/04/11
73	方漢奇致劉泱育	2010/04/11
74	方漢奇覆劉泱育	2010/04/12
75	方漢奇覆劉泱育	2010/04/15
76	方漢奇致劉泱育	2010/04/18
77	方漢奇致劉泱育	2010/04/19
78	方漢奇覆劉泱育	2010/04/20
79	方漢奇致劉泱育	2010/04/26
80	方漢奇覆劉泱育	2010/05/01
81	方漢奇覆劉泱育	2010/05/05
82	方漢奇致劉泱育	2010/05/10
83	方漢奇覆劉泱育	2010/05/23
84	方漢奇覆劉泱育	2010/05/24
85	方漢奇覆劉泱育	2010/05/27

86	方漢奇覆劉泱育	2010/06/04
87	方漢奇覆劉泱育	2010/06/11
88	方漢奇覆劉泱育	2010/06/20
89	方漢奇致劉泱育	2010/07/05
90	方漢奇覆劉泱育	2010/07/07
91	方漢奇覆劉泱育	2010/07/09
92	方漢奇覆劉泱育	2010/07/23
93	方漢奇覆劉泱育	2010/07/24
94	方漢奇覆劉泱育	2010/08/12
95	方漢奇覆劉泱育	2010/08/26
96	方漢奇覆劉泱育	2010/09/20
97	方漢奇覆劉泱育	2010/09/29
98	方漢奇覆劉泱育	2010/10/05
99	方漢奇覆劉泱育	2010/10/06
100	方漢奇覆劉泱育	2010/10/31
101	方漢奇覆劉泱育	2010/11/02
102	方漢奇覆劉泱育	2010/11/12
103	方漢奇致劉泱育	2010/11/15
104	方漢奇覆劉泱育	2010/11/28
105	方漢奇覆劉泱育	2010/11/29
106	方漢奇覆劉泱育	2010/12/06
107	方漢奇覆劉泱育	2011/01/03
108	方漢奇致劉泱育	2011/02/10
109	方漢奇覆劉泱育	2011/02/15
110	方漢奇致劉泱育	2011/02/18
111	方漢奇覆劉泱育	2011/05/08
112	方漢奇覆劉泱育	2011/08/16
113	方漢奇致劉泱育	2012/02/01
114	方漢奇覆劉泱育	2012/02/02
115	方漢奇致劉泱育	2012/02/03
116	方漢奇致劉泱育	2012/02/08
117	方漢奇覆劉泱育	2012/04/18

118	方漢奇覆劉泱育	2012/11/05
119	方漢奇覆劉泱育	2012/11/19
120	方漢奇覆劉泱育	2012/11/23
121	方漢奇致劉泱育	2013/02/01
122	方漢奇覆劉泱育	2013/04/12
123	方漢奇覆劉泱育	2013/04/13
124	方漢奇覆劉泱育	2013/04/14
125	方漢奇覆劉泱育	2013/04/29
126	方漢奇覆劉泱育	2013/05/09
127	方漢奇覆劉泱育	2013/05/11
128	方漢奇覆劉泱育	2013/05/26
129	方漢奇致劉泱育	2013/06/21
130	方漢奇覆劉泱育	2013/06/24
131	方漢奇覆劉泱育	2013/07/12
132	方漢奇覆劉泱育	2013/08/01

方漢奇著述及未刊稿 [註1]

一、專著、教材、工具書及文集：

1. 方漢奇：《上海各圖藏報調查錄》，上海：上海新聞圖書館，1951。

2. 方漢奇：《報刊史話》，北京：中華書局，1979。

3. 方漢奇：《中國近代報刊史》（上、下），太原：山西人民出版社，1981；1983；山西教育出版社，1991；1997；2012。

4. 方漢奇、陳業劭、張之華：《中國新聞事業簡史》，北京：中國人民大學出版社，1983。

5. 方漢奇等：《中國新聞史》，北京：國際文化出版公司，1988。

6. 方漢奇：《報史與報人》，北京：新華出版社，1991。

7. 方漢奇、陳業劭主編：《中國當代新聞事業史（1949～1988）》，北京：新華出版社，1992。

8. 方漢奇主編：《中國新聞事業通史》（3卷本），北京：中國人民大學出版社，1992；1996；1999。

9. 方漢奇、張之華主編：《中國新聞事業簡史》（第2版），北京：中國人民大學出版社，1995。

10. 方漢奇：《新聞史的奇情壯彩》，北京：華文出版社，2000。

11. 方漢奇主編：《中國新聞事業編年史 》（3卷本），福州：福建人民出版社，2000。

12. 方漢奇主編：《中國新聞傳播史》，北京：中國人民大學出版社，2002。

13. 方漢奇：《方漢奇文集》，汕頭：汕頭大學出版社，2003。

14. 方漢奇等：《〈大公報〉百年史》，北京：中國人民大學出版社，2004。

15. 方漢奇：《方漢奇自選集》，北京：中國人民大學出版社，2007。

16. 方漢奇主編：《中國新聞傳播史》（第2版），北京：中國人民大學出版社，2009。

17. 方漢奇：《發現與探索：方漢奇自選集》，北京：首都師範大學出版社，2009。

二、新聞史方面的論文和文章：

1. 《中國早期的小報》，《前線日報》（上海），1948/6/14～8/22。

2. 《談邸報》，《新聞業務》1956年第7期。

[註 1] 未刊稿，如不做特別說明，均由方漢奇先生提供。

3.《王韜──中國歷史上第一個報刊政論家》，《新聞與出版》1956/11/30。

4.《稿酬史話》，《北京日報》，1956/12/10。

5.《新聞史話》，《北京日報》，1956/12/26。

6.《中國最早的印刷報紙》，《北京日報》，1957/1/17。

7.《中國最早的民辦報紙「小報」》，《新聞業務》1957 年第 1 期。

8.《北京的報房》，《北京日報》，1957/2/9～10。

9.《李大釗與〈晨鐘報〉》，《新聞與出版》，1957/2/25。

10.《關於舊報資料的一些問題》，《光明日報》，1957/3/19。

11.《中國歷史上農民起義軍的的宣傳活勸》，《新聞業務》1957 年第 3 期。

12.《歷代封建王朝對言論和新聞自由的迫害》，《新聞業務》1957 年第 4 期。

13.《中國最早的一批近代化報紙》，《新聞業務》1957 年第 6 期。

14.《兩種制度下的兩種言論出版自由》，《新聞業務》1957 年第 8 期。

15.《從中國新聞出版事業的歷史看言論出版自由》，《新聞業務》1957 年第 8 期。

16.《廣學會與萬國公報》，《新聞業務》1957 年第 9 期。

17.《筆名史話》，《北京日報》，1957/11/17。

18.《十月革命在中國報刊（1917～1921）上的反映》，《新聞業務》1957 年第 11 期。

19.《十九世紀外商在中國創辦的中文日報》，《新聞業務》，1957 年第 12 期。

20.《中外紀聞與強學報》，《新聞業務》1958 年第 1 期。

21.《十九世紀中國資產階級改良派最早的兩個機關報》，《新聞業務》1958 年第 1 期。

22.《〈時務報〉──十九世紀中國資產階級改良派的主要機關報》，《新聞業務》1958 年第 2 期。

23.《太平天國的革命宣傳活動》，《新聞戰線》1958 年第 3 期。

24.《十九世紀末中國資產階級改良派的報刊活動》，《新聞業務》1958 年第 4 ～6 期。

25.《大字報史話》，《人民日報》，1958/6/13。

26.《談「號外」》，《新聞戰線》1958 年第 7 期。

27.《帝國主義在中國辦的外文報紙》，《新聞戰線》1958 年第 8 期。

28.《再談「號外」──兼答韓光智同志》，《新聞戰線》1958 年第 11 期。

29.《「蘇報」與「蘇報案」》，《新聞戰線》1959 年第 1 期。

30.《秋瑾與中國女報》，《中國青年報》，1962/7/17。

31.《辛亥革命時期的〈大江報〉》,《江漢學報》1962 年第 8 期。

32.《蘭報的由來》,《新聞業務》1962 年第 8 期。

33.《我國早期報紙上的連載小說》,《新聞業務》1962 年第 9 期。

34.《馬克思與萊茵報》,《中國青年報》,1962/10/16。

35.《我國早期報刊上的新聞照片》,《新聞業務》1962 年第 11 期。

36.《〈大江報〉的一個著名標題──關於〈大亂者救中國之妙藥也〉》,《新聞業務》1962 年第 12 期。

37.《邵飄萍其人其事》,《新聞業務》1963 年第 1 期。

38.《「二七」罷工與〈真報〉》,《新聞業務》1963 年第 2 期。

39.《買賣版面考》,《新聞業務》1963 年第 3 期。

40.《新聞學研究會》,《新聞戰線》1979 年第 2 期。

41.《中國封建社會言論出版禁令考》,《新聞學論集》(第一輯)1980 年 1 月。

42.《近代報刊政論的開拓者──王韜》,《新聞學習》1981 年第 1 期。

43.《辛亥革命時期報刊業務工作的改進》,《新聞學論集》(第二輯)1981 年 2 月。

44.《著名報刊政論家──鄭觀應》,《新聞學習》1981 年第 3 期。

45.《中國報紙簡史》,《北京周報》1981 年第 1～6 期。

46.《魯迅的辦報活動與辦報思想》,《新聞理論與實踐》1981 年第 1～6 期。

47.《加快新聞史研究的步伐》,《新聞戰線》1981 年第 11 期。

48.《略談關於新聞史研究工作的一些問題》,《新聞研究資料》(黑龍江新聞學會)1981 年。

49.《近代的四大政論家》,《新聞業務學習》(遼寧新聞學會)1981 年。

50.《早期的新聞電訊》,《新聞理論與實踐》1981 年第 14～15 期。

51.《消除新聞史工作中「左」的影響》,《新聞學會通訊》1981 年第 19 期。

52.《近代中國新聞事業史編年》(與谷長嶺、馮邁合作),《新聞研究資料》1981 年第 8 期～1985 年第 29 期。

53.《新發現的一篇魯迅佚文》,《新聞學論集》(第三輯)1982 年 3 月。

54.《關於魯迅和他發起創辦的第一個日報──越鐸日報》,《新聞學論集》,1982 年 5 月。

55.《關於新聞史研究的體會和建議》,《新聞研究資料》1982 年第 11 期。

56.《記莫利遜》,《新聞理論與實踐》1982 年第 13 期。

57.《訪邵飄萍夫人》,《文匯報》,1982/4/19。

58.《邵飄萍生平事迹的幾個問題》,《新聞理論與實踐》1982 年第 9 期。

59.《肩擔道義，筆蓄驚雷——紀念傑出的一代報人邵飄萍》，《光明日報》，1982/4/21。

60.《新發現的敦煌邸報》，《羊城晚報》，1982/12/20。

61.《神州日報》，見丁守和主編：《辛亥革命時期期刊介紹》第 2 輯，北京：人民出版社，1982。

62.《魯迅與邵飄萍》，《光明日報通訊》1983 年第 2 期。

63.《從不列顛圖書館藏唐歸義軍「進奏院狀」看中國古代的報紙》，《新聞學論集》（第五輯）1983 年 5 月。

64.《發現與探索——記祝文秀和她所提供的有關邵飄萍的一些材料》，《新聞學論集》（第七輯）1983 年 7 月。

65.《林白水的評價問題》，《新聞記者》1983 年第 9 期。

66.《中國歷史上的周刊》，《瞭望》1983 年第 9 期。

67.《記全國最早的報紙協作會議》，《天津日報》，1983/9/4。

68.《研究近代文化史要重視近代報刊資料》，《中國近代文化史研究》（第八輯）1983 年 9 月。

69.《俞頌華先生二三事》，《新聞研究資料》，1983 年第 11 期。

70.《著名的報刊政論家鄭觀應》，《新聞學》（湖北）1984 年第 4 期。

71.《王韜與〈六合叢談〉》，《新聞記者》1984 年第 5 期。

72.《邵飄萍和他創辦的副刊》，《新聞與寫作》1984 年第 6 期。

73.《嫩蕊商量細細開——祝〈新聞研究資料〉創刊 5 週年》，《新聞戰線》1984 年第 7 期。

74.《王韜與上海新聞界》，《新聞記者》1984 年第 9 期。

75.《近年發現的有關邵飄萍的材料》，《新聞業務》1984 年第 11 期。

76.《跌宕淋漓 氣充詞沛——介紹邵飄萍的幾篇短評》，《新聞記者》1984 年第 11 期。

77.《關於中國的女報》，《讀書》1985 年第 2 期。

78.《吳玉章的辦報活動》，見《編輯記者一百人》，上海：學林出版社，1985。

79.《學習新聞史的目的和意義》，《新聞知識》1985 年第 3 期。

80.《新聞史是歷史的科學》，《新聞縱橫》1985 年第 3 期。

81.《紀念邵飄萍》，《新聞與寫作》1985 年第 3 期。

82.《中國新聞事業史概說》，《記者與作家》1985 年第 9 期。

83.《〈中國報學史〉史實訂誤》（與楊瑾琤、寧樹藩、王鳳超合寫），《新聞研究資料》1985 年第 4 期。

84. 《關於邵飄萍是共產黨員的幾點看法》，《新聞學論集》（第九輯）1985 年 9 月。

85. 《讀〈開元雜報〉考一文後的斷想》，《新聞學論集》（第九輯）1985 年 9 月。

86. 《花枝春滿 蝶舞蜂喧──十一屆三中全會以來的新聞史研究工作》，《新聞研究資料》1986 年第 1 期。

87. 《方教授的答覆》，《新聞知識》1986 年第 5 期。

88. 《祝賀邵飄萍銅像落成》，《新聞研究資料》1987 年第 1 期。

89. 《近代中國的女新聞工作者》，《中國記者》1987 年第 6 期。

90. 《記林白水的女兒林慰君》，《新聞研究資料》1987 年第 3 期。

91. 《京話日報》，見丁守和主編《辛亥革命時期期刊介紹》（第 5 輯），北京：人民出版社，1987。

92. 《中國新聞界的歷史與現狀》，《大阪新聞學會會刊》1989 年第 1 期。

93. 《在日本國會圖書館看報》，《光明日報》，1989/2/19。

94. 《東瀛訪報記》，《新聞研究資料》1989 年第 2～3 期。

95. 《十年辛苦不尋常──祝〈新聞研究資料〉創刊 10 週年》，《新聞研究資料》1989 年第 3 期。

96. 《訪日瑣記》，《中國記者》1989 年第 6 期。

97. 《新聞界的「釋迦牟尼」──懷念俞頌華先生》，《長寧文史資料》1989 年第 9 期。

98. 《為什麼把〈察世俗每月統記傳〉說成是我國近代報刊的開始》，《新聞與寫作》1990 年第 1 期。

99. 《清代北京的民間報房與京報》，《新聞研究資料》1990 年第 4 期。

100. 《紀念戈公振誕辰 100 週年》，《鹽阜大眾報》，1990/11/25。

101. 《對明清兩代新聞事業的幾點認識》，《記者與編輯》1990 年第 12 期。

102. 《中國報紙始於唐代考》，《報學雜誌》（臺北），1991 年第 4～5 期。

103. 《中國新聞史研究的歷史與現狀》，《新聞研究資料》1992 年第 4 期。

104. 《明星在這裡殞落──黃遠生被刺現場踏勘記》，《中國記者》1992 年第 9 期。

105. 《十四大以來的中國新聞事業》，《明報》（香港），1993/11/12。

106. 《〈新聞春秋〉發刊詞》，《新聞春秋》1994 年第 1 期。

107. 《中國近代傳播思想的衍變》，《新聞與傳播研究》1994 年第 1 期。

108. 《中國新聞學的開山之作──寫在徐寶璜新聞學再版出書之前》，《經濟日報》，1994/2/19。

109.《紀念徐寶璜先生》,《新聞春秋》1994 年第 2 期。

110.《七十年來的中國新聞教育》,《臺大新聞論壇》（臺北）1994 年第 2 期。

111.《十四大以來我國新聞事業的五個變化》,《新疆新聞界》1994 年第 2 期。

112.《十四大以來的中國新聞事業》,《鄭州大學學報》（哲學社會科學版）1994 年第 2 期。

113.《喜見明代報紙》,《北京晚報》,1994/4/7。

114.《中國新聞學的開山祖徐寶璜》,《中國記者》1994 年第 5 期。

115.《華人華文與華文報刊》,《傳播研究》（臺北）1995 年第 4 期。

116.《新聞史的幾個園丁》,《溢金流彩四十年（1955～1995）——人大新聞學院師生回憶錄》,1995。

117.《羅列》,載中國人民大學高等教育研究室校史編寫組編:《中國人民大學人物傳（第二卷）》,1995。

118.《紀念蔭良先生》,《新聞春秋》1996 年第 1～2 期。

119.《95』世界華文報刊與中華文化傳播國際學術研討會開幕詞》,《新聞春秋》1996 年第 1～2 期。

120.《電腦網絡、電子信和發展中的電子報刊》,《河南大學學報》（社會科學版）1996 年第 3 期。

121.《在大英圖書館看報》,《新聞戰線》1996 年第 12 期。

122.《印象最深的一次學術討論會》,《新聞戰線》1997 年第 1 期。

123.《新聞工作者的楷模》,《新聞戰線》1997 年第 1 期。

124.《愛國報人彭翼仲》,《新聞戰線》1997 年第 2 期。

125.《研究中國新聞史的外國留學生和訪問學者》,《新聞戰線》1997 年第 3 期。

126.《報業志中的一部佳作——〈重慶市志·報業志〉讀後感》,《新聞春秋》1997 年第 1～2 期。

127.《海外華文新聞史——未曾窮盡的研究課題》,《國際新聞界》1998 年第 4 期。

128.《中國新聞學和新聞教育的搖籃——寫在北京大學 100 週年校慶之際》,《中國記者》1998 年第 5 期。

129.《學習新聞史的意義》,《新聞記者》1998 年第 5 期。

130.《驛驪開道路 鷹隼出風塵——記中國新聞史學會成立六年來的新聞史研究工作》,《新聞春秋》1998 年第 6 期。

131.《中國新聞學研究的發端》,《光明日報》,1998/10/11。

132.《驚伏起蟄 揮斥風雷》,《橋》1999 年第 5 期。

133. 《新中國五十年來新聞史研究》,《中華新聞報》,1999/7/15。

134. 《〈蜜蜂華報〉與中國報業史》,《澳門雜誌》1998 年第 12 期。

135. 《一代報人成舍我》,《新聞學論集》(第十八輯) 1999 年 12 月。

136. 《改革開放以來的中國新聞事業》,《日本龍谷大學國際文化學會會刊》1999 年第 11 期。

137. 《互聯網與中國新聞事業的發展》,《新聞戰線》2000 年第 4 期。

138. 《〈大公報〉的歷史地位》(香港)《大公報》,2000/6/21。

139. 《多姿多彩的一生——紀念曹聚仁誕辰 100 週年》,《團結報》,2000/7/27

140. 《二十世紀的中國新聞傳播事業》,《中華新聞報》,2000/10/30。

141. 《喜迎新中國第一個記者節》,《中華新聞報》,2000/11/9。

142. 《迎接新中國的第一個記者節》,《濟南日報》,2000/11/10。

143. 《中國新聞傳播事業一百年》,《國際新聞界》2000 年第 6 期。

144. 《五十年來中國新聞史研究的回顧與前瞻》,《亞洲研究》(香港) 2000 年第 9 期。

145. 《〈東方雜誌〉的特色及其歷史地位》,《東方》2000 年第 11 期。

146. 《從小到大 今非昔比》,《經濟日報》,2000/12/28。

147. 《中國新聞傳播事業百年回顧 (上)》《新聞三昧》2000 年第 12 期。

148. 《中國新聞傳播事業百年回顧 (下)》《新聞三昧》2001 年第 1 期。

149. 《中國新聞傳播事業的世紀回眸》,《中國新聞出版報》,2001/1/4。

150. 《世紀初的中國新聞傳播事業》,《群言》2001 年第 9 期。

151. 《革命報刊在辛亥革命中的偉大作用》,《北京日報》,2001/10/22。

152. 《怎樣評價胡政之》,《大公報》(香港),2001/12/12。

153. 《法輪功與互聯網》,《新聞與傳播研究》2002 年第 1 期。

154. 《美國記者的愛恨中國情結——對 100 年來美國記者有關中國報導的回顧與反思》,《國際新聞界》2002 年第 2 期。

155. 《報業祭酒 論壇權威》,《群言》2002 年第 8 期。

156. 《徐凌霄和他的古城返照記》,《中華讀書報》,2002/8/7。

157. 《中國加入 WTO 後內地報業所面臨的發展機遇與挑戰》,《聯合早報》(新加坡),2002/8/11。

158. 《為〈大公報〉辨誣——應該摘掉〈大公報〉「小罵大幫忙」這頂帽子》,《新聞大學》2002 年第 3 期。

159. 《不為物移 不為己憂——紀念惲逸群逝世 25 週年》,《新聞戰線》2003 年第 5 期。

160.《與時俱進的中國新聞傳播學》,《光明日報》, 2003/7/22。

161.《1902～2002：〈大公報〉歷史地位的再評價》,《中國媒體發展研究報告》, 武漢：武漢大學出版社, 2002。

162.《新聞傳播學必須與時俱進》,《華中科技大學學報》（社會科學版）2003 年第 6 期。

163.《鐵肩擔道義　熱血薦軒轅——紀念彭翼仲誕辰 140 週年和〈京話日報〉創刊 100 週年》,《新聞與傳播研究》2004 年第 1 期。

164.《新聞史：新聞事業的座標》,《中華新聞報》, 2004/2/20。

165.《清末的京話日報》,《新聞春秋》2004 年第 3 期。

166.《反帝愛國啓民智　京話寫成動地篇》,《中華新聞報》, 2004/4/16。

167. 方漢奇：《在中國新聞史學會年會暨全國新聞傳播史研究與教學學術研討會上的主題發言》, 2004 年 4 月 24 日於河南大學。見李建偉主編：《新聞春秋——中國新聞史學會二〇〇四年年會暨全國新聞傳播史教學學術研討會論文集》, 開封：河南大學出版社, 2005。

168.《名家名篇闡釋新聞傳播》,《中華讀書報》, 2004/5/1。

169.《報紙與歷史研究》,《歷史檔案》2004 年第 11 期。

170.《一代報人胡政之》,《新聞與寫作》2005 年第 1 期。

171.《選題　醞釀　謀篇——怎樣寫作學位論文》,《新聞戰線》2005 年第 5 期。

172.《辦報聖手張友鸞》,《新聞與寫作》2005 年第 6 期。

173.《〈大公報〉在抗日戰爭時期的歷史地位》,《大公報》（香港）, 2005/6/16。

174.《感謝與期待——紀念中國人民的美國朋友斯諾誕辰 100 週年》,《青年記者》2005 年第 11 期。

175.《抗日戰爭時期的〈大公報〉（上）》,《青年記者》2005 年第 12 期。

176.《抗日戰爭時期的〈大公報〉（下）》,《青年記者》2006 年第 1 期。

177.《〈清史·報刊表〉中的海外華文報刊》,《國際新聞界》2005 年第 5 期。

178.《方漢奇教授大會上的發言》,《國際新聞界》2005 年第 6 期。

179.《當好新聞業務期刊排頭兵》,《新聞與寫作》2006 年第 1 期。

180.《〈清史·報刊表〉中有關古代報紙的幾個問題》,《國際新聞界》2006 年第 6 期。

181.《記者節寄語》,《光明日報》, 2006/11/8。

182.《無愧於前賢　無愧於時代——新年寄語》,《新聞與寫作》2007 年第 1 期。

183.《1949 年以來大陸的新聞史研究》,《新聞與寫作》2007 年第 1～2 期。

184.《邸報中有發報人自採的社會新聞嗎？》,《北京日報》, 2007/7/16。

185.《誰採訪了巴黎和會》,《國際新聞界》2007 年第 8 期。

186. 《轉變思維定勢　營造海外一流媒體》（與李大玖合寫），《新聞學論集》
（第十九輯）2007 年 10 月。

187. 《多打深井多作個案研究——與方漢奇教授談新聞史研究》（與曹立新合
寫），《新聞大學》2007 年第 3 期。

188. 《兩個第一載史　發展建樹在前》，《新聞戰線》2008 年第 1 期。

189. 《學好新聞史——寫給今天和未來的新聞工作者》，《國際新聞界》2008
年第 4 期。

190. 《北大我的學術故鄉》，《新聞與寫作》2008 年第 5 期。

191. 《第一時間　第一現場》，《新聞與寫作》2008 年第 6 期。

192. 《薪火相傳　推動新聞學研究新高點——北大新聞學研究會恢復成立大會
上的講話》，《國際新聞界》2008 年第 7 期。

193. 《賦到滄桑句便工——簡論中央電視臺里程碑式的汶川震災報導》，《電視
研究》2008 年第 8 期。

194. 《尋根寄語》，《尋根》2008 年第 4 期。

195. 《近一個世紀以來的我國外國新聞史研究》，《國際新聞界》2009 年第 1
期。

196. 《記新發現的明代邸報》，《新聞與傳播研究》2009 年第 2 期。

197. 《在中國新聞史學會二十週年紀念座談會上的發言》，見中國新聞史學會
主辦：《中國新聞史學會成立 20 週年紀念專刊》。

198. 《薪繼火傳　再創輝煌——與方漢奇教授談復旦新聞教育 80 年》（與林溪
聲合寫），《新聞大學》2009 年第 3 期。

199. 《紀念胡政之》，《大公報》（香港），2009/6/17。

200. 《新中國六十年新聞事業》，《新聞戰線》2009 年第 10 期。

201. 《章太炎與近代中國報業》，《社會科學戰線》2010 年第 9 期。

202. 《我的學術之路——方漢奇八十自述》，《汕頭大學學報》（人文社會科學
版）2011 年第 1 期。

203. 《懷念丁淦林老師》，《中國新聞史學會通訊》2011 年第 3 期。

204. 《更大更強地傳播中國聲音》，《中國記者》2011 年第 10 期。

205. 《辛亥老人朱峙三和他的日記》，《湖北文史》2011 年第 2 期。

206. 《新聞史研究的回顧與前瞻——方漢奇教授在北大新聞學茶座的發言》
（李松蕾整理），《中國新聞史學會通訊》2012 年第 2 期。

三、書序與書評

1. 梁家祿、鍾紫、趙玉明、韓松：《中國新聞業史（古代至一九四九年）》，
南寧：廣西人民出版社，1984，序。

2. 趙玉明：《中國現代廣播簡史》，北京：中國廣播電視出版社，1987，序。

3. 胡太春：《中國近代新聞思想史》，太原：山西人民出版社，1987，序。

4. 十四所高等院校：《中國新聞史（古近代部分）》，北京：中央民族學院出版社，1988，序。

5. 楊萍等：《杭州報刊史概述》，杭州：浙江大學出版社，1989，序。

6. 林慰君：《我的父親林白水》，北京：時事出版社，1989，序。

7. 夏林根：《近代中國名記者》，福州：福建人民出版社，1990，序。

8. 方漢奇：《〈香港新聞傳播史〉序》，《新聞研究資料》1990年第2期。

9. 鍾紫主編：《香港報業春秋》，廣州：廣東人民出版社，1991，序。

10. 李勇：《曹聚仁研究》，貴陽：貴州人民出版社，1991，序。

11. 中國新聞社香港分社主編：《港澳臺及海外華文報刊名錄》，海口：海天出版社，1993；香港：中國新聞出版社，1993，序。

12. 王綠萍、程祺：《四川報紙集覽》，成都：成都科技大學出版社，1993，序。

13. 倪延年、吳強：《中國現代報刊發展史》，南京：南京大學出版社，1993，序。

14. 徐寶璜：《新聞學》，北京：中國人民大學出版社，1994，序。

15. 徐培汀、裘正義：《中國新聞傳播學說史》，重慶：重慶出版社，1994，序。

16. 吳廷俊：《新記〈大公報〉史稿》，武漢：武漢出版社，1994，序。

17. 邵夢龍主編：《紹興新聞事業九十年》，海口：海天出版社，1994，序。

18. 張鴻慰：《八桂報史文存》，南寧：廣西民族出版社，1995，序。

19. 王文彬：《中國現代報史資料彙輯》，重慶：重慶出版社，1996，序。

20. 王洪祥主編：《中國現代新聞史》，北京：新華出版社，1997，序。

21. 方漢奇：《期待更多人研究香港新聞事業——〈香港報業縱橫〉序》，《新聞記者》1997年第7期。

22. 陳昌鳳：《香港報業縱橫》，北京：法律出版社，1997，序。

23. 程思遠等：《桂系報業史》，南寧：廣西新聞史志編輯室，1997，序。

24. 方漢奇：《海外華文新聞史——未曾窮盡的研究課題——〈海外華文新聞史研究〉序》，《國際新聞界》1998年第2期。

25. 王士谷：《海外華文新聞史研究》，北京：新華出版社，1998，序。

26. 蔡銘澤：《中國國民黨黨報歷史研究》，北京：團結出版社，1998，序。

27. 彭繼良：《廣西新聞事業史（1897——1949）》，南寧：廣西人民出版社，1998，序。

28. 胡太春：《中國報業經營管理史》，太原：山西教育出版社，1998，序。

29. 程曼麗：《〈蜜蜂華報〉研究》，澳門：澳門基金會，1998，序。

30. 李彬：《唐代文明與新聞傳播》，北京：新華出版社，1999，序。

31. 張赫玲主編：《中國地市報報業史志彙編》，北京：新華出版社，1999，序。

32. 方漢奇、李彬主編：《報界檔案》，福州：福建人民出版社，1999，總序。

33. 范墾程：《中國企業報發展史》，上海：上海三聯書店，1999，序。

34. 李谷城：《香港報業百年滄桑》，香港：明報出版社，2000，序。

35. 朱錦翔、呂淩柯：《中國報業史話》，鄭州：大象出版社，2000，序。

36. 萬枚子等：《張友鸞先生紀念文集》，上海：文匯出版社，2000，序。

37. 方漢奇：《報業志中的佳作——〈重慶市志·報業志〉讀後感》，《重慶日報》，2000/11/25。

38. 方漢奇：《面向二十一世紀的一部傳播學佳作——推薦郭慶光教授的〈傳播學教程〉》（與李彬合寫），《新聞戰線》2000 年第 12 期。

39. 馮並：《中國文藝副刊史》，北京：華文出版社，2001，序。

40. 方漢奇：《學會運用新聞評論武器——吳庚振〈新聞評論學通論〉序》，《採寫編》2001 年第 2 期。

41. 程曼麗：《海外華文傳媒研究》，北京：新華出版社，2001，序。

42. 朱世良主編：《歲月留痕——「老新聞」講述的故事》，香港：天馬圖書有限公司，2001，序。

43. 徐培汀：《二十世紀中國新聞學與傳播學·新聞史學史卷》，上海：復旦大學出版社，2001，序。

44. 黑龍江日報社新聞志編輯室編：《東北新聞史》，哈爾濱：黑龍江人民出版社，2001，序。

45. 方漢奇：《副刊百年史——〈中國文藝副刊史〉序》，《人民日報》，2002/4/13。

46. 方漢奇：《〈中國文藝副刊史〉代序》，《新聞與寫作》2002 年第 6 期。

47. 方漢奇：《中國新聞史研究日趨國際化》，《中國新聞出版報》，2002/9/24。

48. 方漢奇：《〈中國近代報業發展史〉的學術貢獻》，《中華讀書報》，2002/11/6。

49. 方漢奇：《引起轟動的新聞史新著》，《光明日報》，2002/12/12。

50. 方漢奇：《見前人所未見——〈中國近代報業發展史〉評介》，《經濟日報》，2003/07/10。

51. 徐培汀：《二十世紀中國的新聞與傳播學》，北京：黨建讀物出版社，2002，序。

52. 方漢奇：《〈東北新聞史〉序》，《新聞傳播》2002年第5期。

53. 薩空了：《薩空了文論選集》，上海：上海科學技術文獻出版社，2002，序。

54. 陳揚明等：《臺灣新聞事業史》，北京：中國財政經濟出版社，2002，序。

55. 王瑾、胡玫主編：《胡政之先生紀念文集》，成都：四川大學樹德電子工程公司，2002，序。

56. 于友：《記者生涯繽紛錄》，北京：新華出版社，2002，序。

57. 卓南生：《中國近代報業發展史》，北京：中國社會科學出版社，2002，序。

58. 李磊：《〈述報〉研究》，蘭州：蘭州大學出版社，2002，序。

59. 饒立華：《〈上海猶太紀事報〉研究》，北京：新華出版社，2003，序。

60. 李建新：《中國新聞教育史論》，北京：新華出版社，2003，序。

61. 孫旭培：《當代中國新聞改革》，北京：人民出版社，2004，序。

62. 白潤生：《中國新聞通史綱要》，北京：中央民族大學出版社，2004，序。

63. 任桐：《徘徊於民本與民主之間：〈大公報〉政治改良言論述評：1927～1937》，北京：生活·讀書·新知三聯書店，2004，序。

64. 方漢奇：《新聞教育的歷史畫卷——舉薦〈中國新聞教育史論〉》，《人民日報》，2004/5/30。

65. 童兵主編：《新聞傳播學名家自選集》，上海：復旦大學出版社，2004，序。

66. 鄭保衛主編：《中國共產黨新聞思想史》，福州：福建人民出版社，2004，序。

67. 方漢奇：《黨的新聞思想的系統闡述——讀〈中國共產黨新聞思想史〉》，《人民日報》，2005/7/24。

68. 方漢奇：《填補中國共產黨新聞思想史研究空白的力作——序〈中國共產黨新聞思想史〉》，《中國圖書商報》，2005/09/09。

69. 彭蘭：《中國網絡媒體的第一個十年》，北京：清華大學出版社，2005，序。

70. 方漢奇、李矗主編：《中國新聞學之最》，北京：新華出版社，2005，序。

71. 方漢奇：《盤點中國新聞學庫藏》（與李矗合寫），《光明日報》，2005/3/14。

72. 李彬：《全球新聞傳播史（公元1500～2000年）》，北京：清華大學出版社，2005，序。

73. 方漢奇：《重視對新聞傳播重大現實問題的研究——讀〈加入WTO與中國新聞傳播業〉》，《新聞戰線》2005年第9期。

74. 方漢奇：《花環與荊棘——彭蘭的〈中國網絡媒體的第一個十年〉》，《廣告大觀》（媒介版）2006年第1期。

75. 方漢奇、史媛媛主編：《中國新聞事業圖史》，福州：福建人民出版社，2006，序。

76. 倪延年：《中國報刊法制發展史》（5卷本），南京：南京師範大學出版社，2006；2010，總序。

77. 方漢奇：《一部重視現實研究的學術專著》，《中國新聞出版報》，2006/04/13。

78. 方漢奇：《〈中國新聞教育傳承與流變〉——一部重視現實研究的學術專著》，《新聞與寫作》2006年第6期。

79. 方漢奇：《盼望中國名政論家的湧現——〈卓南生日本時論文集〉出版感言》，《國際新聞界》2006年第4期。

80. 方漢奇：《焚膏繼晷 兀兀窮年——評李彬新著〈全球新聞傳播史〉》，《新聞戰線》2006年第7期。

81. 林偉功主編：《林白水文集》，福州：福建省歷史名人研究會，2006，序。

82. 趙永華：《在華俄文新聞傳播活動史》，北京：中國人民大學出版社，2006，序。

83. 吳果中：《〈良友〉畫報與上海都市文化》，長沙：湖南師範大學出版社，2007，序。

84. 唐海江：《清末政論報刊與民眾動員：一種政治文化的視角》，北京：清華大學出版社，2007，序。

85. 王瑾、胡玫主編：《胡政之文集》，天津：天津人民出版社，2007，序。

86. 馬志春：《收藏傳播學》，北京：中國文史出版社，2007，序。

87. 蔣建國：《報界舊聞：舊廣州的報紙和新聞》，廣州：南方日報出版社，2007，序。

88. 王綠萍：《四川近代新聞史》，成都：四川大學出版社，2007，序。

89. 南京大學新聞傳播學院學術文叢，北京：社會科學文獻出版社，2007，總序。

90. 吳廷俊：《中國新聞史新修》，上海：復旦大學出版社，2008，序。

91. 白潤生主編：《中國少數民族新聞傳播通史》，北京：中央民族大學出版社，2008，序。

92. 蔣建國：《消費意象與都市空間：廣州報刊廣告研究（1827～1919）》，廣州：暨南大學出版社，2008，序。

93. 李建新：《採訪述要》，上海：上海交通大學出版社，2008，序。

94. 方漢奇：《海外華文媒體研究的新思路——評〈海外華文網絡媒體——跨文化語境〉一書》，《新聞與寫作》2009年第10期。

95. 李大玖：《海外華文網絡媒體：跨文化語境》，北京：清華大學出版社，2009，序。

96. 陳昌鳳：《中國新聞傳播史：傳媒社會學的視角》，北京：清華大學出版社，2009，序。

97. 王潤澤：《北洋政府時期的新聞業及其現代化》，北京：中國人民大學出版社，2010，序。

98. 中華新聞傳播學者文叢總序，見張昆：《政治傳播與歷史思維》，武漢：華中科技大學出版社，2010。

99. 張之華主編：《張祉茲翰墨拾遺》，北京：中國人民公安大學出版社，2010，序。

100. 徐新平：《維新派新聞思想研究》，長沙：湖南人民出版社，2010，序。

101. 周德倉：《中國藏文報刊發展史》，北京：中國社會科學出版社，2010，序。

102. 李建新：《報導述要》，杭州：浙江大學出版社，2010，序。

103. 吳廷俊主編：《中國新聞傳播史（1978～2008）》，上海：復旦大學出版社，2011，序。

104. 方漢奇：《中國少數民族語言媒介史的拓荒之作——寫在周德倉教授〈中國藏語報刊發展史〉出版之際》，《西藏民族學院學報》（哲學社會科學版）2011 年第 2 期。

105. 王綠萍編著：《四川報刊五十年集成（1897～1949）》，成都：四川大學出版社，2011，序。

106. 涂光晉：《時代之「聲」——新時期中國新聞評論研究》，北京：中國人民大學出版社，2011，序。

107. 樊亞平：《中國新聞從業者職業認同研究（1815～1927）》，北京：人民出版社，2011　，序。

108. 江凌：《清代兩湖地區的出版業》，北京：中國書籍出版社，2011，序。

109. 戈公振：《中國報學史》，北京：中國出版集團，生活·讀書·新知三聯書店，2011，序。

110. 方漢奇：《新聞史的輝煌篇章》，《深圳特區報》，2012/05/25。

111. 張昆、陳寅主編：《旗報——《深圳特區報》史稿》，北京：中國人民大學出版社，2012，序。

112. 鄧紹根：《美國在華早期新聞傳播史（1827～1872）》，北京：世界知識出版社，2012，序。

四、未刊稿

1. 方漢奇：《〈大公報〉的歷史地位——在紀念〈大公報〉創刊 98 週年暨大公網創建 5 週年座談會上的發言》。

2. 方漢奇：《學習・研究・積累——2001 年在清華大學的演講》。

3. 方漢奇：《祝賀北大新聞與傳播學院成立》（在北大新聞與傳播學院成立大會上的發言稿）（2001 年 5 月 28 日）。

4. 方漢奇：《清華大學新聞與傳播學院成立祝辭》（2002 年 4 月 21 日）。

5. 方漢奇：《在南京大學新聞傳播學系建系十週年紀念會上的發言稿》（2003 年 1 月 12 日）。

6. 方漢奇：《在〈方漢奇文集〉、〈寧樹藩文集〉出版座談會上的發言》（2003 年 10 月 30 日）。

7. 方漢奇：《在南京大學新聞傳播學院建院慶祝大會上的發言》（2003 年 12 月 18 日）。

8. 方漢奇：《中國新聞史教學的回顧與前瞻（提綱）》（在中國新聞史學會年會暨全國新聞傳播史研究與教學學術研討會上的主題發言）（2004 年 4 月 24 日河南大學）。

9. 方漢奇：《中國新聞史研究的幾個問題》（「中外新聞傳播史師資高級培訓班」講課提綱）（2004 年 7 月 15 日北京）。

10. 方漢奇：《在斯諾誕辰 100 週年紀念會上的簡短發言》（2005 年 7 月 19 日北京大學）。

11. 方漢奇：《加強新聞傳播史的學科建設——對「十一五期間」我院新聞傳播史學科建設的一點意見》，預擬的在 2005 年 8 月 25 日上午中國人民大學新聞學院分組會上的書面發言。

12. 方漢奇：《保持共產黨員先進性教育學習的幾點體會》（2005 年 10 月 14 日）。

13. 方漢奇：《在南京師範大學新聞與傳播學院建院十週年紀念會上的祝辭》（2005 年 12 月 10 日）。

14. 方漢奇：《在卓南生政論文集首發式上的講話》（2006 年 3 月 25 日北京大學）。

15. 方漢奇：《在新聞傳媒與社會發展論壇（2007）發言稿》。

16. 方漢奇：《在〈新聞戰線〉創刊 50 週年座談會上的發言提綱》（2007 年 12 月 12 日）。

17. 方漢奇：《北大新聞教育的第二個階段——回憶我在北大中文系新聞專業任教的十二年》（2008 年 3 月 29 日）。

18. 方漢奇：《兩岸光風霽月 四地生意盎然》（在「2008 兩岸四地傳媒與時局發展研討會」上的發言）（2008 年 6 月 14 日於澳門）

19. 方漢奇：《在「母校禮贊」座談會上的發言稿》（2008 年 9 月 5 日）。

20. 方漢奇：《新聞學學科建設的回顧與前瞻——在 2008 年首屆全國新聞學學術年會上的發言》（2008 年 11 月 15 日）。

21. 《方漢奇教授：學習、研究和積累》（ 2009 年 8 月在北京大學新聞學研究會「首屆全國新聞史論師資特訓班」的講義）。

22. 方漢奇：《在范長江誕辰 100 週年紀念會上的簡短發言》（2009 年 10 月 10 日）

23. 方漢奇先生 2009 年 11 月 8 日致劉泱育電郵附件《幹校雜憶》。

24. 方漢奇：《新聞學研究的回顧與反思》（2010 年 8 月在北大新聞學研究會上的發言提綱）。

25. 方漢奇：《在新聞學院迎新會上的講話》（2010 年 9 月 12 日在公一 1101 教室）

26. 方漢奇：《形勢的發展呼喚著新聞傳播學的發展》（2010 年 11 月 5 日在中國人民大學新聞與社會發展研究中心教育部人文社會科學重點建設基地十週年座談會上的發言稿）。

27. 方漢奇：《〈清史·報刊表〉初稿自評報告》（2011 年 1 月）。

28. 方漢奇：《恒定與變異 共和國六十年新聞史回顧》（2011 年 2 月 24 日，臺灣）。

29. 方漢奇：《高度重視·有所傳承·與時俱進》（2011 年 6 月 27 日在中國共產黨 90 週年新聞實踐與思想研討會上的發言）。

30. 方漢奇：《在第一屆范敬宜新聞教育評獎會上的感言》（2013 年 4 月 28 日）。

31. 姚福申先生 1986 年 4 月 30 日致方漢奇先生信（由方漢奇先生提供）。

引用過的著作和文章

（按音序排列）

B

1. 《87 級新聞系二班班志》，見中國人民大學 87 級學生回憶錄：《人大八七》。

2. 白潤生編著：《中國新聞通史綱要》（修訂本），北京：中央民族大學出版社，2004。

3. 白潤生：《仰見巨擘聳高峰——初讀〈方漢奇文集〉、〈寧樹藩文集〉》，《新聞三昧》，2004 年第 2 期。

4. 白潤生主編：《中國少數民族新聞傳播通史》，北京：中央民族大學出版社，2008。

5. 白潤生：《中國新聞史學會與我的學術生涯》，《中國新聞史學會成立 20 週年紀念專刊》（內刊），2009。

6. 白壽彝主編：《中國通史》（第一卷），上海：上海人民出版社，1989。

7. 白壽彝總主編，王檜林、郭大鈞、魯振祥主編：《中國通史》（第十二卷），上海：上海人民出版社，1999。

8. 畢世響：《大學教師社會角色百年回顧——以福建師範大學爲例》，福州：福建師範大學碩士學位論文，2007。

9. 〔波蘭〕茲納涅茨基（Znaniecki,F.）：《知識人的社會角色》，郟斌祥譯，南京：譯林出版社，2000。

C

1. 蔡銘澤：《〈中國新聞事業通史〉第一卷出版》，《新聞愛好者》1993 年第 5 期。

2. 曹光璨：《關於邵飄萍政治身份之我見》，《新聞與傳播評論》2002 年第 2 期。

3. 曹聚仁：《上海春秋》，北京：生活·讀書·新知三聯書店，2007。

4. 曹樂嘉：《不可忽視新聞史的學習與研究——與方漢奇教授一席談》，《新聞愛好者》1986 年第 8 期。

5. 曹鵬：《薦評〈邵飄萍選集〉》，《新聞記者》1992 年第 1 期。

6. 曹意強：《學術共同體——貢布里希與中國美術學院》，《新美術》2012 年第 6 期。

7. 常愛穎，渠爽：《少時機緣因趣治學實爲師表典範　耄耋將至不倦樂學堪稱後生楷模——記中國新聞史學會名譽會長方漢奇先生的新聞人生》，中國人民大學《研究生通訊》2010 年。

8. 陳昌鳳：《亦莊亦諧方人生——導師方漢奇教授側記》，《時代潮》1999年第9期。

9. 陳昌鳳：《學術人生　莊諧有致——我的導師方漢奇先生》，《新聞與寫作》2007年第9期。

10. 陳昌鳳：《中國新聞傳播史——媒介社會學的視角》，北京：北京大學出版社，2007。

11. 陳昌鳳：《中國新聞傳播史：傳媒社會學的視角》（第二版），北京：清華大學出版社，2009。

12. 陳昌鳳博客文章：《母親節裏：孩子的母親，談的還是母親的孩子》。http://blog.sina.com.cn/s/blog_6fe8853101019qr6.html

13. 陳爾泰：《中國廣播史學批評建構》，北京：中國廣播電視出版社，2008。

14. 陳爾泰：《關於中國廣播史若干問題的討論——兼答趙玉明教授》，《現代傳播》2010年第12期。

15. 陳福田：《陳禮江與國立社教學院》，《世紀》2003年第3期。

16. 諶洪果：《法律人的救贖》，北京：中國民主法制出版社，2011。

17. 陳力丹編著：《不能忘卻的1978～1985年我國新聞傳播學週刊》，北京：人民日報出版社，2009。

18. 陳力丹：《解析中國新聞傳播學·2009》，北京：人民日報出版社，2009。

19. 陳力丹：《解析中國新聞傳播學.2013》，北京：人民日報出版社，2013。

20. 陳林菁：《佛教人本思想對現代企業管理的啟示》，《紹興文理學院學報》2006年第2期。

21. 陳娜：《史邊餘蘊——與方漢奇先生漫談拾記》，《今傳媒》2011年第6期。

22. 陳乃林、周新國主編：《江蘇教育史》，南京：江蘇人民出版社，2007。

23. 陳平原：《假如沒有「文學史」……》，北京：生活·讀書·新知三聯書店，2011。

24. 陳平原：《走出大學體制的困境——答〈北京大學教學促進通訊〉記者郭九苓、繳蕊問》，《中國大學教學》2013年第2期。

25. 陳先紅：《關係範式下的公關研究》，武漢：華中科技大學出版社，2010。

26. 陳信凌：《撤除著作與講義之間的樊籬——〈中國新聞史新修〉評析》，《中國出版》2012年第12期。

27. 陳揚明、陳飛寶、吳永長：《臺灣新聞事業史》，北京：中國財政經濟出版社，2002。

28. 陳致：《余英時訪談錄》，北京：中華書局，2012。

29. 陳智超編：《勵耘書屋問學記：史學家陳垣的治學》，北京：生活·讀書·新知三聯書店，2006。

30. 陳志強：《胡政之新聞職業觀及其實踐研究》，武漢：華中科技大學博士學位論文，2010。

31. 陳志強：《胡政之新聞職業觀及其實踐研究》，南昌：江西人民出版社，2011。

32. 程曼麗：《〈蜜蜂華報〉研究》，澳門：澳門基金會，1998。

33. 程曼麗：《海外華文傳媒研究》，北京：新華出版社，2001。

34. 程曼麗：《外國新聞傳播史導論》，上海：復旦大學出版社，2007。

35. 成思行、燕華：《與傳媒界名流談心》，北京：新世界出版社，2002。

D

1. 戴元光：《中國傳播思想史》（現當代卷）.上海：上海交通大學出版社，2005。

2. 戴正清、徐飛、徐旭輝：《論馬斯洛自我實現理論》，《寧波大學學報》（人文科學版）2005 年第 2 期。

3. 〔德〕愛克曼輯錄：《歌德談話錄》，朱光潛譯，北京：人民文學出版社，2008。

4. 〔德〕康德：《純粹理性批判》，鄧曉芒譯，楊祖陶校，北京：人民出版社，2004。

5. 〔德〕馬克斯·韋伯：《社會科學方法論》，韓水法，莫茜譯，北京：中央編譯出版社，1998。

6. 〔德〕馬克斯·韋伯：《倫理之業：馬克斯·韋伯的兩篇哲學演講》，王容芬譯，北京：中央編譯出版社，2012。

7. 鄧京力：《歷史評價的理論與實踐》.北京：人民出版社，2009。

8. 鄧紹根：《「記者」一詞在中國的源流演變歷史》，《新聞與傳播研究》2008 年第 1 期。

9. 鄧紹根：《中國第一個新聞專業創辦時間考論》，《新聞記者》2010 年第 6 期。

10. 鄧紹根：《美國在華早期新聞傳播史（1827～1872）》，北京：世界知識出版社，2012。

11. 鄧曦澤：《發現理論還是驗證理論——現代科學視閾下歷史研究的困境及出路》，《學術月刊》2013 年第 4 期。

12. 丁淦林：《20 世紀中國新聞史研究》，《復旦學報》（社會科學版）2000 年第 6 期。

13. 丁淦林：《夯實學科基礎的力作》，《光明日報》，2001/4/5。

14. 丁淦林主編：《中國新聞事業史》，北京：高等教育出版社，2002。

15. 丁淦林：《丁淦林文集》，上海：復旦大學出版社，2005。

16. 丁淦林、商娜紅主編：《聚焦與掃描：20 世紀中國新聞學與傳播學研究》，北京：新華出版社，2005。

17. 丁淦林主編：《中國新聞事業史》（修訂版），北京：高等教育出版社，2007。

18. 丁淦林：《辦會還靠眾書生》，《中國新聞史學會成立 20 週年紀念專刊》（內刊），2009。

19. 丁淦林：《上講臺與編教材》，《新聞記者》2011 年第 11 期。

20. 丁元竹：《費孝通社會思想與認識方法研究》，北京：中國社會出版社，2007。

21. 董天策：《試論新聞傳播學術創新》，《新聞與傳播研究》2013 年第 2 期。

22. 杜厚勤：《「編輯叢書」出版舊事》，《出版史料》2012 年第 3 期。

23. 杜駿飛：《有所思》，見王怡紅、胡翼青主編：《中國傳播學 30 年》，北京：中國大百科全書出版社，2010。

24. 杜振吉、郭魯兵：《儒家的社會公德觀》，《孔子研究》2007 年第 6 期。

E

1.〔俄〕列夫·托爾斯泰：《安娜·卡列尼娜》，力岡譯，北京：光明日報出版社，2010。

F

1.〔法〕盧梭（J.J.Rousseau）：《社會契約論》，何兆武譯，北京：商務印書館，1980。

2.〔法〕米蘭·昆德拉（Kundera,M.）：《不朽》，王振孫、鄭克魯譯，上海：上海譯文出版社，2003。

3. 樊亞平：《中國新聞人職業認同研究》，北京：人民出版社，2011。

4. 方漢奇、陳昌鳳主編：《正在發生的歷史：中國當代新聞事業》，福州：福建人民出版社，2002。

5.《方漢奇學術成就簡介》，《江漢論壇》2004 年第 8 期。

6. 方漢奇、李矗主編：《中國新聞學之最》，北京：新華出版社，2005。

7.《方漢奇·莊諧有致》，中央電視臺 10 套科教頻道《大家》專題訪談節目，2012 年 11 月 17 日。

8. 方實、楊兆麟主編：《永遠的懷念：溫濟澤紀念文集》，北京：中國國際廣播出版社，2002。

9. 方曉紅：《中國新聞簡史》，南京：南京師範大學出版社，1996。

10. 豐捷：《新聞教育家羅列同志病逝》，《光明日報》，2012/9/23。

G

1. 甘惜分：《評〈中國近代報刊史〉》，《光明日報》，1982/3/15。

2. 甘惜分：《提高新聞學研究的理論水平》，《新聞與寫作》1985 年第 2 期。

3. 甘惜分：《新聞學術著作獲獎後贅言》，《新聞戰線》1988 年第 1 期。

4. 戈公振：《中國報學史》，上海：上海古籍出版社，2003。

5. 耿雲志：《也談邵飄萍是否共產黨員的問題》，《近代史研究》1985 年第 6 期。

6. 谷長嶺：《中國新聞史學會第一屆理事會會務報告》，《中國新聞史學會成立 20 週年紀念專刊》（內刊），2009。

7. 谷長嶺、葉鳳美：《發現最早的現代中文周報蜜妥士貿易報》，《國際新聞界》2010 年第 8 期。

8. 顧理平：《隱性採訪論》，北京：新華出版社，2004。

9. 〔古羅馬〕西塞羅：《論老年 論友誼 論責任》，徐奕春譯，北京：商務印書館，2007。

10. 國立社會教育學院校友回憶錄：《崢嶸歲月》（第一集）。

11. 國立社會教育學院校友回憶錄：《崢嶸歲月》（第二集）。

12. 國立社會教育學院校友回憶錄：《崢嶸歲月》（第三集）。

13. 國務院學位委員會辦公室編：《中國社會科學家自述》，上海：上海教育出版社，1997。

14. 郭星敏：《共和國兩次新聞改革與王中新聞思想》，西安：西北大學碩士學位論文，2009。

15. 郭鎮之：《耐得寂寞做學問——方漢奇教授訪談錄》，《新聞界》2001 年第 2 期。

16. 郭鎮之：《我與傳播學研究》，見王怡紅、胡翼青主編：《中國傳播學 30 年》，北京：中國大百科全書出版社，2010。

H

1. 哈豔秋：《姹紫嫣紅，春意盎然——中國新聞史學會成立大會暨學術研討會綜述》，《現代傳播》1992 年第 4 期。

2. 韓曉傑、李在濱：《先做學生 再做先生——對話新聞史學泰斗方漢奇先生》，《新聞愛好者》2007 年第 1 期。

3. 何炳然：《簡評〈中國近代報刊史〉》，《近代史研究》1984 年第 4 期。

4. 后開亮：《抗戰時期四川的社會教育》，四川大學碩士學位論文，2007。

5. 胡金平：《學術與政治之間——大學教師社會角色的歷史分析》，南京：南京師範大學博士學位論文，2005。

6. 胡太春：《中國近代新聞思想史》，太原：山西人民出版社，1987。

7. 胡太春：《中國報業經營管理史》，太原：山西教育出版社，1998。

8. 黃旦：《新聞傳播學》，杭州：杭州大學出版社，1995。

9. 黃旦：《新聞傳播學》（修訂版），杭州：杭州大學出版社，1997。

10. 黃旦：《「報紙」的迷思——功能主義路徑中的中國報刊史書寫之反思》，《新聞大學》2012 年第 2 期。

11. 黃旦：《看似平淡有奇崛——丁淦林先生為人治學追憶》，《新聞大學》2012 年第 5 期。

12. 黃瑚：《中國新聞事業發展史》，上海：復旦大學出版社，2001。

13. 黃天鵬：《中國新聞事業》，上海：現代書局，1930。

J

1. 《記憶》，見中國人民大學 87 級學生回憶錄：《人大八七》。

2. 賈臨清：《傾力求真著信史　團結務實謀發展——訪中國新聞史學會會長趙玉明教授》，《中國新聞史學會成立 20 週年紀念專刊》（內刊），2009。

3. 賈曉慧：《〈大公報〉新論》，天津：天津人民出版社，2002。

4. 蔣國珍：《中國新聞發達史》，上海：世界書局，1927。

5. 蔣建國：《報界舊聞：舊廣州的報紙與新聞》，廣州：南方日報出版社，2007。

6. 蔣孔陽：《黑格爾美學論稿·序》，見朱立元：《黑格爾美學論稿》，上海：復旦大學出版社，1986。

7. 江凌：《殊聲奏合響　異翮而同飛——〈中國新聞事業通史〉和〈中國出版通史〉的編纂特徵及其價值》，見鄭保衛主編：《新聞學論集》（第 22 輯），中國人民大學出版社，2009。

8. 姜義華、武克全主編：《二十世紀中國社會科學·歷史學卷》，上海：上海人民出版社，2005。

9. 焦建利：《馬斯洛「自我實現」的實質》，《寶雞文理學院學報》（哲學社會科學版）1994 年第 1 期。

10. 碣石：《中國的現代新聞學正在誕生嗎？》，《新聞記者》1989 年第 7 期。

L

1. 蘭州大學新聞網：《冷門做出熱學問——方漢奇老師蘭大報告紀實》，2006 年 10 月 31 日。 http://news.lzu.edu.cn/content/6925.shtml

2. 勞承萬：《中國人的歷史精神》，《粵海風》2013 年第 2 期。

3. 李寶元：《人力資本論》，北京：北京師範大學出版社，2009。

4. 李彬：《唐代文明與新聞傳播》，北京：新華出版社，1999。

5. 李彬：《「新新聞史」：關於新聞史研究的一點設想》，《新聞大學》2007年第 1 期。

6. 李冰燕：《古書序跋及作用》，《河南教育學院學報》（哲學社會科學版），2004 年第 6 期。

7. 李長吉、金丹萍：《個案研究法研究述評》，《常州工學院學報》（社科版）2011 年第 6 期。

8. 李大玖：《海外華文網絡媒體：跨文化語境》，北京：清華大學出版社，2009。

9. 李東：《先生之風 山高水長——記復旦大學教授、博士生導師寧樹藩先生》，《新聞愛好者》1997 年第 5 期。

10. 李公明：《歷史的靈魂》，北京：中國人民大學出版社，2010。

11. 李劍鳴：《歷史學家的修養和技藝》，上海：上海三聯書店，2007。

12. 李建偉主編：《新聞春秋——中國新聞史學會二〇〇四年年會暨全國新聞傳播史教學學術研討會論文集》，開封：河南大學出版社，2005。

13. 李建新：《中國新聞教育史論》，北京：新華出版社，2003。

14. 李建新：《採訪述要》，上海：上海交通大學出版社，2008。

15. 李錦全：《也談「獨立之精神，自由之思想」》，《學術研究》2000 年第 12 期。

16. 李九偉：《范敬宜新聞思想與總編思想初探》，開封：河南大學碩士學位論文，2005。

17. 李磊：《〈述報〉研究》，蘭州：蘭州大學出版社，2002。

18. 李平生：《章開沅教授與中國近現代史寫作》，《史學月刊》2003 年第 7 期。

19. 李微：《〈中國新聞傳播史〉課堂教學新探》，《重慶科技學院學報》（社會科學版）2009 年第 7 期。

20. 李遇春：《未有「大師」之前——當代中國文化、文學與文學批評隨想》，《粵海風》2013 年第 3 期。

21. 李矗：《行走「三界」採擷「三最」》，《全國新書目》2009 年第 9 期。

22. 李子奈：《如何才能講好一門課》，見吳劍平主編：《清華名師談治學育人》，北京：清華大學出版社，2009。

23. 梁家祿、鍾紫、趙玉明、韓松：《中國新聞業史（古代至一九四九年）》，南寧：廣西人民出版社，1984。

24. 梁啓超：《清代學術概論》，夏曉虹點校，北京：中國人民大學出版社，2004。

25. 廖基添：《「朝報」一詞的源流與演變》，《國際新聞界》2009 年第 7 期。

26. 廖基添：《邸報是古代報紙嗎？——中國古代報紙發展線索再梳理》，《新聞與傳播研究》2010 年第 1 期。

27. 林山：《與人為善，壽自長焉》，《民族醫藥報》，2008/5/16。

28. 林溪聲：《薪繼火傳 再創輝煌——與方漢奇教授談復旦新聞教育 80 年》，《新聞大學》2009 年第 3 期。

29. 劉聰賢：《艾豐經濟報導研究》，保定：河北大學碩士學位論文，2009。

30. 劉明華、徐泓、張徵：《新聞寫作教程》，北京：中國人民大學出版社，2002。

31. 劉小燕：《〈方漢奇文集〉近日出版》，《國際新聞界》2003 年第 6 期。

32. 劉憲閣：《細微之處見精神——從范敬宜修改信稿看何謂有文化的新聞人》，《新聞與寫作》2011 年第 1 期。

33. 劉亞：《我黨歷史上的優秀新聞工作者》，《軍事記者》2011 年第 5 期。

34. 劉泱育：《「〈民國暫行報律〉風波」的再研究》，《國際新聞界》2009 年第 3 期。

35. 劉泱育：《方漢奇與聖約翰大學新聞系》，《新聞與寫作》2009 年第 8 期。

36. 劉泱育：《論方漢奇的學術研究起點》，《東南傳播》2009 年第 10 期。

37. 劉泱育：《方漢奇執教北大期間的學術研究》，《新聞與寫作》2010 年第 1 期。

38. 劉泱育：《方漢奇先生與〈大公報〉相關研究的繼思》，《國際新聞界》2010 年第 1 期。

39. 劉泱育：《「西晉說」：從「洛陽紙貴」再探中國古代報紙出現時間——對方漢奇先生所置中國古代報紙出現時間的再思考》，《閩江學刊》2010 年第 1 期。

40. 劉泱育：《方漢奇在 70 年代的魯迅研究及其啓示》，《汕頭大學學報》（人文社會科學版）2010 年第 5 期。

41. 劉泱育：《方漢奇先生與中國新聞史學研究》，《社會科學戰線》2010 年第 9 期。

42. 劉泱育：《方漢奇與中國新聞史學會的創建》，《新聞與寫作》2011 年第 2 期。

43. 劉泱育：《方漢奇先生治學思想述要》，《新聞愛好者》2011 年第 12 期（下）。

44. 劉志琴：《近代中國社會文化變遷錄》，杭州：浙江人民出版社，1998。

45. 劉志琴：《悠悠古今》，南寧：廣西人民出版社，1999。

46. 陸海棠：《知識人和政治人：大學教師角色研究》，桂林：廣西師範大學碩士學位論文，2008。

47. 洛保生：《紅學論爭與學術規範》，《河北大學學報》（哲學社會科學版）2002 年第 2 期。

48. 羅曼：《蔣孔陽美學思想新釋》，濟南：山東師範大學博士學位論文，2009。

49. 羅時平：《宜鄉與前線日報》，《文史雜誌》1992 年第 5 期。

50. 羅旭：《新時期高校知識分子的社會角色轉變》，鄭州：鄭州大學碩士學位論文，2006。

51. 羅義俊：《熊十力教誨徐復觀治學》，《文史雜誌》1987 年第 5 期。

52. 羅玉華、何光明：《論與時俱進的哲學內涵及意義》，《理論與改革》2007 年第 1 期。

53. 羅志田：《相異相關的往昔：史學的個性與通性》，《社會科學戰線》2012 年第 2 期。

54. 樓小毅：《氣勢恢宏的新聞史長卷——薦介〈中國新聞事業通史〉》，《軍事記者》2005 年第 10 期。

55. 樓小毅：《發現新聞界巨子——方漢奇與邵飄萍研究》，《傳媒觀察》2005 年第 12 期。

M

1. 馬伯庸語，見《看天下》2012 年第 20 期。

2. 馬光仁主編：《上海新聞史（一八五〇～一九四九）》，上海：復旦大學出版社，1996。

3. 馬和來、邵雪廉、胡國洪：《邵飄萍：「一代報人」的救亡圖存》，《金華日報》，2011/5/10。

4. 馬茅廣：《傳統人格模式與王國維境界說》，《華東船舶工業學院學報》（社會科學版）2002 年第 2 期。

5. 馬少華：《碩士新生與導師見面會》，http://msh01.blog.sohu.com/99007532.html

6. 馬少華：《方漢奇先生對讀者「信商小人物」的回覆》，http://msh01.i.sohu.com/blog/view/170747626.htm

7. 馬少華：《由「著」改「編」，由「編」改「著」——關於教材的原創性問題》http://msh01.blog.sohu.com/106327259.html

8. 馬獻忠：《做新聞事業的守望者——訪中國人民大學榮譽一級教授方漢奇》，《中國社會科學報》，2013/4/3。

9. 茅海建：《史料的主觀解讀與史家的價值判斷——覆房德鄰先生兼答賈小葉先生》，《近代史研究》2007 年第 5 期。

10. 梅洪舟、范曉玲：《探析道家思想對心理咨詢的啓示》，《文學教育》2011 年第 2 期。

11. 〔美〕戴維・米勒（D.W.Miller）：《開放的思想和社會——波普爾思想精粹・否證的方法及批判的理論》，張之滄譯，南京：江蘇人民出版社，2000。

12. 〔美〕孫隆基：《中國文化的深層結構》，桂林：廣西師範大學出版社，2004。

13. 〔美〕詹姆斯・麥格雷戈・伯恩斯（James MacGregor Burns）：《領導論》，常健、孫海雲等譯，北京：中國人民大學出版社，2006。

14. 孟廣林：《學術爭鳴與人文社會科學的發展》，《光明日報》，2005/6/28。

15. 孟鵬、田傑：《對話新聞教學老「園丁」方漢奇》，《教育》2007 年 11 月（中）。

16. 閔大洪：《眾人付心血　八年磨一書——介紹〈中國大百科全書〉新聞卷》，《中國記者》1991 年第 8 期。

17. 莫礪鋒：《寧鈍齋雜著》，南京：鳳凰出版社，2012。

18. 穆欣：《〈大公報〉擁蔣反共的階級根源》，《新聞愛好者》2002 年第 1 期。

N

1. 南京師範大學新聞與傳播學院 2013 年博士生招生簡章。http：//yz.njnu.edu.cn/pages/bszsml/bszsml_index.jsp 敘 nd=2013

2. 倪延年：《中國古代報刊發展史》，南京：東南大學出版社，2001。

3. 寧樹藩：《寧樹藩文集》，汕頭：汕頭大學出版社，2003。

P

1. 潘屏南：《貫徹社團清理整頓精神　加強協會全面建設》，《醫療設備》1998 年第 1 期。

2. 彭蘭：《中國網絡媒體的第一個十年》，北京：清華大學出版社，2005。

3. 彭擁軍、姜婷婷：《個案研究中的學術抱負——兼論個案的拓展與推廣》，《西南交通大學學報》（社會科學版）2010 年第 3 期。

4. 彭援軍：《新聞史學豎豐碑——記中國人民大學新聞系教授方漢奇》，《新聞出版交流》1996 年第 5 期。

Q

1. 祁林、陳湘安、魯曉晨：《方漢奇老師的課講得好》，《中國人民大學校刊》，1980 年 12 月 23 日，第 596 期。

2. 喬建華：《艱苦的探索　執著的追求——訪中國人民大學新聞系教授方漢奇》，《新聞與寫作》1988 年第 6 期。

3. 喬秀峰：《王中新聞思想研究》，太原：山西大學碩士學位論文，2010。

4. 喬雲霞:《中國新聞史學會的醞釀與籌建》,《中國新聞史學會成立 20 週年紀念專刊》(內刊),2009。

5. 喬雲霞:《60 年來中國新聞界人物研究現狀及對策》,見方曉紅主編:《新聞春秋》(第十二輯),南京:南京師範大學出版社,2010。

6.〔清〕顧炎武:《日知錄校注》,陳垣校注,合肥:安徽大學出版社,2008。

R

1. 任桐:《徘徊於民本與民主之間:〈大公報〉政治改良言論述評》,北京:生活‧讀書‧新知三聯書店,2004。

2. 芮孝芳:《關於提高研究生培養質量的若干認識與做法》,見中國研究生院院長聯席會編:《我看研究生教育 30 年:紀念中國恢復研究生招生培養 30 年徵文選》,北京:北京大學出版社,2009。

S

1. 散木:《亂世飄萍:邵飄萍和他的時代》,廣州:南方日報出版社,2006。

2. 桑兵:《二十世紀前半期的中國史學會》,《歷史研究》2004 年第 5 期。

3. 桑兵、張凱、于海昉編:《近代中國學術批評》,北京:中華書局,2008。

4. 尚丁:《一代報人》,《新聞研究資料》1983 年第 6 期。

5.《申報》,1945 年 8 月 24～26 日;1946 年 10 月 3 日、4 日、5 日。

6. 施建雄:《王鳴盛學術研究》,北京:中國社會科學出版社,2009。

7. 史心:《國家社科基金重點項目——〈中國新聞事業編年史〉問世》,《新聞記者》2000 年 12 期。

8. 宋超主編、黃瑚副主編:《新聞事業與新聞傳播學》,上海:上海人民出版社,2009。

9. 宋素紅:《記錄新聞業史 跨越千年滄桑——評〈中國新聞事業編年史〉》,《中華新聞報》,2001/2/5。

10. 宋素紅:《方漢奇:給中國新聞史一個座標》,《新聞天地》2001 年 Z2 期。

11. 宋素紅:《女性媒介:歷史與傳統》,北京:中國傳媒大學出版社,2006。

12.〔宋〕歐陽修:《與高司諫書》,見王水照編選:《唐宋散文精選》,南京:江蘇古籍出版社,2002。

13.〔宋〕蘇軾:《稼說送張琥》,見郭預衡主編:《文白對照唐宋八大家文鈔》,廣州:廣東教育出版社,2002。

14.〔宋〕王安石:《祭歐陽文忠公文》,見徐寒主編:《唐宋八大家》,北京:中國書店,2010。

15.〔宋〕朱熹:《四書章句集注》,長沙:嶽麓書社,2008。

T

1. 譚詩如：《高校教師合作行爲研究——基於社會互動與交換理論》，長沙：湖南大學碩士學位論文，2009。

2. 唐海江：《清末政論報刊與民眾動員：一種政治文化的視角》，北京：清華大學出版社，2007。

3. 唐明邦：《〈周易〉論和諧》，《安陽工學院學報》2005 年第 5 期。

4. 陶涵主編：《世界新聞史大事記》，北京：人民日報出版社，1988。

5. 陶清：《論牟宗三的中國歷史觀》，《安徽史學》2012 年第 6 期。

6. 田秋生：《重寫中國新聞史：必要性及其路徑》，《西南民族大學學報》（人文社科版）2006 年第 6 期。

7. 童兵：《童兵自選集》，上海：復旦大學出版社，2004。

8. 童兵主編：《中國高校哲學社會科學發展報告：1987～2008.新聞學與傳播學》，桂林：廣西師範大學出版社，2008。

9. 童兵：《一部研究新聞法律關係的力作——爲顧理平教授新作〈新聞權利與新聞義務〉而序》，《新聞與寫作》2011 年第 6 期。

10. 童然星：《「五四運動」前後的李大釗與邵飄萍》，《東方博物》2007 年第 4 期。

11. 涂光晉：《時代之「聲」：新時期中國新聞評論研究》，北京：中國人民大學出版社，2011。

W

1. 汪曾祺：《金岳霖先生》，《讀書》1987 年第 5 期。

2. 王鳳超：《新聞業史研究的新收穫》，《讀書》1983 年第 12 期。

3. 汪暉：《「科學主義」與社會理論的幾個問題》，《天涯》1998 年第 6 期。

4. 王建軍：《中國教育史新編》，廣州：廣東高等教育出版社，2003。

5. 王潔主編：《李大釗北京十年——交往篇》，北京：中央編譯出版社，2010。

6. 王金珊：《〈中國新聞傳播史〉授課方式探析》，《內蒙古師範大學學報》（教育科學版），2007 年第 12 期。

7. 王俊義、丁東主編：《口述歷史》（第三輯），北京：中國社會科學出版社，2005。

8. 王坤慶：《現實與超越——大學教師理想角色形象研究》，武漢：華中師範大學博士學位論文，2008。

9. 王雷：《中國近代社會教育史》，北京：人民教育出版社，2003。

10. 王敏：《蘇報案研究》，上海：上海人民出版社，2010。

11. 王全林：《「知識分子」視角下的大學教師研究——大學教師「知識分子」精神式微的多維分析》，南京：南京師範大學博士學位論文，2005。

12. 王潤澤：《專業化：新聞史研究的方法和路徑的思考》，《國際新聞界》2008年第4期。

13. 王潤澤：《北洋政府時期的新聞業及其現代化》，北京：中國人民大學出版社，2010。

14. 王維佳、趙月枝：《重現烏托邦：中國傳播研究的想像力》，《現代傳播》2010年第5期。

15. 王曉秋：《以史為鑒 面向未來》，《抗日戰爭研究》2010年第1期。

16. 王永亮、張霽虹：《中國新聞史研究的黃金時代——方漢奇訪談錄》，《報刊之友》2003年第3期。

17. 王永亮、成思行主編：《傳媒論典：與傳媒名家對話》，北京：中央編譯出版社，2004。

18. 王永亮等：《傳媒思想——高層權威解讀傳媒》，北京：北京廣播學院出版社，2004。

19. 王永亮等編著：《傳媒精神——高層權威解讀傳媒》，北京：中國傳媒大學出版社，2005。

20. 王永亮：《行善——傳媒人素質思考之五》，《聲屏世界》2009年第7期。

21. 王詠梅：《新聞巨子胡政之》，北京：中國人民大學博士學位論文，2008。

22. 吳果中：《〈良友〉畫報與上海都市文化》，長沙：湖南師範大學出版社，2007。

23. 吳麟：《常識與洞見——胡適言論自由思想研究》，北京：中國傳媒大學出版社，2010。

24. 吳廷俊：《中國新聞史新修》，上海：復旦大學出版社，2008。

25. 吳廷俊主編：《中國新聞傳播史（1978～2008）》，上海：復旦大學出版社，2011。

26. 吳曉晶：《方漢奇：冷門做出熱學問》，《光明日報》，2006/2/26。

27. 吳新：《中國新聞學會聯合會宣告成立》，《新聞業務》1985年第1期。

28. 吳宇暉、張嘉昕編著：《外國經濟思想史》，北京：高等教育出版社，2007。

X

1. 夏麟勳：《「青出於藍」辨》，《內蒙古師大學報》1983年第4期。

2. 夏欣：《滕矢初：首先是健康地生活》，《光明日報》，2002/7/3。

3. 謝鼎新：《中國當代新聞學研究的演變——學術環境與思路的考察》，北京：中國傳媒大學出版社，2007。

4. 謝國明：《「小罵大幫忙」新論》，《新聞學刊》1988 年第 1 期。

5. 謝維營：《試論社會合作實踐》，《宜春學院學報》（社會科學版）2003 年第 3 期。

6. 辛辨：《一個老知識分子的主旋律——記新聞系新聞事業史教研室主任方漢奇同志》，《中國人民大學校刊》，1984 年 12 月 20 日，第 683 期。

7. 辛華：《心念心在報史 亦莊亦諧人生——記中國新聞史學會會長、著名教授方漢奇》，《新聞實踐》2003 年第 4 期。

8. 「星期三通訊」。http：//wednesdaymoment.blogbus.com

9. 熊德明：《社會轉型中地方院校教師角色衝突研究》，武漢：華中師範大學博士學位論文，2009。

10. 熊月之主編：《上海名人名事名物大觀》，上海：上海人民出版社，2005。

11. 熊月之、周武主編：《聖約翰大學史》，上海：上海人民出版社，2007。

12. 徐紅彩、潘中淑：《中國最早的電化教育創建始末》，《電化教育研究》2007 年第 11 期。

13. 徐劍鋒：《淺析加強中國新聞史研究中的主體意識——讀〈中國新聞事業通史〉和〈美國新聞史〉》，《西安航空技術高等專科學校學報》2007 年第 2 期。

14. 徐順梨、魏全木：《試論弘揚「與人爲善」的傳統道德》，《南昌大學學報》（社會科學版）1996 年第 4 期。

15. 徐培汀、裘正義：《中國新聞傳播學說史》，重慶：重慶出版社，1994。

16. 徐培汀：《20 世紀中國新聞學與傳播學‧新聞史學史卷》，上海：復旦大學出版社，2001。

17. 徐培汀：《中國新聞傳播學說史：1949～2005》，重慶：重慶出版社，2006。

18. 徐新平：《我與中國新聞史學會》，《中國新聞史學會成立 20 週年紀念專刊》（內刊），2009。

19. 徐新平：《維新派新聞思想研究》，長沙：湖南人民出版社，2010。

20. 徐以驊、韓信昌：《海上梵王渡——聖約翰大學》，石家莊：河北教育出版社，2003。

21. 徐友春：《民國人物大辭典》，石家莊：河北人民出版社，1991。

Y

1. 楊奎松：《學問有道：中國現代史研究訪談錄》，北京：九州出版社，2009。

2. 楊念群：《楊念群自選集》，桂林：廣西師範大學出版社，2000。

3. 楊師群：《中國新聞傳播史》，北京：北京大學出版社，2007。

4. 楊毅豐、康蕙茹編：《學衡派》，長春：長春出版社，2013。

5. 楊玉聖：《學術規範原理》，《博覽群書》2010 年第 5 期。

6. 姚福申：《學海泛舟二十年》，《新聞愛好者》2002 年第 5 期。

7. 姚淦銘：《老子百姓讀本》，北京：中國民主法制出版社，2009。

8. 姚文放：《我們如何進行學術爭鳴——兼答〈理論之後的悖論解決——與姚文放先生商榷〉》，《中國文學研究》2010 年第 4 期。

9. 葉子銘：《論茅盾四十年的文學道路》，上海：上海文藝出版社，1959。

10. 尹文漢：《儒家倫理的創造性轉化：韋政通倫理思想研究》，合肥：安徽人民出版社，2008。

11. 尹韻公：《中國明代新聞傳播史》，重慶：重慶出版社，1990。

12. 尹韻公：《新聞傳播史，不是什麼？——改革開放 20 年新聞傳播史研究的回顧與展望》，《新聞與傳播研究》1998 年第 4 期。

13. 尹韻公、馬海濤：《新聞史研究的不朽盛事——讀〈中國新聞事業通史〉有感》，《中華讀書報》，2001/5/23。

14. 尹韻公：《新聞史研究之盛事——讀〈中國新聞事業通史〉有感》，《中國圖書評論》2001 年第 5 期。

15. 尹韻公主編：《中國新聞界人物》，北京：中國人事出版社，2002。

16.〔英〕E·H·卡爾：《歷史是什麼？》，陳恒譯，北京：商務印書館，2007。

17.〔英〕齊格蒙·鮑曼：《尋找政治》，洪濤、周順、郭臺輝譯，上海：上海人民出版社，2006。

18.〔英〕約翰·伯格（Berger,J.）：《觀看之道》，戴行鉞譯，桂林：廣西師範大學出版社，2007。

19. 游建軍：《當代知識分子的人格典範——讀馬寅初〈新人口論〉有感》，《四川理工學院學報》（社會科學版）2007 年第 6 期。

20. 余煥椿：《二胡之間發生了什麼？——關於黨報人民性問題的辯論》，《同舟共進》2003 年第 5 期。

21. 余煥椿：《胡績偉在黨性與人民性爭議中》，《炎黃春秋》2012 年第 12 期。

22. 余嘉錫：《余嘉錫講目錄學》，南京：鳳凰出版社，2009。

23. 俞吾金：《俞吾金講演錄》，長春：長春出版社，2010。

24. 余英時：《原「序」：中國書寫文化的一個特色》，見余英時：《中國文化史通釋》，北京：生活·讀書·新知三聯書店，2012。

25. 郁有學：《哲學與哲學史之間：馮友蘭的哲學道路》，上海：華東師範大學出版社，2004。

26. 袁貴仁：《價值觀的理論與實踐：價值觀若干問題的思考》，北京：北京師範大學出版社，2006。

27. 袁軍、哈豔秋：《中國新聞事業史教程》，北京：中國廣播電視出版社，2001。

28. 原鵬：《穆青新聞論》，開封：河南大學碩士學位論文，1999。

29. 袁義勤：《四十年代後期上海報紙一瞥》，《新聞研究資料》1987 年第 2 期。

30. 岳淼：《中國電視新聞發展史研究：1958～2008》，廈門：廈門大學出版社，2009。

Z

1. 曾建雄：《斯人已逝 風範長存》，《新聞記者》2011 年第 11 期。

2. 張昆：《中外新聞傳播思想史導論》，上海：復旦大學出版社，2006。

3. 張昆：《中國新聞史學會雜憶》，見張昆：《政治傳播與歷史思維》，武漢：華中科技大學出版社，2010。

4. 張世林編：《為學術的一生》，桂林：廣西師範大學出版社，2005。

5. 張濤：《中華人民共和國新聞史》，北京：經濟日報出版社，1996。

6. 張濤：《初創軼事》，《中國新聞史學會成立 20 週年紀念專刊》（內刊），2009。

7. 張偉鋒：《高校教師職業認同、組織承諾及其關係研究》，天津：天津師範大學碩士學位論文，2010。

8. 張煦棠：《臺灣探親記》，《文匯報》，1992/12/31。

9. 張振亭：《中國新時期新聞傳播學術發展史》，武漢：華中科技大學博士學位論文，2008。

10. 張振亭：《中國新時期新聞傳播學術史研究》，南昌：江西人民出版社，2009。

11. 張振亭：《試論新聞傳播個案研究》，《新聞愛好者》2009 年第 14 期。

12. 張之華主編：《中國新聞事業史文選：公元 724 年～1995 年》，北京：中國人民大學出版社，1998。

13. 張中行：《有關史識的閒話》，《讀書》1995 年第 12 期。

14. 趙凱、丁法章、黃芝曉主編：《二十世紀中國社會科學‧新聞學卷》，上海：上海人民出版社，2005。

15. 趙梅春：《二十世紀中國通史編纂研究》，北京：中國社會科學出版社，2007。

16. 趙汀陽：《我們和你們》，《哲學研究》2000 年第 2 期。

17. 趙興彬：《「史識」新解》，《泰安師專學報》1995 年第 4 期。

18. 趙永華：《還原千年中國新聞史——評〈中國新聞事業編年史〉》，《中華讀書報》，2000/11/22。

19. 趙永華：《在華俄文新聞傳播活動史（1898～1956）》，北京：中國人民大學出版社，2006。

20. 趙玉明主編：《中國廣播電視通史》，北京：中國傳媒大學出版社，2006。

21. 趙玉明：《再談中國現代廣播史研究中的若干問題（下）——與陳爾泰同志商榷》，《現代傳播》2010年第3期。

22. 趙雲澤：《中國時尚雜誌的歷史衍變》，福州：福建人民出版社，2010。

23. 趙智敏：《〈中國新聞傳播史〉情境創造教學模式的探索——兼論對學生素質的全面培養》，《新聞界》2006年第1期。

24. 趙智敏：《改革開放30年中國新聞學之演進（1978～2008）》，上海：復旦大學博士學位論文，2009。

25. 鄭保衛主編：《中國共產黨新聞思想史》，福州：福建人民出版社，2004。

26. 鄭暉：《〈中國新聞事業通史〉已列為「七五」重點研究課題》，《新聞戰線》1987年第8期。

27. 鄭素俠：《網絡時代的社會資本——理論分析與經驗考察》，上海：復旦大學出版社，2011。

28. 鄭豫廣：《黃嘉德與〈蕭伯納傳〉》，《福建圖書館理論與實踐》2006年第3期。

29. 鄭雲：《王中對新聞學術研究的貢獻》，天津：天津師範大學碩士學位論文，2010。

30. 《中國大百科全書·新聞出版》，北京：中國大百科全書出版社，1990。

31. 中國記者協會編：《中國新聞界人物》，北京：光明日報出版社，2008。

32. 中國李大釗研究會：《李大釗全集（1～5）（最新注釋本）》，北京：人民出版社，2006。

33. 《中國人民大學等單位新聞史工作者協作編寫〈中國新聞事業通史〉》，《新聞研究資料》1986年第3期。

34. 中國人民大學新聞學院：《中國人民大學新聞學院歷史概述》，《新聞學論集》（第25輯），2010。

35. 《中國新聞年鑒》（一九八三版），北京：中國社會科學出版社，1983。

36. 《中國新聞年鑒》（1984），北京：人民日報出版社，1984。

37. 《中國新聞年鑒》（1985），北京：人民日報出版社，1985。

38. 《中國新聞年鑒》（1996），北京：中國新聞年鑒雜誌社，1996。

39. 《中國新聞史學會成立20週年紀念專刊》（內刊），2009。

40. 中國新聞史學會秘書處：《「中國新聞史學會 2009 年年會」在南京勝利閉幕》，《新聞與傳播研究》2009 年第 4 期。

41. 《中國新聞史學研究的高峰——海門女婿方漢奇的愛情和事業》，《海門日報》，2010/1/8。

42. 「中華民國」新聞編輯人協會編印：《中國新聞史》，臺北：學生書局，1979。

43. 《中央日報》，1946 年 9 月 6 日、11 日；10 月 4 日、5 日；11 月 19 日。

44. 周德倉：《中國藏文報刊發展史》，北京：中國社會科學出版社，2010。

45. 周冠生：《需要的系統觀與自我價值社會實現說》，《心理學報》1995 年第 3 期。

46. 周國平：《另一種存在》，桂林：廣西師範大學出版社，2001。

47. 周建漳：《歷史及其理解和解釋》，北京：社會科學文獻出版社，2005。

48. 周亭：《驛騮開道路，鷹隼出風塵——方漢奇先生新作〈新聞史的奇情壯彩〉讀後感》，《中華新聞報》，2000/11/20。

49. 周楊：《五十八載像園丁一樣耕耘——訪中國人民大學新聞學院方漢奇教授》，《中國大學教學》2009 年第 12 期。

50. 朱曉農：《我看流派——語言學中的三大潮流》，《語言科學》2006 年第 1 期。

51. 卓南生：《中國近代報業發展史 1815～1874》，北京：中國社會科學出版社，2002。

附錄：方漢奇學術簡歷[註1]

方漢奇，男，中國人民大學榮譽一級教授。

（一）履歷簡況

祖籍廣東普寧，1926 年 12 月 27 日生於北京。

1946～1950 年就讀於國立社會教育學院新聞系（後併入蘇州大學）。

1950 年至 1953 年任上海新聞圖書館研究組館員，1951 年在上海聖約翰大學新聞系講授新聞史專題。

1953 年 8 月 23 日調北京大學中文系新聞專業任教。

1958 年 9 月 1 日調中國人民大學新聞系任教。

1972 年至 1978 年再度到北京大學中文系新聞專業任教。

1978 年，回到復校後的中國人民大學新聞學院（原稱新聞系）任教至今。

1953 年被聘爲助教，1954 年被聘爲講師，1979 年被評爲副教授，1983 年被評爲教授。

1984 年起任博士生導師（與王中、甘惜分同屬我國第一批新聞學博導）。

2004 年 4 月辦理退休手續後，被校方返聘，繼續任教。

2005 年 9 月被授予中國人民大學（首批）榮譽教授。

2009 年 3 月被授予中國人民大學（首批）榮譽一級教授。

（二）擔任職務簡況

曾任中國人民大學學位評定委員會委員、校學術委員會委員，中國「三 S」研究會常務理事、中國新聞學會常務理事、首都新聞學會副會長、國務院學位委員會第三屆學科評議組成員、國務院學位委員會首屆新聞傳播學學科評議組召集人、《中國大百科全書·新聞出版》編委兼「中國新聞事業」部分主編、《清史·報刊表》主持人、中國新聞史學會會長。

現任中國人民大學榮譽一級教授、新聞學院博士研究生指導教師，中國人民大學新聞與社會發展研究中心顧問兼學術委員會主任，中華全國新聞工作者協會特邀理事，北京大學、清華大學、南京大學、浙江大學、吉林大學、安徽大學、河北大學、河南大學、廣西大學、遼寧大學、蘭州大學、華中科技大學、廈門大學、暨南大學、廣州大學、新疆財經大學、西南政法大學等十七所大學新聞傳播院系的顧問、兼職教授、客座教授、或課程教授，北京大學新聞學研究會學術總顧問，南京大學新聞傳播學院名譽院長、中華全國新聞工作者協會特邀理事、中國新聞史學會名譽會長、吳玉章獎基金會委員兼吳玉章獎新聞學評審組召集人。

（三）著述簡況

已出版《中國近代報刊史》、《中國新聞事業通史》（3 卷本）、《中國新聞事業編年史》（3 卷本）、《中國新聞事業簡史》、《中國當代新聞事業史》、《中國新聞傳播史》、《報史與報人》、《新聞史的奇情壯彩》、《方漢奇文集》、《方漢奇自選集》等 10 餘種書、發表新聞史文章 200 餘篇（詳見本書參考文獻）。

（四）獲獎簡況

1. 已獲得的各種榮譽獎項

1980 年被評為中國人民大學先進工作者。

1984 年被評為全國一級優秀新聞工作者。

1987 年被評為全國優秀教師.同年被評為北京市優秀教師。

1991 年起獲國務院頒發的政府特殊津貼。

1996 年獲韜奮園丁獎一等獎。

1997 年再次被評為北京市優秀教師。

2007 年獲吳玉章優秀教學獎

2009 年被評為「共和國 60 年傳媒影響力人物」。

2013 年獲首屆范敬宜新聞教育良師獎。

2. 已獲得的學術獎項

（A）專著和擔任主編的教材獲獎情況

《中國近代報刊史》一書 1987 年獲吳玉章獎新聞學一等獎。

《中國新聞事業簡史》一書 1996 年獲北京市哲學社會科學優秀科研成果一等獎。

《中國當代新聞事業史》一書 1996 年獲高校文科優秀教材一等獎，1997 年獲國家教委國家教學成果二等獎。

《中國新聞事業通史》（3 卷本）一書 2002 年獲吳玉章獎新聞學一等獎，2003 年獲高校人文社會科學優秀科研成果一等獎。2004 年被教育部認定為研究生教學用書。其中的第一卷 1994 年曾獲北京市優秀科研成果一等獎。

《中國新聞事業編年史》（3 卷本）一書 2002 年獲第十三屆中國圖書獎。

《中國新聞傳播史》（21 世紀系列教材之一）2005 年獲「北京高等教育精品教材」獎。

（B）論文獲獎情況

《新中國五十年來的新聞史研究》1999 年獲全國記協「新中國新聞事業五十年百篇優秀論文獎」。

《章太炎與近代中國報業》2003 年獲校優秀論文一等獎。

（五）指導研究生、訪問學者、進修教師簡況：

1. 指導過的訪問學者名單

穆德禮（澳大利亞）

謝爾蓋（前蘇聯）

費南山（德國）

阿斯買（新疆大學教授）

李在軍（山東大學教授）

2. 指導過的進修教師名單

韓愛平（河南大學教授）

3. 獲得碩士學位者

谷長嶺（中國人民大學教授）

馮邁（《中國廣告信息報》總編輯）

崔維徵（碩士畢業後出國）

莽萍（中央社會主義學院副教授）

趙雲澤（中國人民大學副教授、中國人民大學《新聞周報》媒介融合創新平臺指導教師）

陳琳（鳳凰衛視北京節目中心記者）

張芳芳（中國駐奧克蘭（新西蘭）總領事館領事）

焦若薇（新疆財經大學新聞學院副院長）

4. 獲得博士學位者

尹韻公（中國社會科學院研究員、博士生導師、中國社會科學院中國特色社會主義理論體系研究中心主任、國務院學位委員會新聞傳播學學科評議組成員、召集人、中國新聞史學會副會長）

郭鎮之（清華大學教授、博士生導師、中國新聞史學會常務理事、外國新聞史研究委員會會長）

胡太春（《人民政協報》原總編輯、中國文史出版社原社長）

楊磊（中國記協學術部主任）

蔡銘澤（暨南大學特聘教授、博士生導師、暨南大學學位委員會委員兼文學分委員會主席，暨南大學新聞與傳播學院首任院長、曾任中國新聞史學會副會長、教育部高等學校新聞學學科教學指導委員會委員）

陳昌鳳（清華大學教授、博士生導師、清華大學新聞與傳播學院副院長、中國新聞史學會副會長、教育部高等學校新聞學學科教學指導委員會副主任委員）

程曼麗（北京大學教授、博士生導師、北京大學新聞與傳播學院副院長、中國新聞史學會會長、北京大學世界華文傳媒研究中心主任、教育部高等學校新聞學學科教學指導委員會委員）

李彬（清華大學教授、博士生導師、清華大學新聞與傳播學院原副院長、中國新聞史學會常務理事、教育部高等學校新聞學學科教學指導委員會委員）

李磊（中國傳媒大學教授、博士生導師、中國新聞史學會秘書長、外國新聞史研究委員會副會長）

周小普（中國人民大學教授、博士生導師、中國新聞教育學會廣播電視學研究分會副會長、《中國廣播電視學刊》編委）

涂光晉（中國人民大學教授、博士生導師、中國人民大學新聞與社會發展研究中心執行主任、中國人民大學新聞學院原副院長、教育部馬克思主義理論研究和建設工程「新聞評論」首席專家）

饒立華（中國人民大學副教授）

宋素紅（北京師範大學副教授）

趙永華（中國人民大學教授、博士生導師、外國新聞史研究委員會副會長）

雷海秋（香港中聯辦商務部調研處處長）

史媛媛〔註2〕

蔡赴朝（國家新聞出版廣電總局局長、黨組副書記、國家版權局局長、第三屆范長江新聞獎獲得者）

陳彤旭（中國青年政治學院副教授）

彭蘭（中國人民大學教授、博士生導師、中國人民大學新聞學院原副院

〔註2〕 「劉老師好!方門弟子名錄中，只寫本人姓名就好。其他信息不用填寫。多謝!」2013年8月2日史媛媛女士覆劉泱育電郵。

長、全國優秀博士學位論文獎獲得者、中國新聞史學會網絡傳播史分會副會長）

宋暉（中國勞動關係學院副教授、中國勞動關係學院文化傳播學院新聞教研室主任）

徐利（中國人民銀行網絡信息處處長）

傅寧（中國傳媒大學副研究員）

楊立新（人民日報社總編輯辦公室一讀室主任、主任編輯）

林玉鳳（澳門大學教授、傳播學系主任）

唐海江（華中科技大學教授、博士生導師、華中科技大學新聞與信息傳播學院院長助理）

王詠梅（山東大學副教授）

吳果中（湖南師範大學教授、湖南師範大學新聞與傳播學院新聞系主任）

趙雲澤（中國人民大學副教授、中國人民大學《新聞周報》媒介融合創新平臺指導教師）

王潤澤（中國人民大學教授、博士生導師、中國人民大學新聞學院史論部副主任、美國哥倫比亞大學孔子學院院長、中國新聞史學會副會長、《新聞春秋》主編兼副社長）

鄧紹根（暨南大學副教授）

林溪聲（復旦大學講師）

曹立新（廈門大學副教授）

曹晶晶（中國傳媒大學博士後）

劉繼忠（南京師範大學副教授）

郭傳芹（國家圖書館典閱部副組長）

孟鵬（高等教育出版社研究生部編輯）

王樊一婧（華東師範大學講師）

王健（渤海大學副教授）

5. 指導的博士後

艾紅紅（中國傳媒大學教授）

蔣建國（暨南大學教授、博士生導師、外國新聞史研究委員會副會長）

劉蘭肖（國家出版基金規劃管理辦公室綜合處處長）

江淩（上海交通大學任教）

李衛華（廈門大學任教）

後　記

（一）

深夜，隔壁房間偶而傳來父親的咳嗽，這位 63 歲的「老人」，從黑龍江農村來南京，和母親一起助我照看女兒涵犖，歷時已經 2 年。

今晨，父親 5 點多即去菜場買菜，為了省錢，他寧可舍近求遠，去鎖金村菜場。在他回來之前，南京突然下起大雨，我問母親：「爸帶傘了嗎？」母親說：「不知道啊」。

我穿上涼鞋，抓兩把傘，衝下六樓，走進風雨。

走了不遠，即見大雨中一人，肩上搭著一個布袋，裏面是他買的新鮮菜品，撐著一把舊傘，而褲腳，已然全濕。

我們相視一笑，他看見我手中的傘，不發一語，父親的笑，我從中解讀出了幸福。這是天倫之樂，是他，承擔了本應該由我在風雨中承擔的一切。

父親好酒——每餐喜飲白酒，儘管其酒量，最多不過三兩。他來南京後，我承諾，「每頓都讓你有酒喝」。然而，沒過幾天，他便懊惱地對我說：「南京的酒咋這麼貴？我看超市裏最便宜的一瓶酒也要四五塊錢。」我說：「四五塊錢的酒怎麼能喝？都是由食用酒精勾兌的，你頓頓喝的，至少也要十幾塊錢以上才行。」他馬上說，「明天我的酒不用你買了，我個人去買」。他自己去買了，買回來的是超市裏最便宜的酒，並邀我與其共飲。

我皺著眉頭喝了二兩之後，說：「爸，我說一句你不愛聽的話，你以為你買便宜酒是替我省錢嗎？這種酒對人的傷害很大，如果得病，你和我媽都沒有醫保，我花的錢會更多……」他聽後嘿嘿笑：「我覺得這酒就挺好了，在咱們家那邊，一斤酒只要一塊五……」

這個人，自我記事開始，凡事都先為別人考慮，從來都把「自己」放在最後一位，用他自己的話來講，那就是「寧可自己吃虧，也不能占別人便宜」，儘管他只有小學 5 年級文化，但在我心中，古聖先賢，在地位上並不比他高，至多是處於同一境界，我慶幸，我有這樣一位父親，讓他和我母親的晚年，過得有保障——這是我的心願，盡我所能。

（二）

美國芝加哥。

87 歲的老人家又收到一封電郵：「方老，懇請並期待您能給予稍為詳細一點的回答……」，這樣的話，也許在中國新聞傳播學界，沒有人會對方漢奇先生提這樣的「要求」。

但我提了。尤其「過分」的是，類似的話，還不只一次地出現在我寫給方老的電郵中。

迄今我與方老面識已經 8 年，交往已達 5 載，但我很少給他打電話，唯一的一次教師節打電話過去，還不巧他去學院開會了。我選擇的交往方式主要是通電郵，因這既便於保存史料（遠勝於電話的過耳不留），又不致於對他老人家造成「強制性」打擾。

稍有常識的人都知道，時間，每天就那麼多，對於每個人而言，都是稀缺資源，並且，老年人因精力有限，時間更是寶貴，但方老對我是有求必應，這就意味著，他在回答我那「千萬次的問」的時候，「投資」了大量的時間——迄今兩人來往的 200 多封（其中方老發給我超過 130 封）「問答式」電郵即是明證，然而，讓我感到心愧的是，他老人家從我這裡獲得的「回報」不但微茫，而且有時收穫的根本就是「失禮」——2012 年 12 月他過生日，我因在學校一個星期要講 25 節課，也給忙忘了，連一封電郵都沒發，更別提遙寄賀禮……

我原來極為擔心的事情就是說方老的好話，因這有可能使「研究」淪落為「宣傳」，因而，當年在作博士論文的時候，選擇了只研究「方漢奇做了什麼」，而盡量避免去評價他「做對」了什麼。以老人家的智慧，對我的顧慮自然心知肚明——他曾不只一次向我強調他只是一個過渡性的人物，「你千萬不要把我擡得太高……」

遙想當年，我在寫博士論文的時候，還曾不只一次腹誹過方老經常講的學好新聞史的目的是為了「以史為鑒」，是為了使人更「聰明」一些。在我看

來，「以史爲鑒」缺乏說服力的根源就在於其過於抽象。現在想來，作爲文字符號，「以史爲鑒」四字確實不無抽象之嫌，但方老迄今 60 餘年悠遠的學術人生，80 餘年鮮活的家國往事，難道不是「史」？難道還「抽象」？他自己「智慧」而幸福地活著——這一事實本身，難道還不能證明學好歷史確實可以使人「聰明」，並且豈止是聰明「一些」？

（三）

周末，這個人，作爲校領導又忙了一周，但沒有休息——他花了一整天時間，批改我博士論文的第 10 稿，並在晚上給我發短信：「泱育，我又帶著欣賞的心情，花了一天的時間，仔細地閱讀了一遍您的博士論文……」

這個人，在給我——他的學生，發短信時，從來都用「您」，這個人就是我的導師，倪延年教授。

我在考研時，與倪老師素昧平生。本科學經濟學的我，根本就不知道南師大還有一位倪老師。當我以第二名的成績考上南師大新聞與傳播學院的研究生後，第一學期即面臨著選導師的問題。在選導師之前，學院安排導師們與研究生見一次面，每位導師發表幾句感言。

我後來選倪老師，承認與他當時的感言內容有關，倪老師當時只說了兩層意思，一是：「我對研究生要求比較嚴，讀研期間必須發表一篇論文，否則我不會同意讓他（她）畢業」；一是：「我鼓勵學生多讀書，我的學生每個月可以找我報銷 200 元買書錢」。

我從來也沒有向倪老師坦白過，當時在選導師的時候，我就是衝著這兩條而選了他。

我希望導師對我比較嚴，是因爲本科學的是經濟學，對於新聞傳播學只是感興趣，基礎全無，如能有幸得一嚴格的導師教誨，或許讀研才能有真正之收穫，而不僅僅是爲那一紙文憑。另外，我還喜歡買書，儘管根本就不能做到所買的每本書都會用心去看。所以，我在選導師的三個志願上，都填了倪老師一人之名。

如願以償跟倪老師讀碩士不久，即到 2006 年元旦，我出於禮貌，發了一條賀年短信，良久都沒有回音。正當我對倪老師的回覆不報任何希望之際，卻收到了一首出乎意料的倪老師所作的「詩」：「泱泱之國土，育我精英材。吾將盡心力，助君騰青雲。待到夢圓日，把杯謝劉翁！」

這首「詩」對我的鼓勵似是無法言傳的，我當時心裏就想，導師既然如此看重，我自當向其展現自己最好的一面，以免使導師有「看錯人之嫌疑」，於是，研一的暑假，我放棄了回黑龍江探親的原定計劃，在 56 天的假期裏，寫了 8 篇「論文」，希望勤能補拙——不僅是爲了使自己在嚴格的導師門下能夠順利畢業，而且也不想辜負導師對我的期望，儘管我並無「青雲之志」。也算幸運，在這 8 篇文章之中，儘管 7 篇都石沉東海，但有一篇《易中天到底說什麼了？》卻被《新聞記者》雜誌錄用，我對吳元棟老師（已退休）至今仍充滿敬意，他並未因我是「碩士研究生」就對我的「論文」置之不理，而是很快就給予回覆，並積極地肯定論文的價值，指點我修改一下，即可發表。

碩士期間的努力，也許得到了倪老師的認可，因而我有幸成爲他指導的第一位博士生。師從倪老師攻讀博士學位期間，他對我說過一句話：「博士生導師與博士生之間是『一榮俱榮』『一損俱損』的關係」。我後來才理解，他說這話的深意是爲了讓我減輕——對他所做的一切助我之事的心理負擔。

其實，經過碩士階段的交往，我就已知倪老師和師母對我不薄——碩士畢業之際，倪老師和師母在百忙之中出面出錢設宴，替我答謝助我寫作碩士論文的《揚子晚報》總編輯、《新華日報》副總編輯朱銘佐教授，並邀我和女友參加，即爲一證。因此，讀博之時，怎會不思竭己之力爲師爭光？我在攻讀博士學位期間發表了 11 篇論文，並且按導師的要求，在博二學期結束，暑假之時，即寫完博士論文的初稿，這一切皆是爲了使倪老師覺得「還好，沒有看錯人」。

當我博士按期畢業已無懸念之際，倪老師又替我謀劃就業之路；當我的就業出現了意想不到的波折之時，他比我還焦急；而當我最終有了一個比較理想的歸宿之後，他比我還高興。這個人，就是我的導師——我與他既沒有血緣關係，也沒有地緣關係，我不知道怎樣感激他，過去不知道，現在仍然不知道。因此，心裏常想的「一日爲師，終身爲父」，便成爲我對倪老師表達感激的慣用方式，按我自忖，我與倪老師的感情，早已超越「師生」，而是情同「父子」。但倪老師也許並不這樣想，在其獨生女兒結婚之際，他仍然沒有向我透露過分毫，原因自然是怕我花錢。我對倪老師只能是無語……2013 年，他花 12 年時間著成的《中國報刊法制發展史》（5 卷本）——獲第六屆高等學校科學研究優秀成果獎（人文社會科學）新聞學與傳播學類二等獎，我找了一個理由將倪老師「騙」至南京某酒樓，召集「倪門弟子」爲他慶祝了一番，

聊表學生對恩師的感激之情，但那天居然路上還堵車，害得倪老師因遲到而不停地發短信向我道歉，我於是問自己，今後對學生，我是否能夠做到倪老師這般？

（四）

爲了從事自己感興趣的職業，2005 年我辭了工作，靠兼職收入自己供自己全職連續攻讀碩士和博士學位。在此期間，她與我相識，並置親人和朋友的顧慮於風中，在青春尚未逝去之際，以人民教師之尊，嫁給一無所有之我。後來問其爲何「棄明投暗」，回答竟是第一次見面時，我傾盡平生所學，一次就講了十幾個笑話——她覺得和我在一起「好開心」。

然而，讓伊深爲失落的是，自從嫁給我之後，我就再也沒有專門爲她講過笑話。不僅如此，對於家務，我也是說得多做得少，當年繪製的幸福藍圖——以後要買一個大房子，面朝大海，春暖花開，目前也只買了一個小的，承諾永遠愛她更是沒有做到——比如因誰說得對而爭吵之時。

她允許我不考公務員，允許我不爲了掙錢而拼命在外面代課，允許我過得沒有連襟富有，比小舅子的條件更差，對我爲買書或請客而私設「小金庫」也是外緊內鬆，有一段時間她知道了還以裝作不知道的方式修身養性……

她是我的夫人，也是我的領導，對於她將自己花在家務和女兒身上的時間，轉移支付增加了我做自己喜歡的事情的時間，我永誌不忘，因而寫在這裡，並對領導繼續寬容我的種種不足寄予厚望。

（五）

本書是在我博士論文的基礎之上修改而成的。

付梓之際，遙想當年，心裏感念很多人。讀博期間，曾受教於卓南生師主持的北京大學新聞學研究會暑期特訓班，與毛章清、李傑瓊、陽美燕、劉揚等同窗近炙名家，砥礪學術，益及終身；讀博期間，與摯友兼博士同窗王慶軍兄（南京師範大學教授）、王平姐（江蘇師範大學副教授）的觀點爭鳴、隨園論劍，恍如昨日。也記當年，在博士論文「致謝」中，我曾開列過一個很長的名單，那時還自認爲比較周全，但後來細想，遺漏的尊名並不比寫在紙上的少。這使我悟道：也許無論怎樣深思熟慮，都難免有想不周全之時，智者千慮，尚且「必有一失」，何況我非智者？

正因如此，請允我在本書的後記之中不再開列感謝名單，僅將與本書修

改和出版有關的事宜略及一二——

修改之時，盡我所能：

——吸收我的導師倪延年教授的指導和完善意見。儘管在修改過程中，我與倪老師見面並不多，但每當修改思路受阻之際，我都會聽他指導我進行博士論文寫作時的多次談話錄音。我必須承認，當年師從倪老師攻讀博士學位之時，我的學識與悟性皆不足以吃透他給予我的悉心指導的全部精義，在修改本書時，對於同樣的問題，我從他的指導錄音中不只一次產生與當年殊樣的感悟，即為明證。

——吸收南京大學丁柏銓教授（答辯委員會主席）、南京政治學院劉亞教授（答辯委員）、南京師範大學方曉紅教授（答辯委員）、南京師範大學顧理平教授（答辯委員）、南京師範大學張紅軍教授（答辯委員）的答辯意見。其中，丁柏銓教授對博士論文中「學術的耕耘者、研究的組織者、人才的培養者」三章標題的精到點評給予了我結構本書內容的啟發，只不過，我是反其意而行之。

——吸收復旦大學黃瑚教授、清華大學郭鎮之教授、北京大學程曼麗教授的修改意見。細讀三位教授當年的電郵，不乏「英雄所見略同」之處，敬錄如下：

黃瑚教授 2011/2/12	你已經收集了大量的材料，不少是你發掘的新材料，現在要做的是反覆研讀與消化這些材料，在觀點的提煉與闡釋上下功夫。
郭鎮之教授 2011/2/13	泱育， 　　我覺得能寫成這樣，不錯了。 　　當時沒有想到別的。現在又在忙一些寫書的事情。不及細想。 　　我其實更喜歡史論的路徑，因此，對論文的資料細節未作細緻的考訂。但總體感覺，你做得認真、紮實。 　　只是覺得，對活著的傳主而言，你似未能完全走入方先生的內心世界，有點遺憾。可能因為存在位差的緣故吧。這也和年齡、經歷有關，一時很難彌補的。 　　你可以在今後的學術生涯中不斷補充。 　　郭鎮之
程曼麗教授 2011/2/18	泱育：你好！ 　　抱歉因為手裏的活壓得很多，所以直到現在才給你回信。 　　首先感謝並祝賀你通過自己的努力，把方先生個人治學的歷史、把新聞史在中國大陸發展的歷史以及中國新聞史學會的歷史清晰地展現出來，給了我們一份值得珍藏的史料。

> 在我看來，史料（或資料）部分很好，關鍵是得到了方先生的認可，沒有什麼問題。只是感覺對於方先生學術精神和學術思想提煉的部分稍微弱了點，或者說顯得不夠豐富。不過這一部分的體現著實有一定難度。因為它一定是方先生本人的思想，有文章或話語的依據，同時，又要以此為依託，有一些哲學層面的升發和歸納。當然，任何事情都不是「畢其功於一役」的，隨著資料的增加和對資料（包括研究對象）感受的加深，將來這方面是隨時可以補充的。
> 祝好並代問倪老師好！
> 程曼麗

　　這部書稿自當年定題至今天完成，歷時 5 年，時間好像也不能算短，但如果沒有中國新聞史學會名譽會長趙玉明先生的督促與開示，也許不會有現在這部書稿——2012 年趙老來南京大學講學，曾專門召我至其下榻之賓館，慰誨勤勤，達兩小時之久，力勸我將本書早日出版，其開示之語，至今讓我言猶在耳：「人的看法是不斷變化的，不可能有完美的著作」。

　　這部書稿能夠被中國書籍出版社選中，王平社長兼總編輯的膽識、及其發謀決策的高效率、劉蘭肖研究員的熱情鼓勵與悉心幫助、許豔輝老師的精心編輯和細心審校，令我銘感於心。

　　南京財經大學人事處的孫月琴處長、丁書俊副處長、新聞學院的劉浩書記、宋祖華副院長、龔世俊教授、黃建遠教授、劉鴻英教授、劉成付副教授、公共管理學院的袁國敏教授——當年組成「高層次人才引進」考評組，將我引進到南京財經大學工作，這是本書有機會獲得南京財經大學學術著作出版資助的前提；而南京財經大學校學術委員會的專家們——其中的絕大多數教授，我只聞其名，而不識其人，他們則使本書通過評審獲得出版資助。

　　藉此片紙，請允我對諸位先生獻上由衷的謝意與永遠的敬意。

　　亦請允我將對眾師友的感恩之情，珍存在記憶之中——在這有風有雨如夢如旅的人生之路上，恰是因為眾位師友多次伸出援助之手，9 歲始上小學一年級——「笨鳥後飛」的我，才有可能懷抱改變命運的夢想，由黑龍江的農村起步，從小學到大學，履難克艱，靜對夕陽幾度；從碩士到博士，山重水複，慣看秋月春風。棲旅金陵，視他鄉如故里；廁身高校，以興趣為職志。燈火樓臺，舊雨新知，幾許鄉愁付濁酒；天地之間，芒鞋竹杖，一蓑煙雨任平生。

劉泱育

2013 年 8 月 5 日於南京

索　引